KB102716

클로버의 후회 수집

클 로 버 의 후 회 수 집

미키 브래머 장편소설 　　　　　　　김영옥 옮김

THE COLLECTED
REGRETS OF
C L O V E R

INFLUENTIAL
인 플 루 엔 셜

아무것도 없어 보이는 곳에서
아름다움을 찾는 법을 가르쳐준 칼 린드그렌과,
마법을 찾는 법을 가르쳐준 클로벌리 여자들에게

차례

1

다섯 살 때 처음으로 누군가의 죽음을 목격했다.

유치원 시절 우리 반 담임이었던 하일랜드 선생님은 쾌활하고, 살집이 좀 있는 땅딸막한 체구의 남성이었는데 반짝반짝 광이 나는 머리와 완벽하도록 둥근 얼굴이 꼭 달을 떠올리게 했다. 어느 오후, 반 친구들과 나는 거칠거칠한 카펫 위에 책상다리를 하고 앉아 앞에서 선생님이 마치 연극하듯 열성적으로 들려주는 《피터 래빗 이야기》에 푹 빠져 있었다. 나는 어린이용 나무 의자 가 장자리로 선생님의 투실한 허벅지가 삐져나와 있던 것을 기억한다. 두 뺨이 평소보다 더 벌겋게 달아올라 있었지만 저 훌륭한 베아트릭스 포터의 이야기에 어떻게 흥분하지 않을 수 있겠는가?

이야기가 절정에 이르러, 피터 래빗이 심술궂은 맥그리거 씨에게서 도망치다가 재킷을 잃어버리는 대목에 다다랐을 때였다. 하일랜드 선생님은 마치 강조를 하려고 잠깐 멈춘 것처럼 이야기를 딱 끊어버렸다. 우리는 기대감에 차서 가슴을 쿵쾅거리며 선생님을 쳐다보았다. 하지만 선생님은 다시 이야기를 이어가는 대신 눈을 부릅뜬 채 딸꾹질 비슷한 소리를 냈다.

곧이어 선생님은 삼나무가 쓰러지듯 바닥으로 털썩 넘어졌다.

우리는 사랑하는 선생님이 늘 그러듯 이야기의 극적 효과를 위해 연기를 하는 건지 아닌지 알 수가 없어, 모두 꼼짝없이 눈만 커다랗게 뜨고 앉아 있었다. 하지만 몇 분이 지나도록 선생님은 미동조차 없었고 부릅뜬 두 눈 한 번 깜빡거리지 않았다. 마침내 모두 공포에 질려 교실이 떠나가라 비명을 질렀다.

그러니까 나를 제외한 모두가 말이다.

나는 하일랜드 선생님의 폐에서 새어 나오는 마지막 숨소리가 들릴 만큼 가까이 다가갔다. 대혼란에 빠진 아이들의 비명이 복도에 울려 퍼지자 다른 선생님들이 교실로 달려왔다. 나는 하일랜드 선생님의 얼굴에서 마지막 남은 붉은 기가 완전히 사라질 때까지 그 옆에 앉아 조용히 손을 잡고 있었다.

학교에서는 그 '사건' 이후 상담치료를 권했다. 하지만 매사를 자기 좋을 대로 생각하는 편인 우리 부모님은 내 행동에서 특별한 변화를 감지하지 못했다. 부모님은 아이스크림을 사주며 내 머리를 쓰다듬어주었고 원래부터 내게 살짝 이상한 면이 있었다는 이유로 괜찮을 거라 결론지었다.

대체로 나는 괜찮았다. 다만 그때 이후로 나는 하일랜드 선생님이 마지막 순간에 남긴 말이 지독하게 말 안 듣는 토끼의 위험한 장난에 관한 것이 아니었다면 무엇이었을지 궁금했다.

2

31년 전 하일랜드 선생님 일 이후로 내가 얼마나 많은 이들의 죽음을 목격했는지 세어볼 생각은 없었지만 내 잠재의식은 성실한 회계사였다. 특히 오늘로 총 아흔일곱 번을 기록해, 그 수가 아주 인상적인 지점에 가까워지고 있었다.

나는 커널가에 서서 영구차의 미등이 차도로 들어서는 장면을 지켜보고 있었다. 막 바통을 넘긴 주자처럼 이제 내 일은 끝났다. 매연과 말린 생선, 타마린드가 뒤섞인 자극적인 냄새에 에워싸인 와중에도, 죽음의 향은 여전히 내 콧속을 감돌고 있었다. 시체가 부패하는 냄새는 아니다(나는 사람들이 생사의 문턱을 넘나들 때 함께 앉아 있기만 할 뿐이어서 결코 그런 냄새와 씨름할 일은 없다). 죽음이 임박했을 때 풍겨오는 특유의 냄새다. 뭐라 딱히 설명하기 힘들지만 이를테면 공기가 어딘가 달라졌는데 그 이유를 콕 집어 말할 수 없는 여름과 가을 사이의 미묘한 변화 같은 것이다. '임종 도우미(death doula)'로 일해오면서 나는 그 냄새에 익숙해졌다. 누군가 떠날 때가 되었다는 사실을 냄새로 알 수 있었다. 그래서 그 자리에 가족이나 친구, 연인이 있으면 그들에게 작별 인사를 해야 할 시점을 알려줄 수 있었다. 하지만 오늘, 망자의 곁에는 아무도 없었다. 이런 경우가 얼마나 빈번한지 알면 아마 깜짝 놀랄 것이다. 사실 내가 없었다면 그 아흔일곱 명 가운데 적어도 절반 정도는 홀로 죽음을 맞이했을 것이다. 인구가 거의 900만 명에 달하지만 뉴욕은 마음속 한가득 후회를 안고 사는 외로운 사람들의 도시다. 그들의 마지막 순간을 조금 덜 외롭게 해주는 것이 내가 하는 일이다.

한 달 전, 한 사회복지사가 기예르모에게 나를 소개해줬다. 그녀는 전화로 언질을 주었다.

"미리 알고 계세요. 화가 많고 괴팍한 노인네예요."

상관없었다. 보통 그런 경우 그분이 겁이 많고, 사랑받지 못하고, 혼자라 느낀다는 뜻이었다. 그래서 처음 몇 번 방문하는 동안 그는 나에게 거의 알은체도 하지 않았지만 신경 쓰지 않았다. 그러다 실수로 우리 집 문이 잠기는 바람에 네 번째 방문 날 늦고 말았다. 침대 옆에 앉자 그가 눈물을 글썽이며 나를 쳐다보았다.

"안 오는 줄 알았어." 그는 모든 것을 체념한 버려진 아이처럼 말했다.

"그런 일은 없을 거예요. 약속드려요." 나는 두 손으로 그의 가죽같이 거친 손을 꼭 쥐며 말했다.

나는 항상 약속을 지켰다. 죽어가는 이의 마지막 나날을 지킨다는 건 영광스러운 일이다. 특히 그들이 의지할 데가 나밖에 없다면 더더욱.

차이나타운에 있는 기예르모의 비좁은 원룸 아파트에서 나와 집으로 걸어서 가려는데 눈발이 이리저리 변덕스럽게 흩날렸다. 버스를 탈 수도 있었지만 누군가 삶을 마감한 시점에 혼자만 쏙 일상으로 곧장 돌아간다는 게 늘 망자에 대한 예의가 아니라는 느낌이 들었다. 나는 걸으면서 뺨을 스치는 차가운 바람을 느끼고 숨을 쉴 때마다 입김이 구름처럼 서렸다 사라지는 모습을 지켜보는 것이 좋았다. 내가 여전히 여기, 살아 있다는 증거이기 때문이다.

누군가의 죽음을 목격하는 데 너무 익숙해져 있다 보니 일이 끝나면 늘 살짝 표류하는 느낌이 든다. 여기 지상에 있던 사람이 이제는 떠나버렸다. 내가 모르는 어딘가로(나는 영적인 문제라면 거의 불가지론자에 가까웠기에 의뢰인들이 선택한 신앙을 무리 없이 받아들일 수 있었다). 기예르모가 어디에 있건 그가 자신의 고통을 뒤에 남겨두고 떠날 수 있었기를 바랐다. 내가 아는 한 그는 하느님과 그리 가깝지 않았다. 그의 싱글 침대 옆, 모서리가 쭈글쭈글우는 찢기고 누르스름한 벽지 위에는 조그만 목재 십자가상이 걸려 있었다. 하지만 그가 위안을 구하려 십자가상을 똑바로 쳐다보는 일은 결코 없었다. 마치 권위 있는 인물의 면밀한 시선을 피하려는 듯 슬쩍 흘깃거릴 뿐이었다. 그는 주로 십자가상을 등지고 있었다.

기예르모를 방문한 3주 동안 그의 생활 공간은 내 머릿속에 세세하게 새겨졌다. 하나뿐인 창문 바깥에 두껍게 내려앉은 더께가 햇빛을 흐려놓아 그 공간에 걸맞은 침울한 분위기를 자아냈다. 그가 뒤척일 때마다 낡아빠진 침대 프레임에서 끼익 끽 하는 쇳소리가 들려왔다. 어디선가 뼛속까지 시리게 하는 외풍이 들어왔다. 부엌 찬장에 덜렁 놓인 컵 하나, 그릇 하나, 접시 하나는 외로운 삶의 증거였다.

그 시간 동안 기예르모와 내가 나눈 대화는 아마 열 문장이 다였을 것이다. 그 정도면 충분했다. 나는 항상 죽음을 앞둔 사람이 자신의 남은 나날을 대화로 채울지 침묵하며 보낼지 스스로 결정할 수 있게 했다. 어떤 결정을 내렸는지 굳이 듣지 않아도 그냥 알 수 있었다. 내가 할 일은 차분하게, 자리를 지키고 앉아 그들이 남은 생의 소중한 순간들을 오롯이 항해할 수 있게 해주는 것이다.

그들의 고통을 외면하지 않는 것이 가장 중요하다. 몸이 활동을 멈추는 신체적인 고통뿐만 아니라, 더 나은 삶을 살 수 있었다는 사실을 인지한 채 끝나가는 자신의 삶을 지켜봐야 하는 감정적인 고통도 포함해서다. 누군가에게 자신의 가장 취약한 부분을 보일 기회를 갖는 것은 그 어떤 말보다 더 큰 치유력을 지닌다. 그들이 슬픔에 압도되었을 때조차 눈을 들여다보며 상처에 공감해주고 날것 그대로의 상처를 내보일 수 있게 돕는 것은 내게는 더없이 영예로운 일로 느껴졌다.

심지어 그들을 향한 내 마음이 찢기듯 아플 때도 마찬가지였다.

기예르모의 공간에 비해 내 아파트에 감도는 온기는 숨이 막힐 정도였다. 나는 코트를 벗어 현관문 옆 선반에 겹겹이 쌓인 겨울옷 맨 위에 균형 맞춰 얹었다. 선반이 반항하듯 내 모직 피코트를 바닥에 구겨진 채 아무렇게나 쌓인 옷더미 위로 떨어뜨렸다. 나는 (집 안에 있는 잡동사니 대부분을 다루는 방식대로) 나중에 처리하기로 하고 내버려두었다.

솔직히 그 모든 물건이 다 내 것은 아니었다. 나는 할아버지가 돌아가신 후 남들이 부러워할 만한 위치에 자리 잡은 방 두 개짜리 아파트를 물려받았다. 엄밀히 말해 내가 아이였을 때부터 임대차계약을 맺었다고 보면 된다. 임대료 통제♣ 아파트를 물려받은 것은 내가 뉴욕시의 어떤 부동산 정책에도 정당한 권리를 빼앗기지 않도록 할아버지가 내린 현명한 조치였다. 17년 동안 우리는 웨스트빌리지의 말끔하게 관리된 다른 건물들에 비해 상대적으로 낙후되어 보이는 3층짜리 갈색 사암으로 된 아파트에서 함께 살았다. 할아버지가 세상을 떠난 지 벌써 13년이 넘었지만 나는 여전히 할아버지의 물건을 정리할 수가 없었다. 그 대신 할아버지의 물건들 사이사이 남는 공간에 내 물건을 끼워 넣으며 살고 있었다. 죽음을 직시하며 살았는데도 아직까지 나는 내 인생에 영원히 할아버지가 부재하다는 사실을 받아들이지 못한 듯했다.

슬픔은 이런 식으로 우리를 속인다. 갑자기 익숙한 향기가 훅 밀려들거나, 군중 속에서 그 사람을 언뜻 본 것만 같거나, 상실의 고통을 어떻게든 다스려보려 마음속에 묶어둔 모든 매듭이 갑자

♣ Rent-controlled. 뉴욕의 임대차보호 정책 중 하나로 건물주가 마음대로 임대료를 올릴 수 없도록 통제하는 제도. 단, 오래된 건물에 장기간 같은 가족이 세 들어 있는 경우만 해당된다.

기 풀려버리는 식으로 말이다.

나는 김이 모락모락 피어오르는 얼그레이 잔을 따스이 감싸 쥐고 할아버지의 생물학 교재와 퀴퀴한 냄새가 나는 지도책과 항해 관련 소설로 빽빽이 들어찬 책장 앞에 섰다. 책들 사이에 너덜너덜해진 노트 세 권이 유독 도드라져 보였는데 모양이 특별해서라기보다 각 권의 책등에 새겨진 단어들 때문이었다. 첫 번째는 **후회**, 두 번째는 **조언**, 세 번째는 **고백**이었다. 반려동물들을 제외한다면 불구덩이 속에 뛰어들어 제일 먼저 구해낼 물건이 바로이 노트들이었다.

나는 임종 도우미가 된 이래 의뢰인들이 숨을 거두기 직전 남긴 말들을 기록하는 의식을 치러왔다. 대부분은 마지막 순간이 되면 그 순간이 세상에 흔적을 남길 마지막 기회임을 깨달은 듯 의미 있는 말을 남기려 했다. 마지막 메시지는 주로 '달리 행동했더라면 좋았을 일, 살아온 과정에서 배운 것, 마침내 드러낼 준비가 된 비밀'이라는 세 가지 범주 중 하나에 들어맞았다. 특히 그 곁을 지키고 있는 사람이 나뿐일 때면 그 말을 수집하는 것이 신성한 의무처럼 느껴졌다. 그리고 혼자가 아닐 때에도 가족들은 보통 너무 슬픔에 빠진 나머지 미처 그런 말을 받아 적을 생각을 하지 못했다. 반면에 내 감정은 언제나 말끔히 감춰져 있었다.

찻잔을 옆에 내려놓고 **고백**이라는 제목이 적힌 노트를 꺼내려 까치발을 했다. 고백은 오랜만이었다. 최근에는 모든 사람이 후회로 삶을 마무리한 듯했다.

나는 소파에 푹 파묻혀 가죽 장정 노트를 넘겨 빈 페이지를 찾았다. 간결한 글씨체로 기예르모의 이름과 주소, 날짜와 그의 고백을 써 내려갔다. 솔직히 예상치 못한 일이었다. 나는 기예르모가 죽어가는 것을 감지했고 그가 이미 의식을 잃었다고 생각했다. 하지만 순간적으로, 그가 두 눈을 뜨고는 한 손을 내 팔 위로 올렸다. 극적이진 않았다. 마치 문밖으로 나가려다 깜빡 잊고 있던 말을 전하는 것처럼 가벼웠다.

"열한 살 때 실수로 여동생의 햄스터를 죽였어." 그가 읊조렸다. "여동생을 골려주려고 케이지 문을 열어두었는데 햄스터가 사라지고 말았지. 사흘 후 우리는 소파 쿠션 사이에 끼인 햄스터를 발견했어."

말이 끝나기가 무섭게 그의 몸은 마치 수영장에서 수면 위에 누워 부유하는 것처럼 평화로운 무중력상태가 되었다.

그러고는 숨을 거두었다.

그날 밤, 소파 주위로 반려동물들이 몰려들자 그 햄스터를 떠올리지 않을 수 없었다. 6년 전 아래층 쓰레기통을 뒤지고 있다 구조된 통통한 불독 조지가 내 무릎에 축축한 턱을 올려놓고 있었다. 카마인가의 교회 주변에 놓인 상자 안에서 구조한 얼룩무늬 새끼 고양이 형제 롤라와 라이어널은 내 발목 주위에서 교대로 살금살금 '8'자를 그리며 움직이고 있었다.

이 친구들의 보드라운 털이 내 마음을 진정시켜주었다.

나는 햄스터가 얼마나 고통스러웠을지 상상하지 않으려 했다. 햄스터들은 아주 약한 존재들이니 아마 금방 목숨을 잃었으리라. 가엾은 기예르모, 50년 동안 죄책감을 안고 있었다니.

바랜 소파 팔걸이 위에 아슬아슬하게 놓여 있는 휴대폰을 흘 긋 쳐다보았다. 내 휴대폰이 울리는 일은 자동차 보험을 권유하 는 음성 광고 전화나 가짜 국세청 감사를 제외하면 누군가 일을 의뢰해 올 때뿐이었다. 내가 끝끝내 제대로 습득하지 못한 기술 이 바로 사교성이었다. 내성적인 할아버지 밑에서 외동으로 자라 다 보면 혼자인 것에 감사하는 법을 배우게 된다. 그렇다고 우정 이라는 개념을 거부한다는 뜻은 아니다. 그저 누군가와 가까워지 지 않으면 그들을 잃을 일도 없다고 생각할 뿐이다. 그리고 나는 이미 잃을 만큼 잃었다.

하지만 가끔은 내가 어쩌다 이 지경에 이르렀는지 궁금할 때가 있다. 서른여섯, 내 인생은 낯선 이의 죽음을 기다리는 일을 주축 으로 돌아가고 있었다.

차에서 피어오르는 베르가모트 향을 음미하면서 몇 주 만에 처음으로 눈을 감고 몸의 긴장을 풀었다. 내내 감정을 통제하다 보면 에너지가 고갈되는 느낌이지만 그렇게 해야 내 일을 잘할 수 있었다. 늘 차분함을 유지하는 것이 내 의무였다. 의뢰인들이 겁 먹고 당황하고 이별 앞에서 어쩔 줄 몰라 할 때도 나는 침착해야 했다.

얼어붙은 감정이 녹기 시작하자 슬픔의 무게가 가슴을 짓누를 수 있게, 심장을 쥐어짜고 싶은 열망이 모습을 드러낼 수 있게 소파 쿠션에 등을 기대고 앉았다.

내가 이 도시에 외로운 사람이 가득하다는 사실을 아는 데는 이유가 있었다.

내가 그들 중 하나라서다.

3

보통 일을 마무리 지은 다음 날은 그사이 뒷전으로 미뤄뒀던 집안일을 하며 보냈다. 누군가가 죽어갈 때 집안일과 청구서 지불은 전혀 중요해 보이지 않았다. 나는 바구니에 수북이 쌓인 3주치 더러운 세탁물을 지하실로 옮겼다. 할아버지는 임대료 통제 아파트라는 희귀한 보물뿐 아니라 건물 내 세탁실까지 물려주었다. 코인 세탁소를 찾아 헤매야 하는 뉴욕에서의 삶에 부담을 덜어준 세탁실은 할아버지가 없을 때조차 내 삶을 한결 더 수월하게 만들어준 작지만 어마어마한 혜택이었다.

위층으로 가는 길에 우편함에 들러 늘 그 자리에서 내 간헐적 방문을 기다리고 있는 봉투와 카탈로그들을 거둬들였다. 읽어볼 만한 우편물은 거의 없었다.

계단 중간쯤에서 걸걸한 목소리가 들려왔다. "또 휴가 중이냐, 꼬마야?"

이어서 들려오는 발을 질질 끄는 걸음 소리는 목소리만큼이나 내 귀에 익숙했다. 내가 여섯 살에 할아버지 집으로 처음 왔을 때 리오 드레이크는 활기 넘치던 쉰일곱 살이었다. 그리고 수십 년이 흘렀지만 후추 색이던 머리카락이 소금 색으로 변하고 으스대며 걷던 발걸음이 좀 더 느려진 것 외엔 별 차이가 없었다.

게다가 그는 여전히 나의 유일한 친구였다.

"그렇게 볼 수도 있겠네요." 나는 그가 남은 계단을 마저 내려오기를 기다리며 말했다. "휴가지로는 세탁실보다 해변이 더 좋겠지만요."

광대가 매력적인 키 크고 호리호리한 리오에게 나이는 그저 품위만 더해줬을 뿐이었다. 나는 노년층의 패션이 특정한 연령대, 주로 30대나 40대에 자신들이 선호하던 스타일에서 멈추는 경향이 있다는 사실이 아주 흥미로웠다. 흔히 (이미 옷이 충분히 있으니 새로 사들일 이유가 없다는 점에서) 절약이 그 이유일 수도 있겠지만 대체로 스스로 전성기라 여겼던 나날에 대한 향수 때문으로 보이기도 했다. 살아갈 날이 지나온 날보다 더 많던 그때를 말이다.

리오는 빳빳하게 펼쳐진 칼라, 노치 라펠♣, 리넨 재질의 포켓 스퀘어♣♣ 그리고 경우에 따라 오랜 세월 즐겨 써온 챙이 좁은 중절모까지 여전히 1960년대의 각 잡힌 양복 스타일을 단단히 고수하고 있었다. 그는 단 한 번도 헝클어진 모습을 보인 적이 없었다.

♣　　코트나 재킷에서 위아래의 깃이 벌어진 각도가 비슷한, 가장 일반적인 옷깃.
♣♣　　양복의 왼쪽 가슴 주머니에 장식용으로 꽂는 천.

길모퉁이 식료품점에 우유를 사러 갈 때조차 완벽하게 단정했다. 아마 메디슨가에서 일하던 시절부터 계속 그랬을 것이다. 처음에는 구내 우편물실에서 일하는 신세였지만, 그렇다고 회사 중역들의 눈에 거의 띄지도 않았을 흑인인 그가 그들의 온갖 화려한 차림새를 예리한 눈으로 담아내는 것까지 막을 수는 없었다. 마침내 돈을 제대로 벌게 되자 그는 그들의 스타일을 모방하고 더 발전시켜 자기 것으로 만들었다.

오늘 할 일이라곤 우편물 확인뿐인데도 그는 여전히 잘 다린 셔츠에 주름 잡힌 슬랙스를 입고 있었다. 운동복 바지와 두껍고 헐렁한 스웨터 차림인 나와는 확연히 다른 차림새였다. 내 이론이 맞는다면 내가 물려받은 패션 감각은 전망이 밝지 않은 듯했다.

리오가 우편함에 열쇠를 밀어 넣으며 익살스러운 미소를 지었다. "그럼 우리 재대결은 언제 할까?"

함께 살게 되자 할아버지는 바로 나에게 마작을 가르쳐주었다. 내가 마침내 할아버지를 이기기까지는 4년이 걸렸다. 할아버지는 나에게 도움이 되지 않을 거라며 단 한 번도 일부러 져주지 않았다. 시간이 가면서 나는 모든 마작 패를 외우고 할아버지가 버린 패를 추적하면서 그 움직임을 면밀히 관찰했다. 한 가지만큼은 확실히 보였다. 할아버지는 자신이 질 것 같을 때마다 오른쪽 집게손가락으로 목을 살살 긁었다. 리오는 내가 대학에 간 뒤 할아버지의 단골 상대가 되었는데 할아버지가 돌아가시고 나서 내가 돌아온 뒤론 나와 함께 그 전통을 이어가고 있었다. 우리는 지난

10여 년간 열띤 경쟁을 즐겼다.

"다음 주 일요일 어때요?"

한 아름의 우편물을 일일이 살펴보고서야 열어볼 가치가 있는 편지를 하나 발견했다. 몇 달 전 내가 맡았던 백혈병 환자의 가족이 보낸 수표였다. 그도 기예르모처럼 생생한 아픔을 안고 떠난 사람이었다. 처음 임종 도우미로 일하기 시작했을 때는 순진하게도 사람들이 자기 삶의 긍정적인 면, 그러니까 그들이 감사해야 할 모든 일에만 집중할 수 있게 해주려 했다. 하지만 세상에 분노하며 세월을 보낸 사람들은 죽음을 그저 최후의 잔인한 일격으로 느낄 뿐이었다. 결국 나는 그러기를 원하지 않는 사람에게 현실을 대충 덮도록 돕는 것은 내가 할 일이 아니라는 생각이 들었다. 함께 앉아서, 이야기를 들어주고, 죽음을 증언하는 것이 바로 내가 할 일이었다. 그래서 그들은 마지막 숨을 거둘 때까지 불행했을지 몰라도 최소한 혼자는 아니었다.

"좋아. 그날로 하지." 리오가 쓰지도 않은 중절모 챙을 기울이는 척하며 말했다. "물론 너한테 더 나은 약속이 생기지 않는다는 전제하에."

리오는 내가 달리 만날 사람이 없다는 걸 잘 알고 있으면서도 사교를 권하는 마음을 넌지시 비추고 싶은 충동을 참지 못했다. 물론 그의 의도는 잘 알았지만 그럴수록 내 사교성이 떨어진다는 사실만 더 절감할 뿐이었다. 30대 중반이 되어서도 여전히 친구가 한 명밖에 없을 줄은 나도 예상치 못했다. 외로움에는 이런 특징이 있다. 어느 누구도 외로움을 선택하지 않는다.

"고마워요." 내가 미소를 보이며 말했다. "근데 그런 일이 일어날 위험성이 커 보이진 않네요."

"흐음, 그래도 모르는 일 아니겠니?" 리오가 2층을 향해 고개를 까딱했다. "말이 나온 김에 하는 말인데 새 이웃이 들어온다는 소식 들었어? 다음 주에 이사 온다더라고. 바라건대 지난번 이웃보다 대화를 즐기는 사람들이길."

망할. 나는 은둔 생활을 선호하는 핀란드 커플이 살던 2층이 좀 더 오래 비어 있기를 바랐다. 리오와 달리 나는 예의 바르게 고개를 끄덕이며 건네는 말이라곤 영혼 없는 '안녕하세요'가 전부인 핀란드 커플과 이웃 관계가 좋았다.

리오는 소문이 수면 위로 올라오기도 전에 알아내는 재주가 있었다. 덕분에 위층으로 돌아가는 길에 지난번 대화한 이후로 그가 알아낸 소소한 소문을 모조리 들을 수 있었다. 옆 건물에서 벌어진 에어비앤비 사연, 이웃의 지저분한 이혼 스토리, 손님이 사용 중이던 변기에서 튀어나온 쥐 때문에 위생법 위반으로 문을 닫게 된 음식값 비싸기로 유명한 레스토랑. 잡담 전문가인 리오는 많은 시간을 밖에서 보내고 주변 거리를 걸어 다니며 누구든 이야기를 나누고 싶어 하는 사람들과 잡담을 나눴다. 나는 항상 우리가 그토록 잘 지내는 이유가 궁금했다. 극과 극은 통한다더니.

리오와 함께 삐걱대는 계단을 올라가니 빈 2층 현관문이 살짝 열려 있었다. 그 틈 사이로 바닥에 놓인 페인트통들과 언제라도 사용할 수 있게 트레이 위에 놓인 롤러가 보였다. 리오가 의식도 못한 채 소문을 늘어놓고 있는 사이 뱃속에 불안감이 밀려들었다.

뉴욕에서 새로운 이웃을 맞이하는 일은 피할 수 없을뿐더러 이미 겪을 만큼 겪어온 일이었다. 하지만 매번 낯선 이가 우리 건물로 이사를 올 때마다 여전히 누군가 내 영역에 침입하는 느낌이 들었다. 내 공간, 내 일상, 내 고독에 대한 침입. 그것은 새로운 성격을 파악하고 새로운 인사 의식을 설정하고 새로운 기벽을 받아들여야 한다는 뜻이었다. 새 이웃은 예측 불가능을 의미했다.

그리고 나는 예측 불가능한 일을 싫어했다.

4

부모님이 세상을 떠난 날, 나는 돼지들이 햇볕에 타지 않으려고 진흙탕에서 몸을 굴린다는 사실을 배웠다.

1학년이었고 화요일, 점심시간 때였다. 나는 우리 초등학교 운동장에 딱 한 그루밖에 없던 떡갈나무에 기대어, 관절염을 앓는 손가락처럼 땅을 가로질러 뻗은 옹이 진 두 나무뿌리 사이에 앉아 있었다. 날씨가 괜찮을 때면 근처에서 반 친구들이 시끌벅적하게 노는 사이 내가 점심시간의 대부분을 혼자 책을 읽으며 보내는 곳이었다. 그날 나는 동물 책에 푹 빠져 있었다. 운동장을 가로질러 곧장 나를 향해 오고 있는 루커스 교장 선생님을 보았을 땐 판다에 관한 내용을 거의 다 읽었을 때였다. 교장 선생님의 풍성하게 부풀린 머리가 결의에 찬 걸음걸이에 맞춰 흔들렸다. 손에는 폴리에스테르 블레이저가 허세 있게 들려 있었다. 마치 벌레가 기어다니는 것처럼 목덜미가 따끔거려 손으로 쓸어보았지만 아무것도 없었다.

담임선생님과 생활지도 상담 선생님이 'V' 자 형태로 루커스 교장 선생님 뒤쪽에 바싹 붙어 걸어오고 있었다. 3인조가 임무를 수행 중인 듯했기 때문에 나는 책을 조용히 무릎 위에 내려놓고 그들이 떡갈나무 아래에 다다를 때까지 기다렸다.

"우리 기특한 클로버." 억양 하나 없이 주욱 읊어대는 교장 선생님의 말투는 어른들이 아이들에게 뭔가 협조를 구할 때 쓰는 아부성 멘트처럼 수상쩍었다. 교장 선생님은 내 쪽으로 아주 정갈하게 몸을 숙이고 손등을 맞댄 두 손을 양쪽 무릎 사이에 가지런히 집어넣은 자세로 말을 이었다. "우리랑 함께 교장실로 가지 않을래?"

나는 루커스 교장 선생님의 양쪽에 있는 두 여자 선생님을 이리저리 쳐다보며 그들의 음산한 미소를 눈여겨봤다. 그날 내가 뭔가 벌받을 만한 일을 했나 싶었다. 실수로 규칙을 어겼나? 잘하려고 최선을 다했는데. 혹시 도서관에 책을 반납하는 걸 까먹었나? 3 대 1이라 살짝 불리해 보였지만 나를 보호하듯 감싸고 있는 나무뿌리에 감사해하며 그 자리에 붙박인 듯 앉아 있었다.

"저는 여기 나무 아래 있고 싶어요." 소소하지만 반항을 하고 보니 마음속에 전율이 일었다. "아직 점심시간이잖아요."

루커스 교장 선생님이 인상을 찌푸렸다. "아, 그래. 너무 추워지기 전에 밖에서 시간을 보내고 싶은 건 이해하지만 내가, 그러니까 우리가 너랑 의논하고 싶은 일이 있어서 말이야. 내 생각엔 안에 들어가는 게 좋을 것 같은데."

나는 내 선택지를 생각해봤다. 루커스 교장 선생님과 그녀의 어깨 뿡 블라우스 경호 군단은 나를 그냥 내버려둘 마음이 없어 보였다. 나는 머뭇머뭇 일어서서 재킷에 붙은 잔가지들을 털어내고 순순히 학교 건물을 향해 걷기 시작했다.

"착하기도 하지, 클로버." 루커스 교장 선생님이 말했다.

교장실에서, 나는 목재 회전의자로 몸을 끌어올려야 했다. 리놀륨 마룻바닥이 저 아래 보였다. 다리를 달랑거리고 앉아 있자니 가죽 쿠션 아래에서 쿡쿡 찔러대는 낡아빠진 스프링이 내 앙상한 허벅지를 불편하게 했다.

내 건너편에 앉은 어두운 표정의 세 사람은 마치 불쾌한 임무를 수행할 이를 정하는 제비뽑기라도 하듯 서로 말없이 침울한 시선을 주고받았다. 상담 선생님이 당첨된 것이 분명했다. 선생님은 숨을 들이쉬고는 말을 하려다 잠깐 멈춰 할 말을 재점검했다.

마침내 선생님이 말했다.

"클로버, 부모님께서 휴가 중이시란 거 알아."

"중국에 가셨어요." 내가 거들었다. "판다들이 사는 곳이죠." 나는 내 책을 소중한 보물인 양 가슴에 껴안았다.

"그래, 그럴 거야. 너 정말 영리하구나."

"판다는 대나무를 먹어요. 그리고 몸무게가 90킬로그램이 넘고 수영을 진짜 잘해요." 나는 어른들의 관심이 나에게 집중되는 사이 내 영리함을 확실히 내보일 수 있기를 바라며 말했다. "엄마랑 아빠는 이제 두 밤 자면 집에 오실 거예요. 제가 계속 세고 있었거든요." 나는 부모님이 지난번 파리에 갔을 때처럼 내 선물을 잊는 일이 없기를 바랐다.

상담 선생님이 목청을 가다듬으며 블라우스에 꽂힌 화려한 브로치를 만지작거렸다. "아, 그래. 그 이야기를 하려고 했어. 부모님께서 목요일에 집에 도착하기로 되어 있었지. 근데…… 사고가 있었단다."

나는 책을 더 꽉 껴안으며 인상을 찌푸렸다. "사고라고요?"

담임선생님이 앞으로 몸을 숙여 손목에 찬 싸구려 팔찌를 쨍그렁거리며 내 무릎을 토닥여주었다. 나는 그 팔찌의 밝은 색깔이 마음에 들었다. "지금 어머니 친구분 댁에서 지내고 있지, 클로버?"

조심스럽게 고개를 끄덕이는데 양쪽 귀가 점점 뜨거워졌다. 땀이 삐질삐질 새어 나와 의자의 가죽 쿠션과 허벅지 뒤쪽이 맞닿는 곳이 미끈거리기 시작했다. 열린 창문 사이로 들려오는 친구들의 시끌벅적한 소리에 마음이 더 불편해졌다.

선생님의 불편한 미소를 보니 불안감이 밀려들었다. "오늘 밤엔 그곳이 아니라 외할아버지 댁에 가게 될 거야. 오늘 오후에 할아버지께서 널 데리러 뉴욕에서 오신대. 재밌겠지?"

재미있을지 없을지는 정말로 알 수가 없었다. 그때까지 내 짧은 생애 동안 외할아버지와 오후를 함께 보낸 적이 손에 꼽을 정도라 상대적으로 특별한 감정이 있지는 않았다. 할아버지는 말이 별로 없었지만 좋은 사람 같아 보였다. 외할아버지와 엄마는 서로 남남처럼 행동했다. 그래도 할아버지는 항상 내 생일에 선물을 보냈다. 내 무릎 위에 놓여 있는 동물 책이 올해 받은 선물이었다. 어쩌면 할아버지가 새로운 선물을 가져다줄지도 모를 일이었다.

"매클레넌 아줌마 집엔 왜 있을 수 없어요?"

우리 집에서 한 블록 거리에 혼자 사는 매클레넌은 상냥한 사람이 아니었다. 그리고 그녀의 집에선 어떤 음식을 내놓던 항상 구운 쇠고기 냄새가 났다. 하지만 매클레넌은 나를 먹이고 학교에 데리고 가는 것만 확실히 하고 나면 나머지는 내가 하고 싶은 대로 하게 내버려두었다. 주로 나는 내 방에서 혼자 책을 읽고 그녀는 비닐 덮개가 씌워진 소파에 앉아 코바늘 뜨개질을 했다. 우리 부모님이 몇 주씩 나를 그 집에 맡겨둘 때가 많았기 때문에 우리는 평화롭게 공존하는 법을 익혔다. 그녀가 나를 맡아주는 이유가 아빠가 떠나기 전 늘 그녀의 손에 밀어 넣어주는 현금 뭉치 때문이란 건 확실했지만 말이다.

선생님들은 침울한 눈빛을 주고받으며 눈썹만을 이용한 일종의 암호 형식으로 대화를 나눴다. 그러다 결국 루커스 교장 선생님이 무거운 한숨을 내쉬었다.

"클로버, 이런 말 하기 안타깝지만 부모님께서 돌아가셨어." 나머지 두 선생님은 그토록 말하기 힘든 소식을 냉담하게 전해버리는 교장 선생님의 행태에 놀라 숨을 헉 들이마셨다. 나 역시 충격에 휩싸여 두 눈을 부릅떴다. 두 선생님은 꼭 야생동물의 움직임을 예측해보려는 것처럼 내 주위를 불안하게 서성였다.

마침내 나는 간신히 입을 떼고 속삭였다. "돌아가셨다고…… 요? 하일랜드 선생님처럼요?"

하일랜드 선생님의 극적인 죽음 이후, 유치원에서 우리 반 친구들에게 보여준 〈세서미 스트리트〉의 한 에피소드가 떠올랐다. 거기서 빅버드는 친구인 미스터 후퍼의 죽음으로 혼란에 빠져 있었다.

"그렇단다, 클로버." 루커스 교장 선생님은 갑작스러운 폭로를 만회하려 애쓰며 말했다. "정말 마음이 아프구나."

그날 오후, 할아버지 옆에 앉아 코네티컷에서 맨해튼으로 가는 메트로노스 철도♣를 타고 가는 동안 반 친구들에게 작별 인사를 하지 않았다는 생각이 떠올랐다. 하지만 어차피 나한테 말

♣   뉴욕을 기반으로 하는 통근 철도.

29

을 거는 친구도 없었기 때문에 아무 문제도 없을 듯했다. 유치원 선생님이 갑작스레 죽기 전까지만 해도 친구들은 나에 대해 별생각이 없었다. 하지만 그때 이후 내 특이한 반응, 그러니까 내가 기겁하지 않았다는 사실 때문에 다들 나를 멀리하기 시작했다. 남자애 한 명이 내가 '죽은 사람들과 어울려 다닌다'는 소문을 퍼트리고부터 나는 공식적으로 괴짜가 되었다. 아마 애들은 내가 없어졌는지도 모를 것이다.

할아버지는 점심시간 종료를 알리는 종소리가 복도에 울려 퍼질 때 내가 매클레넌의 집에 들고 갔던 조그만 하늘색 여행 가방을 쥐고 학교에 도착했다. 할아버지는 알아듣기 힘든 중얼거리는 말투로 선생님들과 잠깐 이야기를 나눈 뒤 침울한 표정으로 교문 밖에서 대기하고 있던 택시로 나를 이끌었다.

기차역으로 가는 길에 할아버지는 우리 부모님의 사고가 낡은 배와 열대성 뇌우 그리고 양쯔강이라는 어떤 강과 관련이 있다는 것까지만 알려주었다. 나는 부모님이 그 강에서 수영하는 판다를 보았을지 속으로 궁금해하면서 그저 고개를 끄덕이기만 했다. 하지만 먼지 낀 차창 밖으로 스쳐 가는 반복되는 교외 풍경을 보고 있자니 머릿속으로 현실이 점점 더 크게 스며들기 시작했다.

내가 알기로 죽는다는 것은 다시는 돌아오지 않는다는 의미였다. 죽는 순간부터 그 사람은 오직 사람들의 기억 속에만 존재했다. 부모님이 중국으로 떠나던 날 아침, 엄마가 허겁지겁 나를 현관문 밖으로 내몰던 기억이 났다. 그리고 엄마가 나를 매클레넌에게 넘기고 내 쪽을 향해 대충 키스를 날리고는 차창에 자신의 모습을 비춰 보며 수선을 피우다 나에게 "착하게 있어야 돼"라고 말하던 장면도 떠올랐다. 아빠가 앞자리에서 나에게 손을 흔들었을 수도 있지만 확실치는 않았다. 그날 아침에도 우리 부모님은 늘 그러듯 머릿속으로 다른 생각을 하고 있는 듯했다.

나도 누군가 죽으면 우는 것이 중요하다는 걸 알고 있다. 하일랜드 선생님이 심장마비로 갑자기 세상을 떠났을 때 도서관 사서 선생님이 복도에서 흐느끼는 모습을 본 적이 있다. 그리고 할아버지와 내가 기차에 탔을 때 할아버지가 양쪽 눈 아래를 몇 번 옷소매로 훔치는 장면도 봤다. 그래서 나는 내 속눈썹을 뚫고 흘러나올 첫 눈물을 기대하며 기다렸다. 심지어 확인해보려고 눈꺼풀을 몇 번 눌러보기도 했다. 하지만 그때까지도 눈물은 나오지 않았다.

두 시간 후 우리는 그랜드센트럴역을 나와 컴컴한 밤의 손아귀 안으로 걸어 들어갔다. 바람이 뺨을 할퀴고 도로 위의 아비규환이 고막을 점령했다. 그 커다란 도시에서 내가 처음으로 맞이한 시간이었다. 그 도시가 마음에 드는지 아닌지 아직 확실치가 않았다.

나는 온통 낯선 것들 사이에서 제대로 발을 딛기 위해 할아버지의 코트 밑자락을 움켜쥐었다. 할아버지가 한 팔을 높이 치켜들고 휘파람을 불었다. 노란 택시가 우리 앞에 나타난 걸 보면 그건 일종의 마술이 분명했다. 할아버지를 거의 모르는데도 왠지 내가 안전하다는 확신이 들었다. 내 하늘색 여행 가방을 제외한다면 내가 스스럼없이 붙잡을 수 있는 유일한 대상은 할아버지뿐이었으니까.

택시 창 너머 빠르게 지나가는 풍경은 기차 밖으로 반복되던 교외와는 사뭇 달랐다. 하늘로 치솟은 빌딩, 활기 넘치는 불빛들, 보도 위에 서로 얼기설기 얽힌 인파. 할아버지가 어떻게 그 모든 장면을 무시할 수 있는지 궁금했다. 할아버지는 그저 앞 좌석 뒤편을 멍하게 바라보면서 우유를 사야 한다는 말을 중얼거릴 뿐이었다.

폭이 좁은 갈색 사암 건물 앞에 도착하자 할아버지가 깔끔하게 접힌 지폐 뭉치를 기사에게 건넸다.

"'고맙습니다' 해야지, 클로버." 할아버지는 택시 문을 밀어 열며 나에게 말했다.

"고맙습니다."

운전석에 앉은 마늘 냄새를 풀풀 풍기는 투덜이가 대답 대신 끄응 소리를 냈다.

갈색 사암 건물 안으로 들어가 3층을 향해 올라가면서 한 계단 오를 때마다 숫자를 세었다. 내가 속으로 '14'를 외쳤을 때 중절모를 쓴 남자가 으스대는 듯한 걸음걸이로 계단을 내려왔다.

그가 할아버지에게 인사했다.

"안녕하신가, 패트릭." 할아버지의 허벅지 뒤쪽에서 빼꼼 고개를 내민 나를 미처 알아보기 전이었다.

할아버지는 악수를 하려고 내 여행 가방을 내려놓았다.

"리오." 할아버지가 말했다. "내 손녀라네, 클로버라고 해."

그가 잠깐 동정 어린 눈길로 할아버지를 쳐다보고는 등을 굽혀 나에게 한 손을 내밀었다. 그의 환한 미소 끝에 금니 하나가 번쩍였다.

"만나서 반갑구나. 우리 아파트에 온 걸 환영해." 천장에 달린 전등 불빛이 그의 눈을 비추자 마치 열지 않은 코카콜라병에 햇살이 비치는 것 같았다.

나는 그의 호박색 피부의 따스함에 감탄하며 최대한 힘줘 악수했다. "저도 반가워요."

리오가 옆으로 비켜서더니 극장 안내원처럼 계단 쪽으로 손을 쓸어 올렸다. "자, 이제 보내드리지요." 그가 모자를 살짝 젖히며 말했다. "조만간 두 분을 뵐 수 있길 고대하겠습니다."

3층에 도착해 할아버지가 허리띠에 연결된 고리에서 열쇠를 가려내 위쪽 자물쇠부터 차례대로 딸깍딸깍 여는 모습을 지켜보았다. 할아버지가 문 옆 선반에 코트를 걸 때 나는 호기심에 거실을 둘러보았다. 바닥부터 천장까지 이어지는 선반이 벽을 따라 줄지어 서 있었고 거기엔 진귀한 돌, 동물의 두개골, 병 속에 든 생물 등 온갖 종류의 물건들로 넘쳐나고 있었다. 할아버지 집은 내가 지난달 학교 체험학습 때 방문했던 박물관 같았다.

그리고 이제 나도 거기 살게 된 것이다.

저녁 식사로 구운 콩과 토스트를 먹고 딱 몇 마디 대화를 나누고 나자 할아버지는 나를 제일 끝 쪽에 있는 작은 방으로 안내해 주었다. 거대한 나무 책상이 한쪽 구석에 자리 잡고 있었고 그 위에는 종이와 책들이 각각 굴뚝처럼 차곡차곡 쌓여 있었다. 다른 쪽 구석에는 싱글 침대와 협탁이 있었고 협탁 위에는 초록색 책상용 램프와 작약꽃 한 송이가 꽂혀 있었다.

"여기가 네 방이야." 할아버지가 몸짓으로 책 더미를 가리켰다. "내일 저걸 다 처리해야 해."

할아버지는 책상에서 곡목 의자를 꺼내 내 하늘색 여행 가방을 올렸다. 방 안의 물건들이 전부 마호가니, 가죽, 트위드이다 보니 하늘색이 그 부드럽고 편안한 색에 대비되어 더 튀어 보였다.

"오늘은…… 정말 힘든 하루였어. 거실에 있을 테니 필요하면 불러라."

할아버지는 내 머리를 어색하게 쓰다듬고는 재빨리 두 손을 다시 주머니에 꽂아 넣었다.

"잘 자거라, 클로버."

"할아버지도 안녕히 주무세요."

나는 새로운 현실을 받아들이기 위해 방 한가운데 서 있었다. 여기 살면서도 매일 밤 양치를 해야 하나? 매클레넌은 양치에 관한 한 아주 엄격했다. 이제 많은 것들이 달라질 것이다. 누가 날 학교에 데려다줄까? 새 학교에서도 도서관에서 책을 빌릴 수 있을까? 새 학교 운동장에 떡갈나무가 있을까?

나는 시험 삼아 그날 밤 양치하는 걸 '까먹기로' 했다. 침대 시트와 이불 사이에 깔린 면 커버 속으로 기어들어가 좀약 냄새가 가미된 낯선 빨래 세제 향을 들이켰다. 면 커버 가장자리가 매트리스 아래 단단히 끼워져 있어 몸을 옆으로 굴리기가 힘들었다. 꼭 안겼을 때 그런 느낌이 들지 않을까 상상해봤지만 안겨본 경험이 별로 없어서 완전히 그렇다고 할 수는 없었다.

나는 천천히 변색된 면 커버 가장자리를 잡아 빼며 협탁에 손을 뻗어 꽃병을 넘어뜨리지 않고 내 동물 책을 잡았다. 불룩한 베개에 등을 기대고 가슴에 책을 올려놓고는 책장을 넘겨 'P'라고 표시된 부분을 펼쳤다. 그리고 판다를 마스터했다는 데 만족감을 느끼며 돼지(pig)에 대한 모든 것을 익히기 시작했다.

5

기예르모가 죽은 다음 날 리오와 우편함 앞에서 마주친 이후로 아무도 만나지 않고 닷새를 보냈다. 하지만 오랜 고독은 항상 변덕을 부린다. 처음에 고독은 인간으로서 겪어야 하는 혼돈과 온갖 기대에서 나를 감싸주고 마음을 위로해준다. 그러다 순식간에 원기 회복에서 망연자실한 고독감으로 자리를 이동해버린다.

엿새째 되는 날, 언제 마지막으로 머리를 감았는지 기억나지 않는 상태로 혼자 소파에 앉아 있을 때 그 이동이 시작되는 느낌이 들었다. 마치 편도선염이 제대로 오기 전에 목구멍이 간질간질하면서 그 시작을 알리는 것과 같았다. 그 증상은 늘 그랬듯 내 일관된 취향이 반영된 시청 습관과 함께 시작되었다. 물론 로맨틱한 영화나 TV 프로그램에 푹 빠지는 게 잘못은 아니다. 원래 그러라고 만들어진 것들이 아닌가. 그리고 뭔가를 간접적으로 보는 것과 실제 감정을 대체하려고 보는 것 사이에 아주 위험천만한 경계선이 있다는 것쯤은 나도 알고 있다. 하지만 이동의 징후는 실제 등장하는 대사 이상을 쥐어짜내려 애쓰며 같은 장면을 보고 또 보는 데서 드러났다. 마치 백 번째 돌려 보면 새로운 장면이 마법처럼 나타날지도 모른다는 듯이 말이다. 오늘은 〈프랙티컬 매직〉의 가장 로맨틱한 장면들을 각각 최소 스무 번씩 돌려 봤다. 하지만 평소처럼 옥시토신이 쫙 퍼지는 즐거운 느낌 대신 산드라 블록의 감정이 고조되고 가라앉을 때마다 그 감정이 내 것인 양 가슴속에 그리움이 밀려들었다.

외동으로 자라면 현실을 사는 법만큼이나 상상 속에서 사는 법을 배운다. 내가 자유자재로 펼치는 이야기 속에서는 어느 누구도 나를 실망시키거나 떠날 수 없다. 그래서 러브 스토리를 보고 또 봐도 더 이상 내 아픔이 완화되지 않을 때면 마음속의 판타지로 마지막 키스와 엔딩 크레디트 이후에 이어질 등장인물들의 삶을 상상하면서 이야기를 이어가곤 했다.

그때가 바로 집 밖으로 나가 실제 세상과 다시 마주해야 할 때였다.

마지못해 코트를 껴입는데 거리 저편 아파트에 불빛이 깜빡거렸다. 석양에 아직 한낮의 빛이 남아 있을 때라 창에 반사된 불그스름한 빛 때문에 여느 때보다 그 창 너머를 들여다보기가 힘들었다. 그래도 두 사람이 코트를 휙휙 벗어 던지고 함께 소파에 파묻히는 건 알 수 있었다. 4년째 우리 집 건너편에 살고 있는 줄리아와 루번은 커튼을 치는 법이 없었다. 커튼이 있는지조차 확실치 않았다. 노출증이 있어서가 아니라 서로에게 푹 빠진 나머지 멀리서 누군가 지켜볼지도 모른다는 생각조차 못 하는 것 같았다. 두 사람의 더할 나위 없이 행복한 포옹을 보면서 바깥세상은 안중에도 없어질 만큼 누군가에게 빠진다는 게 어떤 기분일지 궁금해졌다. 그때 해가 각도를 바꿔 눈이 멀 것 같은 빛을 반사시키는 바람에 더는 그쪽 거실을 들여다볼 수가 없었다. 나는 한숨을 푹 쉬며 블라인드를 내리고 억지로 문밖으로 몸을 이끌었다.

나는 멜팅포트♣라는 뉴욕의 문제 많은 명성에 결코 공감한 적이 없었다. 내가 아는 뉴욕은 대부분의 사람들이 상호작용 없이 지근거리에서 둥둥 떠다니는, 덩어리가 든 야채수프에 가까웠다. 나는 6번가에 있는 독립 영화관에서 다른 고독한 영화 팬들과 주중 영화 관람을 자주 즐겼다. 거의 친지 모임 같은 느낌이었다. 주판 위에 놓인 주판알처럼 대충 간격을 두고 흩어져 앉아 있으면 우리는 함께 있지만 혼자일 수 있었다. 그러다 영사기가 딸깍 멈

♣ 　인종의 용광로라고도 하며, 다양한 문화가 섞여 있는 미국의 특징을 비유하는 말.

추고 불이 다시 들어오면 모두 터벅터벅 걸어 나가 원래 걷던 고독한 길을 계속 걸었다.

하지만 그날 밤, 로맨스가 조금이라도 가미된 영화를 본다는 건, 심지어 남들과 함께 보더라도 내 강박적인 행동을 더 부채질하는 일일 뿐이란 걸 잘 알고 있었다. 그래서 고독에서 나 자신을 끌어내기 위해 미드타운으로 가는 F선을 타고 내가 자주 가는 유일한 사교모임인 데스 카페로 향했다.

나는 20대 초반, 스위스로 배낭여행을 갔을 때 가로등 기둥에 붙은, 행인들을 '카페 모르텔'로 초대하는 너덜너덜한 전단지를 보고 처음 그 모임에 참석하게 되었다. 거기 유혹당하지 않을 사람이 어디 있겠는가? 그 가벼운 모임은 주로 레스토랑에서 열렸는데 스위스 사회학자 버나드 크레타즈가 죽음에 대한 대화를 일상으로 끌어들이기 위한 방법으로 개발한 모임이었다. 완전히 낯선 이들이 모여 음식과 와인을 앞에 놓고 죽음의 복잡성을 숙고하다가 각자의 길을 간다. 가히 천재적이었다. 존 언더우드라는 영국인이 그 아이디어를 '데스 카페(death café)'라 이름 지은 비공식 네트워크로 발전시켜 전 세계에 퍼뜨렸고, 최근 몇 년 사이에는 뉴욕에도 생겨나기 시작했다. 나는 보통 이삼 주에 한 번씩 참석했고 감정을 투자하지 않고도 사람들과 상호작용을 할 수 있다는 데서 마음의 안정을 얻었다.

게다가 죽음은 내가 능통한 주제였다.

발 디딜 틈 없이 꽉 찬 F선은 손잡이를 붙잡은 손과 배낭을 피하는 얼굴과 서로의 시선을 피하는 눈길로 뒤엉켜 있었다. 대부분의 사람들은 개인적인 공간을 침범당하고 다른 사람의 신체에 눌리는 느낌을 혐오한다. 하지만 나는 마음속으로 전율을 느꼈다. 손을 잡아주고 이마를 닦아주고 등을 쓸어주며 고객들을 보살필 때를 제외하면 내가 다른 사람의 신체와 접촉할 일은 거의 없었다. 늘 그랬다. 나는 내가 간지럼을 잘 타는 줄도 몰랐다. 할아버지는 머리나 어깨를 가끔 토닥여주는 것 외엔 필수적인 삶의 기술을 가르쳐주는 것같이 좀 더 실용적인 방식으로 애정을 표현했다. 그러다 보니 나는 순간적일지라도 다른 사람의 신체와 접촉하는 느낌을 경험할 기회를 음미하게 되었다.

열차가 끼이익 소리를 내며 34번가에 정차했고 통근자들 사이에 잠깐 바닷길이 열렸다. 머리 위 손잡이를 잡았을 때 남색 정장에 회색 트위드 코트를 입은 여윈 남자가 접힌 《뉴욕타임스》 한 부를 손에 든 채 내 옆으로 끼어들었다. 문이 닫히자 통근자들이 마치 누가 나뭇가지 다발을 묶듯 보이지 않는 끈으로 둘둘 묶어 잡아당기는 것처럼 꽉 쪼여들었다. 내 옆에 있던 남자가 그 기세에 떠밀려 나에게 더 가까워졌다. 이제 그 줄무늬 실크 넥타이의 섬세한 매듭이 내 얼굴에서 겨우 몇 센티미터 거리에 있었다. 그의 넓은 가슴에서 온기를 느끼며 나는 두 눈을 감고 샌달우드와 고급 비누, 어쩌면 위스키가 살짝 가미된 듯한 묘하게 매력적인 향을 들이켰다. 내 두 뺨이 그의 옷깃에 눌릴 때 그가 팔로 나를 감싸고 한 손을 내 머리로 가져오는 상상을 했다. 그 생각에 가슴이 벅차올랐다.

"이번. 정차역은. 42번가. 브라이언트파크역입니다."

녹음된 음성이 갑자기 확성기 너머에서 나를 꾸짖었다. 나는 환상을 떨쳐내고 마지못해 내릴 문 쪽으로 발걸음을 떼었다. 남색 정장을 입은 남자는 신문에서 눈을 떼지도 않았다. 껌 자국이 붙은 계단을 터덜터덜 걸어 올라가는데 내 코트에서 희미하게 샌달우드 향이 올라오는 듯했다.

6

그날 저녁 데스 카페는 뉴욕 공공 도서관에서 열렸다. 나는 같은 데스 카페에 너무 자주 가지 않으려 했다. 세션마다 새로운 사람들이 몰려들었지만 아는 얼굴을 찾는 단골 참석자가 반드시 있게 마련이었다. 그나마 최근 들어 뉴욕 도처에서 데스 카페가 열리다 보니 상대적으로 익명을 유지하기가 쉬워 다행이었다.

도착했을 때 방 안은 빙 둘러놓은 검은색 플라스틱 의자만 주인을 기다리고 있을 뿐 텅 비어 있었다. 나는 어딘가에 제일 먼저 도착한 사람이 되는 부담감을 결코 좋아한 적이 없다. 그 말인즉슨 사람들이 들어올 때마다 알은체를 해야 하며 모임이 시작될 때까지 한담을 나눠야 하는 위협을 감수해야 한다는 뜻이기 때문이다. 그래서 나는 근처 책장 옆을 서성이며 말끔하게 배열된

항공공학 책들을 숙독하는 척했다.

마침내 자리로 돌아가 앉았을 땐 한 자리만 제외하고 모든 의자가 채워져 있었다. 데스 카페를 처음 경험하는 사람은 금방 알아볼 수 있다. 안전지대를 벗어난 사람들이 그러듯 주위를 흘깃거리고 손을 꼼지락거리기 때문이다. 벽시계를 보니 시작 시각을 막 넘긴 터라 방 안에 초조한 기운이 감돌았다. 진행자인 생기 넘치는 이탈리아 여자가 무릎 위에 놓인 서류 더미를 탁탁 쳐 시작을 알렸다. 처음 보는 진행자였다. 전에 본 적이 있었다면 그 매부리코를 기억했을 것이다.

"환영합니다, 여러분." 그녀가 활기차게 말했다. "저는 알레그라라고 해요." 그녀는, 귀에 휴대폰을 대고 머뭇머뭇 안을 들여다보는 30대로 보이는 백인 남자를 보자 말을 멈췄다.

"안녕하세요, 선생님! 데스 카페에 오셨나요?"

이런 모임에선 살살 구슬려야 못 이기는 척 들어오는 사람이 한 명쯤은 있게 마련이다.

그는 손바닥을 동그랗게 말아 휴대폰을 가리고 초조하게 웃었다. "예, 그런 것 같습니다. 아, 그러니까 그렇다고요." 그가 말했다. "늦어서 죄송합니다." 그가 모두에게 미안한 듯 고개를 끄덕였다.

"그렇다면 우리가 자리를 맡아놓길 잘했네요." 알레그라가 유쾌하게 말했다. 나는 그녀의 여유로움이 부러웠다. 자신이 사랑받고 있다는 걸 아는 데서 우러나는 자신감 같은 분위기 말이다. "들어오세요! 이제 막 시작하던 참이었어요."

남자는 서둘러 빈 의자 쪽으로 걸어가다가 상대방과 아직 통화가 끝나지 않았다는 사실을 막 떠올린 듯 방 한가운데서 걸음을 멈췄다. "이제 가봐야 해요. 뭘 좀 하는 중이라서요." 그가 휴대폰에 대고 속삭였다. "비밀 유지 확실히 해주시고요." 그는 주머니에 휴대폰을 밀어 넣고는 창문 없는 방 안이 숨 막힐 듯 더운데도 코트를 그대로 입은 채 자리에 앉았다. "죄송합니다." 그는 다시 한번 모두에게 말했다. "일 때문에요." 눈에 보이는 듯한 그의 불안감이 마치 전류처럼 흘러 다른 사람들의 긴장감을 더욱 부추기고 있었다.

"자, 이제 준비가 되었네요. 여러분과 이 자리를 함께할 수 있어서 정말 기뻐요." 알레그라가 말했다. 나는 그녀의 어깨까지 오는 호박색 금발이 단정함과 흐트러짐 사이에서 어떻게 그토록 보기 드문 균형을 이루고 있는지 궁금했다.

"아마 이 모임에 처음 오신 분들이 많으실 거예요. 그래서 우리가 여기서 뭘 하는지 설명을 드리려 합니다." 그녀가 말을 멈추고 (뒤늦게 합류한 남자를 포함해) 언제든 자리를 박차고 나갈 것처럼 겁먹은 기색이 역력한 사람들을 찬찬히 둘러보았다. "이곳은 공개토론을 위한 공간이고 우리는 정해진 의제를 따르지 않기 때문에 여러분이 마음속에 품었을 죽음과 관련한 그 어떤 주제나 질문이라도 꺼내놓으시면 됩니다. 곳곳에 데스 카페가 있고 여러분 중에는 이미 다른 데스 카페에 참석해보신 분들도 계실 거예요. 다른 곳과 차이가 있다면 여기가 도서관이다 보니 음식과 음료를 제공해드릴 수 없다는 점뿐이랍니다."

이 데스 카페가 내 최애가 아닌 몇 가지 이유 중 하나가 여기서 간식으로 배를 채우는 대신 집에 가서 저녁거리를 찾아 헤매야 한다는 점이었다. 부디, 냉동실에 데워 먹을 음식이 남아 있길.

알레그라가 손뼉을 짝 치며 말했다. "자, 이제 돌아가면서 자기 소개를 해봅시다."

언제나 그렇듯 참석자들은 각양각색이었다.

선녹색 터틀넥 스웨터를 입은 20대 남자는 항상 죽음에 매료 되어왔지만 지금껏 죽음을 진정으로 논의하고 싶어 하는 사람을 찾을 수가 없었다.

두꺼운 붉은 테 안경을 쓴 노부인은 초기 알츠하이머 진단을 받고 정신을 잃어가는 자신을 지켜봐야 하는 현실과 사투를 벌이고 있었다.

연극과 학생은 자신이 무신론자로 자라 영성이 결핍된 탓에 죽음이라는 최후에 대처할 준비가 미흡하다고 생각했다.

도서관에서 데스 카페 전단지를 우연히 본 네덜란드 관광객은 이 모임이 '뉴욕시를 경험'하는 좋은 방법이자 영어 연습에 도움이 될 거라 생각했다(내가 처음 데스 카페를 경험한 곳이 스위스였다는 사실이 떠올라 동지애가 솟구쳤다).

늦게 온 남자가 다음 차례였다. 그는 오른쪽 다리를 덜덜 떨고 있었다. 내 왼쪽 다리가 떨리는 게 그에게 감정이입을 해서인지 내 감정 때문인지 알 수가 없었다.

"어, 안녕하세요. 저는 서배스천입니다." 그는 어색하게 손을 한 번 흔들고는 금테 안경을 고쳐 썼다. "제 가족들은 절대로 죽음에 대해 제대로 이야기를 하지 않습니다. 그래서, 그, 죽음이란 게 저에겐 너무 생소해서 여기 오게 됐어요. 솔직히, 저는 죽음에 극도의 두려움 같은 걸 갖고 있거든요. 여기서 죽음에 대해 더 많이 배우게 되면 두려움을 극복할 수 있지 않을까 싶었습니다."

몇몇 참석자들이 공감하듯 고개를 끄덕였다. 서배스천은 자기에게 쏟아지는 모든 관심이 최대한 빨리 다른 사람에게 옮겨가기를 바라는 듯 옆자리에 앉은 여자를 쳐다봤다.

그 여자가 자기 아파트에 귀신이 있는 것 같아서 이 모임에 왔다며 자기소개를 하는 동안 나는 내 차례를 대비해 머릿속으로 조용히 리허설을 해봤다. 하려는 말을 머릿속으로 새겨보면 말할 때 실수를 줄일 수 있었다. 나는 데스 카페에서 절대로 직업을 드러내지 않았다. 넘쳐나는 호기심과 좋은 의도이긴 하지만 도를 넘어선 질문만 불러일으킬 테니까. 대부분의 사람들은 임종 도우미를 만나보기는커녕 들어본 적조차 없었다. 그래서 훨씬 쉽게 공감대를 형성시켜줄 이유를 꾸며냈다. 모두의 눈이 마침내 나에게 집중될 때 심호흡을 깊게 하고 최대한 미소를 지었다.

"저는 클로버라고 해요." 나는 얼굴이 벌겋게 달아오르지 않기를 바라며 말했다. "할머니께서 최근에 돌아가셨어요."

애도를 표하는 소리가 사람들 사이에서 퍼져 나오고 나는 내 거짓말에 몸을 움찔했다. 하지만 늘 그렇듯 그 거짓말은 내가 참석한 이유를 충분히 설명해주었고 사람들의 관심은 내 왼쪽에 앉은 여자에게로 옮겨 갔다.

알레그라는 우리의 몸을 결국 퇴비로 만들어줄 버섯 수의에 관한 기사로 이야기를 시작했다. 매장이냐 화장이냐에 대한 열정적인 논쟁이 이어지고 바다에 뿌려지는 것과 연구를 위해 시신을 기증하는 것의 장점을 저울질하는 이야기도 나왔다.

"저는 퇴비가 되어 땅과 하나가 된다는 아이디어가 마음에 쏙 들어요." 무신론자인 연극과 학생이 말했다. "우리가 사는 동안 땅이 우리에게 영양을 공급하고 죽고 나선 우리가 땅에 영양을 공급하는 거잖아요."

네덜란드 관광객이 강하게 고개를 끄덕였다. "그렇지요. 그리고 화장보다 더 환경친화적이고요. 그 많은 배기가스를 생각해보세요."

"그럼, 만약에 제가 수장을 원하면 가족들이 저를 낚싯배에 태워 대서양에다 던질 수 있나요?" 내 옆에 앉은 여자는 실용적인 면이 강한 사람이었다.

"그게 말이에요." 터틀넥 스웨터를 입은 남자가 그 질문에 반응했다. "수장을 원하시던 증삼촌 때문에 제가 좀 알아봤거든요. 온갖 허가며 절차를 다 밟아야 해요. 근데 뉴잉글랜드에 그걸 해주는 회사가 있어요. 시신을 바다에 보내주기 전에 전세 요트에 태워 점심이 제공되는 일일 유람선 여행을 시켜주더라고요."

이렇게 주거니 받거니 하는 대화는 언제나 즐거웠다. 대부분의 뉴요커들은 거리낌 없이 자신의 의견을 나누었다. 나는 머릿속으로만 반응하는 쪽이었는데 사람들이 단체로 내 의견을 비평하는 일을 감내하지 않아도 되기 때문이었다. 게다가 죽음을 추상적인 개념으로 여기는 다른 사람들의 생각이 아주 흥미로워서이기도 했다.

내 의뢰인들은 이미 마지막 단계를 겪고 있었고 대부분 모든 일을 아주 명료하게 알고 있었다. 죽음이 임박했다는 사실을 알면 절대적인 것을 다룰 수 있게 되는 듯했다. 마치 자신의 인생이라는 퍼즐에 끼워 넣을 마지막 퍼즐 조각을 손에 쥐고 있고 그 조각이 들어갈 자리를 정확히 알고 있는 것처럼 말이다. 그들에게는 추측해야 할 미래가 없다는 데서 오는 자유가 있었다. 하지만 대부분의 사람들에게 죽음은 미지의 사건이었다. 불가피하지만, 몇 분 후에 일어날지 몇십 년 후에 일어날지 알 수 없는 불확실한 사건이었다. 그리고 내 경험으로 보아 살면서 죽음을 생각하고 싶어 하지 않는 사람들이 죽어가면서 제일 후회를 많이 하는 경향이 있었다.

나는 이런 데스 카페에 참석할 때면 혼자 게임을 즐겼다. 그 자리에 있는 사람들이 죽음의 순간을 다루는 방법을 추측해보는 것이다. 알레그라 같은 사람들은 품위 있게 죽음을 맞이할 것이다. 서배스천 같은 사람들은 극심한 공포와 후회를 느낄 것이다.

나는 그들 곁에 그 과정을 평화롭게 거쳐갈 수 있게 도와줄 나 같은 사람이 있기를 바랐다.

7

도서관 밖으로 이어지는 웅장한 계단을 내려갔을 때 안개비가 흩날리고 있었다. 회의실의 퀴퀴한 공기를 벗어나자 습한 저녁 공기가 입가심용 음식처럼 폐 속으로 밀려들어왔고 내뱉은 숨이 얼굴 앞에서 허연 구름이 되었다.

"클로버 씨!" 뒤에서 열띤 목소리가 들려왔다.

내가 그 소리에 놀란 이유는 두 가지였다. 우선, 나는 내 이름을 알려줄 만한 사람을 만난 적이 없기 때문에 그런 사람이 존재하거나 바로 내 근처에 있을 확률이 현저히 낮았다. 다음으로, 내가 지난 10년간 만났던 사람들의 대부분이 더 이상 살아 있지 않기 때문에 누군가 나를 꼭 집어 부르고 있다는 사실 또한 이례적이었다.

하지만 고개를 돌려 그 주인공을 보고 내가 한 시간 전에 방안 가득 모인 사람들에게 내 이름을 밝혔다는 사실을 깨달았다. 서배스천이 나를 향해 가볍게 뛰듯이 걸어오고 있었다. 나는 실수로 도서관에 두고 온 물건이 있는지 살피느라 코트 주머니를 만져봤다. 다 그대로 들어 있었다.

"클로버 씨, 안녕하세요!" 서배스천의 미소로 보아 내 놀란 표정을 의식하지 못한 듯했다. 나는 가장 가까운 탈출구를 모색하기 시작했다. 뉴욕에서는 원치 않는 인간관계에서 빠져나오는 법을 잘 알아야 한다. 상대방이 말하기 전까진 당신이 가는 방향이라든가 지하철 노선 같은 정보를 절대로 먼저 발설하면 안 된다. 그런 다음, 상대방과 정확히 반대쪽으로 간다고만 말하면 무례해 보일 걱정 없이 예의 차린 짧은 대화만으로 그 자리를 마무리할 수 있다.

서배스천을 모르는 척하고 그냥 달아날 수도 있었지만 예의가 내 발목을 잡았다.

나는 희미하게 미소를 지으며 말했다. "아, 안녕하세요." 나는 그의 이름을 기억하지 못하는 척했다. 그렇지 않으면 내가 자기와 이야기하고 싶어 하는 줄 알 테니까.

"서배스천이에요." 그가 손을 내미는 바람에 악수를 할 수밖에 없었다.

"아, 맞아요. 서배스천 씨였죠." 나는 그가 본론으로 바로 직행해 상황을 빨리 끝낼 수 있도록 일부러 다른 말은 하지 않았다. 이어지는 침묵에 우리는 둘 다 민망해졌다.

그가 발을 어색하게 움직이며 들고 있던 잿빛 목도리를 비틀었다. 캐시미어 같아 보였다. "저기, 할머니 일로 마음이 안 좋으시겠어요. 사실 우리 할머니도 편찮으시거든요."

애도를 표하려는 시도가 그리 훌륭하지는 않았다. 하지만 데스 카페에서 그렇게 말하긴 했어도 실제론 할머니 두 분이 내가 태어나기도 전에 세상을 떠났기 때문에 내가 애도에 대해 왈가왈부할 입장은 아니었다.

"아, 감사해요. 네, 할머니는 정말 훌륭한 분이셨거든요." 나는 거짓말을 했다. 할아버지는 할머니 이야기를 거의 하지 않았고 (할머니에게 딸기 알레르기가 있었다는 말을 한 번 한 적은 있었지만) 나는 늘 그게 할아버지가 슬픔을 견디는 방식이라 믿었다. 만난 적도 없는 이에 대해 거짓말을 하는 건 죄가 될까? 칭찬하는 말이라도?

서배스천이 말을 이었다. "아까 아무 말씀도 안 하시더군요. 죽음에 대해 이야기하는 건 기괴해요, 그렇지 않나요? 솔직히 저는 정말 꺼려집니다."

그의 말에 반박해야 한다는 의무감을 느꼈다. 내 실체를 밝힐지 말지 고민하는 사이 침묵이 흘렀다.

"사실," 나는 처음으로 그의 시선을 마주 보며 말했다. 그 둥그스름한 젊은 얼굴에 걸맞지 않게 드문드문 흰머리가 보였다. 그리고 금테 안경에 목도리까지 더하니 마치 별난 교수 같은 매력적인 분위기가 느껴졌다. "저는 전혀 기괴하다고 생각하지 않아요. 죽음은 삶의 자연스러운 한 부분이에요. 실제로 우리가 삶에서 진짜 확신할 수 있는 유일한 일이죠."

서배스천은 살짝 충격을 받은 모습이었다. "아, 클로버 씨 말이 맞는 것 같아요." 그의 웃음에서 불안감이 묻어났다. "제가 여기까지 온 이유가 그거예요. 조만간 죽음을 대면하게 될 테니 그 순간이 왔을 때 너무 힘들지 않도록 지금 그 두려움을 극복하려 애쓰는 편이 나을 것 같아서요."

나는 무례해 보이지 않게 빠져나갈 구실을 만들어내려고 안간

힘을 다하면서 고개를 끄덕였다. 하지만 그는 대화를 계속하고 싶어 하는 듯했다.

"그럼, 클로버 씨의 사연은 뭡니까?"

"제 사연이요?" 점점 힘겨워지고 있었다. 우리가 좋은 친구 사이라도 된다는 듯 내 이름을 줄기차게 부르는 것도 불편했다.

"아, 뭐 별로 흥미로울 게 없어요. 저는 그저 이 도시에서 자란 한 사람일 뿐이거든요."

나는 내가 가야 한다는 확실한 신호로 비치길 바라며 거리를 향해 몸을 돌렸다.

"여기서 자라셨다고요? 멋지네요. 요즘 진짜 뉴요커를 만나기가 정말 힘들거든요. 다들 저처럼 다른 데서 온 것 같더라고요."

나는 그 명백한 대화 이어가기 기법을 무시했다. "네, 만나서 반가웠어요." 나는 재빨리 말했다. "그럼 저는 이만 가봐야겠네요."

계단을 내려가기 시작하자 그가 내 옆에서 보조를 맞췄다. "저기, 어느 쪽으로 가세요? 지하철을 타실 건가요? 함께 걸을 수 있을까요?"

부드럽게 안타까움을 표시하는 것이 이곳의 사회적 관습임을 알기에 내 얼굴에 그런 뜻이 잘 드러나 있기를 바랐다. 나는 '척하는 것'을 잘 못하기 때문이다.

"아, 사실 저는 택시를 타려고 했어요." 또다시 거짓말을 했다. 나는 동상에 걸릴 만큼 추울 때만 택시를 탔다.

"아쉽네요." 서배스천이 실망감을 감추지 못하고 말했다.

나는 서둘러 도로 경계석으로 발걸음을 옮기며 누가 됐든 내 기도를 듣고 있을 신에게(나는 지금까지 모든 신들과 상당히 좋은 사이를 유지해왔다고 믿고 있다) 제발 이 대화에서 나를 빼내줄 택시를 보내달라고 간청했다. 나는 최대한 자신 있게 한 팔을 치켜들었다. 기도에 응답을 받았을 땐 택시에 머리부터 밀고 들어가 문을 쾅 닫고 싶은 욕구를 참아내야 했다. 그 대신 예의 바르게 몸을 돌려 서배스천에게 재빨리 인사했다. "어, 그럼 안녕히 가세요."

택시가 움직이기 시작하는데도 그는 살짝 열린 창으로 여전히 이야기를 하려 했다. "잠깐만요." 택시가 움직이자 그가 소리쳤다.

"언제 커피 한잔하실래요?"

"그럴 리가." 서배스천의 소리가 들리지 않을 만큼 멀어졌을 때 내가 중얼거렸다. 택시 기사가 거울로 나를 보며 인상을 찌푸렸다. 무슨 말을 한 건 아니지만 그 비난 어린 눈길에 마음이 쓰렸다.

택시가 빨간불이 되기 전에 노란불을 통과하자 나는 안도의 숨을 내쉬었다. 빗줄기가 죽죽 내리꽂히는 창으로 도시의 불빛들이 형광색으로 얼룩지고 있었다. 23번가 지하철역에 내려달라고 해야 할까? 아니, 그런 위험을 감수할 수는 없었다. 관광객은 말할 것도 없고 인구수만 수백만 명인데도 피하고 싶은 사람을 수시로 마주치게 된다는 점이 뉴욕의 가혹한 점 중 하나였다. 택시 요금 폭탄을 맞더라도 그럴 수는 없었다. 나는 머릿속으로 내 목록에서 그 데스 카페를 삭제했다. 이제 데스 카페라는 개념이 인기를 얻고 있기 때문에 앞으로 갈 만한 다른 곳을 찾을 수 있을 것이다.

집에 도착하자 조지, 롤라, 라이어널이 문 앞에서 나를 반겼다. 집을 나서기 전에 사료를 주고 갔기 때문에 그 열렬한 환대가 배가 고파서가 아니라는 점에서 기운이 났다. 내가 오길 기다린 마음이 고스란히 느껴졌다.

냉동고에 있던 유일한 음식인 고기 파이를 전자레인지에 데운 뒤 리모컨을 장착하고 소파 위 원위치로 복귀했다. 하지만 넷플릭스 대기열 목록을 몇 분간 스크롤 하다가 내가 화면에 뜨는 영상을 보고 있지도 않았다는 사실을 깨달았다. 불안감이 내 폐에 쫙 내려앉았다. 그 남자, 서배스천은 왜 그렇게까지 나와 이야기를 하고 싶어 했을까? 데스 카페에 다른 사람들도 많았고 나는 그 사람이 자기소개를 할 때 예의상 본 것 말고는 거의 쳐다보지도 않았다. 도서관 밖에서도 대화에 관심이 없다는 사실을 아주 명확히 했다. 그런데도 어째서 그토록 집요했을까? 나는 배경에 잘 녹아들어가 남들 눈에 띄지 않고 사는 데 능숙했다. 실제로 누군가 나를 콕 집어내는 일은 아주 드물었기 때문에 거기엔 그럴 만한 이유가 있어야 했다.

화면에 뜬 90년대 로맨틱 코미디 목록을 보니 가슴이 살짝 두근거렸다.

도서관 계단에서의 만남이 영화 속 커플들의…… 첫 만남이었을 가능성이 있을까?

아니, 꿈도 꾸지 말자. 나는 남자가 알레그라 같은 여자를 두고 먼저 말을 걸고 싶어 할 만한 면이 전혀 없는 사람이다. 그런 생각을 했다는 게 창피했다.

지금 생각해보니 그때 그가 하던 통화가 의심스러웠다. 어쩌면 약자들을 먹이로 삼는 일종의 사기꾼으로 다음 희생자를 찾기 위해 데스 카페를 전전하는 사람일지도 모른다. 부동산 중개업자나 생명보험 판매원이거나 바가지를 잔뜩 씌운 상조 서비스를 팔고 있을 수도 있다. 나는 많은 가족들의 장례식을 도왔기 때문에 사람들이 슬퍼서 판단력이 흐려진 시기에 그런 상조 서비스에 주머닛돈을 무자비하게 갈취당할 수 있다는 걸 알았다. 그래서 나는 고객들이 이용당하지 않도록 그런 사기꾼을 늘 경계해왔다.

모든 것이 말이 되기 시작했다. 나는 할머니의 죽음을 언급했고 그는 사기를 칠 다음 대상을 찾았다고 생각했을 것이다. 바보 같으니. 이제는 내가 한 거짓말에 죄책감이 들지 않았다. 나는 두꺼운 알파카 담요 아래 더 깊숙이 파고들어 이번에는 더 집중해서 리모컨을 스크롤 했다. 막 〈귀여운 여인〉의 플레이 버튼을 누르려다 귀가 찢어질 듯 울려 퍼지는 경적 소리에 동작을 멈췄다. 어찌나 공격적인지 뉴욕의 소음에 충분히 단련된 나조차 놀랄 정도였다. 나는 무슨 일인지 살펴보려고 담요로 어깨를 감싸고 창문으로 다가갔다.

혈전이 동맥을 막듯 이삿짐 트럭이 아래쪽 좁은 일방통행 길을 막고 있었다. 이미 면역이 되었는지 경적 소리에도 아랑곳없이 건장한 남자들이 줄지어 개미처럼 부지런히 상자를 나르고 있었다. 이번만큼은 경적을 울리는 운전자들이 이해되었다. 대체 누가 밤 9시에 이사를 한단 말인가? 아래에서 펼쳐지는 불안한 소동을 지켜보며 남 일을 걱정하던 나는 곧 내 걱정을 해야 할 상황에 처했다. 이삿짐센터 직원들의 부지런한 행렬이 바로 우리 건물 앞 계단으로 이어지고 있었던 것이다.

새 이웃이 왔다.

8

내가 조지를 사랑하는 많은 이유 중 하나는 급히 배변을 하러 나가는 일이 절대 없다는 것이다. 마지막으로 배변을 하고 여덟 시간이나 지났는데도 그런 걸 보면 순전히 게으름 때문에 참는 건 아닌지 의심스러웠다. 어쨌거나 그 말인즉슨 우리가 집 밖으로 나가는 일을 밤늦게까지, 그러니까 이삿짐센터 직원들이 떠난 뒤까지 미룰 수 있다는 뜻이었다. 부디 그때쯤엔 새 이웃이 아파트 안에서 짐을 푸느라 정신이 없기를 바랐다.

나는 밤 11시가 되어서야 조지에게 코트를 입히고 목줄을 잡았다. 조지는 보통 내려가는 중에 계단에서 킁킁거리며 냄새를 맡느라 시간을 보내기 때문에 삐걱거리는 소리를 내지 않으려고 품에 안고 2층 복도를 따라 살금살금 움직였다. 조지는 안겨서 이동하는 사치를 즐기면서 이게 다 얼마나 우스꽝스러운 짓인지 알려주려는 듯 재미있다는 시선으로 나를 바라보았다. 우편함에 다다랐을 땐 내려오는 내내 숨까지 참고 있었다는 사실을 깨달았다.

하지만 나의 잠행 시도는 실패로 돌아갔다. 현관문을 밀고 나가자 내 또래로 보이는 여자가 손에 갈색 테이크아웃 종이봉투를 들고 현관 계단을 올라오고 있었다. 짙은 색 머리에 털모자를 푹 눌러쓴 그녀가 환하게 미소 지었다.

부엌에서 음식을 훔쳐 먹다 잡힌 생쥐가 된 느낌이었다.

"클로버 씨군요!" 그 여자는 남은 몇 계단을 풀쩍 뛰어올라 현관 앞에 선 내 앞으로 왔다. "얼마 전에 열쇠를 받으러 왔다가 리오 할아버지를 만났거든요. 그때 클로버 씨 이야길 들었어요." 그녀는 격자무늬 겨울 코트를 입은 25킬로그램짜리 불독이 내 양팔을 모조리 차지하고 있는데도 악수를 하려고 손을 내밀었다. "저는 실비예요."

나는 조지를 방패처럼 붙들고 그 무거운 엉덩이 아래로 손을 내밀 수 있게 몸을 뒤로 젖혔다.

"안녕하세요." 나는 리오에게 살짝 짜증이 났다. "우리 건물에 잘 오셨네요?" 질문을 하려던 게 아니었는데 본의 아니게 말끝을 올리고 말았다.

실비의 담갈색 눈에 즐거운 기색이 비쳤다. "그런데 이 잘생긴 친구는 누구죠?" 실비가 손끝으로 조지의 머리를 쓰다듬자 조지가 헛바닥을 한쪽 옆으로 늘어뜨리고 우스꽝스럽게 웃었다.

"아, 애는 제 개, 조지예요." 순간 민망함에 움찔했다. 당연히 조지는 개가 아닌가.

"만나서 반가워, 조지." 실비는 사람들이 동물과 아기들을 대할 때 내는, 만화영화 캐릭터가 낼 법한 목소리로 말했다. "만나서 반가웠어요. 앞으로 우리 친하게 지내요!"

나는 당황스러워 그저 어색한 미소만 지어 보였다. 실비는 내 머리 주위를 이리저리 붕붕 날아다니는 벌 같았다. 내가 정말 가만히 서서 아무 반응도 보이지 않으면 알아서 자리를 뜰 것이다. 하지만 그녀는 어색한 침묵이 거슬리지 않는 듯 계속 즐거운 표정을 짓고 있었다.

"조지와 산책 가시던 길 같으니 이제 그만 보내드릴게요." 실비가 열쇠를 찾아 코트 주머니를 뒤지며 말했다. "제 쌀국수도 식어가고 있거든요."

"반가웠어요." 나는 재빨리 남은 계단을 걸어 내려가면서 인사했다. "좋은 밤 보내세요."

"클로버 씨도요! 아, 그리고……" 실비가 열쇠고리에서 제일 최근에 추가한 열쇠를 찾으며 말했다. "언제 커피 한잔해요, 우리!"

"네, 좋아요. 당연히 그래야죠."

나는 뒤돌아보지도 않고 조지가 쪼그리고 앉아 자세를 잡기 전에 건물에서 최대한 멀리 떨어진 곳까지 파워워킹으로 걸었다. 불안감이 목구멍을 죄어왔고 수천 번은 걸었던 그 길이 갑자기 낯설게 느껴졌다. 가로등이 더 거슬리고 보도에 난 금이 더 위험해 보였다. 조지가 멈춰 서서 냄새를 맡으려 시도했지만 나는 무시한 채 허둥지둥 도서관으로 향했다.

매복해 있던 상대에게 공격당한 기분이었다. 그리고 현장에서 제대로 변명을 둘러대지 못한 나 자신에게 짜증이 치밀었다. 초조한 마음에 실비의 초대를 덜컥 받아들이고 말았다. 일단 누군가와 커피를 마시고 나면 그다음부턴 계단에서 예의 바르게 고개만 까닥하는 사이로 돌아갈 수가 없다. 그리고 대화를 나누면 나눌수록 상대방은 나를 밀어낼 이유만 더 많이 찾게 될 것이다. 나는 10년 전, 2층에 살던 호주 여자 앤절라를 상대로 그런 실수를 한 적이 있었다. 앤절라가 이사 오고 이삼 주쯤 되었을 때였다. 그녀가 동네에 새로 생긴 카페에 가보자고 했다. 놀라고 우쭐해진 나는 리오가 아닌 어른 친구를 만든다는 생각에 살짝 흥분되기도 했다. 앤절라와 녹차라테를 홀짝거릴 때까지만 해도 우리의 사교모임이 제대로 되어가고 있다고 생각했다. 나는 너무 긴장하지도 않았고 심지어 앤절라를 두어 번 웃게 만들기도 했다. 하지만 내 직업에 대해(본질적으로 사람들이 죽어가는 모습을 지켜보는 일을 선택했다고) 말하자마자 대화는 어색해졌다. 앤절라는 갑자기 가야 할 곳을 깜빡 잊고 있었다며 라테를 마저 비우지도 않고 카페를 떠나버렸다. 이후 그녀가 이사를 나갈 때까지 나에게 한 말은 두 마디도 채 되지 않았다.

이제 나는 그런 반응을 받아들이는 방법을 안다. 그때 이후로도 다른 사람들에게 내 직업을 언급할 때마다 수없이 봐왔기 때문이다. 몸이 뻣뻣해지면서 시선을 피하고 희한하게도 하나같이 대화를 나눌 시간이 전혀 없다던 사람들. 그들은 마치 내 존재만으로도 자신들의 죽음이 앞당겨질 것처럼 행동했다.

실비와도 그런 일을 겪고 싶지 않았다. 그녀가 나를 거부하기 전에 내가 먼저 거부하는 편이 더 안전했다.

9

"할아버지, 우리는 왜 죽어요?"

여섯 살 때였다. 나는 우리 아파트에서 몇 블록 떨어진 식당에서 할아버지 맞은편에 앉아 있었다. 할아버지와 함께 산 지 한 달 만에 나도 자연스럽게 할아버지가 습관적으로 가는 주말 아침 식사 장소의 단골이 되었다. 할아버지는 콘비프 해시를 좋아했고 나는 프렌치토스트를 좋아했다.

"어린애가 하기엔 너무 어려운 질문 같구나." 할아버지가 말했다. "하지만 아주 좋은 질문이야."

할아버지는 블랙커피에 찻숟가락을 담그고 휘휘 저으며 생각에 잠겼다. 지난 몇 주간 그 모습을 너무 많이 봐온 터라 모든 어려운 질문에 대한 해답이 커피 잔 밑바닥에 깔려 있는 건 아닌지 궁금했다. 할아버지가 찻숟가락을 들어 올려 잔 왼쪽을 세 번 쳤다.

항상 세 번이었다.

"클로버, 너도 알다시피 매일매일 너무나 많은 사람이 태어나기 때문에 지구상에 우리 모두가 쓸 자원이나 공간이 충분하지가 않아. 그러니 앞으로 태어날 다른 사람들을 위해 공간을 만들어 주려면 먼저 태어난 사람들이 죽어야 한다는 뜻이지."

나는 내 접시에 남은 블루베리로 웃는 얼굴을 만들며 할아버지의 대답을 생각해봤다. "그냥 우리가 다른 행성으로 옮겨 갈 수는 없어요? 목성 같은 곳은요? 아니면 해왕성? 목성과 해왕성엔 고리도 있어요. 그러니까 자리가 더 많을 거예요. 근데 거기 가려면 우주선을 타야 해요."

할아버지는 까슬까슬하게 난 턱수염을 쓰다듬었다. 할아버지와 살면서 익숙해진 그 소리가 내 마음을 편안하게 했다. "언젠가는 다른 행성에 갈 수 있겠지만 아직은 그 방법을 완전히 알아내진 못했단다."

할아버지가 기다란 다리 한쪽을 테이블 옆으로 꺼내 편안하게 쭉 뻗었다. 그 비좁은 칸막이 자리는 어쩐지 할아버지의 유난히 큰 키를 더 두드러지게 하고 여섯 살인 내 몸집은 더 작아 보이게 했다. 둘이 함께 있는 모습이 마치 쉼표 맞은편에 앉은 물음표 같아 보일 것 같았다.

"결국," 할아버지가 말을 이었다. "우리 몸은 너무 늙어서 제 기능을 못 하게 되지." 할아버지가 자기 머리에 난 흰머리를 가리켰다. "내 머리카락도 원래는 너랑 같은 색깔이었단다. 내 손도 너처럼 부드러웠지. 하지만 나는 늙어가고 있고 내 몸은 예전으로 돌아가지 못한단다."

나는 얼굴을 찌푸리고 걱정스럽게 눈썹을 치켜올렸다. "**할아버지도** 죽게 되는 거예요?"

할아버지가 찻숟가락을 잡고 다시 커피를 휘휘 젓기 시작했다. "근본적으론, 그렇단다." 탁, 탁, 탁. "실제로 우리는 모두 다 죽지."

할아버지가 소금, 설탕통 옆에 놓인 광고용 성냥갑에 손을 뻗었다. 녹색 머리가 달린 그 조그만 나무 막대기를 뽑아 성냥갑 옆면에 스윽 그었더니 작은 불꽃이 확 일었다. 나는 성냥이 할아버지의 손 쪽으로 타들어가면서 반듯하고 노르스름하던 성냥이 우글쭈글하고 까맣게 변해가는 모습을 지켜보았다. 할아버지가 손목을 휙 털자 불꽃은 연기가 되었다.

"성냥 가지고 놀면 안 돼요, 할아버지." 나는 새 학교에서 선생님들에게 최근에 배운 가르침을 자랑스럽게 되풀이했다.

할아버지의 입가에 미소가 어렸다. "맞는 말이야, 클로버. 하지만 네 질문에 답을 찾아야 하니까 이번 한 번만 넘어가자. 괜찮지?"

나는 내 오렌지 주스 컵에 꽂힌 빨대를 찬찬히 저었다.

"좋아요. 하지만 아주아주 조심하실 거라고 약속하셔야 해요."

"약속할게." 할아버지가 엄숙하게 말했다. "자, 이제 이 성냥 하나하나를 인간의 삶이라 생각해보자."

나는 앞에 놓인 접시를 밀어내고는 팔꿈치를 테이블에 얹고 두 손으로 턱을 괴었다.

할아버지가 말을 이었다. "이론상 이 성냥은 전부 정확히 똑같은 시간 안에 타야 하잖아?"

"그렇죠."

"근데 어떨 땐 성냥을 거의 긋자마자 꺼져버려. 또 어떨 땐 절반 정도 타다가 꺼져버리고."

"그리고 어떨 땐 그을려고 할 때 부러지죠."

"맞아!" 할아버지가 인정해주자 뛸 듯이 기뻤다. "그래서 따지자면 같은 성냥이지만 사실 각 성냥은 저마다 자기만의 특징을 가지고 있어. 때로는 겉으로 봐서 보이지 않는 이유 때문에 원래 약한 성냥도 있지. 그리고 성냥을 성냥갑에 얼마나 세게 그었는지, 불을 켜려고 할 때 공기 중에 물방울이 얼마나 많았는지, 바람이 얼마나 불었는지와 같이 외부적인 이유도 있고. 그 모든 것들이 성냥이 얼마나 오래 탈지에 영향을 준단다."

내가 안달이 나서 엉덩이를 들썩이자 의자 시트의 비닐이 찌이익 소리를 냈다. "근데 그게 죽는 거랑 무슨 상관이 있어요?"

할아버지가 다른 성냥 하나를 요란스럽게 그었다. 그 성냥은 할아버지가 하려는 말을 증명하듯 불이 붙자마자 스르르 꺼져버렸다.

"그게 이런 거란다, 아가야. 성냥에 불을 붙이기 전까진 그게 얼마나 오래갈지 모르듯 살아보기 전까진 우리가 얼마나 오래 살 수 있을지 알 수가 없어.”

“그럼 누가 죽을 때를 결정해요? 엄마, 아빠는 할아버지만큼 나이가 들지도 않았는데 왜 돌아가셨어요?”

나는 할아버지의 가슴이 올라갔다 내려오는 모습을 봤다. 마치 조그만 다이아몬드가 든 것처럼 할아버지의 눈 안쪽이 반짝였다.

할아버지가 힘없이 어깨를 으쓱해 보였다. “안됐지만 그건 더 어려운 질문이라 우리는 그 답을 몰라.”

“흐음.” 나는 내 프렌치토스트를 포크로 쿡쿡 찌르며 말했다. “그럼 우리가 알아내야 할 게 많겠네요, 그렇죠?”

접시를 비우고 배가 두둑해진 나는 계산서에 휘갈겨진 글을 들여다보는 할아버지를 보았다. 할아버지가, 반지르르한 머리를 뒤로 쫙 빗어 넘긴 주근깨투성이 키다리 웨이터 쪽으로 정중하게 한쪽 손을 들었다.

“실례지만,” 할아버지가 계산서를 들고 말했다. “잠깐 봐주시겠습니까? 제 손녀가 마신 오렌지 주스 값이 청구되지 않은 것 같아서요.”

너무나 정중한 말에 놀란 젊은 웨이터가 계산서를 보고는 별거 아니라는 듯 손을 저었다. “이득 보셨네요, 손님. 서비스라고 생각하세요.”

할아버지는 지갑을 꺼내고 웨이터를 쳐다봤다. “글쎄요. 정말 친절한 말씀이시지만, 그래도 된다면 값을 지불하고 싶습니다.”

웨이터가 얼굴을 찌푸리더니 어깨를 으쓱했다. "원하시는 대로 하세요. 2달러 더 주시면 됩니다."

할아버지는 지폐 몇 장을 꺼내 계산서 위에 단정하게 올렸다. 그리고 지갑을 다시 앞주머니로 밀어 넣을 때 나와 눈이 마주쳤다.

"정직해지는 건 언제나 중요한 일이란다, 클로버. 사람들이 너에게 책임을 묻지 않을 때도 말이야."

할아버지와 내가 식당 바깥 횡단보도에 나란히 서 있을 때였다. 할아버지의 눈을 보려면 고층 빌딩 꼭대기를 볼 때처럼 고개를 뒤로 한껏 젖혀야 했다. 내 조그만 손으론 기껏해야 할아버지의 기다란 손가락들 가운데 두 개밖에 쥘 수 없었다. 나는 초록불이 되기를 기다리는 동안 얌전히 할아버지의 손가락을 붙잡고 있었다. 프렌치토스트는 정말 맛있었다. 하지만 나는 우리가 새롭게 개발한 일요일 의식의 두 번째 파트가 더 좋았다.

책방의 빨간 프랑스식 문 위에 붙은 조그만 황동 벨이 우리의 도착을 알렸다. 그 댕그렁 소리를 들으니 크리스마스가 생각났다. 아니다, 우리 부모님은 크리스마스를 기념한 적이 없으니 크리스마스 영화가 떠올랐다고 말해야겠다. 크리스마스를 기념하지 않는 이유를 물었을 때 부모님은 자신이 믿지 않는 누군가를 기념하는 일은 위선이라고 했다(나는 부모님이 말한 누군가가 산타 할아버지인지 아기 예수인지 알 수가 없었다).

"안녕하세요, 패트릭! 안녕, 클로버!"

책방 주인 베시가 등받이 없는 의자 위에 서서 책장 윗부분에 꽂힌 미스터리 책들을 재정열하고 있었다. 꽉 끼는 폴리에스테르 원피스 속 커다란 가슴이 각각 물놀이 튜브 위에 얹혀 있는 것 같았다. 나는 베시가 바다에 가면 가슴 때문에 물에 더 잘 뜨는지 궁금했다.

할아버지가 모자를 살짝 젖히며 인사했다. "안녕, 베시. 반가워요." 할아버지가 손을 내밀어 그녀가 의자에서 내려올 수 있게 도와주었다.

"안녕하세요." 나는 할아버지 뒤쪽에서 수줍게 인사했다.

그녀가 나를 보며 활짝 웃었다. "정말 잘 왔어, 우리 공주님. 이번 주에 새로 나온 멋진 어린이책들이 좀 있거든." 그녀가 나에게 손을 내밀있다. "가서 볼래?"

할아버지가 베시에게 감사의 미소를 지어 보이고는 나를 내려다봤다. "가봐." 할아버지가 내 머리를 쓰다듬으며 말했다. "딱 한 권이야. **그러니 현명하게 선택해야 한다.**"

할아버지의 극적인 어조에서 무게감이 느껴졌다. 나는 그 주간 임무를 아주 진지하게 생각했다. 할아버지가 논픽션 코너에서 자기 책을 고를 때 아주 오랜 시간을 쓰기 때문에 내 책을 고를 시간이 충분할 거란 건 알고 있었다. 어쨌거나 할아버지도 딱 한 권만 고를 수 있었다.

베시와 내가 모퉁이를 돌아 알록달록한 어린이책 코너에 다다랐을 때 그녀가 화분 뒤로 손을 뻗어 사탕과 초콜릿이 가득 찬 바구니를 꺼냈다. 베시는 내 앞에서 그 바구니를 쥐고는 집게손가락을 자기 입술에 갖다 댔다.

"쉬잇!" 그녀가 속삭였다. "할아버지께 이르지 않는다면 두 개 가져도 좋아."

바구니를 쳐다보면서 나는 고민했다. 진심으로 키세스 초콜릿과 롤리팝을 다 고르고 싶었다. 엄밀히 말해 할아버지가 두 개를 고르면 안 된다고 말한 적이 없었지만 베시는 비밀인 것처럼 연기하고 있었다. 나는 발뒤꿈치를 들었다 놨다 해가며 곰곰이 생각했다.

"고맙습니다." 나는 고개를 들고 베시의 눈을 똑바로 쳐다보며 말했다. "저는 그냥 하나만 가질게요."

한 시간 후, 할아버지와 나는 각자 고른 책을 겨드랑이에 끼고 아파트로 돌아왔다. 할아버지는 루이 파스퇴르 전기를, 나는 신비로운 난쟁이 마을로 가는 안내서를 골랐다. 나는 우리가 그날 오후를 어떻게 보낼지 정확히 알고 있었다. 할아버지는 코듀로이 안락의자에 앉고 나는 할아버지의 발치에 놓인 빈백에 자리 잡고선 각자 고른 책 속의 다른 세상 속으로 떠날 것이다. 그리고 할아버지는 자기가 여전히 거기 있다는 걸 확인시켜주려는 듯 한 번씩 내 머리를 쓰다듬어줄 거다.

나는 최대한 빨리 집에 가려고 발걸음을 재촉했다. 유난히 따뜻한 겨울날이다 보니 웨스트빌리지 주변 보도가 꽉 차 있었다. 수많은 다리 사이를 헤쳐가며 할아버지의 보폭을 쫓아가면서 분주히 스쳐 가는 사람들을 저마다 조금씩 타들어가는 성냥이라 상상해봤다. 그리고 우뚝 솟은 할아버지를 올려다보자 가슴이 찡하게 아팠다. 할아버지는 얼마나 오래도록 탈 수 있을까?

10

늘 세탁한 옷을 정리하겠다는 내 의지는 주로 세탁실과 우리 집 현관문 사이 어딘가에서 시들해지고 말았다. 그러다 보니 지난주 내내 빨래 바구니는 늘 그렇듯 그날그날 뽑혀나갈 옷을 품은 채 내 옷장 앞을 지키고 있었다. 롤라와 라이어널은 깨끗한 옷가지 사이에 푹 파묻혀 나를 고양이 털 붙은 옷 아니면 입지 않는 여자로 계속 살아갈 수 있게 해주었다.

두 고양이 사이에서 티셔츠를 꺼내다가 옷장 문에 걸린 거울에 비친 내 모습을 보았다. 멈춰 서서 얼굴을 살펴보는 일이 거의 없다 보니 몇 달간 못 보던 사람과 마주친 느낌이었다. 나는 항상 사람이 나이를 서서히 먹는 것인지 어느 날 깨어나면 늙어 있는 것인지 궁금했다. 지금까지는 특별히 눈에 띄는 노화의 징후가 없었다. 20대 초반에 생긴 미간 주름 두 줄은 여전히 그대로였고 흰머리는 두세 가닥밖에 없었다. 나는 거울에 입김이 서릴 만큼 가까이 다가가 눈가 잔주름이 영구히 잡히면 어떤 모습일지 보려고 얼굴을 찡그려보았다. 기품 있어 보이겠지. 아니면 초췌해 보이거나. 사실 그건 중요하지 않았다. 내 노화를 알아볼 사람이 내 인생에 리오 말고 아무도 없으니 말이다.

나는 거울 귀퉁이에 끼어 있는 사진으로 눈길을 돌렸다. 우리 집 문틀에 서 있는 부모님의 모습이었다. 그 집은 내 머릿속에 감각적인 단편들로만 남아 있었다. 맨발에 까슬까슬하게 닿던 계단 카펫, 내 방 창밖 축축한 산울타리에서 나던 톡 쏘는 냄새, 헬리콥터 프로펠러처럼 공기를 가르던 천장 팬. 할아버지는 내가 여기서 함께 살게 되자 바로 그 사진을 건네주었다. 여전히 내 기억 속에 남아 있는 부모님과의 추억은 실제 일어난 일과, 같은 사진을 수십 년 동안 보면서 생각한 일들의 합작품이었다. 나는 아빠의 입꼬리에 슬쩍 어린 미소가 반항적 기질을, 엄마의 선명한 빨간 립스틱이 기품을 표현하고 있다고 상상했다. 그리고 헐겁게 감싸 쥐는 대신 단단히 깍지 낀 부모님의 손은 서로를 향한 깊은 열정을 나타낸다고 생각했다.

내가 알기로 아빠는 변호사였고(나는 아빠가 인권 변호 일을 했다고 상상하고 싶지만 기업 소송 쪽이었던 것 같다) 해외여행을 자주 다녔다. 엄마는 내가 태어나기 전까지 적당히 성공한 발레리나였다. 수년간 할아버지에게 들은 몇몇 단서를 종합해볼 때 엄마는 나를 예기치 않게 임신하는 바람에 발레단 단원에서 솔리스트로 가는 꿈을 접어야 했다. 그래서 나와 시간을 보내기보다 아빠의 해외 여행길에 함께 나서기를 좋아했는지도 모르겠다.

이 밖에 부모님에 대해선 아는 것이 없었다. 그 사진을 볼 때면 내가 부모님을 더 그리워해야 하는 게 아닐까 하는 생각만 주로 들 뿐이었다.

거실로 돌아갔을 때 고양이 배설물의 묵은 냄새와 각축전을 벌이는 할아버지의 해묵은 물건 냄새에 숨이 턱 막혀왔다. 언제부터 이랬던 걸까? 나는 그 냄새에 너무 익숙해져서 악취가 코를 찌를 때까지 알아차리지 못할 때가 많았다.

창문을 열자 수십 년 된 페인트가 벗겨져 나왔다. 성냥을 그어 인센스스틱에 불을 옮겨붙이는 사이 산들바람이 솔솔 불어와 찌든 공기를 날려 보냈다.

나는 톡 쏘는 듯한 팔로산토♣ 향이 더 좋았지만 죽음의 의식에 그토록 중요하게 쓰이는 도구를 그저 방향제로 쓰는 건 잘못된 일 같았다. 대학교 여름방학 때 페루의 안데스산맥에서 주술사와 함께 공부하며 잉카의 죽음의 전통에 대해 배운 적이 있었다. 나는 그들이 때때로 부활의 가능성을 드높이기 위해 시신을 태아 자세로 매장했던 부분이 제일 좋았다. 단순한 작별 인사가 아니라 죽은 이에게 여행을 떠날 준비를 시켜준다는 아이디어가 정말 마음에 들었다.

팔로산토 향을 맡으면 항상 그때의 기억이 떠올랐다. 구름보다 더 높은 산에 있으면 마치 실제 세계와 영적인 세계를 가르는 장벽을 탐색하는 것처럼 초현실적인 느낌이 들었다. 그때 이후로 나는 고객의 요청이 있을 때마다 팔로산토나 세이지에 불을 붙여

♣　스페인어로 '신성한 나무'라는 뜻을 지닌, 남미 해안 지역에서 자라는 나무. 고대 전통신앙에서 치유와 정화의 의식에 쓰였다고 한다.

부정적인 기운을 몰아내는 스머징 의식을 반복해 고요하고 평화로운 분위기를 만들어냈다. 나는 모든 사람에게 흐르는 보이지 않는 기운의 존재를 알기 위해 종교와 영적 신조를 두루 공부했다. 그리고 설사 그 의식이 그저 플라세보효과에 지나지 않을지라도 나는 그것이 어떤 식으로 사람들에게 희망과 다시 시작한다는 느낌을 심어주는지 직접 목격해왔다.

아니면 적어도 내려놓는 법이라도 알게 해주었다.

잉걸불을 점토 그릇에 내려놓고 열린 창문으로 연기가 마치 뱀이 뱀 부리는 사람에게 홀려 가듯 구불구불 나가는 장면을 지켜봤다. 여느 때와 같은 사이렌 소리, 지나치게 예민하게 빵빵거리는 경적과 열띤 대화 소리가 거리에서 올라왔다. 나는 결코 주변 소음에 신경 쓴 적이 없었다. 소음은 늘 나와 함께였다. 하지만 그 순간 아주 드물게 울려 퍼지는 소리가 도시의 소음을 뚫고 들려왔다. 전화벨 소리였다.

소파 위 조지의 배 아래 깔린 휴대폰을 찾았을 때 발신자로 어퍼이스트사이드에 있는 한 병원이 떠 있었다.

일이 들어왔다.

한 시간이 채 되지 않아 덜컹거리며 외곽으로 향하는(내가 R선보다 아주 살짝 덜 혐오하는) 6호선에 올랐다. 나는 주로 한 가지 일을 끝내면 다음 일을 시작할 때까지 최소 2주는 쉬려고 했다. 몇 년 전 극도의 번아웃 증후군을 겪은 뒤로 규칙을 느슨하게 바꾼 것이었다. 그토록 힘들었던 이유는 죽음 곁에 머물러서가 아니라 주위 사람들이, 주로 슬픔에 빠진 가족들의 감정이 파도치듯 널뛸 때 정신적 지주가 되어주어야 한다는 사실이 너무 짐스러워서였다.

하지만 이번 일은 하루 이상 걸리지 않을 것 같았다. 전화를 건 간호사는 '애비게일'이라는 26세 여성 노숙자가 미드타운의 ATM기 앞에서 간부전 말기 상태로 쓰러진 채 발견되었다고 했다. 간경변과 그녀가 병째 비운 진 때문일 가능성이 컸다. 애비게일은 의식이 또렷했고 이야기도 할 수 있었지만 예후가 좋지 않았다. 그녀의 부모님이 아이다호주에서 오고 있었지만 제시간 안에 도착할 수 없을 듯했다.

보수를 받는 일은 아니었지만 그녀를 홀로 죽게 할 순 없었다. 그리고 그런 상황에서 내가 할 일은 그저 그 자리에 있어주는 것뿐이었다. 환자들이 넘치고 일손이 부족한 병원에서 간호사가 24시간 내내 한 환자 곁을 지키는 건 현실적으로 있을 수 없는 일이다. 그래서 병원에서는 나 같은 임종 도우미들이 포함된 자원봉사자 서비스를 제공해 옆에 있어줄 사람이 아무도 없는 환자들에게 위안을 주고자 했다. 어떨 땐 함께 있어줄 이가 있는 환자도 마찬가지였다. 안타깝게도 죽음은 영화에서 묘사하듯이 항상 평화롭게 사라지는 것만은 아니다. 시간을 질질 끌면서 아주 불쾌한 상태가 될 때가 많다. 신체 기능이 멈추거나 엉망이 되는 감각적인 무질서. 호흡곤란. 필사적으로 마지막 순간에 매달리는 고통스러운 모습. 때로는 사랑하는 사람의 마지막을 그렇게 사투를 벌이는 모습으로 기억하고 싶지 않은 가족들이 견디지 못하고 몸을 돌려 외면하거나 방 안을 뛰쳐나가기도 한다.

　그래서 나 같은 사람이 그 자리에 꼭 있어야 했다. 아무리 참혹한 모습이라도 외면하지 않을 누군가가 있어야 했다. 병동의 좁은 칸막이에 도착했을 때 애비게일은 잠들어 있었다. 피부가 눈에 띄게 누르스름하고 눈 아래 재가 얼룩진 듯 시커멓게 내려앉은 다크서클만 제외하면 죽음이 임박한 것처럼 보이지 않았다. 하지만 나는 몸이 내부의 혼란을 얼마나 잘 숨길 수 있는지 알고 있었다. 그리고 그녀의 몸에 부착된 기계들이 더 암울한 전망을 말해주고 있었다.

　침대 옆 뻣뻣한 인조가죽 의자에 앉아 내 불룩한 가방에서 책을 꺼냈다. 나는 죽어가는 이가 마지막 순간에 더 편안할 수 있게 도와줄 물건들을 갖추고 다니는 걸 좋아했다. 음악이나 자연의 소리를 재생할 조그만 블루투스 스피커와 가장 행복했던 기억을 불러낼 장소를 검색해 띄워주거나 원하는 종교 텍스트의 구절을 읽기 위한 아이패드, 그 밖에도 손을 마사지해줄 향기 나는 로션과 편지를 쓰고 마지막 소원을 기록으로 남기기 위한 편지지와 펜, 더 편안한 환경을 만들어줄 조그만 양초 몇 개, 세이지와 팔로산토 스틱들도 챙겼다. 병원에서 물건 태우는 일을 허락하지 않겠지만 죽어가는 사람의 소원을 들어주는 일에 관한 한 나는 그렇게 도덕적이지 않았다(언젠가 기네스 맥주 한 캔을 숨겨 온 적도 있었다).

마사 겔혼의《나와 타인과의 여행》3장을 막 넘길 때 애비게일이 몸을 움직였다. 자신의 앙상한 팔다리에 덩굴처럼 감겨 있는 관들을 알아차리자 혼미하던 그녀의 얼굴이 급격히 어두워졌다. 그녀는 혀로 입천장을 치면서 필사적으로 수분을 찾았다. 나는 호출 버튼을 누르고 침대 옆에 놓인 종이컵을 들어 빨대 끝을 그녀의 입술 앞으로 가져갔다. 그녀는 물을 홀짝이다 살짝 움찔했다. "제가 많이 아픈가 보네요, 그렇죠?" 아니라고 말해주길 바라는 눈빛이었다.

나는 가슴이 찌르르 아팠지만 차분히 미소를 지었다. 그녀의 마지막 몇 시간을 가능한 한 편안하게 만들어주는 게 내 일이었지만 그렇다고 거짓말을 해야 한다는 뜻은 아니었다. 공포를 부채질해서 좋을 일은 없었다. 그래서 나는 자비롭게 모호해지는 법을 익혔다.

"네." 나는 어조를 일정하게 유지하며 말했다. "하지만 여기 의사 선생님들이 아주 잘 돌봐주고 계세요." 그녀는 얼굴이 누렇게 떠서 제 나이보다 훨씬 더 많아 보였다. 알코올을 남용하는 사람들에게 흔히 보이는 현상이었다. "저는 클로버예요. 함께 있어드리려고 왔어요. 애비게일 씨 맞죠?"

그녀가 고개를 끄덕였다.

"아이다호에서 오셨다고 들었어요." 내가 말했다. "제가 항상 가보고 싶었던 곳이에요."

그녀의 기력 없는 미소 사이로 고르지만 방치된 치아와 부어오른 잇몸이 엿보였다.

"네, 샌드포인트에서 왔어요." 애비게일이 그 좁은 공간을 빙 훑어보았다. 형광등 불빛이 커튼 군데군데 난 흠과 그 흐린 연어색을 강조하고 있었다. "집이 많이 그리워요."

그녀가 대화할 의지가 있어 보여 한 걸음 더 나아갔다.

"고향에서 제일 좋았던 점이 뭐예요?" 나는 좋아했던 장소를 떠올리게 하는 것이 사람들을 진정시키고 편안하고 친숙한 느낌을 받게 하는 방법이라 배웠다. 특히 살균된 병동 칸막이 안에 누워 있는 현실에선 더욱 그랬다.

"으음, 우리 마을은 정말 아름다웠어요. 산이 마을 주위를 빙 둘러싸고 있고 바로 옆에 호수가 있어요." 그녀의 얼굴에서 미소가 사라졌다. "하지만 제가 10대였을 땐 그곳이 너무 지루해 보였죠. 그래서 미술가가 되려고 뉴욕에 왔어요."

"멋진 직업을 선택하셨네요." 내가 말했다. 심장박동 모니터 속 그녀의 심박수가 올라가고 있었다.

애비게일은 베이지색 천장을 응시했다. "생각보다 훨씬 힘들었어요. 전 이 도시를 견딜 수 있을 만큼 강하지 못했나 봐요. 말하자면 뉴욕이 절 삼켜버렸어요."

그런 듯했다. 병원 원무과에서 마침내 애비게일의 부모를 찾아냈을 때 그들은 5년째 딸의 소식을 듣지 못했다고 했다. 부모는 애비게일에게 알코올중독 재활치료를 권했다가 연락을 차단당했고 그녀가 1년째 거리에서 살아온 줄도 모르고 있었다.

"뉴욕은 정말 힘들 수 있어요." 나는 그녀에게 손을 살포시 올렸다. 모든 사람이 스킨십을 좋아하지는 않기 때문에 반응을 살펴야 했다. "쭉 미술을 좋아했나요?"

애비게일이 내 손가락을 꽉 움켜쥐었다. "어릴 때부터 거의 하루도 빠짐없이 그림을 그렸어요." 깨어 있으려고 사투를 벌이는 사이 그녀의 말이 느려지고 있었다. "우리 부모님 말씀으론 제가 크레파스로 온 벽과 가구에 그림을 그렸대요. 저에겐 집이 거대한 캔버스였다고 했어요." 고통 때문에 미소가 일그러지더니 표정이 진지해졌다. "부모님이 오실까요?"

나는 최대한 확실히, 하지만 가볍게 고개를 끄덕였다. "이미 오고 계세요. 이제 곧 도착하실 거예요. 부모님께서 따님을 얼마나 보고 싶고 안고 싶어 하실지 상상이 되네요."

희망은 사람을 치유하는 마법이다. 하다못해 누군가를 조금 더 오래 버틸 수 있게 도와주기라도 한다. 가족을 마지막으로 볼 수 있다는 건 애비게일에게만 중요한 일이 아니었다. 작별 인사는 살아 있는 자들에게도 귀중했다. 사랑하는 사람에게 작별 인사를 할 기회를 잃게 되면 마음속에 지울 수 없는 상처가 남는다. 13년이 지나도 내 상처는 치유되지 못했다. 그래서 나는 다른 사람들이 나와 같은 상처를 안고 살지 않게 내가 할 수 있는 모든 것을 다 하기로 결심했다.

"다행이에요." 애비게일의 어깨에서 긴장이 풀렸다. "사실, 부모님께 얼마나 전화하고 싶었는지 몰라요. 집에 가도 되는지, 가서 지금이라도 재활치료를 받아도 될지 여쭤보고 싶었거든요. 근데 너무너무 부끄러웠어요." 그녀의 눈꺼풀이 파르르 떨렸고 이제는 거의 속삭이듯 웅얼거리고 있었다. "부모님께 말할 수 없게 되고서야 내가 얼마나 부모님을 사랑했는지 깨달았어요……."

그녀가 잠들지 않고 깨어 있기를 바랐다. 의식을 회복하지 못할 위험이 있기 때문이었다. 하지만 내가 뭐라 반응하기도 전에 그녀는 잠에 빠져들었다. 간호사가 그 조잡한 커튼을 휙 열어젖힐 때 플라스틱 고리가 철제 커튼 봉을 쌩하고 가르는데도 전혀 움직임이 없었다.

"깨어 있었고 잠깐 이야기도 나눴어요." 나는 애비게일의 바이털 사인을 차근차근 확인하는 간호사에게 보고했다. "물도 조금씩 마시고 있고요."

간호사의 눈빛이 어두웠다. "곁에 있어주셔서 다행이에요."

애비게일의 부모는 새벽 1시 30분이 막 지날 때 도착했다. 두 사람의 얼굴에 예기치 못한 여행으로 쌓인 피로와 낯선 도시에서 느끼는 혼란이 역력히 드러나 있었다.

나는 비좁은 공간에서 최대한 자리를 만들어주기 위해 침대 발치로 이동했다. 커튼 너머에서 들려오는 혼란스러운 소동에도 애비게일의 심장박동 모니터는 규칙적으로 삐삐 울리고 메트로놈이 그 박자를 맞추고 있었다.

"따님이 얼마나 미술가가 되고 싶었는지, 두 분을 얼마나 사랑하고 그리워했는지 이야기해줬어요." 나는 입보다 눈으로 미소 지었다. 슬픔을 부정하지 않으면서 따스하고 편안한 마음을 전달하기 위해서였다.

애비게일의 부모는 그 자리에 얼어붙은 채 운명이 그토록 잔혹한 타격을 가했다는 사실을 이해하려 안간힘을 다하고 있었다.

"따님에게 말씀하셔도 돼요. 듣고 있을 거예요." 나는 계속 조용하고 차분한 어조를 유지하며 말했다. "사람이 의식이 없을 때도 사랑의 말은 항상 전달된답니다." 애석하게도 사랑을 표현하는 일이 그때가 처음인 경우가 많았다. "저는 대기실에 있을 테니 필요하시면 불러주세요."

두 사람이 고개를 끄덕였다. 그들은 홍수 속 나뭇가지들처럼 서로를 붙잡고 있었다. 홍수에 휩쓸려가지 않을 방법이 오직 그것뿐이라는 듯이.

애비게일은 오전 6시 4분에 영면했다.

아흔여덟 번째. 다시 한번 내 일이 끝났다.

11

애비게일을 보내고 집으로 돌아오는 길, 심각한 수면 부족에 출근 시간대의 혼잡함까지 겹치다 보니 6호선이 더욱 고통스럽게 느껴졌다. 나는 손잡이 기둥에 기대어 졸지 않으려고 10대 소녀가 열심히 노트에 스케치하는 모습을 지켜보았다. 그녀는 짜증난 통근자들과 메스껍도록 흔들리는 열차를 의식하지도 못한 채 거의 무아지경으로 그림에 집중하고 있었다.

갈비뼈 사이로 뻐근한 통증이 밀려왔다. 한 삶이 막을 내린 사이 다른 싱그러운 삶이 창조의 꽃을 피우고 있었다. 너무나 망가지기 쉬운 인간 삶의 현실에는 아름다운 무언가가 존재했다.

지하철 계단을 오를 때 아침 햇살에 내 지친 눈이 멀 듯했다. 나는 선글라스와 위풍당당한 소음 차단 헤드폰을 가방에서 꺼냈다. 선글라스와 헤드폰은 내 도시 갑옷이었다. 눈을 마주친다는 건 대화로 가는 관문이었다. 갑옷을 착용하고 있는 동안에는 오직 가장 용감한 영혼들만이(주로 독일인 관광객들이었다) 나를 붙들어 세워 길을 물었다. 하지만 헤드폰은 접근 금지 이상을 의미했다. 말하자면 정신적인 안식처이기도 했다. 나는 주로 아무것도 듣지 않았다. 나를 위로해주는 건 밀폐감이었다. 헤드폰을 끼면 나만의 개인 공간으로 탈출하는 것 같았다. 세상에 참여한다기보다 관찰할 수 있기 때문이었다.

나는 도시가 동시에, 하지만 서로 다른 속도로 움직이는 모습을 사랑했다. 뉴욕을 처음 방문한 방문객들은 모든 거리 풍경을 하나하나 음미해가며 최면에 빠진 듯 느릿느릿 움직였다. 그와 달리 최대한 빨리 A에서 B로 가기 위해 그런 방문객들을 획획 피하고 앞지르는 것이 일상인 현지인들은 마치 휘휘 흔들리는 해초 속을 쏜살같이 들어갔다 나왔다 헤엄치는 물고기처럼 움직였다.

거리를 걷기 시작할 때 잠깐 음침한 구름이 해를 가렸다. 주위가 내 기분을 반영하는 듯 우울해졌다. 아무리 일이라도 일주일 안에 두 사람의 죽음을 보는 건 여전히 충격이었다. 나는 컴컴한 선글라스 렌즈 뒤에서 행인들을 관찰했다. 그들의 표정, 몸짓, 그들이 세상과 관계 맺는 방식을 지켜보았다. 자신이 타오르는 성냥이며 그 불꽃이 어느 순간 예기치 않게 꺼져버릴 수 있다는 사실을 의식하지 못하는 듯 보였다.

마치 내 생각에 밑줄이라도 긋듯 내 뒤쪽 거리에서 타이어가 끼익하는 소리와 고함이 터져 나왔다. 한 남자가 휴대폰에 정신이 팔려 마주 오는 차량 쪽으로 걸어갔다가 가까스로 트럭과의 충돌을 피한 것이었다. 그의 불꽃은 잠깐 흔들렸지만 다시 타올랐다.

그는 운이 좋은 사람이었다.

아침 햇살이 아파트로 쏟아져 들어올 때 애비게일에 대해 기록하려고 할아버지가 제일 좋아하던 안락의자에 앉았다. 올리브색 코듀로이 안락의자의 양 날개는 할아버지의 넓은 어깨에 늘 눌렸던 탓에 닳아 있었고 한쪽 다리를 다른 쪽 다리 위로 우아하게 꼬고 앉던 할아버지의 버릇 때문에 의자 쿠션이 살짝 한쪽으로 기울어 있었다. 매일 아침 할아버지가 거기 앉아 신문을 읽을 때면 반대쪽 종아리에 걸쳐진 발목 위로 그날의 양말이 드러났다. 한결같이 줄무늬였다. 할아버지의 블랙커피에서 피어오르는 증기가 어김없이 거실의 정확한 지점으로 쏟아지는 햇살 속에 춤추듯 흐느적거렸다.

어렸을 땐 그 안락의자가 어마어마하게 커 보였고 할아버지는 거대해 보였다. 하지만 할아버지가 돌아가시고 나서 내가 다시 이 아파트로 들어왔을 땐 할아버지가 점점 나이 들수록 그랬던 것처럼 안락의자도 쪼그라들어 보였다. 195센티미터가 넘는 유연하고 민첩한 남자는 세상 사람들 위에 우뚝 솟아 있었고 마치 경의를 표하듯 내내 고개를 살짝 숙인 듯한 모습이었다. 하지만 할아버지가 마지막으로 키를 쟀을 땐 대략 188센티미터였다.

나는 할아버지 품에 기대앉듯 안락의자에 앉아 애비게일에 대해 쓸 말을 생각했다. 사람들은 보통 자기들이 한 말이 세상에 남길 마지막 말이 될 거란 걸 깨닫지 못한다. 그러다 보니 "여긴 춥네요"라든가 "피곤해요", 아니면 섬망 때문에 내뱉는 일련의 의미 없는 표현들같이 아주 일상적인 말을 남긴다. 나는 정확히 하기 위해 내 노트 중 하나에 고객이 공식적으로 남긴 마지막 말을 확실히 기록했다. 그러고 난 뒤에는 내가 돌보는 사이 그들이 했던 흥미롭거나 가슴 아픈 이야기들을 더해 그 기록을 더 상세하게 만들었다. 입으로 내뱉은 마지막 말이라는 이유만으로 특별하게 기억된다는 건 살짝 부당하다는 생각이 들어서였다.

비록 실제로 죽기 몇 시간 전에 한 말이긴 했지만 애비게일의 마지막 말은 내 **후회** 노트에서 반복되는 주제였다. 내 기록을 통계적으로 분석해본다면(언젠가는 그럴 계획이다) 아마 내가 가장 많이 들은 말 중 하나일 터였다.

'얼마나 사랑하는지 말했어야 했어요.'

그 대상이 부모나 배우자일 때도 있고 친구일 때도 있었다. 대부분의 경우, 사느라 너무 바빠서 사랑하는 사람들을 당연하게 받아들인 탓이었다.

아니면 달리 표현할 적절한 말을 찾지 못해서였다.

'사랑한다'라는 말보다 더 취약성을 그대로 드러내는 표현은 찾기 힘들다. 적어도 그 말에 대해 사람들이 하는 말을 들어본 바로는 그랬다. 나는 사랑한다는 말을 한 적도, 들은 적도 없었다. 우리 부모님은 말로든 다른 방법으로든 정확히 애정을 표현한 적이 없었다. 그리고 할아버지도 세상 누구보다 나를 사랑했지만 그 말을 직접 한 적이 없었다. 내가 아는 한 '사랑한다'는 가장 하기 힘든 말 중 하나였다. 발음 때문이 아니라 거기 따르는 무게 때문이었다(내 생각엔 발음이 가장 어려운 말은 '제유법'이다). 생애 처음으로 다이빙을 시도하려고 풀장 가에 선 아이처럼 사람들의 혀끝에 불안하게 걸린 모양새가 그렇다. 심장이 뛰고 맥박이 요동을 치고 돌아가기엔 너무 늦은 것이 아닐까 싶은 느낌이 그렇다.

사실, 그 말은 전율을 일으키는 소리다. 하지만 누군가를 사랑한다는 건 언젠가 반드시 그들을 잃는다는 의미이기도 하다. 거부나 배신이 아니라면 가장 확실한 원인은 죽음이다. 하지만 당신이 혼자라면 최소한 상처를 입을 위험은 없다. 가지고 있지 않은 것을 잃을 순 없으니까.

근처 교회에서 종소리가 8시를 알렸다. 수년간 그래왔듯 3분 늦은 시간이었다. 항상 교회 관계자에게 종이 늦게 울린다는 사실을 알려야 하지 않을까 싶었지만 나는 그 불완전성이 마음에 들었다. 우리 모두가 서로 살짝 다른 속도로 살아간다는 증거 같아서였다.

밤을 꼬박 새운 탓에 곧장 잠자리에 들고 싶었지만 생체리듬을 망가뜨리고 싶지 않았다. 적어도 해 질 녘까지는 깨어 있어야 했다. TV를 보면 더 졸리기만 할 테니 몸을 움직이게 할 뭔가가 필요했다.

그리고 나는 나를 열중하게 만들어줄 일이 뭔지 정확히 알고 있었다.

처음에 죽어가는 이들의 마지막 말을 기록하기 시작했을 때 그것은 단순한 기록이었다. 특히 그들을 기억해줄 이가 아무도 없을 때 흠이 있었건 엉망이었건 어쨌거나 그들이 살아온 삶을 인정하는 방법이었다. 그런데 지난 몇 년 동안 마음이 불안하거나 우울하거나 함께 있어줄 누군가를 바라게 될 때면 그 노트를 다시 들여다보게 되었다. 사람들의 마지막 말을 읽으면 마치 그들이 삶에서 얻은 지혜로 나를 어떻게든 인도해주는 것처럼 가까이 있는 느낌이 들었다. 그리고 외로움 대신 거기 집중하다 보면 목적이 생기고 내 하루하루를 채우고 나를 우울에서 벗어나게 해줄 방법을 찾을 수 있었다. 어쩌면 사람들이 인생을 통틀어 가장 중요하게 생각했던 것들을 살펴보면서 그 점들을 연결해 나 자신이 가야 할 방향을 찾을 수도 있을 것 같았다. 그래서 가끔 나는 그중 한 노트에서 한 가지 항목을 선택해 그 사람의 지혜를 내 삶에 받아들이는 방법을 찾았다.

나는 **조언** 노트에서 한 항목을 뽑아 다음 한 주 동안 그 지침에 따라 살려고 했다. 치자꽃을 너무나 좋아했던 배관공 브루스의 조언대로 싱싱한 꽃 한 다발을 사서(설사 골목 모퉁이 식료품점에서 산다 하더라도) 나에게 선물하는 것처럼 단순한 일일 때도 있었고, 인생에서 배운 가장 중요한 교훈이 말하기보다 듣는 것이었다던 보조개가 매력적인 애견 미용사 도로시의 말처럼 좀 더 날카로운 조언일 때도 있었다(솔직히 나처럼 내향적인 사람에게는 아주 따르기 쉬운 조언이었다).

고백 노트의 경우는 창의성을 발휘해야만 했다. 내가 카르마를 믿는지 아닌지 확신할 순 없지만 의뢰인이 고백한 일을 만회할지도 모를 어떤 일을 대신 하는 건 전혀 해될 게 없어 보였다. 이를테면 기예르모가 여동생의 햄스터를 실수로 죽인 일을 속죄하기 위해 내가 동물 보호소에서 자원봉사를 할 수도 있었다. 그리고 폐암을 앓았던 무뚝뚝한 회계사 로널드는 길거리 음악가가 안 보는 사이 그들의 돈을 훔치곤 했다고 고백했고 나는 그의 기억을 떠올리며 길거리 음악가를 볼 때마다 그들의 모자와 악기 케이스에 돈을 밀어 넣을 수 있게 10달러 지폐를 늘 지참했다. 나는 신중하게 1달러 지폐 속에 10달러 지폐를 잘 말아 넣어 준비했다. 그들이 하루를 마무리하며 그날의 수입을 계산할 때 기분 좋은 깜짝 선물이 되어주길 바라서였다.

　이번에는 **후회** 노트에서 하나를 선택해 그 깨달음을 기릴 방법을 찾으려 했다. 그들이 했던 실수를 피할 수 있다면, 그들의 후회에서 뭔가를 배울 수 있다면 그 노력은 헛수고가 아니었다. 무릎에 **후회** 노트가 이미 놓여 있었기 때문에 무작위로 한 항목을 선택하기 위해 눈을 감고 손가락으로 페이지를 넘겼다. 그 방법이 항상 더 공평하다는 느낌이 들어서였다.

　카밀 세일럼.

　좋다, 좋은 선택이었다. 늘 쾌활했던 그녀의 가장 큰 후회는 쉰살이 될 때까지 망고를 못 먹어본 것이었다.

　"어렸을 때 하나 먹어본 적이 있었는데 그 끈적끈적한 식감을 참을 수가 없었어요." 그녀가 병원 침실에서 쓸쓸히 말했다. 항암치료로 속눈썹이 사라졌지만 그녀의 눈동자는 여전히 밝고 반짝이는 초록색이었다. "그런데 필리핀에 휴가를 갔을 때 남편이 하나 먹어보라고 해서 먹게 됐죠. 얼마나 맛있던지 거의 오르가슴을 느낄 뻔했다니까요. 50년 동안 제가 놓친 망고가 얼마나 많을지 생각해보세요!"

　솔직히 망고에 대해 딱히 생각해본 적이 없었다. 나는 라즈베리 같은 새콤한 과일을 더 좋아했다. 하지만 오늘은 도시를 뒤져 진짜 맛있는 망고를 찾은 다음 자리에 앉아 내가 세상에서 맛본 가장 맛있는 음식인 것처럼 턱 아래로 즙을 주르륵 흘려가며 과육을 음미할 것이다. 카밀 덕분에 내가 잠재적으로 후회할 일을 면할 수 있을지도 모른다.

나머지 후회들을 면하는 일도 그렇게 쉬우면 좋을 텐데.

12

할렘가의 데스 카페는 지하철로 가기가 번거로웠다. 하지만 지하의 오줌 냄새 찌든 습한 공기를 벗어나 석양에 물든 갈색 사암 건물을 보자 잘 왔다는 생각이 들었다.

리오는 할렘에서 태어나고 자랐다. 어린 시절, 가끔 리오가 나를 돌봐줄 때가 있었다. 그럴 때면 자기가 할렘에서 제일 좋아하는 아이스크림 가게로 나를 데려가주었고 나는 그 동네의 연립 주택가 옆을 걸으며 그가 들려주는 스피크이지 바♣와 재즈 이야기에 푹 빠져들었다. 이제 리오는 그 동네를 좀처럼 방문하지 않았는데 어렸을 때 그가 사랑했던 거리가 고급 주택가로 변해가는 모습을 참을 수 없기 때문이었다. 하지만 나는 그가 기억하는 일부 장소들이 여전히 온전하게 남아 있다는 사실을 그에게 알려주고 싶었다. 어쩌면 그날 저녁 집에 가는 길에 아이스크림 한 통을

♣　1920~1930년대 미국의 금주법 시대에 있었던 주류 밀매점.

사갈 수도 있을 것 같았다.

데스 카페는 박하 향이 배인 외풍 심한 마을 회관에서 열렸다. 진행자의 가족이 근처에서 소울 푸드♣ 레스토랑을 운영하고 있어서 모임에 프라이드치킨과 비스킷을 자주 제공했고 그것은 내가 고된 지하철 여행을 감수할 가치가 있다고 생각하는 또 다른 이유가 되었다. 나는 다른 사람들이 몰려들기 전에 뷔페 음식을 섭렵할 수 있게 15분 일찍 도착했다. 나는 음식을 잔뜩 쌓아 올린 접시를 들고(맥앤치즈가 그날 저녁을 더 푸짐하게 만들어주었다), 한쪽 구석에 놓인 의자에 자리 잡은 뒤 플라스틱 포크 겸용 스푼으로 음식을 집는 일에 과하게 주의를 기울였다. 예상대로 곧 일곱 명의 사람들이 뷔페 앞에서 어깨를 맞댄 채 제일 먹음직스러운 치킨 조각을 고르느라 경쟁을 벌였다.

방 한가운데 기다란 가대식 테이블이 놓여 있고 그 주위로 의자 열 개가 되는대로 놓여 있었다. 진행자인 필(그는 영원한 젊음을 유지하게 해줄 통통한 뺨과 친절한 두 눈을 지닌 덩치 큰 남자였다)을 제외하면 아는 얼굴이 없었다. 죽음에 대해 계속 이야기하는 것을 불편해하는 사람들이 있다 보니 원래 이런 모임에는 일회성 참석자들이 대부분이었다. 게다가 이 데스 카페는 그저 음식 때문에 오는 사람들도 많은 듯했다. 나는 필이 내가 반쯤은 정기적으로 참석한다는 걸 알면서도 대화를 강요하지 않아서 좋았다.

♣ 미국 남부 흑인 음식.

서로 한 번 고개를 끄덕이면 충분했다. 나는 자리에 앉아 옆자리에 아무도 앉지 않길 바라며 비행기가 이륙하기 바로 직전일 때처럼 숨을 참고 있었다. 다행히 내 한쪽 옆에 앉은 노인은 친밀하게 수다를 나누고 싶어 하는 사람 같지 않았다. 우리는 말없이 앉아 있었고 나는 머릿속으로 치킨 한 조각을 더 먹을지 말지를 고민하고 있었다.

"클로버 씨!"

등골이 오싹해졌다. 그런 열정적인 남자 목소리를 가진 사람은 얼마든지 있을 수 있었다. 그러니까 내가 두려워하는 그 사람이 아닐 수도 있었다. 나는 돌아보지 않고 그냥 무시해버린다면 얼마나 무례한 행동일지 가늠해보기 시작했다. 불행히도 그 대답은 내가 생각하는 무례의 기준치를 훨씬 초과해 있었다.

목소리의 주인공을 확인하려고 뒤돌아보자 그 상조 서비스, 부동산, 생명보험 사기꾼 냄새를 풍기는 서배스천이 목도리를 끄르고 있었다. 그의 환한 미소가 내 가슴속 분노에 불꽃을 튀겼다. 의심을 사지 않을 만한 목표물을 찾아 이 도시의 데스 카페들을 돌아다니는 건가? 나는 그 자리에서 그의 정체를 밝히고 싶은 충동을 느꼈지만 적어도 증거부터 수집해야 했다. 나처럼 너무 많은 시간을 혼자 생각에 빠져 있다 보면 생각이 살짝 도를 넘어설 때가 있기 때문이다.

"온 세상의 하고많은 데스 카페 중에……." 그가 험프리 보가트를 아주 형편없이 흉내 내고 있었다. 나는 〈카사블랑카〉를 최소

서른 번은 봤기 때문에 대사를 줄줄 외울 정도여서 심사위원으로서 아주 적합한 자격을 갖추고 있었다.

나는 당황한 척하려고 했다. "저, 죄송하지만…… 우리가 아는 사이인가요?"

서배스천은 움찔했지만 미소는 그대로였다. "네! 뉴욕 공공 도서관 데스 카페에서 만났어요, 기억나시죠?" 그의 미소가 살짝 엷어졌다. "할머니께서 얼마 전에 돌아가셨다고 말씀하셨는데."

생각을 해보자. 내가 진짜 최근에 할머니를 잃었다면 지금쯤이면 땅에 묻히고도 남았을 테니 그가 뭘 팔러 다니든 나는 그의 목표물이 될 수 없었다. 장기적으로 판을 벌이면서 나에게 다른 아픈 친지가 있는지 찾아보려는 건가?

"자, 여러분! 자리에 착석해주십시오." 필이 서배스천을 날카롭게 쳐다보며 말했다.

테이블 가까이로 의자를 당기는 그의 모습이 우리가 처음 봤을 때보다 더 여유로워 보였다. 아마 이제 데스 카페가 어떻게 진행되는지 알기 때문일 것이다. 아니면 긴장한 신참 연기가 다 계략의 한 부분이었나? 그는 소개 시간에 자기 가족은 절대로 죽음에 대해 이야기하지 않는다는 지난번과 같은 이야기를 늘어놓았다. 나도 최근에 돌아가신 할머니 이야기를 고수했다(바로 직전에 서배스천이 온 방에 그 사실을 공표했으니 내가 인정하지 않으면 이상해 보였을 것이다).

필은 다른 카페 진행자들보다 진행 방식이 좀 더 즉흥적이었다.

대화를 이끌 주제를 자신이 제안하는 대신 참석자들에게 묻는 식이었다.

"자, 그럼 시작해봅시다." 그가 말했다. 혀끝이 입천장을 살짝 강하게 치면서 '자'가 '차'처럼 들렸다. "의논하고 싶은 주제가 있으신 분 계신가요?"

서로 다른 무늬가 새겨진 상하의를 화려하게 차려입은 빨간 머리 여자가 경쟁할 사람도 없는데 지나치게 열렬히 손을 들었다. 나는 이미 그녀가 독선적일 거라 예상하고 있었다. 가슴을 한껏 펴고 고개를 빳빳이 치켜든 자세, 테이블 위에 올려놓은 팔꿈치, 누군가와 시선이 마주치기를 바라며 주위를 살피는 방식을 보면 바로 알 수 있었다. 필이 자기 앞에 놓인 노트 한 장을 흘깃 참고하고는 신중하게 그녀 쪽으로 고갯짓했다. 나는 그가 소개 시간에 테이블을 그린 다음 각 사람들의 이름을 위치에 맞춰 적는 것을 보았다.

"타비사 씨?" 빨간 머리 여자가 마치 폭로할 비밀이 있다는 듯 열렬히 고개를 끄덕였다. "타비사 씨, 함께 나누고 싶으신 주제가 뭔가요?"

타비사는 목에 걸려 있는 커다란 분홍 크리스털을 움켜쥐었다.

"아." 그녀는 머뭇머뭇 자신을 바라보는 얼굴들을 찬찬히 뜯어보며 말했다. "우리 모두에게 특정한 죽음의 때가 정해져 있다는 생각을 해보신 적 없나요? 정해진 운명이랄까요? 왜, 비행기 사고나 건물 붕괴 현장 같은 데서 구사일생으로 살아남은 사람들이 몇 달 후 희한한 사고로 죽는, 그런 이야기 들어보셨잖아요? 죽음에는 순서가 있고 그 차례가 되면 피할 수 없는 게 아닐까 싶어요."

비록 그녀에게 그렇다고 말하진 않았지만 나도 그런 의문을 품은 적이 많았다. 나는 모든 사람이 미리 정해진 유효기간을 갖고 있다고 의심할 만한 이상한 일들을 수년간 목격해왔다. 몇 년 전, 불치병으로 3개월 시한부 선고를 받은 50대 증권 중개인 고객이 있었다. 그는 완전히 건강을 회복해 의사를 깜짝 놀라게 했는데 석 달 후 호숫가 자기 집에서 전구를 갈다가 사다리에서 떨어져 뇌 손상으로 사망했다.

"저는 정말 그렇다고 생각해요." 아이라이너를 한껏 올려 그리고 겹겹이 검정 옷을 겹쳐 입은 탄탄한 체구의 젊은 여자가 말했다. "태어날 때부터 이미 정해져 있는 것 같아요." 그녀는 좀 더 극적인 효과를 주기 위해 목소리를 낮추면서 자기 앞에 놓인 맥앤치즈 위로 몸을 숙였다. "제가 묻고 싶은 건 이거예요. 우리가 죽을 날을 미리 알 수 있다면 그걸 알고 싶으신가요?"

방 안이 조용해졌다. 모두가 머릿속으로 답을 생각하는 사이 근처에서 사이렌 소리가 점점 커지고 있었다.

서배스천이 침묵을 깼다.

"아뇨." 그가 고개를 절레절레 흔들며 말했다. "언제 죽을지 안다면 할 수 있는 방법을 최대한 동원해 그 결과를 바꾸는 데 혈안이 되겠지요. 그러면 어쨌거나 비참한 삶을 살게 될 겁니다."

그의 말에 동의하자니 짜증이 밀려왔다.

타비사가 테이블 건너편에서 서배스천을 물끄러미 바라보고 있었다. "개인적으로," 그녀가 목에 걸린 크리스털을 만지작거리며 말했다. "저는 알고 싶어요. 그러면 조금이라도 우선시해야 할 일들을 할 수 있을 것 같아요. 정확히 남은 시간이 얼마인지 안다면 그 시간을 현명하게 사용할 가능성이 더 높아지지 않을까요?"

테이블 맨 앞자리에 앉은 필이 생각에 잠겨 고개를 끄덕였다. "맞는 말씀이에요, 타비사 씨. 그렇지만 우린 이미 우리가 죽을 거란 사실을 알고 있어요. 그건 확정된 일이죠. 그렇니까 어떻게든 우리 삶을 최대한 활용해야 하지 않을까요?"

"맞아요." 나는 내가 목소리를 높인 데 깜짝 놀랐고, 모두가 집중하자 곧바로 후회했다. "그토록 많은 사람이 후회를 안고 죽는 이유는 다들 자기들이 불로장생할 것처럼 살기 때문이에요. 사람들은 그 순간이 오기 직전까지도 죽음에 대해 제대로 생각하지 않아요."

대부분의 사람들이 고려하지 않는 점은 죽음이 무작위적이고 무자비할 때가 많다는 사실이었다. 죽음은 당신이 평생을 친절하게 살았는지에 관심이 없다. 당신이 건강식을 먹고 운동을 꾸준히 하고 항상 안전벨트를 하거나 헬멧을 착용했는지도 마찬가지다. 남겨진 가족이 남은 생을 '만약 그랬더라면'에 시달리며 계속 머릿속으로 사건들을 재생하며 사는 것도 상관하지 않는다. 사람들은 휴대폰을 보는 운전자나 촛불을 켜놓은 채 집을 나선 이웃의 부주의한 행동이 돌이킬 수 없는 상황을 몰고 올 때까지 자기 앞에 남은 시간이 무궁무진할 거라 생각한다. 그러다 그런 상황이 오면 이미 늦어버린 것이다.

"브래드 피트 영화 같네요." 서배스천이 끼어들었다. "인간의 몸을 한 저승사자가 앤서니 홉킨스를 데리러 왔다가 그의 딸과 사랑에 빠지죠."♣

서배스천이 내가 제일 좋아하는 또 다른 영화에 대해 언급하자 그가 더 거슬렸다.

타비사 옆에 앉은 금발에 턱수염을 기른 남자가 눈알을 굴렸다. "세상에, 그 영화를 보셨다니 믿기지가 않군요. 꼭 네 시간짜리 영화 같던데."

"여자 형제가 세 명이라서요." 서배스천이 어깨를 으쓱하며 말했다. "그리고 사실 그 영화는 그리 나쁘지 않았어요. 사운드트랙이 정말 근사하거든요. 작곡가가 토머스 뉴먼일 겁니다."

금발의 남자는 더 마음에 안 든다는 듯 고개를 저으며 남은 프라이드치킨 덩어리에 포크 겸용 스푼을 찔러 넣었다.

필이 펜으로 테이블을 톡톡 쳤다. "논의하고 싶은 주제를 가진 다른 분은 안 계신가요?" 그는 의도적으로 타비사의 시선을 피하고 있었다. 타비사는 확실히 할 말이 더 많아 보였다. 그리고 저녁 내내 대화를 주도하는 데 거리낌이 없어 보였다. 대화는 장례식

♣   브래드 피트, 앤서니 홉킨스 주연의 1998년 영화 〈조 블랙의 사랑〉을 가리킨다.

을 치를지 말지를 당사자가 결정해야 하는지와 같은 좀 더 실용적인 주제로 옮겨갔다.

금발의 남자는 장례식을 원치 않는다고 말했다. "장례식 대신 나를 기리며 맥주나 한잔하면 돼요."

아니나 다를까 타비사가 반대 의견을 제시했다.

"장례식은 죽은 이를 위한 게 아니에요. 남겨진 사람들이 마음을 정리할 수 있게 해주는 일이죠."

서배스천이 고개를 확실하게 끄덕였다. "맞아요. 사람들에게 작별 인사를 할 기회를 주는 건 중요하다고 봐요. 게다가 어차피 우리가 이러쿵저러쿵 조종할 수도 없잖아요. 우린 죽었으니까요."

그럴 줄 알았다. 그는 아마 사람들에게 실속 없이 비싸기만 한 꽃 장식이나 의미도 없는 파워포인트 슬라이드 쇼같이 장례식에 필요하지 않은 자질구레한 것들을 판매하려는 장사꾼일 것이다. 나는 필이 모임을 마무리하고 사람들에게 남은 음식을 먹고 가라고 말할 때까지 입을 꼭 다무는 데 집중했다. 내가 막 접시에 남은 음식으로 시선을 돌리려는데 서배스천이 내 옆에 앉아 있던 노인에게 말을 시키고 있었다. 그는 노인에게 자신의 명함을 내밀고는 어깨를 토닥여주었다. 그가 얼마나 노골적으로 다음 목표물을 지정하는지 보고도 믿기지가 않았다. 나는 질겁해서 쓰레기통에 접시를 버리고 남은 음식을 챙기지도 않은 채 그곳을 허겁지겁 빠져나왔다.

다시는 데스 카페 바깥에서 어물쩍거리다 걸리는 일이 없도록 지하철 쪽으로 파워워킹을 했다. 리오에게 줄 아이스크림은 다음에 사야 했다. 나는 손에 교통카드를 쥐고 서둘러 계단을 내려갔다. 개찰구에 도착해 열차가 들어오는 광경을 보니 가슴이 쿵쾅거렸다. 나는 카드를 판독기에 밀어 넣는 동시에 몸으로 회전 바를 밀었다.

삐이이이이이이이. 개찰구 화면에 카드를 다시 찍으라는 초록색 문구가 떴다.

허벅지가 바에 부딪쳐 근육이 욱신거렸다. 나는 카드의 마그네틱 부분을 코트 소매에 대고 문지른 다음 다시 카드를 긁었다.

삐이이이이이이이. 화면에 또다시 같은 문구가 떴다.

1호선 열차에서 단조로운 안내 방송이 울려 퍼지자 좌절감과 아드레날린이 뒤섞여 손이 덜덜 떨렸다.

"문이. 닫힙니다. 뒤로. 물러나주세요."

마지막으로 카드를 긁자 화면에서 조롱하듯 마지막 판결문이 번쩍하고 떠올랐다.

'이 개찰구에서 이미 사용된 카드입니다.'

나는 오로지 머릿속으로만 욕을 해보았고 그런 경우조차 극히 드물었다. 오늘 밤이 그중 하나가 될 터였다.

'시발.'

개찰구 아래로 몸을 날려 닫히려는 문틈 사이로 뛰어들어갔어야 했는데 주저하는 바람에 열차가 쉭쉭 소리를 내며 역을 떠나가는 장면만 침울하게 지켜봐야 했다. 안내 전광판을 보자 더욱 실망스러웠다. 다음 열차는 19분 후라니. 제멋대로인 뉴욕시 환승 규칙에 따르면 이미 사용한 것으로 등록이 되면 18분 동안 다시 카드를 긁을 수가 없다. 문제를 해결하려고 매표소로 향했지만 그곳엔 아무도 없었다. 나는 뉴욕시 지하철 직원의 타이밍 나쁜 휴식 시간에 희생된 것이다.

남은 선택지를 생각하고 있는데 너절한 차림새의 남자가 티켓 발매기 옆에서 바지 지퍼를 내리더니 오줌을 누기 시작했다. 지린내가 더욱 진동했다. 그가 고개를 젖히고 실실 웃으며 나를 주시할 때 그의 두 손 사이로 김이 모락모락 나는 노란 물줄기가 둥그렇게 활을 그리고 있었다.

거기서 기다릴 수 없었다.

나는 이 모든 격렬한 운동을 측정하기 위해 피트니스 트래커를 사야 하지 않을까 생각하며 거리로 이어지는 계단을 힘차게 올라갔다. 두에인리드♣에서 비치는 형광빛이 성소에서 부르는 손짓 같아 보였다. 어쨌거나 최근에 채소를 제대로 못 먹었기 때문에 영양을 보충할 비타민을 좀 사야 했다. 나는 휴대폰 타이머를 15분으로 맞췄다. 역까지 가는 데 걸리는 시간과 혹시 모를 교통카드 사고에 대처할 여유 시간까지 생각해서 설정했다.

알록달록한 종합비타민제를 훑어보는 사이 가게의 스피커에서 비음 섞인 컨트리음악이 새어 나오고 있었다.

♣   미국의 약국 및 편의점 체인.

"또 만나네요!"

나는 다시 한번 머릿속으로 욕을 했다.

코트 주머니에 양손을 찔러 넣은 서배스천이 내 옆에 서 있었다.

"안녕하세요." 나는 친절하게 말할 시도조차 하지 않았다.

"알레르기 약을 살까 싶어 들렀어요." 서배스천이 설명했다. "아직 겨울인데도 꽃가루가 감당이 안 되네요."

그의 콧구멍 주위가 살짝 벌건 걸로 봐서 거짓은 아닌 것 같았지만 나는 아무 말도 하지 않았다.

그가 다시 말했다. "아, 비타민을 쟁여두시려고요?"

주절주절 늘어놓는 이야기를 견뎌야 한다고 생각하자 그만 폭발하고 말았다. "왜 자꾸 절 따라다니시죠?" 짜증이 치밀다 보니 내가 의도했던 것보다 더 큰 소리가 나와버렸다. "그쪽이 뭘 파시든 저는 관심 없어요!"

서배스천이 당황한 듯 미간을 찡그렸다. "판다고요? 무슨 말씀이시죠?"

"상조 서비스든 부동산이든 생명보험이든요. 뭔지 저는 모르죠. 아무튼 그쪽이 사람들한테 사기 치려고 하는 그것 말이에요. 아까 다른 분한테 명함 건네는 거 봤어요."

종합비타민 통을 선반에 밀어 넣는데 그 옆에 있던 비타민들이 굴러떨어지기 시작했다. 우리는 둘 다 달려들어 엉성한 저글링 자세로 연달아 떨어지는 통들을 받아냈다.

서배스천이 비타민을 선반에 돌려놓으며 여전히 혼란스러운 듯 고개를 흔들었다. "무슨 말씀이신지 모르겠어요……. 저는 연방준비제도에서 일하는 경제모델 연구원입니다. 그렇다고 해서 사람들한테서 돈을 사기 치는 건 아니고요."

나머지 비타민 통을 집으려고 고개를 숙이면서 생각했다. 내가 상상력을 동원해 살짝 터무니없는 이야기를 만들어냈구나.

"그러면 왜 이런 데스 카페에 자꾸 나타나시죠?" 나는 내 잘못을 인정하기엔 너무 오만했다.

그는 그 대답이 명백하다는 듯 어깨를 으쓱했다. "말했다시피 저는 정말로 죽음에 대해 이야기할 기회를 가져본 적이 없습니다. 우리 가족들이 감정적으로 미숙하다 보니 그렇게 됐지요. 그러다 데스 카페 이야기를 듣고 도움이 될지도 모른다고 생각했어요."

수치심에 뺨이 화끈거리기 시작했다.

서배스천이 자기 신발을 내려다보고는 한쪽 발로 바닥을 긁었다. "하지만 클로버 씨가 옳을지도 몰라요. 그보다 더 큰 이유가 있거든요."

화끈거리던 기운이 가라앉았다. 내 말이 그리 터무니없지 않았을지도 모른다.

"말하자면 우리가 일종의 공통점을 가졌달까요."

"네?" 이제는 당황스러웠다.

"할머니 말이에요. 우리 할머니에게 시간이 얼마 남지 않았다는 걸 몇 주 전에 알게 됐는데 가족들은 그 이야기를 안 하고 싶어 해요. 제가 보기엔 그게 말도 안 되는 일 같거든요."

그날 저녁, 나는 두 번째로 내키지 않았지만 그의 의견에 동의했다. 죽음에 대해 알려주지 않는 건 일을 더 어렵게 만들 뿐이었다. 동정심이 일었다.

"어떡해요. 정말 힘드시겠어요."

그를 최악의 인간으로 가정했다는 죄책감이 그의 모습을 바꿔놓은 것 같았다. 갑자기 안경과 목도리의 학구적인 조합이 아주 매력적으로 보였다.

"맞아요." 서배스천이 기대하는 눈빛으로 나를 쳐다봤다. "그쪽도 이제 막 할머니를 잃으셨으니 공감하실 거라 생각했습니다."

죄책감이 계속 내 심장을 옥죄었다. 우리 두 사람 중에 정직하지 않은 쪽은 결국 나였던 것이다. "아, 그게……."

"어쨌거나 클로버 씨를 따라다닌 걸로 보였다니 정말 유감입니다. 같은 일을 겪은 사람과 이야기하면 좋겠다 싶던 차에 오늘 밤 클로버 씨를 만나 정말 놀랐고 또 반가웠거든요. 저는 어퍼웨스트사이드에 살고 있어요. 그래서 이 데스 카페가 우리 집에서 아주 가까워요."

거짓말도 문제지만 사랑하는 사람 때문에 슬퍼하는 사람을 오해한 내가 잔인하게 느껴졌다.

나는 천천히 숨을 내쉬었다. "사실, 서배스천 씨, 우리 할머니는 돌아가시지 않았어요. 아, 아니 돌아가셨어요. 친가, 외가 할머니 두 분 다 돌아가셨죠. 근데 그게 제가 태어나기도 전이라 저는 두 분을 뵌 적이 없어요."

"아. 그럼 왜 그런 거짓말을 하셨죠?" 서배스천이 턱을 문지르며 말했다.

"왜냐하면 제 직업을 밝히고 싶지 않았거든요."

"데스 카페와 직업이 무슨 상관이 있어요? 이런 모임에서 자기 직업을 제대로 언급하는 사람은 아무도 없잖아요."

"네, 맞아요. 하지만 죽음이 제 직업과 관련이 있다 보니."

"말하자면 일종의 킬러인가요?" 그의 긴장된 말투로 보아 반은 진심인 듯했다.

"아뇨. 저는 임종 도우미예요."

"'임종' 도우미라고요? 오, 한 번도 못 들어봤어요. 뭔가 불길하게 들리는데요."

나는 치솟는 감정들과 싸워야 했다. 상상력을 제멋대로 발휘하고 거짓말을 했던 데서 오는 수치심. 서배스천과 그의 죽어가는 할머니에게 드는 감정이입. 내 또래의 잘생긴 남자가 내 존재를 인지하고 열중해서 쳐다보는 데서 오는 불안감. 내 뇌는 내 혀가 말을 조리 있게 내뱉을 수 있도록 안간힘을 다하고 있었다.

휴대폰에 맞춰놓은 타이머 알람이 내 구세주였다.

"이제 가봐야 해요." 나는 또 비타민 통이 우르르 떨어지는 일을 피하려 마지막 비타민을 조심스레 선반에 내려놓고는 불쑥 말했다. "안녕히 계세요."

"잠깐만요, 우리……?"

그가 말을 마칠 때쯤 나는 이미 가게 문 밖으로 나와 있었다.

13

잿빛 솜으로 뒤덮인 하늘만 일주일 내내 보다가 7번가를 건너려고 기다리고 있을 때 드디어 끝없이 펼쳐진 맑고 파란 하늘이 나를 맞아주었다. 할아버지 없이 보내는 일요일이 여전히 우울한 가운데 그렇게 기분을 북돋워주는 광경을 보자 감사한 마음이 들었다. 나는 할아버지가 돌아가신 후 몇 달 동안 식당이나 서점에 발을 들일 수가 없었다. 혼자 우리의 주말 전통을 이어간다는 것이 그 어느 때보다 할아버지 곁을 지켰어야 할 시간에 지구 반대편에서 혼자 즐기고 있었던, 비난받아 마땅한 나를 떠올리게 했다. 할아버지의 죽음을 막을 방도가 없었더라도 최소한 옆에서 더 많은 시간을 함께했어야 했다.

나는 슬픔을 수량화가 가능하고 유한하며 고쳐야 할 문제라고 보는 서구 사회의 왜곡된 인식에 결코 공감한 적이 없었다. 할아버지가 죽고 8개월이 지났을 때 내 주치의는 내가 여전히 할아버지의 죽음을 받아들이기 힘들어한다는 이유로 정신과 진료를 권유했다. 한 세션이 끝나자마자 정신과 의사는 내 증상을 만성적인 슬픔이라 불리는 '지속성 복합 사별장애'라 진단하고 항우울제를 권유했다. 대부분의 의학 전문가들은 슬픔의 과정이 6개월을 넘어가지 않는다고 한다. 그리고 그때까지 슬픔을 극복하지 못하면 임상적으로 문제가 있다고 보는 것이다.

대체 그게 무슨 말도 안 되는 소린가?

자신의 삶과 너무나 밀접하게 엮여 있던 존재를 잃었는데 6개월 만에 정상적인 삶을 재개하라는 건 너무 냉혹하다. 할아버지를 그리워하지 않게 될 순간은 결코 없을 것이다. 그게 바로 내가 임종 도우미가 된 이유 중 하나였다. 사랑하는 이를 잃어가는 이가 됐든 죽어가는 사람 본인이 됐든, 좀 더 잘 살 수 있었던 삶을 슬퍼하는 사람들과 함께 있을 때면 나는 내 슬픔이 좀 더 편하게 느껴졌다.

나는 아팠던 만큼 우리의 전통을 이어가는 것이 할아버지를 가까이에서 느낄 수 있는 몇 안 되는 방법 중 하나란 걸 결국 깨달았다. 이제 일이 없는 일요일이면 늘 그 식당에서 우리가 가장 좋아하던 자리에 홀로 앉아 아침 식사를 하고 서점으로 걸어갔다. 너무나 뚜렷했던 할아버지의 존재감만큼이나 부재 또한 유난히 크게 느껴졌다. 10년이 넘어가면서 그 고통은 살짝 무뎌졌지만 슬픔은 줄어들지 않았다. 그저 다른 형태를 취했을 뿐이었다.

코트를 더 단단히 여미고 식당에서 몇 블록을 걸어가는데 위 속에 가라앉은 프렌치토스트의 기름기 때문에 배 속이 더부룩했다. 20년간 새로운 상권이 몰려들면서 그 주위를 지키고 있던 보석 같은 가게들이 사라졌지만 베시의 서점은 견뎌냈다. 이제 70대 후반인 베시는 여전히 활기가 넘쳤다. 예전에 비해 눈에 띄게 몸집이 둥그스름해졌지만 환하게 반기는 미소만큼은 변함이 없었다. 그리고 베시는 여전히 사탕으로 나를 유혹하려 했다.

"클로버, 자기야!" 베시는 넉넉한 허리통이 드나들기 수월하게 몸을 옆으로 틀어 두 책장 사이로 걸어 들어갔다. "네가 기다리던 조지아 오키프 전기가 여기 카운터 뒤쪽에 있어. 너는 홀로 묵묵히 길을 개척해온 여성들을 정말 사랑하는구나!"

"고맙습니다." 뉴멕시코의 산과 사막 사이에서 고독한 삶을 산다는 아이디어는 정말 매력 있었다. "신간 코너 잠깐 둘러볼게요."

"그러렴!"

책이 더 필요하진 않았다. 하지만 잠재적인 독서 목록에 추가할 새 책을 찾았을 때 도파민이 분비되는 느낌이 좋았다. 나는 할아버지의 우뚝 솟은 실루엣이 책장을 열심히 훑는 모습을 상상하지 않으려 애쓰면서 과학 코너를 피해 갔다.

아직 미숙한 체구의 두 젊은 남자가 알파벳 'E'와 'K' 사이의 소설을 훑어보고 있었다. 키가 더 작은 남자가 큰 남자의 어깨에 머리를 기대고 있었고 두 사람은 새끼손가락을 가볍게 걸고 있었다. 나는 두 사람의 흥을 깨고 싶지 않아 조용히 뒤로 물러났다. 그들은 각각 자유로운 손으로 책을 꺼내 표지를 훑어본 다음 서로 연결된 새끼손가락을 풀지 않으려고 책을 꺼냈던 바로 그 손으로 다시 제자리에 끼워 넣었다. 그리고 틈틈이 상대에게 책을 건네며 미소와 함께 "네가 좋아할 것 같은 책이야"라고 속삭였다.

나는 두 사람의 친밀함이 부러웠다. 내 책 취향을 알아주는 이가 있고 책을 훑어보는 사이 머리를 기대 쉴 수 있는 어깨가 있다는 것이 부러웠다.

공허함이 가슴속에서 활활 타올랐다. 더 이상 독서 목록에 추가할 새 책을 찾아 책장을 뒤질 기분이 아니었다.

두꺼운 조지아 오키프 전기를 옆구리에 끼고 서점의 코너를 돌면서, 그날 아침 **조언** 노트에서 봤던 환하고 다정한 웃음을 지닌 지도 제작자 올리브의 말을 떠올렸다. 악성흑색종을 앓았던 그녀는 내게 항상 선크림을 바를 것을 맹세하게 한 뒤(나는 그때 이후로 그 맹세를 지키고 있다) 아주 놀라운 조언을 해주었다.

"새로운 도시로 가거나 새로운 관계를 시작할 때마다 나는 항상 향수를 바꿨어요. 그렇게 하면 그 향을 맡을 때마다 그때의 추억을 돌아보고 다시 느낄 수 있을 테니까요. 변화를 느끼거나 인생에서 새로운 장을 시작할 때 거기 어울리는 새 향수를 찾아보세요."

나는 그때까지 향수를 써본 적이 없었다. 그리고 새로운 도시로 이사를 한다든가 새로운 관계를 시작할 일도 당연히 없었다. 하지만 나는 냄새가 기억을 각인시키는 데 도움이 된다는 사실을 이미 알고 있었다. 할아버지가 면도 후에 바르는 스킨로션에서 나는 특유의 톡 쏘는 향을 맡으면 순식간에 할아버지와 함께하던 기억 속으로 이동할 수 있었다. 그리고 향을 선택한다는 아이디어는 상대적으로 단조로운 내 삶에 어느 정도 다양성을 들이는 방법 같아 보였다. 맞는 향수를 찾기 위해 적어도 몇 가지 향수들을 시향해볼 수는 있을 것이다.

제일 가까운 백화점으로 발걸음을 옮기려는데 코트 주머니에서 휴대폰이 진동했다. 모르는 번호였지만 일과 관련된 전화는 대부분 그랬다. 나는 가게 차양 아래로 들어가 통화할 마음의 준비를 했다. 죽음은 감당할 수 있었지만 통화는 질색이었다. 다들 그냥 이메일만 보낼 순 없는 걸까?

"여보세요, 클로버입니다."

저쪽에서 잠깐 뜸을 들이더니 목청을 가다듬었다.

"아, 안녕하세요, 클로버 씨."

나는 단번에 그 목소리를 알아들었다.

"서배스천이에요. 데스 카페에서 만났던." 그가 불안한 듯 웃었다. "그리고 두에인리드 비타민 코너에서도 봤었죠."

그냥 끊어버릴 수도 있었지만 호기심이 일었다. 그렇게 황당하게 내뺀 사람에게 전화를 한 이유는 뭘까? 그리고 내 번호는 어떻게 알았을까?

"안녕하세요, 서배스천 씨."

"아, 그게, 일요일에 귀찮게 해드려 죄송합니다……. 제가 어떻게 그쪽을 찾았는지 궁금하실 겁니다."

"네."

"맹세컨대 그쪽을 따라다닌 건 아니고요. 아, 그러니까 그렇다고 볼 수도 있겠지만 클로버 씨가 생각하는 그런 식은 아닙니다." 불편한 침묵이 흘렀다. "그날 저녁에 그렇게 가버리신 뒤로 집에 가서 임종 도우미가 정확히 뭔지 검색해봤습니다. 그리고 알아볼수록 정말 멋진 일이라는 생각이 들더군요."

"그렇군요." 나를 특별히 집어 말하진 않았지만 그의 칭찬이 내 방어적인 태도를 살짝 누그러뜨렸다.

"우리 할머니 옆에 임종 도우미가 꼭 있어야 한다는 생각이 들었어요. 할머니께 정말 도움이 될 것 같아서요." 내가 끼어들기 전에 할 말을 다 해야겠다는 듯 그의 말이 빨라지기 시작했다. "할머니는 자택에 머물고 싶어 하세요. 그래서 24시간 내내 할머니를 도와드리는 간병인이 있지만 클로버 씨처럼, 그러니까, 보다 경험적인 일들로 할머니를 도와드릴 수 있는 사람은 없어요. 그게 클로버 씨가 하는 일이죠?"

"네, 그렇다고 볼 수 있죠." 나는 조심스럽게 발걸음을 내디뎠다. "그런데 제 번호는 어떻게 아셨어요?"

서배스천이 또다시 불안한 듯 웃었다. "사실 그리 어렵지 않았습니다. 제 말은, 뉴욕에 클로버라는 이름의 임종 도우미가 얼마나 있을 것 같아요? 그리고 저는 인터넷 검색에 아주 능하답니다."

보도에서 활기 넘치는 10대 무리가 북적북적 내 옆을 스쳐 갔다.

"뉴욕에 서배스천 씨 할머니를 도와드릴 수 있는 임종 도우미는 많이 있어요." 나는 목소리를 차분하게 유지하려고 애쓰며 말했다. "몇 명 추천해드릴 수도 있어요."

"네, 그렇겠죠. 근데 제 생각엔 우리 할머니께서 그쪽을 많이 좋아하실 것 같아요." 그의 고집스러움에 살짝 짜증이 났다.

"저를 전혀 모르시잖아요. 저에 대해 안다고 생각하셨던 유일한 사실도 어쨌거나 거짓말이었죠." 어깨에 힘이 꽉 들어가 목 옆이 뻐근했다.

"흐음, 그래도 어차피 새 의뢰를 받으실 거잖아요?"

일을 거절하기는 쉽지 않았다. 의뢰를 기다리는 기간이 길어지면 내가 아무리 돈을 열심히 저축한다 해도 재정 상태에 해가 될 수밖에 없었다. 나는 돈 때문에 임종 도우미가 되지는 않았다. 요금은 보통 고객의 지불 능력에 따라 책정했다. 애비게일의 경우처럼 무료로 일할 때도 있었다. 하지만 돈과 상관없이 서배스천의 할머니는 외로운 죽음과는 거리가 멀었다.

"맞아요…… 근데 한 사람을 받게 될지도 몰라서요. 아직 완전히 정해지진 않았지만요." 나는 거짓말쟁이였던 적이 없었지만 그와 이야기를 할 때면 거짓말을 하고 싶은 본능이 솟구치는 듯했다.

"원래 받으시는 금액보다 더 지불하겠습니다. 얼마인지만 말씀하세요."

"제가 이 일을 잘하는지 아닌지도 모르시잖아요."

"사실 압니다." 서배스천이 거슬리게 만족스러운 말투로 말했다. "그쪽 연락처를 찾다가 온라인 부고에 뜬 평을 봤습니다. 클로버 씨의 도움에 감사하다는 내용이었지요."

대체 누가 그런 평을 남겼을까? 내가 대중의 인정을 받을 일은 별로 없었다.

"알고 봤더니," 서배스천이 말을 이었다. "제 친구가 그 부고의 당사자분이 돌아가신 병원에서 간호사로 일하고 있더군요. 그 친구가 클로버 씨의 이름과 연락처를 수소문해줬어요."

살짝 사생활을 침해당하는 기분이 들었다. 하지만 만약 다른 사람이 나를 찾아 일을 맡기기 위해 같은 일을 했다면 별생각 없이 받아들였을 것이다.

서배스천은 내 침묵에 굴하지 않고 말을 이었다.

"다들 클로버 씨를 그렇게 추천하는 게 전혀 놀랍지 않았습니다. 클로버 씨가 우리 할머니를 도와주신다면 제게 정말 뜻깊은 일이 될 거예요. 저는 할머니가 이 모든 **일들**을 가능한 한 잘 견딜 수 있도록 도와드리고 싶거든요."

마음 한편으론 거절하고 싶은 마음이 절절했다. 서배스천과 함께 있으면 불편했다. 특히 거짓말을 들킨 지금은 더욱 그랬다. 하지만 할 수 있는데도 누군가를 돕지 않는 건 옳지 않았다. 그럴 일은 없겠지만 할아버지가 이 자리에 있었다면 나에게 실망할 것 같았다.

나는 한숨을 푹 내쉬며 마음을 접었다.

"좋아요, 생각해볼게요. 이메일 주소를 문자로 보내주세요. 다른 의뢰인과의 일이 성사되지 않으면 제가 일과 관련된 모든 서류를 보내드릴게요. 자세한 이야기는 그때 하기로 하죠." 마무리 짓기 위해 한 번 더 거짓말을 했다.

"좋네요. 다시 뵐 수 있길 고대하겠습니다, 클로버 씨."

가슴이 두근거렸다. 일 때문에 한 말이었더라도 남자에게 그런 말을 들은 것은 처음이었다.

14

나는 아홉 살 생일에 할아버지에게 세 가지 선물을 받았다. 남색 가죽 장정 노트와 은색 만년필과 쌍안경이었다. 우리가 식당에서 빈 접시를 사이에 두고 앉아 있을 때였다. 할아버지가 테이블 아래에서 꾸러미 하나를 꺼내 내 앞으로 밀어 주었다. "생일 축하해, 우리 손녀딸."

(집을 나설 때 할아버지의 팔 아래 끼워진 포장된 선물을 슬쩍 봤기 때문에) 이미 기대감에 들떠 있던 나는 줄무늬 포장지를 열심히 벗겨냈다. 대칭이 맞지 않게 접힌 포장지와 더덕더덕 붙은 테이프는 할아버지가 직접 포장했다는 기분 좋은 증거였다.

"똑똑한 것만으론 언젠가 한계에 부딪치게 된단다." 할아버지가 만족스럽게 지켜보며 말했다. "재치와 매력도 마찬가지지. 하지만 그 어느 것보다 너에게 도움이 될 두 가지가 있어."

할아버지가 말을 딱 멈추는 바람에 나는 보물들을 찾아 포장지를 뜯다 말고 고개를 들었다. 할아버지는 말을 아끼는 타입이라 어떤 지혜를 전해주기 위해 뜸을 들일 때면 귀를 기울여야 했다.

"그게 뭐예요?"

할아버지는 진중하게 커피를 한 모금 마셨다. "무한한 호기심과 예리한 관찰력이란다."

나는 접힌 포장지 아래에서 노트를 꺼내 손가락으로 그 부드러운 가죽 커버를 쓸어보았다. 같은 재질의 가죽 한 가닥이 노트를 두 바퀴 감고 있었고 위에 만년필이 꽂혀 있었다. 나는 수년간 할아버지가 그것과 거의 똑같은 노트를 들고 다니면서 정기적으로 멈춰 서서 할아버지가 본 삶을 기록하려고 메모하는 모습을 지켜봤다.

그리고 이제 내 것이 생겼다.

"고맙습니다, 할아버지! 다 너무너무 좋아요." 나는 쌍안경을 들어 올려 눈에 대고 식당 주위를 살펴봤다.

"다행이구나, 아가야." 할아버지가 말했다. "하지만 쌍안경에는 경고가 따른다는 걸 잊지 말거라."

"경고가 뭔데요?"

"조건이나 규칙이지."

"어떤 규칙이에요?"

"그걸로 남의 사생활을 침범하면 안 돼." 아주 단호한 어조였다. "이 도시에선 우리 모두가 서로 영향을 주고받으며 살고 있어. 그렇게 부대끼며 살다 보면 우리가 해서는 안 될 방식으로 다른 사람들의 삶을 파고들거나 몰래 엿보고 싶은 유혹을 느낄 수도 있단다. 그러니까 이웃을 염탐하면 안 돼, 알아듣겠지?"

"알아들었어요." 나는 할아버지의 단호한 어조에 맞춰 말했지만 마음속으론 그 약속을 후회했다. 매일 밤 거리 건너편에 있는 빛나는 갈색 사암 건물의 창문을 들여다보고 창 속의 인물들과 그들의 이야기를 지켜보는 것이 내가 가장 좋아하는 취미 중 하나였다. 그리고 쌍안경을 사용하면 그 이야기가 어떻게 진행되는지 더 잘 볼 수 있을 것 같았다.

"착하기도 하지." 할아버지가 말했다. 그러고는 재킷 주머니에 손을 뻗어 노트를 꺼내 유혹하듯 흔들었다. "오늘 체험학습을 가면 어떨까 하는데. 어떻게 생각해?"

나는 열의를 전하기 위해 똑바로 앉았다. "좋아요!"

매년 할아버지는 내 생일을 기념하기 위해 기억에 남을 만한 이벤트를 찾아냈다. 그 전 해에는 코니섬 수족관에 갔다가 점심으로 핫도그와 퍼넬 케이크♣를 먹었다. 또 그 전 생일에는 시청 바로 아래 폐쇄된 지하철역으로 모험을 떠났다.

"가기 전에 한 가지 더." 할아버지가 노트를 주머니에 다시 밀어 넣으며 식당 주방 쪽으로 고개를 끄덕였다.

정성을 다한 헤어스타일과 아주 매력적인 성격 덕분에 내가 제일 좋아하는 웨이트리스 힐다가 오른손에 든 플라스틱 메뉴판으로 왼손에 든 무언가를 가리고 테이블 쪽으로 걸어왔다. 그녀가 메뉴판을 옆으로 치우자 한가운데 깜빡거리는 촛불이 꽂힌 레드 벨벳 케이크가 모습을 드러냈다. 가끔 오프오프브로드웨이♣♣ 공연에서 주연으로 활동하는 힐다가 생일 축하 노래를 극적으로 부르기 시작했다.

♣   반죽을 소용돌이 모양으로 뽑아 굽거나 튀긴 케이크.
♣♣ 브로드웨이의 등용문으로 전락한 오프브로드웨이에 대한 반발로 시작된 연극운동. 주로 실험적인 연극을 공연한다.

할아버지가 특별한 때를 위해 아껴둔 부드럽고 낮은 바리톤으로 종결부를 불렀다. "사랑하는 우리 클로버, 생일 축하합니다."

생일 기념 아침 식사를 마무리한 뒤 할아버지와 나는 어퍼웨스트사이드를 향해 축축 늘어져 달리는 C선 열차에 나란히 앉았다. 할아버지와 나는 목에 쌍안경을 걸고 무릎에 가죽 장정 노트를 얹고 있었다.

우리가 함께 살기 시작한 지 3년째가 되자 할아버지가 노트에 쓰는 글에 대해 깊은 호기심이 생겼다. 가끔 노트만 놓여 있을 때면(보통 할아버지의 안락의자 옆 보조 탁자 위에 가죽끈이 감질나게 풀린 채 놓여 있었다) 읽고 싶은 유혹과 싸워야 했다. 인생에 대해 뭔가 그토록 중요해서 그렇게 광범위하게 기록해야 하는지 궁금했다. 컬럼비아 대학의 종신 생물학 교수인 할아버지는 사물을 분류하는 데 열정이 있었다. 원래 할아버지의 서재였던 방을 내가 쓰게 된 뒤로 집 안의 남은 공간이란 공간은 전부 연구 관련 용품들로 채워지게 되었다. 거실 책장은 자연 표본이 담긴 유리병들이 줄줄이 들어찼다. 그리고 나는 라벨 제작기 사용법을 익히자마자 새롭게 추가되는 병의 내용물 분류 작업에 투입되었다. 내가 열심히 다이얼을 앞뒤로 움직여가며 각 글자가 영원히 지워지지 않게 새기는 사이 할아버지는 복잡한 학명을 천천히 받아 적었다(가장 기억에 남는 라벨은 오리너구리였는데 솔직히 액체 속에 든 조그만 오리너구리 태아가 그리 귀엽진 않았다).

81번가에서 하차한 우리는 센트럴파크로 이어지는 길을 따라 성 아래 숲길로 내려갔다. 나는 가만히 앉아서 매력적인 왕자들을 기다리는 공주들 이야기에 끌린 적이 단 한 번도 없었지만 탐험할 끝없는 방과 지하 감옥이 있는 성에 산다는 아이디어는 마음에 들었다. 이따금 그 탐험을 함께할 왕자를 상상해봤지만 길을 안내하는 쪽은 항상 나였다.

울창한 나무 아래를 걷다가 한 가로등 앞에서 할아버지가 발걸음을 멈췄다.

"이 가로등 기둥에서 뭐 알아챈 거 없니?"

나는 답을 입 밖으로 내기 전에 빈틈없이 파악하려고 눈을 올렸다 내렸다 해가며 기둥을 면밀히 살폈다. 일반 가로등 기둥과 구별되는 점은 몸통 중간에 붙어 있는 조그만 숫자 명판뿐이었다.

"숫자예요?" 나는 할아버지의 프로급 포커페이스를 살피며 머뭇머뭇 말했다. 마치 암호를 말하자 감춰졌던 문이 덜컹 열리듯 할아버지의 미소가 내 추측이 맞는다는 사실을 확인시켜주었다.

"맞아." 할아버지가 바짓가랑이를 획 끌어 올리고는 한쪽 무릎을 꿇어 내 눈높이에 맞췄다. "센트럴파크에서 길을 잃으면 이 명판들이 길을 찾는 데 도움이 될 거야."

나는 이맛살을 찌푸리며 아무런 규칙도 없는 듯한 숫자를 쳐다봤다. "어떻게요?"

"마지막 두 숫자를 자세히 봐." 할아버지가 돋을새김한 철제판 위에서 손가락을 움직이며 설명했다. "두 숫자가 홀수라면 공원의 서쪽에 더 가까이 있다는 뜻이지. 그리고 짝수면 동쪽에 더 가까운 거고."

"그러면 첫 두 숫자는요?"

"그건 여기서 제일 가까운 교차로를 나타낸단다." 할아버지가 한쪽 무릎 위에 팔꿈치를 올렸다. "만약에 '7751'이라 새겨져 있다면 제일 가까운 거리는 어디일 것 같니?"

나는 팔을 좌우로 휘휘 흔들며 생각했다. "웨스트 77번가?"

할아버지가 윙크했다. "영리하기도 하지."

뇌에 새로운 지식을 심고 나니 세상의 무한한 비밀 중 하나를 더 풀어냈다는 만족감이 들었다. 나는 벤치가 줄줄이 늘어선 호숫가의 작은 공터로 걸어가는 할아버지 뒤를 깡충깡충 뛰며 따라갔다.

할아버지가 마지막 벤치를 가리키며 말했다. "여기 앉자."

부드럽게 구부러진 철제 팔걸이에 손을 얹고 자리에 앉자 다리가 허공에서 달랑거렸다.

"새를 지켜보기에 제일 좋은 장소 중 하나야." 할아버지가 쌍안경을 톡톡 두드리며 말했다. "쌍안경으로 저기 저쪽 나무들을 살피면 붉은목벌새 가족을 볼 수 있을지도 몰라."

나는 고무가 덧씌워진 쌍안경을 눈에 편안하게 맞춰 썼다.

"아무것도 안 보여요." 나는 그쪽 나무 꼭대기를 아주 잠깐 살핀 다음 칭얼댔다.

"흠, 그건 네가 관찰에서 가장 중요한 부분을 놓치고 있기 때문이란다."

나는 쌍안경을 눈 아래로 내리고 할아버지를 쳐다봤다. "그게 뭐예요?"

할아버지가 눈썹을 아래위로 씰룩거렸다. "인내심."

나는 한숨을 쉬고는 다시 그쪽을 향해 렌즈를 맞추고 내가 얼마나 참을 수 있는지 보기 위해 기다렸다. 3분쯤 지났을까, 나뭇잎 사이로 진홍빛 섬광이 움직였다.

"한 마리 보여요!" 나는 그 생명체를 놀라게 하지 않으려고 최대한 목소리를 낮춰 속삭였다. "빨간 목이 보여요."

할아버지가 몸을 숙이고 나지막이 말했다. "수컷이라는 뜻이야. 암컷은 보통 목이 하얗거든. 다른 점은 뭐가 보여?"

"부리가 기다랗고 날카로워요. 다른 새들보다 부리가 더 길어요. 그리고 가지에 앉아 있지 않고 계속 움직여요."

"벌새들은 움직임을 거의 멈추지 않는단다. 1초에 날개를 80번가량 퍼덕거려. 그래서 붕붕 벌 소리가 나는데 거기서 벌새라는 이름을 얻게 됐지."

"우와, 진짜 빠르네요."

새가 나무들 속으로 사라지자 나는 쌍안경을 무릎에 내려놓고 수업이 이어지길 간절히 바라며 할아버지를 쳐다봤다.

"우리는 패턴을 관찰해서 자연을 이해한단다. 새의 경우 한 해중 언제 모습을 드러내는지 어떤 종류의 나무를 더 좋아하고 어떤 먹이를 더 좋아하는지도 패턴을 관찰해 알 수 있어." 할아버지가 긴 한쪽 다리를 다른 쪽 다리 위에 올리자 파란색과 초록색 줄무늬 양말이 발목 위로 모습을 드러냈다. "아니면 계절을 예로 들어볼까? 너는 가을이라는 걸 어떻게 알 수 있지?"

"나뭇잎 색이 변하고 땅으로 떨어지니까요."

"그렇지. 그 일이 매년 일어나지. 그리고 나뭇잎이 떨어질 때 우리는 어떤 코트를 입어야 하고 어떤 채소를 심어야 하는지도 알 수 있어."

"핼러윈이 곧 온다는 것도 알 수 있고요."

"맞아. 그러니까 세상을 이해하는 가장 좋은 방법은 패턴을 찾는 거란다." 할아버지가 노트를 톡톡 쳤다. "그래서 이게 있어야 하고. 네가 보는 모든 흥미로운 것들을 적어놓으면 결국 그 일들이 규칙성 있게 일어난다는 걸 알게 될 거다. 그러면 일이 어떻게 돌아가는지 배우는 데 도움이 되지. 지금까지 관찰한 걸 한번 적어볼까?"

"네!" 나는 아침 내내 절실히 노트를 쓰고 싶었다. 나는 만년필 뚜껑을 열고 조심스럽게 제일 멋진 글씨체로 가로등 기둥을 묘사하기 시작했다.

"패턴을 보여주는 게 자연뿐만은 아니야." 할아버지가 공터 쪽으로 고갯짓했다. 몇 그룹의 사람들이 보였다. "사람들도 지켜보면 많은 것을 알 수 있단다."

나는 쌍안경을 들어 피크닉 매트에 모여 앉은 세 소녀를 줌인했다. 할아버지가 내 쌍안경 위로 손을 내려 부드럽게 끌어 내렸다. "내가 한 말 잊지 마. 염탐은 안 돼."

"거어엉고." 나는 그 단어가 내 머릿속에 자리 잡았다는 사실을 자랑스러워하며 말했다.

"그래, 바로 그거야. 경고. 하지만 공공장소에서 멀리 떨어져서 관찰할 수는 있지." 할아버지가 의자 뒤쪽으로 팔을 쭉 뻗어 스트레칭을 하며 공터의 반대편 벤치에 앉은 한 가족을 은근슬쩍 가리켰다. "뭐가 보이는지 말해봐."

나는 인상을 찌푸렸다. "아저씨와 아줌마와 아이가 둘 있어요." 할아버지가 누구나 대답할 수 있는 질문을 해서 살짝 자존심이 상했다.

"저 사람들이 지금 뭘 하고 있는지 알 수 있겠어?"

"아저씨가 말을 하고 있어요…… 그런데 아줌마는 제대로 안 듣고 있는 것 같아요."

"왜 그렇게 생각하니?"

"으음, 아줌마가 아저씨에게서 몸을 돌린 채 주위를 둘러보고 있어서요."

할아버지가 고개를 끄덕였다. "그리고 남자의 다리가 여자 쪽으로 향해 있고 몸도 그쪽으로 기울어져 있지만 몸을 더 기울일수록 여자가 더 멀어지지?"

"네, 그렇네요."

"흥미로운 건 저 두 사람 다 저런 일이 벌어지고 있는 줄 모를 거란 사실이야. 사람들의 몸짓 언어를 지켜보면 많은 것을 알 수 있어. 실제로 그들이 말하는 것보다 훨씬 더 많이 알게 될 때가 많단다."

"저 아줌마는 몸짓으로 아저씨가 별로 흥미롭지 않다고 말하는 것 같아요." 나는 그렇게 추측한 다음 노트에 그 사실을 기록하려고 말을 멈췄다.

할아버지가 웃었다. "네 말이 맞을지도 모르지."

나는 그 커플의 발치에 있는 조그만 두 소녀를 쳐다봤다. "그런데 저 아줌마는 자기 아이들한테도 관심이 없어 보여요." 그 모습은 살짝 내 마음을 아프게 했다. 우리 엄마의 얼굴에서 그와 같은 무심한 표정을 분명히 보았기 때문이다. "아줌마는 행복하지 않은가 봐요. 저기 있고 싶지 않아 보여요."

할아버지가 마치 낚싯줄을 던졌다가 되감듯이 뭐라 반응하려고 입을 열다가 멈춰버렸다. "그래, 그럴 수도 있지." 할아버지가 눈을 가느다랗게 뜨고 나무 꼭대기를 바라보았다. "안타깝게도 세상에는 자기들이 선택한 삶을 불행해하는 사람들이 많단다."

"정말 슬프네요, 할아버지." 나는 두 발을 앞으로 차고는 운동화를 탁탁 맞부딪쳤다. "우리가 그런 사람들을 도울 수 없을까요?"

"때로는 그럴 수 있겠지. 근데 우리가 그렇게 나설 수 있는 일이 아닐 때도 있단다."

나는 불만스럽게 할아버지를 쳐다보았다. "하지만 자기 아이들한테 저러면 안 되잖아요."

할아버지가 수염이 까칠하게 자란 턱을 문지르며 잠깐 생각에 잠겼다.

"클로버, 어른들에 관한 비밀을 한 가지 알려줄게." 마침내 할아버지가 말했다. "어른들을 보면 자기들이 뭘 하는지 알고 있는 것처럼 보일 거야. 근데 사실 어른들은 그저 인생이 제대로 흘러갈 수 있게 최선을 다해 살아갈 뿐일 때가 많단다. 특히 부모님들이 그렇지. 아마 어느 순간, 어떤 점에서 달리 행동했더라면 좋았을 거라는 후회를 안 해본 엄마, 아빠는 아무도 없을 거야."

나는 여자와 그녀의 아이들을 다시 보았다. "그럼 우리 엄마, 아빠도 저와 더 많은 시간을 보내지 못한 걸 후회했을까요? 그리고 여행에 절 데려갔어야 했다고 후회했을까요?"

"충분히 가능성이 있지." 할아버지의 얼굴이 살짝 일그러져 있었다. "그게 말이다. 네 엄마가 너처럼 어렸을 때 나도 일 때문에 세상을 엄청 돌아다녔단다. 그러니까 나도 내가 그러고 싶었던 만큼 그 애와 함께 많은 시간을 보내지 못했어."

"하지만 할아버지는 모험을 하셨잖아요." 나는 할아버지가 들려준 머나먼 정글과 섬으로 생물학 탐험을 떠났던 이야기가 너무나 좋았다. "그런 모험은 어린 소녀에게 너무 위험하지 않았을까요?"

할아버지는 내 논리에 놀란 듯했다. "그래, 그건 사실이야. 그리고 네 엄마와 아빠의 모험도 그랬을 거야."

나는 잠시 그 말을 생각해봤다. "그리고 만약 절 중국에 데려가셨더라면 지금 전 여기 할아버지와 함께 있을 수 없었겠네요."

할아버지가 다시 수염을 문지르다 말했다. "내가 보기에 그건 우리가 확실히 알 수 있을 만한 문제가 아닌 것 같구나. 하지만 네가 여기 나와 함께 **있어서** 내가 아주 기쁘다는 것만큼은 확실히 알겠다."

나는 할아버지의 팔 아래 손을 넣어 감으며 활짝 웃었다. "저도요."

우리는 부모 앞에서 놀고 있는 그 아이들을 지켜보며 앉아 있었다. 이어서 할아버지가 펜으로 내 노트를 톡톡 쳤다.

"우리 손녀, 여기서 네가 배울 점은 공부를 충분히 한다면 거의 모든 것을 이해할 수 있다는 거란다. 심지어 인간까지도. 다른 사람들의 감정을 읽고 이해하는 능력을 타고난 사람들도 있지만 그렇지 않은 우리 같은 사람들은 패턴을 찾는 것이 도움이 돼."

"어떤 패턴이요?"

"글쎄다. 살면서 더 많은 사람을 만나면 세상에 아주 다양한 개성이 존재한다는 걸 알게 될 거야. 즉, 모든 사람에게 똑같은 방식으로 다가갈 수 없다는 뜻이지. 이를테면 너와 나는 조용히 앉아서 책을 읽으며 시간을 보내는 걸 좋아하잖니?"

"당연히요!"

"하지만 어떤 사람들에겐 그게 고통일 수 있어. 그런 사람들은 항상 많은 사람에게 둘러싸여 이야기를 하고 싶어 하지."

믿기지 않았다. "정말로요?" 책 없는 삶은 나에게 고통을 의미했다.

"그렇단다, 정말로." 할아버지가 말했다. "그러니까 네가 살면서 사람들을 만나게 되면 시간을 들여 그들을 관찰해보렴. 그 사람들이 세상을 어떻게 사는지 지켜봐. 눈에 띄고 싶어 하는지 아니면 섞여 들고 싶어 하는지, 문제에 창의적으로 접근하는지 아니면 지적으로 접근하는지, 뭐가 그 사람들을 불안하게 만들고 뭐가 마음을 편하게 하는지."

내 만년필이 노트 위를 맴돌고 있었지만 할아버지는 계속 말을 이었다.

"그런 패턴을 배우면 사람들을 아는 데 아주 유용할 거야. 사람들을 완전히 이해할 수는 없겠지만, 우리는 복잡한 생명체니까, 그래도 사람들을 움직이게 하는 게 뭔지 단서를 얻는 데는 도움이 되지."

"사람들, 패턴, 단서. 알겠어요." 나는 복잡한 수학 공식인 양 단어들을 받아 적으며 말했다.

그 특별한 생일 수업이 쓸모가 있을 거란 느낌이 들었다. 아직 많은 사람을 알진 못했지만 언젠가 그렇게 될 테니까. 그리고 어떻게 하면 내가 세상에 가장 쓸모 있는 존재가 될 수 있을지 하루빨리 알고 싶었다.

15

"네가 흔적도 없이 사라져버린 줄 알았잖니." 리오가 그의 식탁 위에 흩어져 있는 마작 패를 살피며 농담을 던졌다. 그는 패 하나를 네 손가락과 엄지 사이에서 돌려가며 다음 수를 고심하고 있었다. "일주일이나 안 보이던데. 집에서 한 번 나와보기는 한 거니?"

"당연히 그랬죠." 의도했던 것보다 말투가 좀 더 격했다. 하지만 리오는 일부러 내 신경을 건드리고 있었다. "조지를 매일 두 번씩 산책시켰어요."

"네가 실제로 다른 인간이랑 교류한 게 아니라면 그건 집 밖에 나간 거라고 볼 수 없지." 리오가 손에 쥐고 있는 패를 다시 자기 라인업으로 되돌리고 옆에 있던 패를 버렸다. "어떻게 그렇게 오랜 시간을 아무도 안 만나고 집에 있을 수 있는지 모르겠어."

"사람들이 다 리오 할아버지처럼 사교적이진 않아요. 왜 제가 누군가와 교류해야만 하죠? 저는 혼자 시간을 보내는 게 좋아요."

리오가 못마땅해하는 술집 경비원처럼 팔짱을 끼고 의자에 등을 기댔다. "저기 말이야, 난 네가 왜 그렇게 네 세상을 좁게 유지하려 하는지 이해가 안 돼. 저 밖에는 흥미로운 사람들이 엄청나게 많이 있어."

나는 바짝 긴장했다. 리오는 지난 한 달여 동안 마치 자기가 늙어가고 있고 아직 인생의 중요한 질문들을 진지하게 생각해보지 않았다는 사실을 이제 막 깨달은 것처럼 철학적으로 변해 있었다. 불행히도 그 말인즉슨 그가 내 인생에 대해서도 철학적으로 생각하기 시작했다는 것이다.

나는 어깨를 씰룩하며 패산에서 패 하나를 집었다. "저는 그냥 대부분의 시간을 혼자 있고 싶을 뿐이에요."

거의 진실이었다. 부모님을 그렇게 어린 나이에 잃은 데서, 굳이 긍정적인 면 하나를 찾으라면 내가 아주 열렬한 자급자족가가 되었다는 점이다. 자기 삶을 살기도 너무 바빴던 우리 부모님은 나를 친구와 함께 놀게 해주겠다는 생각은 해본 적이 없었다. 학교에 갈 나이가 되었을 때 나는 친구를 사귀는 법이나 친구의 의미를 전혀 배우지 못한 상태였다. 우리 반 친구들이 하일랜드 선생님의 죽음 이후 나를 피하자 나는 그냥 상상의 세계로 더 깊이 들어가버렸고 너무나 독립적이게 되어 어느 누구도 옆에 둘 필요가 없어져버렸다. 물론 대학 때 여행을 다니면서 흥미로운 사람들을 몇몇 만났고 할아버지가 죽기 전까진 한동안 이메일로 그들과 연락을 유지하기도 했다. 나는 할아버지를 잃은 뒤 내 근황을 묻는 사람들이 사실은 그 대답을 진짜로 듣고 싶은 게 아니라는 사실을 힘든 방식으로 알게 되었다. 사람들은 내 고통을 지켜보고 싶지 않기 때문에 내가 극복했다고 말해주기를 바랐다. 그리고 내가 극복하지 못하자 메일함의 이메일들이 점차 줄어들더니 결국은 자취를 감추고 말았다.

리오는 그 주제를 넘겨버리지 않았다. "하지만 넌 사람들과 아주 잘 지내잖니. 네가 하는 일을 봐." 리오는 내가 아직 처음 만났을 때의 그 어린 소녀인 것처럼 내 뺨을 꼬집으려 손을 뻗었다. "넌 그냥 조금 더 마음을 열 필요가 있어."

나는 그의 손을 피했다. "사람들이 죽어갈 때는 '사람들과 잘 지내기'가 쉬워요. 제가 그 사람들을 돕고 있고 그 사람들이 뭘 원하는지 아니까요. 위로, 함께 있어줄 사람, 그리고 이야기를 들어줄 사람." 나는 강조하기 위해 손가락으로 그 세 가지를 세며 말했다.

리오는 끙 소리를 내며 이의를 제기했다. "넌 네 기술이 얼마나 진귀한지 과소평가하는 것 같구나. 사람들은 저마다 다른 식으로 죽음을 마주하지. 대부분의 사람들은 죽음이 노크를 해올 때까지 그 이야기를 하고 싶어 하지도 않잖니. 사람이 자기만의 방식대로 죽음의 과정을 항해할 수 있게 돕는 건 정말 특별한 사람만이 할 수 있는 일이야."

"맞아요. 하지만 저는 그게 제 직업이니까 잘하는 거예요." 그의 집요한 도발에 피로가 몰려왔다. "죽어가는 사람들을 대할 땐 가식적이지 않아도 돼요. 그리고 좋은 인상을 남겨야 한다는 압박도 없고요. 어차피 옆에 남아 저를 기억할 일도 없을 테니까요." 게다가 그 일엔 전혀 위험성이 따르지 않았다. 관계를 시작하기도 전에 그 결과를 알고 있기 때문이다.

"넌 너무 안전하게 가려고 하는구나." 리오가 말했다. "아무에게도 진짜 너를 보여준 적이 없다면 대체 넌 어떤 삶을 살고 있는 거냐?"

나는 당황한 티를 내지 않으려고 몸에 힘을 줬다. 그의 질문은 훌륭했다.

"할아버지는 진짜 저를 지금 보고 계시잖아요." 이 또한 거의 진실이었다.

"나는 너보다 나이가 두 배 이상 많아. 내가 영원히 네 곁에 머물진 못할 거다."

리오가 고개를 절레절레 흔들었다. "언젠가 누군가에게 정착하고 싶지도 않은 거니?"

나는 무심해 보이길 바라며 한쪽 어깨를 으쓱했다. "제대로 생각해본 적 없는 것 같아요."

물론 생각해봤다. 내가 있어서 매일매일 더 행복하게 살 수 있는 사람이 있다면. 내가 함께 있지 않을 때조차 온 마음으로 나를 생각하는 사람이 있다면. 내가 그 사람의 마음을 소중히 여기고 그 사람도 내 마음을 똑같이 소중히 여기는 걸 신성한 의무로 받아들일 사람이 있다면 어떨지 생각해봤다.

"흐음, 늙은이같이 굴고 싶진 않지만 넌 제대로 생각해봐야 해. 사랑에 빠지는 것처럼 좋은 건 없어. 심지어 네가 바라는 만큼 오래가지 않더라도 말이야." 마작 게임을 내려다보고 있는 그의 아내 위니의 화려한 초상화를 바라보는 리오의 눈이 반짝였다. 두 사람은 1950년대와 60년대 재즈 사교계의 유명 인사였지만 두 사람의 부러운 로맨스는(들어도 들어도 질리지 않는 스토리였다) 위니가 서른다섯 살에 교통사고로 사망해 막을 내리고 말았다. 그리고 50년이 넘었는데도 리오는 여전히 결혼반지를 끼고 있었다. 내 생각에 그와 내가 이토록 잘 지내는 또 다른 이유가 바로 그것 같았다. 우리의 슬픔은 공존할 수 있었다. 나는 사람들이 이제는 반지를 뺄 때가 되었다고 해도 그가 계속 지니고 있는 것이 좋았다. 나는 마치 시간이 사랑의 힘을 지울 수 있다는 듯 사회가 너무나 확고하게 슬픔을 수량화하기로 한 것이 마음에 들지 않았다. 아니, 다른 한편으론 누군가의 슬픔이 덧없이 흘러갔다고 해서 모두 똑같이 그래야 한다고 지시하는 것이 싫었다. 유산한 어머니들은 아기를 품에 안을 기회가 없었을지라도 오랜 시간 그 아기를 사랑하고 꿈꾸고 희망을 품었다. 그 말은 그들의 슬픔이 두 겹이라는 뜻이다. 아이를 잃은 슬픔에 결코 경험하지 못할 삶에 대한 슬픔까지 더해지는 것이다. 그런 고통이 덧없다고 누가 말할 수 있겠는가?

리오는 위니를 향해 키스를 날린 다음 다시 인상을 찌푸리고 자기 패를 들여다봤다. "너도 알다시피, 사람들은 얼마나 영원토록 살고 싶은지에 대해 이야기하지. 그런데 말이야. 아내와 친구들이 모두 떠나고 홀로 남겨지면 어떨지에 관해선 생각하지 않아. 그건 외로운 일이야."

가슴이 아려왔다. 나는 외로움이 어떤 느낌인지 알기 위해 영원토록 살 필요가 없었다.

그날 밤늦게, 가스레인지 앞에 서서 핫초콜릿을 만들 우유를 데우면서 리오와 나눴던 대화를 곰곰이 생각해봤다. 나는 영화나 소설 속 복잡한 로맨스에 조예가 깊었지만 실제 삶에서는 아직까지 그걸 제대로 익히지 못했다. 좀 더 구체적으로 말해, 아직 경험조차 하지 못했다. 반면에 상상 속에선 그저 힐끗 쳐다보거나 어깨를 가볍게 스치기만 해도 사랑의 도화선에 불꽃이 번쩍 일었다. 나는 수년간 바리스타, 사서, 버스 운전기사, 슈퍼마켓 계산원까지 수많은 상대와 사랑에 빠졌지만 거의 대부분 그들은 내가 존재한다는 사실조차 알아차리지 못했다. 그리고 나는 그들의 주목을 받으려 애쓰기에는 너무 수줍음이 많았다. 솔직히 그럴 가치가 있는지조차 확신할 수 없었다. 그래서 그런 노력을 기울이는 대신 주위 사람들을 지켜보고 화면을 통해 보면서 그들의 관계를 간접 체험해가며 상상 속에서 사는 쪽을 선호했다. 그게 더 안전했다.

눈을 감고 구리 소스팬에서 보글보글 끓는 우유와 시나몬 증기를 들이마셨다. 할아버지와 내가 30년간 사용한 결과 소스팬 손잡이에 변색된 부분이 두 군데 있었다. 소스팬의 뾰족한 주둥이 부분으로 끓인 우유를 붓자 크림색 갈색 액체가 윙윙 돌면서 명상하기 좋은 나선형을 만들어냈다.

두 손으로 도자기 머그잔을 감싸고 있자니 익숙한 갈망이 신경을 파고들었다. 고독하고 싶은 욕구와 감정을 교류하고 싶은 열망 사이에 모순된 줄다리기가 벌어졌다. 누군가와 함께 있고 싶지 않았지만 혼자라고 느끼고 싶지도 않았다.

나는 창문 모퉁이에 의자를 놓고 머그잔을 창틀에 놓은 다음 알파카 담요로 몸을 감쌌다. 가로등 불빛만 새어 들어올 수 있게 거실의 모든 조명을 끄고 밖에서 이쪽 움직임을 감지할 수 없도록 천천히 블라인드를 걷어 올렸다. 조지는 익숙한 이 일과에서 자기 역할을 하기 위해 어슬렁어슬렁 걸어왔다. 나는 조지를 내 무릎 위에 올리고 쌍안경을 눈에 갖다 댔다.

반대쪽 거실의 불빛이 내가 탄 배를 비추는 등대처럼 환하게 빛났다. 거기, 그들이 매일 밤 이 시간대에 그러듯 식탁에 서로 직각으로 앉아 있었다.

줄리아와 루번이었다.

물론 실명은 아니다. 최소한 진짜 이름은 아닐 거라는 말이다. 나는 실제로 두 사람을 만난 적도 없었다. 하지만 나는 그들을 잘 알고 있었다. 루번이 주로 요리를 하고 줄리아가 항상 와인을 골랐다. 주로 레드 와인이었는데 줄리아는 두 잔, 루번은 한 잔을 마셨다. 그들은 식사 중에 마치 샐러드와 메인 요리 사이에 입가심을 하듯 잠깐 멈춰 가벼운 키스를 했다. 그들이 소파에 앉아 TV를 볼 때면(루번은 항상 줄리아의 왼쪽에 앉았다) 줄리아가 손가락으로 자기 머리카락을 부드럽게 빗질하는 동안 루번이 무심코 원을 그리며 줄리아의 등을 문질렀다.

오늘 밤에는 루번이, 설거지를 하는 그녀를 뒤에서 감싸 안고 그녀의 물에 젖은 장갑 낀 손을 대신해 손을 뻗어 그녀의 눈을 가리는 곱슬머리 한 가닥을 옆으로 넘겨주었다. 그러고 나서 영화의 오프닝 크레디트가 두 사람의 얼굴에 스쳐 지나는 사이 아이스크림 통에 서로 번갈아가며 숟가락을 찔러 넣었다. 나는 말보다 행동에서 풍겨 나오는 그들의 친밀한 유대를 마치 내 것인 양 즐겼다.

가슴속 갈망이 차츰 진정되기 시작했다.

16

나도 안다. 서른여섯 살에 여든일곱 살 이웃 말고는 친구가 없다는 사실이 살짝 이상하다는 걸. 항상 친구들이 있었던 사람이라면 친구 없이 어떻게 살 수 있는지 상상하기 어려울 것이다. 하지만 실제로는 생각보다 어렵지 않다. 사실은 그 고독한 삶이 나도 모르는 사이 내 삶에 스며들었다고 보면 된다. 마치 아무런 해가 되지 않는 물방울이 갑자기 문제 있는 웅덩이가 되듯이.

인간은 습관에서 편안함을 찾는다. 그래서 할아버지가 말했듯 패턴으로 그들을 이해할 수 있다. 문제는 일단 사람들이 무언가나 누군가가 어떨 것이라 가정하고 나면 거기 의문을 제기하고 싶어 하지 않는다는 점이다. 내가 학교에 다니는 내내 나무 밑에서 책을 읽으며 점심시간을 보냈던 이유는 반 친구들을 싫어했기 때문이 아니라 독서가 새로운 세상을 여행하고 다른 이의 눈으로 삶을 바라보는 가장 위대한 모험이라 생각했기 때문이다. 하지만 마음속에서 나는 용감무쌍한 탐험가였지만 우리 반 친구들은 나를 이상한 외톨이라 가정했다. 그리고 친구들이 나와 어울리려 하지 않았기 때문에 나도 그들에게 다가가지 않으려 했다.

따지고 보면 내가 죽음에 매료된 것도 그 문제에 도움이 되지 않았다. 더군다나 그 시점이 고등학교 때였으니 말이다. 고등학교 1학년 때 사회 프로젝트 세 가지를 모두 죽음을 주제로 한 건 현명하지 못한 선택이었다. 아니면 영어 시간에 장의사의 시선으로 시를 쓴 것이 잘못이었는지도 모른다. 하지만 다섯 살 때 죽음이 내 인생에 지대한 영향을 미친 이후로 나는 죽음을 관찰하고 이해하고 싶었다. 나는 그렇게 무의미해 보이는 것에서 의미를 발견하고 싶었다.

언젠가 친구를 한 명 만들려 한 적이 있었다.

스타이브슨 고등학교에서 2학년이 되었을 때였다. 프리야의 가족이 싱가포르에서 맨해튼으로 이사를 왔다. 사회 수업 중이던 우리 교실로 상담 선생님이 프리야를 데리고 왔을 때 나는 교실 창으로 허드슨강을 가르며 몰려오는 뇌우 구름을 지켜보고 있었다. 교실에선 항상 같은 냄새가 났다. 연필을 깎을 때 풍기는 나무 향과 10대 소년들에게서 풍기는 젖은 개 냄새가 경쟁을 하는 듯한 냄새였다.

선생님이 내 옆 책상을 프리야의 자리로 지정했을 때 심장이 쿵쿵거렸다. 내내 비어 있던 자리였다.

"안녕." 프리야가 의자에 스르륵 앉으며 수줍게 미소 지었다.

"안녕." 나는 프리야가 나에게 말을 걸어서 받은 충격을 감추려 애쓰며 수줍게 대답했다. "비가 올 것 같아."

프리야가 창밖을 어색하게 내다봤다. "아, 그래……. 그래 보이네." 그러고는 책상 위에 펜과(화려한 젤 펜 종류였다) 노트를 열심히 정리했다.

그 애를 지켜보는데 감사하다는 생각이 마구 밀려들었다.

전학생이 들어온 덕분에 우리 반 학생 수가 짝수가 되었다. 즉, 두 명씩 짝지어 하는 프로젝트에서 늘 홀로 남겨지는 창피를 감당하지 않아도 된다는 뜻이었다. 아니면 린드 선생님이 바로 옆 팀에 가서 나를 끼워 세 명으로 해달라고 호소하면서 보내는 동정 어린 시선을 감내하지 않아도 된다는 소리였다.

프리야는 말하자면 깨끗한 도화지였다. 그녀는 우리 2학년들의 친구 관계가 어떻게 돌아가는지 전혀 몰랐다. 누가 그렇게 부른 적은 없지만 복도에서 속닥거리는 소리를 듣고 알게 된 내 별명 '크립트♣ 클로버'도 몰랐다. 그래서 우리가 팀 과제를 하기 위해 함께 책상에 앉았을 때 마침내 그 일이 벌어지는구나 싶었다. 인생에서 첫 친구를 만드는 일. 프리야는 내가 싱가포르를 잘 알고 있다는 데(내가 태어나기 전에 그곳에서 안식년을 보냈던 할아버지에게 이야기를 많이 들었기 때문이다) 감명받았고 내가 마작을 할 줄

♣   교회의 지하에 마련된 토굴로 납골당이나 예배당으로 이용된다.

안다는 사실에 흥분했다. 그리고 프리야가 버지니아 울프와 존 디디온의 책을 좋아한다고 했을 때 나는 우리가 완벽하게 잘 맞는다는 걸 알게 되었다. 나는 그날 오후 허드슨강을 따라 집으로 걸어오면서 내 또래의, 그것도 여자 친구와 함께하는 삶이 어떨지 상상해볼 수밖에 없었다.

프리야는 귀를 뚫고 손톱에 매니큐어를 발랐으며 입술에 색깔 있는 립글로스를 바르고 다녔다. 그리고 우리 반 남자애들이 농담을 할 때면 키득거리며 포니테일을 빙그르르 돌리기도 했다. 나는 그런 일들에 대해 이야기할 누군가가 분명히 있어야 했다. 10대가 되었지만 내 인생에 엄마라는 존재가 없었기 때문에 내가 알아야 할 중요한 사실을 놓치고 있는 것이 아닌가 의심이 들기 시작하던 때였다. 그때까지는 학교 도서관에서 빌린 책을 통해 사춘기라는 장애물을 탐구했다(할아버지가 내 몸에 일어나는 변화들을 과학적으로 설명해주었고 필수 생리용품을 살 돈을 제공해줬지만 딱 거기까지일 뿐이었다). 반 친구들이 화장을 하기 시작하자 가게에서 대충 구색 맞춰 사 온 제품들로 친구들의 역작을 흉내 내보려 했다. 하지만 피부 톤에 대해 조언해줄 사람이(그리고 섬세한 터치가 만들어내는 차이점에 대해 얘기해줄 사람이) 없다 보니 결국 평생 화장을 하지 않기로 결심하는 결과만 빚어냈다. 프리야를 친구로 두면 달라질 것 같았다.

하지만 너무 강하게 밀어붙이거나 너무 절실해 보이고 싶진 않았다. 그래서 처음에는 덤덤하게 행동했다. 복도에서 프리야를 보면 미소를 지었고 수업 시작 전에 그 애가 좋아할 것 같은 책을 몇 권 추천하면서 가벼운 대화를 이어갔다. 2주쯤 기다린 다음 학교를 마치고 베시의 서점에 함께 가자고 제안하면 될 것 같았다. 그다음에 가볍게 커피를 마시러 가거나 영화를 보러 가자고 하면 거기서부터 우정을 꽃피울 수 있을 듯했다. 어쩌면 프리야가 자기 집에서 부모님과 함께하는 식사 자리에 나를 초대할지도 모를 일이었다. 분명히 프리야의 엄마는 프리야처럼 세련됐을 것이다. 마침내 할아버지 말고도 나에게 연락하고 싶어 할 사람이 생길 테니 나도 우리 반 친구들처럼 플립 폰을 사야 할지도 몰랐다. 여전히 내 가장 친한 친구는 할아버지고 할아버지가 항상 나를 위해 시간을 내어주는 것이 너무나 좋았지만 나는 가지를 뻗어 마침내 진짜 친구를 만들 준비가 되었다.

살면서 그렇게 신이 난 적은 처음이었다.

2주 후, 마지막 수업을 마치는 종이 울린 뒤 프리야의 사물함 앞에서 기다렸다. 오는 길에 화장실에 들러 커널가의 가판대에서 산 클립온 귀걸이가 똑바로 끼워져 있는지 다시 확인했다. 나는 프리야가 내가 새로 산 스텔라 스트로베리 립 스매커 글로스도 알아봐주길 바랐다.

프리야는 자기를 기다리고 있는 나를 보자 놀란 듯했다.

"아, 안녕, 클로버. 무슨 일 있어?" 프리야가 입은 반짝거리는 스웨터가 고급스러워 보였다.

"안녕, 프리야." 나는 태연하게 프리야의 사물함 바로 옆 사물함에 몸을 기대려 했지만 하마터면 균형을 잃을 뻔했다. "학교 마치고 웨스트빌리지에 있는 내가 제일 좋아하는 서점에 갈 생각이거든. 너도 갈래?"

프리야는 자기 사물함에 책을 하나씩 하나씩 집어넣는 데 열중하고 있었다. "고마워. 근데 오늘은 안 돼."

"괜찮아." 내가 말했다. "그럼 내일이나 다음 주에 갈래?"

프리야가 사물함 문을 천천히 닫자 걸쇠가 섬세하게 딸깍 소리를 냈다. 그러고는 뒤를 돌아 나를 쳐다봤다.

"클로버, 정말 미안하지만 너랑 어울려 다닐 순 없을 것 같아." 프리야가 자기의 티 하나 없이 깨끗한 하이톱 스니커즈를 내려다봤다. "다른 애들이 전부 네 얘길 하는 게 정말 나쁘단 거 알아. 하지만 나도 맞춰가려고 노력하고 있어. 그러니까 우린 수업 시간에만 만나는 게 좋을 것 같아."

"아, 그래." 가슴속에서 거절의 아픔이 화끈화끈 솟구치기 시작했다. "이해해."

프리야가 온화하게 웃었다. "고마워……. 내일 사회 시간에 보자."

나는 프리야가 복도를 가로질러 내가 초등학교 때부터 아는 여자애들 무리로 가는 모습을 쓸쓸히 바라보았다. 그 애들이 모여들어 프리야의 스웨터를 칭찬하는 사이 부러움이 쩽하게 가슴에 밀려들면서 불현듯 내 촌스러운 올드네이비 티셔츠가 신경 쓰였다.

그날은 세상이 이미 낙인찍어놓은 내가 아닌 다른 어떤 것이 된다는 게 얼마나 힘든 일인지 깨닫기 시작한 날이었다.

<h1 style="text-align:center">17</h1>

내 큐티클 주위로 얼룩진 청록색 물감이 아파트 현관의 쨍한 주황색 불빛 아래 마치 빛을 발하듯 반짝거렸다. 여든 살의 생화학자 릴리의 후회를 기리기 위해 등록한 추상화 수업을 끝내고 오는 길이었다. 그녀는 9학년 때 선생님에게 그림에 재능이 없고 과학 공부를 계속해야 한다는 솔직한 평가를 받은 이후로 그림에 대한 열정을 결코 추구한 적이 없었다. 나는 그녀가 죽기 며칠 전 캔버스와 물감을 가져다주었다. 릴리가 그동안 눌러왔던 창의성을 마침내 발휘할 기회를 주기 위해서였다. 하지만 그동안 관절염으로 손이 너무 약해진 데다 통증까지 극심해 좀 더 일찍 시도했어야 했다는 후회가 그녀를 더욱 슬프게 만들었을 뿐이었다.

지금껏 나는 그림에 별 재능을 보이진 않았지만 이제는 적어도 시도해봤다고 말할 수는 있었다.

집으로 살금살금 걸어갈수록 금요일이면 그렇듯 계단에 퍼져 있는 리오의 해산물 수프 냄새가 점점 더 강해졌다. 나는 실비와 다시 마주치는 일 없이 몇 주를 보냈다.

내가 막 무사히 2층을 지났다고 생각한 순간 안도감이 안일함으로 변해 계단에서 가장 시끄럽게 삐걱거리는 바닥 부분을 피해야 한다는 사실을 깜빡하고 말았다. 뒤쪽에서 문이 끼익 열렸다.

"클로버 씨, 안녕하세요!" 실비가 층계참 너머에서 외쳤다.

나는 머뭇머뭇 새 이웃 쪽으로 얼굴을 돌렸다. 그녀는 어떤 밴드 이름이 적힌 회색 운동복을 입고 문간에 기대어 서 있었다.

"어, 안녕하세요, 실비 씨." 열쇠 꾸러미 덕분에 손을 어디에 둘지 몰라 어색해할 필요가 없어 다행이었다. "또 보네요. 반가워요."

"저도요!" 실비가 활짝 웃었다. 나는 그녀가 텐션이 낮을 때가 있기는 한지 궁금했다. "다시 만나길 기대하고 있었는데 계속 놓쳤지 뭐예요. 다행히 문밖에서 그쪽 발소리가 들려와서…… 리오 할아버지가 아닌 줄은 알겠더라고요. 그분은 계단을 그렇게 빨리 올라올 수 없으니까요."

"아, 그렇죠." 나 자신이 실망스러웠다. "어…… 어떻게 지냈어요?" 나는 전염된 듯 그녀가 보인 친절을 어느 정도 되돌려주고 있었다.

"드디어 이사를 완전히 끝냈어요! 아, 아직 풀어야 될 박스가 몇 개 있긴 하지만요. 이제 이 동네를 좀 알게 되길 고대하고 있어요. 그리고 물론 이웃분들도요."

"정말 잘됐네요. '리오 할아버지'는 항상 새로운 사람들을 만나고 싶어 하시거든요." 나는 실비가 내 말의 속뜻을 알아차리길 바랐다.

"아, 맞아요. 정말 매력 넘치는 분이시죠. 그리고 해산물을 사랑하시는 게 분명하고요." 실비가 눈을 천장 쪽으로 올리고는 코를 찡긋했다.

"저는 그쪽을 좀 더 알고 싶어요. 혹시 내일 커피 한잔할 수 있을까요?"

실비를 계속 피해 다니기가 정말 힘들어질 것 같았다. 리오의 말이 맞았다. 그가 영원히 내 곁에 머물진 못할 거다. 그가 가버리면 나에겐 아무도 없었다. 최소한 각종 등록 양식에 비상연락처로 기록할 사람이 있어야 했다. 그것만으로도 새 지인을 만들 실질적인 이유가 되었다. 거기에다 내년에도 까치발로 계단을 오르내리며 실비를 피해 다닐 생각을 하니 진이 빠졌다. 시도해볼 가치가 있을 듯했다. 그저 애착을 갖거나 나 자신을 너무 드러내지만 않으면 된다.

"당연하죠." 전혀 당연하지 않았지만 그렇게 답했다. "좋은 생각이에요." 이제는 돌이킬 수 없었다.

"잘됐어요!" 실비가 대답했다. "내일 아침 10시에 아래층에서 만날까요?"

현기증이 사지로 퍼져나갔다. 위험을 무릅쓸 때마다 찾아오는 아드레날린과 불안감의 혼합체가 일으키는 현상이었다. 그 느낌은 마지막으로 이런 상황에 처했던 적이 언제였는지 상기시켜주었다.

"네, 좋아요." 나는 스케줄을 확인하는 척했어야 했다.

"완벽해요. 그때 봐요!" 실비가 활짝 웃으며 문을 닫았다.

실제로 누군가와 함께 카페로 걸어 들어가자니 색다른 느낌이 들었다. 원래는 곧장 구석에 있는 일인용 테이블로 향하곤 했다. 나는 근처 테이블에 삼삼오오 모여 있는 사람들을 둘러봤다. 태연한 그들이 부러웠다. 내가 누군가와 카페에서 커피를 마시는 게 처음이란 걸 다들 알아차릴까? 실비도 그럴까?

자리에 앉으면서 방광을 압박하는 신경을 분산시키려 테이블 한가운데 있는 설탕 봉지들을 휘적거리기 시작했다.

"그래," 실비는 어색함에 완전히 면역된 듯 말을 이었다. "출산 도우미가 뭔지는 알지만 임종 도우미는 정확히 어떤 일을 해요?"♣

리오가 내 직업을 말해준 게 틀림없었다. 나는 직업을 밝힐 때마다 익히 봐왔던 평가하는 시선과 경악한 얼굴을 대할 각오가 되어 있었다. 하지만 실비는 전혀 그렇지 않았다. 그녀의 표정에는 무슨 이야기든 들어줄 열린 마음과 다정함이 드러나 있었다. 정말로 내 대답에 관심이 있는 듯했다. 나는 여전히 조심스럽게 말을 이었다.

"글쎄요, 생각해보면 기본적으론 같은 일이에요. 대신 방향이 반대인 셈이죠." 나는 설탕 봉지를 일렬로 늘어놓으며 말했다. "출산 도우미가 누군가를 세상에 나오도록 돕는다면 임종 도우미는

♣ 임종 도우미(death doula)는 일반적으로 출산 도우미 혹은 조산사를 가리키는 둘라(doula)를 변형한 말이다.

세상에서 평화롭게 나갈 수 있도록 도우니까요."

실비가 호기심에 찬 눈썹을 치켜올렸다. "하지만 의사는 아니잖아요, 그렇죠? 의학 교육을 받아야 하나요?"

"그런 임종 도우미들도 있어요. 저는 그쪽은 아니에요. 제 생각에 제 일은 좀 더…… 경험적이에요." 나는 알맞은 단어를 찾아가며 말했다. "그냥 함께 있어주면서 이야기를 들어주고 원한다면 삶을 돌아볼 수 있게 도와줘요. 잘못했던 일이나 후회하는 일들을 평화롭게 받아들일 수 있게 돕기도 하죠. 그리고 가족이나 친구가 아무도 없는 고객들의 경우 죽음을 맞이하는 동안 옆에서 손을 잡아주고요."

"와, 무게감 있는 일이네요." 실비가 말했다. "우울하진 않나요? 나는 사람들이 죽는 걸 보고 또 봐야 한다면 감당할 수 없을 것 같아요. 진짜 나는 엉망진창이 될 것 같은데."

"감정을 차단하는 법을 이제 막 배운 듯해요." 나는 그 능력이 자랑스러웠다. "감정이 포함되지 않으면 일을 더 잘할 수 있거든요."

의심이 드는지 실비의 눈썹이 들썩거렸다. "가끔씩 눈물이 나진 않나요? 진짜 가슴 아픈 경우에도요?"

"네." 나는 어깨를 으쓱하며 대답했다. "실제로도 나는 운 적이 없어요."

"한 번도요? 그냥 살면서 한 번도 운 적이 없다고요? 슬픈 영화를 보면서도 안 울어봤어요?"

나는 고개를 가로저었다. "네." 내가 영광의 배지처럼 달고 다니는 또 다른 사실이었다.

실비가 호기심 어린 눈으로 나를 쳐다보았다. "나는 그게 건강한 건지 잘 모르겠어요. 감정을 못 느낀다고 해서 감정이 존재하지 않는다는 뜻은 아니니까요."

"저한테는 효과가 있어요." 내 말투가 방어적이라 스스로 놀랐다.

"뭐 그렇다면야." 하지만 믿는 분위기가 아니었다. "그나저나 죽음을 맞이하는 사람들에게서 아주 가감 없는 고백들을 들었겠네요."

내 책장에 꽂힌 노트들이 생각났다. 지금껏 들어온 수년간의 고백 가운데 상대적으로 추한 고백들도 있었다. 하지만 나는 윤리적인 의무를 진지하게 받아들였기 때문에 단 한 마디도 다른 사람에게 발설하지 않았다. "몇몇은 그랬던 것 같아요."

실비가 테이블 쪽으로 몸을 기울였다. "클로버 씨한테 자기들이 못다 이룬 말도 안 되는 일을 해결할 수 있게 도와달라고 부탁한 사람은 없었나요?"

비밀이라도 공유하는 양 나도 모르게 실비의 몸짓을 따라 하고 있었다. "어려운 전화 통화를 할 수 있게 돕거나 사과 편지를 쓰는 일을 도와준 적도 있어요. 근데 보통 그런 일들은 용두사미로 흐지부지해지고 말아요. 너무 늦었거나 시간 내에 상대를 찾아낼 수 없는 경우가 대부분이거든요."

"오, 세상에, 너무 슬퍼요……. 나한텐 제발 그런 일이 일어나지 않길." 실비의 쾌활함이 살짝 빛을 잃었다. "그렇긴 해도 사실 전 뭔가 마음에 담아두는 걸 못하는 사람이라. 며칠 지나면 처음에 뭣 때문에 속상했는지조차 잊어버린다니까요."

이해가 되고도 남았다. 실비에게 꼬리가 있었다면 분명 쉴 틈 없이 흔들렸을 것이다. 삶에 대한 그녀의 일반적인 열정에 마음이 살짝 끌렸다. 이 세상이 살 만하다는 느낌을 갖게 해주기 때문이었다. 나는 자연스럽게 이어갈, 내가 아닌 다른 주제를 찾았다. "리오 할아버지께 들었어요. 미술사학자시라면서요?"

사람들 대부분은 자기 이야기를 좋아하기 때문에 내가 주제를 자기들로 옮겨도 거의 눈치채지 못했다.

"네, 맞아요!" 실비가 대답하고는 고개를 비스듬히 젖히고 마치 예술작품의 의미를 고찰하듯 나를 들여다봤다. "하지만 클로버 씨가 주제를 바꾼 걸 제가 눈치 못 챘다고 생각하진 마시길."

"아, 미안해요." 얼굴이 화끈거렸다. 내 의도가 너무 명확해서 창피했다. "뉴욕 출신이에요?"

"아뇨. 시카고에서 왔어요." 허세가 살짝 깃든 듯 실비의 자세가 뻣뻣해졌다. "절대로 뉴욕에선 살지 않겠다고 다짐했는데 여기 이렇게 있네요. 전 2년 동안 도쿄에 있는 미술관에서 일했어요. 그러다 프릭컬렉션♣이 거부할 수 없는 제안을 해왔지요. 절대로라는 말은 절대로 하면 안 되는 것 같아요."

♣   뉴욕 맨해튼에 있는 미술관.

"저는 도쿄를 정말 좋아해요. 대학 때 한 학기를 그곳에서 보냈어요." 실비와 그렇게 빨리 공통점을 찾을 줄은 예상치 못했다.

"잠깐만요. 임종 도우미가 되기 위해 무슨 공부를 한 거예요?"

종업원이 우리가 주문한 커피를 테이블에 내려놓으며 나를 유심히 살피는 눈치였다. 몸이 움츠러들었다.

"아까도 말했듯이 임종 도우미가 되기까지 밟는 코스는 사람마다 달라요." 나는 종업원이 갈 때까지 기다렸다가 말을 이었다. "전 죽음학(thanatology)으로 학위논문을 썼어요."

"그건 어떤……."

"죽음에 관한 연구예요."

"세상에. 진짜 그런 학문 분야가 있어요? 멋져요!"

멋지다니. 이런 말을 듣는 건 생전 처음이었다. "그게, 그쪽 분야에도 연구 주제가 숱하게 많지만 전 다른 문화권에서 행하는 죽음의 전통을 공부했어요. 일본에서도 그 공부를 하고 있었고요."

그때 옆 테이블에서 영국식 억양의 욕설이 들려와 우리는 그쪽으로 고개를 돌렸다. 곱슬머리 여자가 하얀 원피스에 묻은 콜드브루 얼룩을 미친 듯이 닦고 있었고 그녀의 친구는 테이블 위에 엎질러진 커피를 닦으려 애쓰고 있었다.

"여기, 이걸 쓰세요." 실비가 그 여자에게 동정 어린 미소를 지으며 냅킨을 한 움큼 건네주고는 다시 자리로 돌아왔다. "여행을 많이 하나요?"

"이제는 그렇게 못 해요⋯⋯. 일 때문에요." 옆자리 여자가 얼룩을 문질러 부위를 더 키우고 있었다.

"죽음에 관한 일이라 스케줄을 잡기가 힘들겠어요. 그렇죠?" 실비가 라테 위에 설탕을 뿌리며 말했다. "이제 내가 클로버 씨 직업에 대해 질문을 백만 개쯤 할 거라는 거 눈치채셨죠?"

그녀가 조금이라도 나를 흥미로워한다는 사실에 왠지 뿌듯해졌다. "뭘 알고 싶어요?"

"우선 이 질문부터 할게요. 죽음의 전통을 공부하러 세상을 여행하다가 어떻게 여기 뉴욕에서 임종 도우미로 일하게 됐어요?"

내가 그 주제로 더 깊이 들어가고 싶은지 아닌지 확실치 않아 커피를 휘휘 저었다. "제가 해외에 있을 때 할아버지가 홀로 돌아가셨어요." 나는 조용히 말했다. "그 일로 얼마나 많은 사람이 홀로 죽음을 맞이하는지 깨닫게 되었죠. 그리고 죽음을 개략적으로 연구하는 교수가 되기보다 임종 도우미로 일하는 게 세상에 좀 더 쓸모가 있지 않을까 하는 생각이 들었어요. 그리고 할아버지가 돌아가신 뒤론 여행 생각이 별로 안 들더라고요. 여행에 대한 애정이 식어버렸달까요. 뉴욕에 머무는 것이 할아버지를 계속 기억하는 데 도움이 되거든요."

"정말 안타깝네요. 두 분 사이가 정말 각별했다고 리오 할아버지께 들었어요."

"네, 정말 그랬어요." 리오가 말하지 않은 게 과연 있기는 한지 궁금했다. "그런데 도쿄에선 어디에 살았어요?"

이번에는 실비도 내 의도가 뻔히 보이는 말 돌리기에 기꺼이 넘어가주었다.

"주로 긴자에 있었어요. 진짜 귀여운 아파트에 살았는데 다음에 사진을 보여줄게요."

'다음에.' 그녀와 다시 만난다고 생각하자 낯선 희망의 감정이 꿈틀대기 시작했다. 마치 뻣뻣한 새 가죽 신발을 처음으로 신었을 때 같았다. 사이즈가 들어맞는데도 여전히 살짝 불편한 느낌.

우정이 싹틀 때의 느낌이 이런 건가?

18

웨스트 84번가의 타운하우스를 둘러싼 정교한 철제 울타리에 기대선 서배스천을 보았을 때 계약을 저버리고 지하철로 다시 도망가버릴까 싶었다. 하지만 그가 나에게 손을 흔들자 내 다리가 나를 앞으로 밀어냈다. 그는 온화한 외모를 지녔지만 세상에서의 자기 위치와 목적을 모두 확실히 안다는 듯한 자신감이 엿보였다. 그는 앞으로 내민 한쪽 발 위에 다른 쪽 발목을 걸치고 두 손을 주머니에 느슨하게 꽂고 있었다. 우리 사이에 거리가 1미터도 채 남지 않았을 때 나는 발걸음을 딱 멈췄다.

"안녕하세요, 서배스천 씨."

나는 보통 새 의뢰인을 만나면 전문가다운 페르소나를 쓰고 내가 내 일을 잘한다는 사실과 내가 왜 그 자리에 있는지를 정확히 인지하며 자신만만하게 세부사항으로 돌입했다. 하지만 이번에는 평소보다 더 큰 불안감이 마음을 어지럽혔다.

"안녕하세요, 클로버 씨. 정말 반가워요!"

서배스천이 마치 포옹을 하려는 듯한 자세로 나를 향해 반걸음 다가섰다. 하지만 재빨리 포옹 대신 악수 자세를 취한 걸 보면 분명 내 얼굴에 드러난 기함한 표정을 눈치챈 듯했다.

"아, 알려드릴 게 있어요." 우리가 현관 앞 계단을 오를 때 그가 말했다. "할머니께선 클로버 씨가 오는 줄은 알지만 임종 도우미인 줄은 모르세요."

애써 못 들은 척하고 있던 마음의 경고음이 더 커졌다. "그러면 할머니께선 저를 누구라고 생각하시는 거예요?"

"할머니의 사진을 보고 싶어 하는 제 친구라고 대충 말씀드렸어요."

"하지만 전 사진에 대해 아무것도 몰라요." 나는 거짓말을 강요받는 것이 싫었다. 이럴 거면 최소한 내가 선택할 수 있게 해줬어야 했다.

"괜찮을 것 같아요." 내가 듣고 싶었던 것보다 더 불확실한 대답이었다. "일단 할머니가 사진 이야기를 하면서 추억에 빠져들면 눈치 못 채실 거예요."

내가 속아 넘어갔다는 사실에 화가 났지만 되돌리기엔 너무 늦어버렸다. 서배스천의 할머니가 기다리고 있었다.

서배스천은 내가 기대했던 것보다 훨씬 더 웅장한 복도로 나를 안내했다. 어수선한 내 아파트에 비해 장식이 드문드문했지만 적절한 물건이 정확히 있어야 할 자리에 배치된 걸로 보아 의도적인 듯했다.

"할머니 집이 멋지네요." 속임수를 쓰긴 했지만 엄밀히 말해 서배스천은 내 고객이니 뭔가 예의 차린 대화를 해야 한다는 생각에 입을 열었다.

"네, 그런 것 같아요." 서배스천은 건성으로 주위를 휙 둘러보았다. "할아버지께서 1950년대에 이 집을 사셨지만 제 생각엔 적어도 100년은 된 집 같아요. 어렸을 때 여기서 많은 시간을 보냈어요. 우리 부모님이 거의 방학마다 저를 여기 맡겼거든요."

뒤에서 따라 걷다 보니 그의 모습을 몰래 살펴볼 수 있었다. 대략 내 또래 같았고(사실 남자 나이는 파악하기가 힘들었다) 키는 살짝 나보다 큰 정도였다. 볼 때마다 똑같은 차림새로 늘 검은색 버튼다운 셔츠에 검은색 치노 바지를 입고 금테 안경을 쓰고 암회색 목도리를 두르고 있었다. 아마 그는 삶을 단순하게 유지하기 위해 모든 것을 다섯 가지 버전으로 구매하는 사람들 중 하나인 듯했다.

복도를 따라 사진이 든 액자가 군인들이 정렬하듯 딱딱 간격 맞춰 걸려 있었다. 고리타분한 가족사진이 걸려 있을 줄 알았는데 먼 세계로 향하는 관문을 연상시키는 흑백사진이 나를 바라보고 있었다. 사막에서 뒷다리를 딛고 서 있는 근육질의 말. 그

반짝이는 갈기가 불꽃처럼 바람에 휘날리고 있었다. 이글이글 타는 듯한 눈빛의 터번 쓴 남자의 얼굴엔 휘몰아치는 감정선이 조각처럼 새겨져 있었다.

"메일에 할머니께서 사진기자였다고 하셨죠?"

서배스천이 발걸음을 멈추고 내가 보고 있던 사진을 봤다. "네. 사실 그 당시 할머니는 몇 안 되는 여성 사진기자 중 한 명이셨어요. 할아버지와 결혼하시기 전엔 신문에 실을 사진을 찍으러 세계여행을 다니셨죠."

"그럼 이게 다 할머니 작품이에요?"

"물론입니다." 내 옆에 선 그의 가슴이 살짝 부풀어 올랐다. "여기 보이는 거의 모든 사진이 할머니 작품이에요." 그가 다시 발걸음을 옮겼다. "나중에 제대로 구경시켜드릴게요. 지금은 우선 할머니부터 만나보셔야 할 것 같아요. 할머니는 정원을 제일 좋아하세요."

주방과 정원을 나누는 프랑스식 문을 통과하자 고리버들 의자에 앉은 노부인이 보였다. 그녀는 파란색 수레국화 무늬 숄로 어깨를 감싸고 두꺼운 청록색 담요를 무릎 위에 걸치고 있었다. 눈을 감은 채 해를 정면으로 바라보는 자세로 앉은 그녀의 얼굴에 평온한 미소가 감돌았다. 그 순간을 방해한다는 게 예의가 아닌 듯했다.

하지만 서배스천은 개의치 않았다.

"할머니!" 그가 성큼성큼 걸어가 그녀의 양쪽 뺨에 입을 맞췄다. 그녀가 손을 뻗어 그의 턱을 부드럽게 감쌌다. 두 사람이 서로를 얼마나 아끼는지 알 것 같았다.

"어서 와라, 우리 아가." 작고 나이 든 체구에 어울리지 않게 목소리가 맑고 강건했다. "새소리를 듣고 저 피할 길 없는 우중충한 겨울이 오기 전에 햇빛 좀 훔쳐보려던 중이야."

서배스천이 나에게 손짓했다. "할머니, 제가 말씀드렸던 친구 클로버예요."

"안녕하세요, 웰스 부인." 나는 손을 내밀었다.

"오, 그냥 클로디아라 불러줘요." 그녀가 양손으로 내 손을 감싸 쥐며 말했다. "서배스천의 친구를 만나는 게 절대 쉬운 일이 아닌데 말이에요."

서배스천이 우리를 흐뭇하게 바라보고 있었다. "클로버와 클로디아. 듣기 좋은데요."

"제인 오스틴 작품에 나오는 고집불통 자매들 같네요." 클로디아가 말했다.

"정말 반가워요, 클로디아." 나는 그녀의 당찬 언행에 매료되어 말했다. "저는 항상 자매가 있기를 바라왔어요."

클로디아가 뻔뻔하게 몸을 앞으로 내밀었다. "우리 사이에 나이 차이는 생각하지 말기로 해요." 그녀가 옆에 있던 고리버들 의자를 가리켰다.

"앉아요, 클로버. 서배스천, 커피 좀 가져다주렴. 해줄 거지?"

서배스천이 순순히 고개를 끄덕이고는 집 안으로 사라졌다.

"우리 손자 말로는 사진에 관심이 있다고 하던데." 클로디아가 어깨에 두른 숄을 더 단단히 여미며 말했다. 원단이 팽팽히 당겨져 등뼈의 곡선이 도드라져 보였다.

그렇게 사랑스러운 노인을 속이게 만든 서배스천에게 화가 치밀었다. 나는 뺨이 달아올라 거짓말이 들통나지 않게 해달라고 기도했다.

"네." 나는 최대한 아무렇지도 않은 척했지만 전혀 그렇지 않았다. "하시던 일에 대해 듣고 싶어요. 1950년대에, 특히 여자가 사진기자가 되기로 한 건 파격적인 선택이었을 것 같아요."

"장난이 아니었지요." 클로디아가 하늘을 향해 인상을 찡긋했다. "우리 아버지는 내가 그 일을 하겠다고 했을 때 부녀의 인연을 끊겠다고 할 정도였으니까요. 다행히 내 의지는 어머니한테서 나왔고 어머니가 아버지를 설득해줬지요."

"어머니께서 시대를 앞서가셨네요." 나는 클로디아가 그저 정원에 앉아 있을 뿐인데도 빨간 립스틱을 바르고 있는 것이 정말 좋았다.

"그렇기도 하고 아니기도 했어요." 그녀가 무릎 위로 두 손목을 우아하게 모으고 대답했다. "어머니는 대학에 가서 내가 '할 수 있을 때까지' 열정을 추구하라고 하셨죠. 어머니가 생각하신 할 수 있을 때까지란 남편을 찾을 때까지였어요. 어머니는 여성의 직업이 결혼을 방해해선 안 된다고 생각하셨거든요. 사실 당시 상류층 여성들은 직업을 갖지 않았어요. '사교계 와이프'를 전문직에 포함시키지 않는다면요. 파티를 열고 근사한 만찬을 주최하는 데에도 특별한 기술이 필요하다고 보지만 나는 그 일을 한 번도 동경해본 적이 없었죠."

"남편분은 어떻게 만나셨어요?"

"우리 오빠의 친구였어요." 클로디아가 말했다. "대학 졸업 후 나는 여기 뉴욕에 있는 뉴스 잡지사에서 인턴으로 일했는데, 내가 그 회사의 첫 여성 인턴이었지요. 아무튼 그는 이미 여기서 살고 있었어요. 오빠와 아버지가 그에게 나를 잘 보살펴달라고 부탁했고……."

"사랑에 빠지셨어요?" 로맨틱한 이야기가 나올 거라 생각하자 엔도르핀이 온몸에 퍼지는 느낌이었다.

"정확히 그렇진 않았어요. 당시엔 사랑에 빠지는 게 결혼을 위한 전제 조건이 아니었거든요." 클로디아가 숄을 다시 여미며 건조하게 말했다. "우리가 서로를 감사히 여긴 건 맞지만 우리 부모님이 그를 나에게 맞는 짝이라 생각하셨던 게 가장 큰 이유였죠. 그리고 일단 그렇게 결정되자 내 짧았던 사진기자로서의 모험은 끝나버렸어요. 요즘 젊은 여자들은 행운이에요. 직업과 남편과 아이들 사이에서 선택을 할 필요가 없잖아요."

솔직히 남편과 아이들은 나에게 선택지가 된 적이 한 번도 없었기 때문에 선택할 것도 없었다. 그 점이 나에겐 행운이었던 듯했다. 아니면 진짜 불운이었는지도 모르겠지만.

하지만 나는 내 삶이 아니라 클로디아의 삶에 집중하려고 그 자리에 있었다.

"맞아요." 내가 말했다. "우린 요즘 더 많은 자유를 누리고 있어요. 여전히 우리가 누릴 수 있고 누려야 할 만큼은 아니지만요." 그 말을 입 밖으로 낸 순간 개인적인 정치 성향을 드러낸 걸 후회했다. 나는 주로 중립을 유지하려고 애쓰는 편이었다.

하지만 클로디아의 만족해하는 미소를 보니 걱정할 필요가 없었다.

"보아하니 우리가 잘 지낼 수 있을 것 같군요."

19

클로디아가 햇살 아래 잠이 들자 나는 집 안으로 돌아갔다. 서배스천은 클로디아와 내가 '서로 알아가는' 시간을 갖는 사이 클로디아가 맡긴 다양한 집안일을 하나하나 처리하고 있었다. 서재의 전구 갈기. 화장실 수도꼭지 단단히 죄기.

혼자 집 안을 서성이자니 통풍이 잘되는 복도 양옆으로 가지를 뻗은 방들을 훔쳐보고 싶은 유혹을 참기가 힘들었다. 거실은 거의 같은 톤의 회색 계열이 주를 이루고 있었다(온화한 회색빛 도는 흰색과 옅은 회색 톤이었다). 다른 색깔이라곤 장식 없는 길쭉한 화병에 꽂힌 수국뿐이었고 그 화병들마저 정확하게 정렬되어 있었다. 여행하다 봤던 지베르니의 모네 집이나, 그레이스랜드의 엘비스 집 같은 유명인들의 잘 보존된 집들이 떠올랐다. 사람들이 접근하지 못하게 줄을 쳐놓은 가정용 소품들에서 마치 집주인이 잠시 자리를 비운 것처럼 시간이 멈춰버린 느낌을 받았는데 이 집도 그랬다. 집 안의 모든 것이 금욕적이고 그대로 보존된 느낌이었다. 그리고 그런 면은 내가 정원에서 만난 따스하고 활기찬 여인과는 전혀 어울리지 않았다.

대리석 계단을 내려오는 느릿한 발소리가 들려와 거실에서 복도로 후다닥 달려 나왔다. 죄책감에 가슴이 쿵쾅거렸다. 커다란 첼로 케이스를 든 서배스천이 마치 섹시한 파트너와 왈츠라도 추려는 듯 케이스의 몸통 주위를 어색하게 잡고 맨 아래쪽 계단에 발을 딛고 있었다. 벽에 케이스가 부딪치자 이맛살을 찌푸렸는데 악기가 걱정되어서인지, 티 없이 새하얀 벽에 난 흠이 신경 쓰여서인지는 알 수 없었다.

"아, 클로버 씨!" 서배스천이 첼로 케이스의 둥그런 끝부분을 바닥에 놓으며 말했다. "할머니는 괜찮아요?"

"네, 이제 막 햇살 아래 잠이 드셨어요. 낮잠을 즐기게 해드리는 편이 나을 것 같더라고요." 나는 궁금한 듯 악기 케이스를 봤다. "할머니 첼로인가요?"

"아뇨, 사실 제 겁니다." 서배스천이 말했다. "할머니가 제 연주를 듣고 싶어 하셔서 가끔 가지고 옵니다. 말하자면, 할머니를 위한 세레나데죠."

그 다정한 이미지에 마음속에 품고 있던 불쾌감이 누그러들었다. 아마 그도 나처럼 거짓말을 해야 할 이유가 있었으리라.

"정말 사려 깊으시네요." 내가 말했다. "음악이 죽음을 앞둔 이들의 마음을 평온하게 해줄 수 있죠."

서배스천이 내 말에 움찔했다. "별일 아니지만 할머니 기분을 나아지게 해주는 것 같긴 해요. 어떨 땐 몇 시간이고 연주해달라고 하시고는 그저 앉아서 눈을 감은 채 듣고만 계시는데 그 모습이 마치 멋진 꿈을 꾸고 있는 것처럼 아주 평온해 보이거든요."

나는 격려의 미소를 보냈다. "그런 소소한 기쁨이 이 단계에 있는 분들에겐 가장 의미 있는 일이 되죠."

침묵이 거슬릴 정도로 강하게 느껴졌고 우리의 시선은 서로를 제외한 모든 곳을 떠돌고 있었다.

서배스천이 손목시계를 들여다봤다. "이제 가봐야겠어요." 그가 첼로를 현관문에 기대놓고 휴대폰을 꺼냈다. "다시 시내에 가실 건가요? 같이 택시를 타고 가요."

"아, 아니에요. 괜찮아요. 그냥 지하철을 타려고요." 서배스천과 함께 뒷좌석에 앉아 우리 집 주소를 알려준다는 건 좀 너무…… 친밀한 감이 있었다.

"정말 괜찮아요. 웨스트빌리지에 사시죠? 아까 할머니께 말씀하실 때 들었습니다. 실내 합주곡 리허설이 뉴욕대에서 있거든요. 그러니까 가는 길에 내려드릴 수 있어요."

지하철을 더 좋아한다고 말하면 너무 뻔한 거짓말 같아 보였을 것이다. 나는 어퍼웨스트사이드에서 그랬던 것처럼 다른 '볼일'이 있다고 말했어야 했다. 하지만 어쨌거나 나는 향후 클로디아를 방문하는 문제를 논의해야 했고, 특히 거짓말을 멈춰야만 했다.

"워싱턴스퀘어파크에 내려주실 수 있으면 좋을 것 같아요. 고맙습니다."

서배스천의 표정이 환해졌다. "좋습니다! 바로 우버 택시를 부를게요."

짧은 소동 끝에 첼로를 트렁크에 집어넣고 우리는 라벤더색 도요타 세단 뒷좌석에 앉아 콜럼버스서클로 향했다. 텍사스 출신인 중년의 금발머리 론다가 운전대를 잡고 있었다. 자연사박물관 뒤쪽을 지날 때 슬픔이 밀려왔다. 할아버지와 수많은 오후를 보낸 곳이었다. 전혀 예상치 못한 순간에 또 다른 슬픔이 가슴을 옥죄어왔다. 나는 옆에 앉은 서배스천을 쳐다봤다. 지금부터 몇 년 후 그는 할머니 생의 마지막 기간에 자신이 다정한 존재가 될 수 있었다는 사실에 위안을 얻을 것이다. 그래도 여전히 충분하다는 느낌은 아니겠지만.

"할머니께서 뉴욕에 사는 가족은 그쪽뿐이라던데요."

내가 침묵을 깨자 서배스천은 놀란 눈치였다. "네, 맞아요. 부모님과 누나 셋은 아직 코네티컷에 살고 있어요. 제가 자란 곳이죠."

"그럼 뉴욕에는 자주 안 오시나 봐요?"

"명절이나 그런 날에 오는 정도예요." 그가 셔츠 소매에 달린 단추를 만지작거렸다. "할머니를 소화기과 전문의에게 모시고 갔

을 때 아버지가 오셨어요. 그 의사분이 아버지 대학 동창이거든
요. 아버지가 할머니를 위해 연줄을 동원한 것 같아요."

"진단명이 뭐예요?"

그의 갈색 눈이 흐릿해졌다. "췌장암 4기예요."

"정말 안타깝네요." 나는 그 말이 여운을 남길 수 있게 잠깐 침
묵을 지켰다. "남은 시간이 얼마라던가요?"

"잘해야 두 달 남짓이라더군요."

"가족들이 큰 충격을 받으셨겠네요. 할머니도 그러실 테고요."

"그게 말이죠, 정말 말도 안 되는 상황이에요." 서배스천의 몸
에 힘이 들어갔다. "아버지가 제일 먼저 진단명을 듣고는, 의사 선
생님한테 할머니가 죽어간다는 사실을 본인에게 알려주지 말라
고 했답니다."

"네?" 나는 불만을 표시하고 싶은 충동과 싸웠다. 중립을 유지
하는 것이 내 일이었다. "그건 정말……."

"도리에 어긋난다고요? 맞습니다. 아버지가 저에게도 비밀로
하라고 했을 때 정말 화가 났지요. 그런데도 아버지는 할머니가
모르시는 편이 더 낫다고 우기셨어요. 제가 보기엔 아버지가 할머
니께 차마 말씀드릴 수가 없어서인 것 같지만요." 서배스천이 안
경을 벗어 목도리로 렌즈를 닦기 시작했다. "아버지와 더 논쟁할
수도 있었지만 어쨌거나 이 일의 주인공은 아버지의 어머니잖습
니까. 그리고 우리 가족은 항상 아버지 말씀이 곧 법이었거든요."
나는 그의 어조에서 쓸쓸함을 감지했다.

"하지만 할머니께서도 본인이 편찮으시단 걸 아시지 않나요?"

"암인 줄은 아시지만 얼마나 심각한지는 모르세요."

"가족들은 할머니가 시한부란 걸 아는데도 여전히 자주 찾아오지 않는 건가요?" 나는 서배스천을 상대로 일종의 심문을 펼치고 있었다. 하지만 계속 클로디아를 방문하려면 이런 일들을 알고 있어야 했다. 복잡한 가족사를 알아내는 것은 내 일에서 민감한 부분을 차지했다.

그가 고개를 끄덕였다. "말했다시피 그게 바로 우리 가족이 죽음을 대하는 방식입니다. 죽음에 대해 말하지 않고 죽음이란 게 일어나지 않을 일인 것처럼 행동하지요. 우리는 확실히 정상이 아닙니다."

"사실 그게 아주 정상이긴 해요. 최소한 서구권 나라에서는요. 죽음을 터놓고 논의하는 사람들이 덜 정상적이죠."

우버가 링컨센터 바깥 신호등에서 멈췄다. 서배스천은 우아하게 공중으로 솟구치는 분수를 쳐다봤다.

"아마 우리 가족들은 거의 마지막 순간이 다 되어서야 나타날 겁니다." 신호등 불빛이 바뀔 때 그가 말했다. "작년에 이런 일이 벌어지기 전에 가족들이 할머니를 요양원으로 모셔 가려고 했어요. 그런데 할머니가 거부했죠. 그래서 가정 간병인들을 고용했어요. 셀마가 아침 일찍 집으로 와서 샤워와 옷 갈아입기 같은 일들을 돕고 저녁 6시에는 조이스가 와서 밤을 보내요."

"할머니는 24시간 돌봄을 받는 게 이상하다고 생각하시진 않나요?"

"그렇진 않은 듯해요. 그러니까 적어도 별말씀은 없으셨죠. 아버지가 할머니께서 계속 집에 머물고 싶으시면 간병인을 받아들여야 한다고 하셨거든요. 그리고 집에 공간이 부족한 것도 아니고요."

"그럼 왜 제가 있어야 하죠?" 클로디아는 사진에 관심 있는 척할 필요도 없는 사람들에게서 확실히 많은 도움을 받고 있었다.

"그게, 셀마와 조이스는 훌륭하지만 그분들이 하는 일은 할머니가 최대한 건강하게 지내고 할머니가 실생활에서 해야만 하는 일들을 할 수 있게 해주는 겁니다. 곁에 앉아 인생에 대해 기나긴 이야기를 나누는 일과는 전혀 관련이 없지요."

나는 그들을 변호할 필요성을 느꼈다. 가정 간병인들은 정말 힘든 일을 하고 있기 때문이다. "해야 할 일들이 엄청나게 많은데 그것까지 하기는 힘들죠."

"아, 네 맞습니다." 서배스천이 거의 사과하듯이 말했다. "저는 그저 당신이 좀 더 철학적인 관점에서 할머니에게 이 일이 더 쉬워지도록 도와주실 수 있기를 바랐어요. 그래서 때가 오면 할머니가 좀 더…… 준비되어 있을 수 있게 말이죠."

다시 공감하는 마음이 솟구쳤다. "당신이 있어서 할머니는 행운이네요."

그가 어깨를 으쓱했다. "제가 자라는 동안 할머니가 정말 잘해주셨어요. 할머니는 제게 많은 면에서 일종의 해방구였죠. 이 정도는 제가 할 수 있는 최소한의 일일 뿐이에요."

"우리 할아버지와 저도 딱 그랬어요." 대개 나는 고객들에게 내 개인사를 공유하지 않았지만 그 말이 튀어나오고 말았다.

"두 분이 가까웠나요?"

"사실 할아버지가 절 키우셨어요."

"아, 부모님께 무슨 일이 있었나요?" 그는 그 말을 하자마자 꼭 차들을 멈춰 세우는 것처럼 한 손을 들었다. "아니, 잠깐만요. 방금 한 말은 잊어주세요. 제가 너무 무례한 질문을 했어요."

"아뇨, 괜찮아요. 죽음을 없었던 일인 척하는 건 아무 의미도 없는 일이에요. 게다가 저도 그쪽 할머니에 대해 온갖 질문을 다 했잖아요." 누군가에게 부모님 이야기를 마지막으로 했던 때가 언제였는지 기억도 나지 않았다. "중국에 휴가를 가셨다가 두 분 다 보트 사고로 돌아가셨어요. 시신도 찾을 수가 없었죠."

"아, 정말 안타깝네요. 어떻게 그런 일이……." 그의 눈빛에 진심이 어려 있었다.

나는 숨을 깊이 들이마셨다 내쉬었다. "부모를 잃고 싶은 사람은 아무도 없죠. 사실 전 부모님이 잘 기억나지 않아요. 두 분이 돌아가셨을 때 겨우 여섯 살이었거든요."

"맙소사." 서배스천이 말했다.

론다가 룸미러로 호기심 어린 눈길을 보냈다. 나는 낯선 두 사람에게 내 인생 이야기를 더는 드러내고 싶지 않았기 때문에 클로디아 이야기로 급선회했다.

"서배스천 씨, 저는 솔직해질래요. 할머니께서 진실을 모르신다면 일을 어떻게 해야 할지 모르겠거든요. 사진에 관한 거짓말만으로도 충분히 나빴어요. 그리고 말씀하셨듯 도리에 어긋나기도 하고요."

서배스천이 다시 얼굴을 찌푸렸다. "알겠습니다. 하지만 2주만 더 시간을 주시겠어요? 결국엔 할머니도 알게 되시겠지만 전 할머니께 진실을 모르는 행복한 상태에서 보내실 수 있는 시간을 조금만 더 드리고 싶어요. 할머니가 헤쳐나가야 할 현실은 그렇게 행복하지 않을 테니까요."

"무슨 뜻인지 알겠어요." 도덕적으로 결함이 있는 일이지만 그의 선의를 부정하기가 힘들었다. "그런데 단지 사진 이야기를 하러 일주일에 몇 번씩 방문하겠다고 말씀드리기가 좀 힘들 듯한데요. 그리고 일을 제대로 할 수도 없을 거고요. 제 일은 사람들이 임박한 죽음을 받아들일 수 있도록 돕는 것이지 죽게 될 거라는 사실을 부정하는 게 아니니까요."

"압니다. 알고 있어요." 무거운 한숨이 이어졌다. "아버지께 말씀드려 보겠습니다. 하지만 우선 계속 할머니를 보러 오겠다고 말해주시면 안 될까요? 뭘 어떻게 해야 할지 모르겠어요. 그런데 당신을 할머니 곁에 두는 게 제가 아버지의 뜻을 거스르지 않고 할머니를 위해 할 수 있는 일 같다는 느낌이 들어요."

할아버지를 떠올려봤다. 나도 할아버지의 마지막 나날을, 그리고 마지막 순간을 더 나아지게 만들기 위해서라면 무슨 일이든

했을 것이다. 그리고 아마도 베시에게 사진 관련 책들을 좀 소개해달라고 하면 될 거다.

"좋아요." 나는 한숨을 쉬었다. "2주를 드릴게요."

20

워싱턴스퀘어에 도착해 택시에서 내린 뒤 나는 잠깐 반려견 놀이터에서 벌어지는 사교 드라마를 지켜보았다. 어렸을 때 할아버지와 내가 만든 또 다른 전통이었다. 일요일마다 서점에서 집으로 돌아가는 길에 우리는 반려견 놀이터를 구경하며 거기서 놀고 있는 개들의 사회적 계층에 대해 논했다. 그곳엔 언제나 원기왕성하고 낙천적인 개가 있었고 그 개의 타고난 자신감에 이끌린 다른 개들이 경외심을 가지고 몰려와 그를 따랐다. 그리고 보통 그 모든 소란스러운 사교 행위가 정도를 넘어선다고 여기는 내성적인 개가 공원 가장자리에 조용히 서서 그런 고문을 당하게 만든 주인을 원망하고 있었다. 내 본성은 후자에 해당되었다. 세상에 관여한다는 것이 때로는 너무 벅찼다.

두에인리드에서 서배스천을 만난 이후로 비타민을 사러 갈 틈이 없었기에 나는 6번가로 가는 길에 약국에 들렀다. 통로 끝, 카운터에 기댄 채 '좋았던 옛 시절' 이야기로 젊은 약사를 홀리고 있는 익숙한 실루엣이 보였다. 나는 그가 중절모 챙을 살짝 기울이며 인사를 한 뒤 내가 있는 쪽으로 몸을 돌릴 때까지 기다렸다.

"어이, 안녕하신가!" 리오는 어김없이 환하게 웃으며 인사했다. 그가 그렇게 인사할 때마다 항상 영화에서 누군가 금니를 번쩍일 때 나오는 '찌링' 소리가 떠올랐다. 나는 그의 팔을 장난스레 밀었다. "이제는 할아버지가 흔적도 없이 사라졌었네요." 리오와 게임을 하지 않거나 하다못해 아파트 계단에서 마주치지도 않고 일주일을 보내는 경우는 흔치 않았다.

"그래, 그렇구나." 그가 말했다. "그게 말이다. 지인이 뉴욕을 방문하면 어떤지 알잖아. 다들 우리가 뉴욕 여기저기를 돌면서 '현지인식 관광'을 시켜주길 바라지."

살면서 방문객을 받아본 적이 단 한 번도 없었기 때문에 나로선 알 길이 없었다.

그의 손에 처방전이 붙은 불룩한 흰 종이봉투가 들려 있었다. "별일 없죠?"

"물론이지." 리오가 마치 마라카스 악기를 흔들 듯 봉투를 앞뒤로 흔들었다. "그냥 늘 먹는 콜레스테롤 약을 비축하고 있었어. 치즈 버거를 계속 먹을 수 있게 말이야."

"콜레스테롤 약이 그런 식으로 작용하는지 모르겠네요. 제가 볼 땐 약을 복용하고 기름진 음식'도' 끊는 게 중요한 듯한데요."

"아, 난 내 해석이 더 마음에 드는걸." 그가 장난스레 말했다. "말이 나와서 하는 말인데 지금 뭐 할 거니? 식당에 가서 뭐 좀 먹을래?"

배가 꼬르륵거렸다. "네, 그렇게 해요." 비타민 구입은 미룰 수 있었다.

그 식당은 예전에 비해 광이 조금 덜 나는 것 말고는 거의 달라진 데가 없었다. 포마이카 도료와 비닐의 빛바랜 색상이 마치 햇빛에 내놓은 우편엽서 같은 분위기를 풍겼다. 나는 그 타임캡슐 같은 변함없는 모습이, 그리고 나를 계속 먹여 살리고 있다는 점이 좋았다.

리오는 물 만난 고기처럼 이웃에 도는 소문을 신나게 쏟아냈다. 할아버지는 리오가 할 일 없이 다른 사람들의 인생에 대해 떠들어대는 걸 부추기지 말라고 항상 말했지만 나는 가끔 리오의 이야기에 푹 빠져들었다.

"아, 우선 식료품점 고양이 사건부터 시작하자." 리오가 말했다.

"우와, 진짜 흥미진진하겠는데요." 그는 열렬한 부추김을 필요로 하진 않았지만, 관객을 사로잡는 것을 좋아했다.

"너 그로브가의 그 식료품점에 뚱뚱한 치즈 고양이 알지?"

"감자칩 봉지들 사이에 새끼들을 낳은 그 고양이 말이에요?"

"맞아." 그가 피클을 건어내려고 치즈 버거 위쪽 빵을 들어 올리며 알 수 없는 시선으로 나를 쳐다봤다. "지난 화요일에 그 고양이가 사라졌어."

"누가 훔쳐 갔어요? 아니면 돌아다니다가?"

"아무도 몰라. 그런데 뜻밖의 일이 벌어졌지. 그 고양이가 희한하게도 사흘 뒤에 돌아왔어."

"할아버지, 그게 뭐가 그렇게 희한해요." 나는 프렌치토스트에 시럽을 쏟아부으며 말했다. "고양이들은 돌아다니는 습성이 있어요. 그건 고양이들의 특징 같은 거라고요."

"네 말이 맞아. 고양이들은 그러지." 그가 프렌치프라이를 케첩에 푹 찍었다. "그런데 걔들이 성별이 달라져서 돌아오니?"

"그러니까 돌아온 고양이가 수컷이었다고요?"

리오가 반전을 드러낸 데 만족해하며 등을 기대앉았다. "옙."

"세상에, 그럼 누가 바꿔치기한 거네요." 나는 완전히 빠져들었다. "누가 그런 짓을 했을까요? 거기 보안 카메라도 없어요?"

"감자칩 통로 빼고는 다 있지."

"할아버지는 어떻게 생각하세요?"

"내 생각엔 고양이 번식업자 짓이야. 올해 말에 펫숍에 치즈 고양이 새끼 수가 늘어나는지 지켜보자고."

집에 가까워지자 리오의 발걸음이 평소보다 더 느려졌다. 평소에도 그와 함께 걸을 때면 속도를 늦추곤 했는데 오늘은 그가 두 걸음을 뗄 때 나는 한 걸음을 걷는 느낌이었다. 다가오는 행인들을 헤치고 가면서 그의 팔을 붙들었을 땐 그가 한 번 이상 나에게 몸을 기댔다.

변덕스러운 3월 초 날씨답게 경고도 없이 해가 쏙 들어가버렸다. 굵은 빗방울이 보도에 툭툭 튀기기 시작하더니 순식간에 산발적이던 빗방울이 줄기차게 쏟아져 내렸다. 나는 리오를 어느 재즈 클럽의 좁다란 차양 아래로 이끌려 했지만 그가 거부했다.

"그냥 물이 조금 떨어지는 것뿐이야. 게다가 살면서 빗속에서 놀 기회가 무한하게 오는 것도 아니고 말이야." 그는 웃으며 얼굴을 들어 하늘을 봤다. "할 수 있을 때 즐기는 게 좋겠어."

나는 그 순간을 영원히 간직할 수 있도록 사진을 찍듯 머릿속에 저장했다.

"맞는 말씀이에요." 나는 팔짱을 더 단단히 끼며 그의 시선을 따라 하늘을 쳐다봤다.

빗방울이 뺨을 타고 흘러내렸다. 우리는 그렇게 나란히 서서 10분을 보냈다.

21

안녕, C. 계단을 올라가 문을 노크하기엔 제가 너무 게을러서 ㅋㅋㅋ

내일 요가 클래스에 가지 않을래요? 의지를 유지하게 해줄 누군가가 필요해서요, 하하.

토요일 이른 저녁, 이렇게 문자가 왔다. 일단, 요가는 엄청나게 공들이지 않고도 실비와 어울릴 수 있는 좋은 방법이었다. 그리고 실비가 지난번 만남에서 나에게 겁먹지 않았다는 사실에 마음이 편안해졌다. 한편으론, 요가를 한 번도 해본 적이 없다 보니 우스꽝스러운 꼴을 보이게 될까 두려웠다. 나는 노트를 들여다보면서 '아서'라는 부드러운 말투를 지닌 정원사가 죽기 직전에 나에게 직접 남긴 조언을 생각해봤다.

"자신이 갖지 못한 걸 원한다면 한 번도 해보지 못한 일을 해야 합니다."

나는 내 또래 여자와 제대로 시간을 보낸 적이 없었다(임종을 앞두고 누워 있는 사람이 아니라면 말이다). 어쩌면 이번이 마침내 우정을 쌓을 기회일지도 몰랐다. 나는 실비의 문자를 몇 번 읽은 다음 답장할 자세를 취했다.

좋아요. 몇 시예요?

점 세 개가 파도치듯 움직이다 멈추고 문자가 떴다.

아침 8시……. 이크. 너무 이른가요?

정중하게 거절할 방법을 궁리해봤다.

시간은 괜찮지만 전에 요가를 많이 해본 적이 없다고 문자 했다. 기대감을 낮추는 게 좋을 듯했다.

즉각 실비의 답장이 왔다. 그녀가 어떻게 그렇게 빨리 타이핑을 칠 수 있는지 궁금했다.

괜찮아요! 내가 좀 가르쳐줄게요. 7시 40분에 아래층에서 봐요. S xx.♣

그날 밤 보려고 했던 프랑스 로맨틱 코미디 대신 유튜브로 일련의 요가 비디오를 보며 완전한 초보자로 보이지 않게 몇 가지 자세를 외웠다. 나는 유연한 여자가 아니다. 안타깝게도 발레리나였던 엄마의 장점을 물려받지 못했다. 그 대신 할아버지의 키를 좀 물려받았는데(나는 175센티미터다) 그러다 보니 팔다리가 몸에 비해 살짝 긴 감이 있었다.

다음 날 아침 아래층에 도착했을 때 실비는 이미 현관 입구 계단에 서 있었다. 등에는 요가 매트를 걸치고 손에는 커피 텀블러를 들고선 생기 넘치는 포니테일이 달린 용처럼 아침 공기에 하얀 입김을 불고 있었다.

"클로버 씨, 안녕!"

"오, 안녕하세요, 실비 씨."

그녀가 텀블러를 건넸다. "커피를 마시고 싶어 할 것 같아서요."

"고마워요. 거기까지 생각해주다니." 뜻밖에도 보살핌을 받는 느낌이 들었다.

실비는 별거 아니라는 듯한 몸짓을 보이고는 뒤돌아 한 번에 두 계단씩 뛰어내려갔다. "이렇게 이른 시간에 사람을 끌고 나가

♣   편지나 문자 말미에 적는 'X'는 키스를 보낸다는 의미.

는데 최소한 이 정도는 해야죠."

요가 스튜디오로 두 블록을 걸어가면서 실비는 쉴 새 없이 재잘거렸다. "거기 정기적으로 오는 사람들에 대한 정보를 알려줄게요. 네 번인가 다섯 번밖에 안 갔는데 사람들이 거의 다 파악되더라고요." 내가 고개를 끄덕이자 실비가 말을 이었다. "선생님은 훌륭해요. 인도에서 공부했대요. 그런데 한 가지 문제는 선생님의 뉴질랜드 억양이에요. 왠지 모르게 명상 가이드를 할 때 그녀가 '코쿤'을 말하는 방식이 너무 거슬려요."

유튜브에는 코쿤에 관한 내용이 없었다. 그게 내가 즉석에서 따라 할 수 있는 동작이기를 바라는 수밖에 없었다. 자신감이 떨어지기 시작했다.

실비는 보고를 이어갔다. "그리고 항상 앞줄에 서는 미치도록 매력적인 남자가 있어요. 몸이 '대박' 유연해요. 그런데 그 남자는 자기가 매력적이고 대박 유연하단 걸 아는 게 분명해요. 그래서 뭔가 매력이 떨어지더라고요."

나는 초조하게 웃었다. "그렇군요."

"아, 맞다! 그 스튜디오에서 도가(doga)도 한다는 거 알고 있었어요? 언제 꼭 조지도 데리고 나오세요! 조지는 아마 요가를 완전 사랑하게 될 거예요."

분명 조지는 요가를 사랑하지 않을 거다.

우리가 갈색 사암 건물의 아래층에 자리 잡은 스튜디오에 도착했을 때 이미 뻐근하던 근육이 공포심으로 뻣뻣해졌다. 나는 레

킹스를 입은 이 요가 수행자 무리를 숱하게 지나쳐 다녔고 멀리서 그들의 움직임을 감상하기도 했다. 하지만 실제로 그들 사이로 오니(더 나쁘게는 그들에게 나를 내보이자니) 살짝 소름이 끼쳤다.

스튜디오 문이 등 뒤에서 닫히자 기적적인 방음 기술이 도시 바깥의 소음을 차단해주었다. 교묘하게 감춰진 디퓨저 덕분에 유칼립투스와 라벤더와 아마도 어떤 향료가 뒤섞인 희미한 향이 공기 중에 감돌았다. 티베트 싱잉볼의 마음을 달래주는 소리가 디퓨저와 마찬가지로 교묘히 감춰진 스피커에서 흘러나왔다.

실비가, 장식이라곤 분재 나무 하나뿐인 미니멀리즘 안내 창구 뒤쪽에 서 있는 남자에게 환한 미소를 보였다. 그의 얼룩덜룩한 적갈색 수염은 놀라울 정도로 잘 관리되어 있었다. 문득 그가 수염과 맨번♣ 손질에 같은 빗을 사용하는지 궁금해졌다.

"실비 앤더슨과 클로버 브룩스예요." 실비가 그렇게 말하고는 장난스럽게 나를 곁눈질했다. "우편함에서 당신 성을 알아냈어요."

"근데," 실비와 함께 쿠션이 덧대어진 벤치 아래 신발과 가방을 놓으면서 물었다. "수업료는 얼마예요?"

실비가 고개를 가로저었다. "그건 신경 쓰지 마세요. 내가 낼게요. 다음에 클로버 씨가 내면 되죠."

다음이라고? 나는 이번 수업조차 확신이 없었다.

우리는 평온한 오크나무 바닥과 인공적으로 낡은 효과를 낸

♣   남자의 쪽 찐 머리.

콘크리트 벽이 있는 방으로 들어갔다. 벽감에는 균일하게 말아놓은 요가 매트가 난로 땔감처럼 층층이 쌓여 피라미드를 이루고 있었다. 실비가 매트를 하나 건네주고 나를 방 한쪽으로 안내했다. "나는 주로 창가에 매트를 둬요. 한 자세를 10분 동안 취해야 할 때 혹시라도 지루해지면 볼 게 있어야 하니까요."

실비가 일련의 복잡한 스트레칭을 시작하자(전체가 스트레칭으로만 구성된 수업을 시작하기 전에 스트레칭을 해야 한다는 유튜브 영상을 놓친 게 분명했다), 나는 매트에 앉아 방 안의 사람들을 살펴봤다. 내면의 평화 때문인지 주기적으로 받는 값비싼 피부관리 덕분인지 알 수는 없지만 그들의 피부는 반짝반짝 광이 났고 요가복이 잘 다져진 각 부위별 근육에 보기 좋게 달라붙어 있었다.

실비가, 방 한가운데에서 팔꿈치에 정강이를 대고 바닥을 짚은 두 손만으로 균형을 잡고 있는 근육질의 매끈한 피부를 지닌 남자를 향해 고개를 까닥였다. "저쪽이 대박 유연한 매력남이에요." 그녀가 속삭였다. "여기 온기가 좀 돌면 저 남자가 셔츠를 벗을 거예요. 모두를 위해서죠. 난 그렇게 믿어요. 내 타입은 아니지만, 나는 마르고 예술적인 남자들을 좋아하거든요. 혹시 그쪽 타입 아니에요?" 실비가 다른 쪽 손목을 스트레칭하면서 눈썹을 꿈틀거렸다.

나는 그 남자가 내 '타입'인지 아닌지 보려고 팔을 반대쪽으로 잡아당기는 스트레칭을 하며 그쪽을 훔쳐봤다. 그런 질문은 한 번도 들어본 적이 없었다. "이렇게 봐선 알기 힘들겠는데요." 내 모호한 반응에 실비가 만족해하기를 바라며 말했다.

부드러운 뉴질랜드 억양이 우리의 대화를 방해했다.

"안녕하세요, 여러분." 하얀색 요가복을 차려입은 몸집이 작고 근육이 탄탄히 잡힌 여자가 그 방의 맨 앞에 서 있었다. 나는 그녀가 요가복에 걸맞은 속옷을 고르는 과정이 어떨지 궁금했다.

"저는 아멜리아고 합니다. 여러분이 이 자리에 와주셔서 얼마나 기쁜지 모르겠어요." 그녀는 마치 아기에게 자장가를 불러주듯 말했다. "이 아름다운 수련을 함께하며 하루를 시작하기로 해주셔서 감사합니다."

실비가 사람들이 쳐다볼 만큼 크게 기침을 했다.

나는 대부분의 동작을 따라잡는 내가 아주 대견스러웠다. 동작을 여러 번 반복하는 데다 주위 사람들을 보며 따라 할 수 있다는 게 도움이 되었다. 하지만 내가 머릿속으로 상상의 나래를 계속 펼치는 것이 문제였다. 내 앞에 여자가 왜 이구아나 등 문신을 선택했는지 그녀가 그걸 후회하는지 아닌지부터, 히말라야 소금 램프의 효능이 어쩌면 그저 플라세보효과일 뿐일지라도 만일의 경우를 위해 하나 사야 할지도 모르겠다는 생각까지 하고 있었다. 그런 생각에 빠져 있는 사이 다른 자세로 넘어가는 바람에 실비가 몇 번이나 나를 쿡쿡 찔러야 했다. 나는 마음을 제자리에 고정시키기 위해 가능한 한 가장 덜 자극적인 것을 상상하려 했다.

바위. 새로울 것이 아무것도 없는 아주아주 평범한 갈색 바위.

"제가 좀 만져도 될까요?"

그 놀라운 속삭임의 주인공은 아멜리였다. 아멜리는 방 안을 돌아다니며 사람들의 자세를 잡아주고 있었다. 내가 살면서 한 번도 들어본 적 없는 또 다른 질문이었다. 귀가 화끈거리기 시작했다.

"아, 물론이죠. 괜찮아요." 나도 선생님의 말투를 따라 속삭이듯 말했다. 보통 때처럼 말하면 안 된다는 규칙이 암암리에 있는 것이 분명했다.

아멜리가 엎드린 내 뒤쪽에 무릎을 꿇고 앉아 두 손으로 내 등 위를 눌렀다. 그 따뜻하고 단단한 압력에 낯설지만 기분 좋은 느낌이 들면서 몸에 활기가 돌았다.

더 이상 공상에 빠질 위험은 없었다.

"좋아요." 아멜리가 다정하게 속삭였다. "몸을 쭈욱 늘이며 수우우움 쉬세요."

내가 마지막으로 그렇게 오랫동안, 의미 있는 방식으로 타인과 접촉을 한 적이 언제였는지 떠올려보려 했다. 고객들의 마음을 안정시키거나 고객들이 의자와 침대를 오르내릴 때 도와주려고 손을 잡아줄 때가 많았지만 어디까지나 고객들을 위한 봉사일 뿐이었다.

관심과 에너지가 오직 나만을 향하는 손길은 몇 년 만에 처음 받아보는 것이었다.

수업은 아멜리가 더 단조롭고 마치 숨 쉬는 듯한 목소리로 진행하는 명상 가이드로 마무리되었다.

"아아아아름다운 치유의 빛에 둘러싸여 있다고 상상해보세요. 황금빛 코-쿤처럼요."

실비가 코웃음을 쳤다.

"코-쿤은 여러분에게 해가 될 것이 전혀 없는 안전한 치유의 장소예요."

나는 한쪽 눈을 뜨고, 터져 나오려는 웃음을 막으려 코를 잡고 있는 실비를 쳐다보았다. 그녀의 온몸이 떨리고 있었다.

'코쿤'이라는 단어를 가운데서 딱 끊어서 읽는 아멜리의 억양은 살짝 이상했다. 〈사운드 오브 뮤직〉에서 폰 트랩 대령의 아이들이 모두 앞에서 합창하던 〈소 롱, 페어웰(So Long, Farewell)〉의 한 부분같이 들렸다. 나는 실비의 웃음에 전염되지 않으려고 안간힘을 다했다. 하지만 금지된 것일수록 더 하고 싶어지는 법이다. 눈물이 새어 나와 뺨을 타고 흘러내렸다.

아멜리가 날카롭게 목청을 가다듬었다. "모오오오든 평화는 우리 자신에게서, 우리의 황금빛 코-쿤 안에서 시작된다는 걸 기억해봅니다."

실비에게 너무 과한 상황이었다. 실비가 몸을 일으켜 앉더니 여전히 웃음을 참느라 몸을 떨면서 내 어깨를 건드렸다. "여기서 나가요." 그녀가 속삭였다.

우리는 서로 (그리고 아멜리와) 눈을 마주치지 않은 채 매트를 돌돌 만 다음 엎드려 명상을 하는 몸들의 미로를 까치발로 빠져 나왔다. 재빨리 소지품을 찾아 자유를 향해 달려 나올 때 수업 방해죄 위로 흐르는 공모의 온기를 느꼈다. 우리는 아멜리가 명상 속 분노로 우리를 쫓아올 위협이라도 있는 것처럼 길을 따라 달렸다.

일단 모퉁이를 돌고 나자 실비가 발길을 늦춰 걷기 시작했다.

"그래, 이번 주에는 뭐 할 거예요?" 그녀가 포니테일 한 머리를 풀어 다시 묶으며 물었다. "여전히 '휴가' 중이에요?"

"내일 새로운 고객을 만나러 가요."

"오오. 좀 더 얘기해줘요."

"어퍼웨스트사이드에 사는 노부인이에요. 1950년대에 사진기자로 활동했던 분이에요."

"뭐라고요? 진짜 멋지네요! 만나보고 싶어요. 당시에 그런 일을 했다면 분명 혈기 왕성한 노부인이겠어요." 실비는 요가 매트의 줄을 조정해 가슴을 가로지르게 했다. "어떻게 그분을 알게 됐어요? 그러고 보니 그 생각을 못 했네요. 임종 도우미는 고객들을 어떻게 찾아요?"

"그분의 손자를 만났어요. 그 손자 말고는 가족 중 아무도 그분을 제대로 방문하지 않는 것 같더라고요."

"세상에, 너무 서글프네요." 슬퍼 보이던 실비의 표정이 익살맞게 변했다. "손자라고요? 잘생겼어요?"

뺨이 확 달아올랐다. "아마도, 조금?"

"아마도? 이봐요, 아가씨. 내 경험상 그 남자는 잘생기거나 안 잘생겼어요."

물론 나도 생각해봤다. 하지만 새 고용주를 그런 대상으로 삼아 평가한다는 게 얼마나 비전문적인지 깨닫자마자 그 생각은 아예 싹부터 잘라버렸다.

나는 대화의 방향을 바꿔보려 했다. "어…… 새 직장은 어때요?"

"아, 알다시피, 대부분은 좋아요. 새로운 일을 시작하면 늘 희한한 점이 있긴 하죠. 사람들을 알아가고 뭐 그런 것들 말이에요. 사무실 내 정치 상황도 파악해야 하고요. 미술사 분야는 아주 치열하거든요." 실비가 지나가는 닥스훈트에게 손을 흔들었지만 그 주인은 무시하고 지나가버렸다.

"그렇죠. 우리 할아버지는 교수였는데 일부 교수들이 어떤 식으로 공모할 수 있는지 말씀해주셨거든요."

"정말 그래요. 그리고 더 최악인 건 그 사람들이 다들 너무나 수동 공격 성향이라는 거예요. 나는 항상 숨기기보다 드러내는 쪽을 선호하지만 동료들이 내 가차 없는 직진 성향을 감당할 수 있을진 아직 모르겠어요."

나는 실비의 솔직함이 좋았다. 그녀가 무슨 생각을 하는지 추측하는 부담감을 덜어주기 때문이었다. 그런 면이 그녀와 함께 있는 것을 수월하게 만들어주었다. 우리가 현관 입구에 다다랐을 때 살짝 실망스럽기까지 했다.

"같이 요가 수업에 가주느라 침대를 빠져나와줘서 고마워요. 진짜 재미있었어요!" 실비는 현관문에 열쇠를 밀어 넣으며 말했다. "그렇게 많이 웃은 게 진짜 얼마 만인지 몰라요. 우리 조만간 또 가요. 아멜리가 우리를 들여보내준다면요."

"꼭 그렇게 해요." 대답하면서 내 말이 진심이라는 데 놀랐다.

계단을 올라가는 동안 새롭게 깨어난 근육 때문에 허벅지가 욱신거리고 폭소의 여파로 아직까지 광대가 얼얼했다. 일이 아닌 사교 생활을 위해 리오가 아닌 누군가와 이렇게 긴 시간을 보낸 건 처음이었다. 나는 올리브와 그녀의 향수에 관한 조언을 떠올렸다. 여전히 내가 좋아하는 향기를 찾지 못했지만 수년 만에 처음으로 내 인생에 변화가 오기 시작했다는 느낌이 들었다.

22

스무 번째 생일, 일출이 과테말라의 안티과 상공에 솟은 화산을 가르며 빛을 발하자 도시 내 바로크 건축물의 짙은 황토색이 더 짙어 보였다. 나는 차가운 자갈돌 위를 탁탁 걷다가 화려한 철제문 앞에서 발걸음을 멈췄다. 철제문을 열고 들어가면 낡아빠진 타일 분수 주위로 잎이 무성한 나무가 우거진 안뜰이 나왔다. 그곳에 그 건물의 거주민인 노인들이 여기저기 앉아 있었다. 돈이 없거나 돌봐줄 가족이 없어 지역 양로원에서 황혼을 보내고 있는 노인들이었다. 일부는 먼 곳을 응시하고 있었고 나머지는 따스한 햇살을 쐬며 졸고 있었다. 언제나 그렇듯 리듬은 느렸고 분위기는 평화로웠다.

대학 2학년과 3학년 사이, 인근의 현지인 집에서 숙박하며 지원금이 거의 없는 양로원에서 자원봉사를 하기로 한 두 달 가운데 한 달이 지나고 있었다. 할아버지와 함께 산 이후로 할아버지 없이 맞이한 첫 생일이었다. 당시 나는 몬트리올의 맥길 대학에서 2년째 사회학을 공부하던 중이었다. 여전히 뉴욕 가까이에 있으면서 내 날개를 조금 펼쳐 새로운 문화를 경험하려고 택한 길이었다. 내 계획은 할아버지의 뒤를 이어 교수의 길을 걷되 생물학 대신 죽음을 둘러싼 다른 문화권의 전통을 공부하기 위해 세상을 여행하는 것이었다.

"안녕, 클로버!" 나를 위해 문을 열어준 자원봉사자 펠리시티는 밴쿠버에서 온 의대생이었다. 그녀는 요양원에서 한 학기 내내 자원봉사를 했고 그곳의 거주자들에게 깊은 애정을 느껴 여름방학을 통째로 그곳에서 간호사들을 도우며 보내기로 했다.

"안녕, 펠리시티! 오늘 정말 예쁘다." 나는 내 뒤에서 문을 걸어 잠그는 그녀에게 말했다.

흰 간호복과 고무 슬리퍼조차 그녀의 윤기 나는 검은 머리와 매끈한 피부, 밝은 미소 같은 자연스러운 아름다움을 흐려놓지 못했다. 하지만 그녀의 성격이 한없이 관대하고 진실돼서 그 어느 것도 질투할 수가 없었다.

"아," 그녀가 소심하게 아래쪽을 내려다보며 말했다. "넌 정말 친절해, 클로버. 너도 진짜 예뻐." 비록 그녀가 진심으로 하는 말이란 걸 알고 있었지만 너무 비교가 되다 보니 빈말처럼 느껴졌다.

펠리시티가 손목시계를 쳐다봤다. "가서 약을 나눠줘야겠어. 거기서 봐." 그녀는 건물로 향했다.

안뜰로 걸어가는데 몇몇 노인들이 신나서 내 주위로 몰려들었다. 그들의 단조로운 일상에서 상대적으로 새로운 얼굴인 나는 환영받을 만큼 신선한 존재였다. 여느 때처럼 (키가 150센티미터 남짓한 가냘픈 몸집의) 로지타가 가장 경쾌하게 환대해주었다. 나를 향해 춤을 추는 로지타의 눈은 반짝반짝 빛났고 이 하나 없는 미소에는 눈부신 기쁨이 비쳤다. 그녀는 청각장애인이고 말을 할 수 없었지만 삶에 대한 끊임없는 열정을 전하는 데는 전혀 어려움이 없었다. 그녀가 부서질 듯 연약한 두 팔로 내 허리를 감싸 인사하자 가슴이 부풀어 오르는 느낌이었다. 나는 그녀가 매일 해주는 포옹을 소중히 여겼다. 그녀가 그렇게 쉽게 해주는 일이 내 인생에서 얼마나 드문 일이었는지 알았다면 그녀도 그런 내 마음을 이해했을 것이다.

모두가 로지타처럼 쾌활하지는 않았다. 다른 노인들은 조용히 휠체어에 앉아 이미 사회에서 잊혔다는 사실을 깨닫고 무시당하는 존재로서의 모욕감에 대비하듯 냉랭하게 앞만 쳐다보고 있었다. 그래도 내가 멈춰 서서 일일이 아침 인사를 하면 고맙게도 웅얼거리는 스페인어로 인사에 답해주었고 그 사이 냉랭함은 녹아

내리고 그 눈에 어려 있던 슬픔에 희망의 불꽃이 피어올랐다.

거기서 보낸 한 달 동안 나는 이미 인생에서 가장 중요한 가르침을 얻었다. 첫 몇 주간은 그들의 불행한 상황을 보고 심해지는 질병과 서서히 시들어가는 육체를 못 본 체하기 힘들다는 사실을 발견하고 슬픔에 압도되고 말았다. 하지만 나는 동정한다고 해서 그들의 고통이 없어지지 않는다는 사실을 점차 깨닫게 되었다. 내가 그들에게 베풀 수 있는 가장 큰 친절은 눈을 들여다보고 단순히 그들이 인간으로서 존재한다는 사실을 알아주는 것이었다. 그때 나는 아무리 그러고 싶더라도 누군가의 고통을 결코 외면하지 않겠다고 다짐했다.

"부에노스 디아스, 클로버." 뒤에서 틀림없는 미국인의 목소리가 들려왔다.

태연하게 행동할 수 있기를 바라면서 몸을 돌리는데 심장이 쿵쾅거렸다. "아, 안녕, 팀." 나는 더듬거렸다. "아, 그러니까, 부에노스 디아스."

팀은 시애틀에서 온 또 다른 자원봉사자로 내가 오고 일주일 후에 양로원에서 봉사를 시작했다. 그의 첫날 안내를 내가 맡았기 때문에 우리는 서로를 아주 잘 알게 되었다. 나는 목적이 있으면 항상 사람들과 쉽게 소통할 수 있었다. 거기 더해, 아는 사람이 아무도 없는 곳으로 여행하는 것의 이점 중 하나를 발견했는데 그것은 바로 낯선 이라는 익명성, 즉, 새로운 출발의 가능성이었다. 과테말라에서 나는 기이한 외톨이가 아니었다. 나는 재미있고 자신감 넘치고 모험심 가득한 사람이었다. 최소한 그곳에서 보낸 한 달 동안 내가 쓰고 있던 페르소나는 그랬다.

"최악의 숙취에 시달리고 있어." 팀이 그렇게 말했지만 햇볕에 그을린 수영선수 같은 그의 체격은 그저 원기 왕성해 보일 뿐이었다.

"어젯밤에 외출했었어?" 나는 심문하는 것처럼 들리지 않을 다른 할 말을 찾았다. "숙취에 시달리면서 일해야 하다니. 고문이 따로 없겠어." 대충 그럴 거라 가정하고 말했다.

"그렇지." 그가 시애틀 미식축구팀 로고가 그려진 모자를 벗고 머리를 문질렀다. "어젯밤에 몇몇 자원봉사자들하고 테킬라 바를 급습했거든."

"아, 그랬구나." 어젯밤 한잔하러 간다는 얘기는 전혀 듣지 못했다.

그가 내 팔을 꼭 쥐었다. "당연히 너도 함께 갔어야 했는데 너무 갑작스레 가는 바람에 미처 말을 못 했어."

나는 미소를 장착하고 있었다. "괜찮아. 어차피 어젯밤에 난 바빴어."

일기를 쓰느라 바빴던 거지만 엄밀히 말해 진실이긴 했다.

여전히 내 허리를 붙잡고 있던 로지타가 손을 뻗어 팀의 배낭끈을 장난스레 잡아당겼다.

팀이 어떻게 반응해야 할지 모르겠다는 듯이 로지타를 내려다봤다. "아, 안녕하세요." 그가 불편해하며 주위를 둘러봤다. "출근 도장 찍으러 가야겠어. 내가 여기 있는 이유가 그건데 기록을 확실하게 남겨야지." 그가 나에게 몸을 숙여 목소리를 낮췄다. "대형 금융회사들은 좋은 일을 한 이력이 있는 지원자를 채용하고 싶어 하거든."

로지타와 함께 안으로 걸어가는 사이 안뜰은 촉촉한 아침 공기가 노란 재스민 향을 실어 날라 은은한 달콤함이 한가득 퍼져 있었다. 그날 내가 담당할 일은 '작업 치료'라고 후하게 명명되었지만 기본적으로 함께 그림 퍼즐을 맞추거나 플라스틱 날붙이류와 종이 접시와 낡은 단추 같은 기부된 재료들로 공예 활동을 하는 노인들을 돕는 일이었다. 하지만 실제로는 자리에 못 박힌 채 공급품 캐비닛 위에 얹힌 박스형 텔레비전으로 지지부진한 멕시코 드라마를 시청하는 노인들을 지켜보기만 할 때가 더 많았다.

방에 도착했을 때 노인들은 이미 공예품을 만드느라 바빴다. 양로원에 거주하는 노인들은 모두 같은 상하의를 세트로 지급받았다. 남자들은 회색 브이넥 상의와 바지를 입었고 여자들은 모두 똑같은 꽃무늬 천으로 만든 소박한 홈드레스를 입고 있었다. 나는 항상 이 사람들이 사회에서 잊혔다고 생각하기 전, 혹은 최소한 그들의 가치가 덜해졌다고 여기기 전 젊은 시절에 각각 어떤 사람이었을지 궁금했다. 나는 그들이 행동하는 방식에서 성격의 면모들을 조금씩 파악할 수 있었다. 어떤 이들은 몸단장하던 습관을 버렸거나 꾸밀 수 있는 능력을 잃어버린 반면, 짧은 머리를 단정하게 옆으로 빗어 넘긴 호세라든가 많은 머리를 꼬아 올려 깔끔한 번으로 마무리한 필라르처럼 여전히 외모에 자부심을 느끼는 이들도 있었다. 그리고 발레리아의 프릴 달린 앞치마, 카르멘의 구슬 목걸이, 페르난다의 손뜨개 카디건처럼 남들과 구별되는 작지만 의미 있는 장신구나 옷을 걸친 이들도 있었다.

내 나이였을 때 그들은 어떤 꿈을 꿨을까? 인생을 마무리할 때가 가까워진 지금, 과거의 어떤 일을 후회하고 있을까?

방 한쪽 모퉁이에 둥그런 얼굴의 신사가 낡은 의자에 앉아 무릎 위로 두 손을 가지런히 포갠 채 인내심 있게 나를 기다리고 있었다. 지난주, 아르투로는 자기가 시인이라고 자랑스럽게 말했다. 하지만 그는 관절염 때문에 손가락 관절을 쓰기 힘들어 종이에 자신의 창작물을 옮길 수가 없었다. 그래서 내가 그의 서기를 자처했고 지난 며칠 동안 아침마다 삶과 사랑에 관한 그의 시적인 관찰을 정성을 다해 받아 적었다.

오늘의 시는, 아직 만나지 못했더라도 세상에는 당신을 위한 위대한 사랑이 있다는 내용이었다.

"그대를 만날 때까지 달을 바라보겠습니다. 우리가 공유할 수 있는 유일한 저 달을." 그가 까만 눈동자를 반짝이며 스페인어로 낭송했다.

"정말 낭만적이에요." 나는 수줍은 기색 하나 없이 드러내는 그의 감상에 경탄했다.

"너는 이미 특별한 사람을 찾은 것 같은데." 그가 팔꿈치로 나를 슬쩍 찌르며 말했다.

"아마도요." 나도 능글맞게 그를 쿡 누르며 대답했다.

사실이었다. 그리고 팀도 나와 같은 마음이라 확신했다. 지난 2주간 나는 일기장에 모든 신호를 주의 깊게 기록했다. 그는 말할 때 무심코 내게 팔을 둘렀고 어깨가 뻣뻣해지면 나에게 마사지를 부탁했다. 그리고 그가 교대 근무를 메워줄 사람을 찾을 때면 항상 제일 먼저 나를 찾았다. 내가 노인들과 제일 잘 지내서가 아니라 나를 믿기 때문이었다. 한번은 모든 자원봉사자들이 술을 마시러 간 적이 있었는데 그때 그는 내 옆자리를 고수했고 지갑을 깜빡한 그를 대신해 술값을 치러줬을 땐 내 무릎을 꼭 쥐기까지 했다.

현대적이고 독립적인 여성이 되고 싶은 나는 그가 첫 행동을 개시할 때까지 기다리지 않기로 결심했다. 내 생일이 완벽한 기회가 될 듯했다. 그날 양로원 식구들에게 저녁 식사를 나눠주고 근무가 끝날 때쯤 그에게 내 생일이라 밝히고 골목 모퉁이에 있는 조그만 식당에서 저녁을 함께 먹으며 생일을 축하해주겠냐고 물어볼 생각이었다.

그리고 그때 내 감정을 고백하려 했다.

나는 그가 시애틀로 돌아가고 내가 몬트리올로 돌아갔을 때 우리의 장거리 연애를 어떻게 유지할지에 대한 세부 계획도 이미 고려해놓았다. 힘들겠지만 나는 기꺼이 감수할 의지가 있었다. 같은 도시에서 대학원을 다닐 계획도 세워볼 수 있을 듯했다. 어쨌거나 뉴욕이 세계 금융의 중심지 중 하나이다 보니 그가 결국엔 뉴욕으로 옮겨 올 가능성이 컸다.

사실 나는 그 생각에 정말로 설레었다. 마침내 하게 될 내 첫 키스.

양로원에 저녁 식사 시간을 알리는 종소리가 울려 퍼졌다. 습관을 충실히 따르는 노인들이 휑한 식당을 향해 발을 질질 끌며 걸어가 기다란 공동 테이블의 지정 좌석에 앉았다.

누군가 내 어깨를 꼭 쥐었다. 팀이 가까이 다가와 귀에 대고 속삭이자 현기증이 심하게 일었다. "안녕, 세뇨리타 클로버. 15분 정도 내 일 좀 맡아줄 수 있을까? 볼일이 있어서 잠깐 나가봐야 하거든."

북적북적한 식당 한가운데서 느끼는 친밀함을 마음 깊이 받아들이며 귓속말을 하려고 그에게 몸을 기대자니 행복이 물밀듯 몰려왔다.

"당연하지."

그가 내 어깨를 다시 한번 꼬옥 쥐었다. "네가 최고야."

그가 담당한 테이블과 내 테이블에 커버를 씌우고 노인들에게 정량의 쌀밥과 콩을 덜어주고 모양이 제멋대로인 푸딩을 일일이 컵에 담아주는 일은 정말 힘들었다. 하지만 나는 전혀 후회하지 않았다. 연애는 희생을 감수하는 법이다. 이건 내가 좀 더 진전할 의향이 있음을 그에게 알릴 기회였다.

45분 후에도 여전히 팀이 돌아오지 않자 나는 그의 설거지까지 자처했다. 일이 밀리고 있는 게 분명했다. 안티과에서는 모든 것이

더디게 움직이니까.

동굴 같은 산업용 개수대가 뜨거운 물로 채워지는 동안 헤어 네트에 머리카락을 쑤셔 넣고 보니 세제 통이 거의 비어 있었다. 주방에 있는 모든 사람이 발바닥에 불이 나도록 바빠 보여서 직접 리필용 세제를 찾으러 갔다. 나는 바퀴벌레를 밟아 죽이려고 잠깐 멈춘 뒤 저장고로 이어지는 그 좁은 복도를 탐색했다. 문이 닫혀 있는 것이 이례적이긴 했지만 아마 바퀴벌레 같은 해충들을 막기 위해 누가 별생각 없이 닫았을 것이다. 문을 살살 열고 전등 스위치를 찾으려고 안을 더듬는데 키득거리는 소리가 들렸다. 이어서 형광등이 깜빡거리다 확 켜지면서 헉하는 소리가 들렸다. 한쪽 구석에 팔다리와 입술이 뒤엉킨 팀과 펄리시티가 있었다. 무자비한 형광등 불빛 아래에서도 그녀의 머리카락과 피부는 반짝반짝 빛났다. 나는 최대한 당당하게 헤어네트를 조정하면서 걸어 들어가 선반에서 주방 세제를 집었다. 그러고는 아무 말 없이 그곳을 빠져나와 조용히 문을 닫았다. 가슴이 에이는 통증을 느끼며 저장고 문 밖에 선 나는 두 번째 중요한 인생의 교훈을 얻었다.

다른 사람의 고통을 들여다보는 것이 나 자신의 고통을 직면하는 것보다 한결 쉽다는 사실을.

23

나는 피노 누아 와인병의 묵직함을 느끼며 실비의 현관문 앞에 서 있었다. 우정이라는 이름하에 누군가의 집에 초대받은 건 공식적으로 처음이다 보니 뭔가 특별하게 느껴졌다.

그녀의 와인 취향을 몰랐기 때문에 와인 가게 직원에게 실비의 특징을 대략 들려줬다. 그는 무례하지만 통찰력 있는 선택으로 태즈메이니아산 피노 누아를 추천했다.

"대부분 안전하게 캘리포니아 메를로나 카베르네 쇼비뇽을 택하지만," 와인 판매점에서 일하기 위한 필수 조건인 듯 그가 겸손이라고는 찾아볼 수도 없는 태도로 말했다. "친구분은 여행을 많이 다닌 듯하고 살짝 예측하기 힘든 면이 있는 듯하니 이 레드 와인을 마음에 들어 할 것 같네요."

'친구.' 머릿속에 그 단어가 맴돌자 가슴이 설레었다.

나는 노크할 자세를 취하면서 마지막으로 내 차림새를 살폈다. 실제로 밖에 나갈 일은 없으니 너무 공들인 것처럼 보이고 싶지 않았다. 그렇다고 너무 신경 쓰지 않은 것처럼 보이기도 싫었다. 그리고 내 평상복은 어떨 땐 지나치게 꾀죄죄했다.

결국 청바지와 제일 좋은 울 스웨터가 최종 낙점되었다.

나는 숨을 들이마시고 문을 톡톡톡 두드렸다. 문 저쪽에서 들려오는 발소리에 신경이 바짝 곤두섰다. 문이 열리고 평소처럼 햇살같이 밝은 미소를 머금은 실비가 보였다. 논리적으로 말하자면 실비는 상대가 누구든 상관없이 미소를 기본적으로 장착하고 있었다. 하지만 그녀의 따뜻하고 세심한 미소를 보면 여전히 내가 실제보다 훨씬 더 흥미로운 존재라는 느낌이 들었다.

"클로버! 와줘서 고마워요. 하루 종일 이 시간을 기다렸어요." 실비가 옆으로 비켜서서 한쪽 팔을 내밀며 집 안으로 안내했다. "오늘은 진짜 직장에서 엉망진창이었거든요. 그래서 그냥 다 잊어버리고 싶어요. 이렇게 얼굴을 보니 정말 행복하네요!"

"초대해줘서 고마워요." 내 존재가 그토록 열렬히 환대받는다는 사실이 낯설게 느껴졌다. 나는 와인을 내밀었다. "이거 받아요."

"우와, 고마워요." 실비가 손에 쥔 병을 이리저리 돌려가며 라벨을 살폈다. "호주산 레드 와인! 어쩜 내 취향을 이렇게 잘 알아요?"

찬사를 그대로 받아들이고 싶었지만 그것은 명백한 거짓이었다. "와인 판매점 직원이 도와줬어요."

실비가 한쪽 눈을 가늘게 떴다. "웨스트 3번가에 있는 와인 가게 말이에요? 와인은 고사하고 포도 한 알도 못 본 사람 취급하면서 떠들어대는 그 짜증 나는 남자요?"

"좀 젠체하긴 하더라고요." 나만 그런 생각을 한 게 아니어서 기뻤다.

"'좀'이라는 말은 많이 봐준 거죠." 실비가 말했다. "가끔은 거기 가서 그 남자가 진땀 빼는 것 좀 보게 잘 알려지지 않은 와인에 대해 물어보고 싶다니까요. 우리 새엄마가 와인 제조자예요. 난 그 남자의 판단보다 우리 새엄마를 훨씬 더 신뢰해요." 실비가 와인병을 들어 올렸다. "장담하는데 클로버가 나를 위해 이걸 사는 줄 알았다면 그 남자는 엄청 짜증이 났을 거예요."

나는 그저 당황스러워서 웃을 수밖에 없었다.

"우리 이걸 따요." 실비가 주방 아일랜드 식탁으로 건너가며 말했다. "신발 벗어줄 수 있죠?"

나는 그 집의 규칙을 어겼다는 사실이 부끄러워 반쯤 들어 올린 발이 땅에 닿지 않게 걸음을 멈추고 살금살금 문 쪽으로 되돌아갔다.

"당연하죠, 미안해요." 양말은 괜찮을까? 나는 만일의 경우를 대비해 양말을 벗었다.

"미안할 것 전혀 없어요." 실비가 활짝 웃었다. "일본에서 2년 동안 살았더니 집 안에서 신발을 못 신겠더라고요." 그녀가 아일랜드 식탁 앞에 늘어선 바 의자 쪽으로 몸짓을 했다. "앉아요!"

구조적으로, 그 아파트는 지난 20년 이내에 인테리어가 되었다는 점만 제외하면 우리 아파트와 똑같았다(나는 집주인이 도시 전설로 남을 만큼 싼 내 월세를 올릴 이유를 못 찾도록 변기 물이 넘친다든지 하는 비상사태에만 유지 보수 요청을 했다). 미학적으로, 실비의 아파트는 우리 집과 정반대였다. 우리는 정확히 같은 수의 창문과 같은 전망을 갖고 있었지만 그녀의 아파트는 해 질 녘에도 신기할 만큼 빛이 환하게 들어왔다.

"아직 집을 꾸미는 중인가요?" 나는 미니멀리스트스럽게 꾸며진 집을 살피며 물었다. 색채 범위에서 흰색, 크림색, 밝은 회색,

원목 색을 벗어나는 색이 하나도 없었다. 소파 위에 추상화가 딱 한 점 걸려 있었지만 석고같이 하얀 벽은 그 작품을 제외하면 텅 비어 있었다. 커피 테이블과 캐비닛 위에 책 더미가 드문드문 조심스럽게 놓여 있었다(책등도 전부 차분한 색채를 고수하고 있었다). 책꽂이는 적재적소에 배치된 부드러운 자기와 고급스러워 보이는 양초,말린 유칼립투스 잎이 담긴 유리 화병을 제외하면 대체로 비어 있었다. 그런데도 전체적으로 아늑한 느낌이었다.

실비가 웃었다. "아뇨, 이게 다예요. 일본의 미니멀리즘에도 영향을 받았나 봐요. 내 취향은 한결같이 살짝 아그네스 마틴♣ 쪽으로 기울어져 있지만요." 실비가 주위를 둘러봤다. "세상에, 그러고 보니 완전 틀에 박힌 MZ 세대 스타일이네요, 안 그래요?"

"여행을 가거나 할 때 기념품을 모으진 않나요?" 나는 내가 방문했던 곳들을 기억하려고 하다못해 냉장고에 붙이는 자석이라도 사 들고 왔다. 한동안은 돌과 조개껍데기를 모으기도 했는데 그런 것들을 좀도둑질하는 일의 문화적, 정신적 의미를 깨닫고 그만뒀다.

실비가 얼굴을 찌푸렸다. "아뇨, 나는 정말 '물건'을 좋아하는 타입이 아니에요. 기념품으로 경험을 기억하는 쪽이 더 좋아요. 나는 여행을 가면 되도록 요리 클래스를 꼭 수강하려고 해요. 현지 요리를 배울 수 있으니까요. 얘기가 나왔으니 말인데……" 실비

♣ 미국의 화가. 격자무늬, 수평선, 모노크롬 등으로 정신세계를 표현한 추상표현주의자이자 미니멀리스트.

가 부글부글 끓어오르는 냄비 뚜껑을 열자 매콤한 코코넛과 레몬그라스 향이 집 안을 가득 메웠다. "클로버가 태국 음식을 좋아하길 바라요."

우리는 커피 테이블 주위에 놓인 쿠션에 앉아 저녁 식사를 한 뒤 각각 소파 양쪽 끝에 자리 잡고 실비의 새엄마가 만든 레드 와인을 마셨다. 뺨이 달아오르는 느낌으로 보아 얼근히 취해가는 듯했다. 내 이웃의 완전 새것 같은 가구를 와인으로 물들일 걱정만 없었더라도 아마 긴장을 확 풀어버렸을 것이다.

"새 고객 일은 어떻게 돼가요?" 실비가 긴 다리를 한쪽으로 가지런히 올려놓은 채 말했다.

"실비 말이 맞았어요." 그녀의 발톱에 우아하게 발린 페디큐어를 보며 나도 시도해볼까 싶었다. "클로디아가 사진기자가 된 스토리가 정말 흥미롭더라고요."

실비가 와인잔 위로 음흉한 시선을 보냈다. "그리고 그 손자는 잘 지내요? 이름이 뭐라고 했죠?"

"서배스천이에요." 그의 이름을 내뱉고 보니 꼭 그를 방으로 불러들인 느낌이 들었다. "그 사람은 잘 지내고 있어요. 근데 왜요?"

"그냥 클로버가 그 남자를 알아가는 중이고 두 사람 사이에 불꽃이 좀 튀고 있지 않나 싶어서요."

"그 사람은 내 고용주예요." 나는 내 얼굴이 벌겋게 달아오른 이유가 와인이란 걸 확실히 해야겠다고 생각하며 말했다.

"그렇죠. 그래도 인정할 건 인정하자고요. 이 일에는 제한 시간이 있잖아요." 실비가 말했다. "할머니께서 돌아가시면 그 사람은 더 이상 고용주가 아니죠. 그러니까 클로버가 그 남자랑 뭘 하든 상관없잖아요. 설사 그냥 재미만 좀 추구한다 하더라도요. 섹스 파트너 같은 거라든가."

"아." 나는 소파 위에 걸린 작품으로 시선을 돌리고는 그 잔잔한 기하학적 무늬에 매료된 척했다.

"그런 건 당신 성향이 아닐지도 모르겠네요." 실비의 미소에 마음이 놓였다. "연인 사이에서의 관계만을 고수하는 사람들이 많죠."

"글쎄요……." 내가 그 주제에 더 깊이 들어갈 준비가 되었는지 확신할 수 없었지만 실비와 계속 시간을 보낼 거라면 조만간 감수해야 할 것 같았다. "사실 한 번도…… 해본 적이 없다고 봐야 할 거예요."

"뭐라고요, 섹스를요? 아니면 연애를?"

"어, 둘 다요." 대답을 대충 웅얼거렸다면 충격이 좀 덜하지 않았을까 싶었다.

"오, 알겠어요." 실비의 반응은 생각보다 나쁘지 않았다. "그러니까 무성애자군요?"

"무성애자요?"

"네, 성적 끌림을 느끼지 않는 사람? 그것도 정말 멋진 일이죠. 사실 내가 아는 무성애자만 해도 꽤 되거든요."

나는 나를 성적으로 어떻게 분류해야 할지 생각해본 적이 없었다. "아뇨, 그렇진 않아요. 난 사람들에게 끌림을 느껴요."

"남자? 여자? 둘 다? 개인적으로 난 선택지를 열어두고 싶어요." 실비가 활짝 웃었다. "이분법적 사고는 절대 내 성향이 아니거든요."

나는 수년간 내가 사랑에 빠졌던 상대들을 곰곰이 생각해봤다. 소설 속 캐릭터, 지하철에서 본 낯선 이, 대학교수, 팀. "난 남자에게 끌리는 것 같아요." 정확히 새로울 것도 없는 고백이었지만 그 말이 의식적으로 잠재워뒀던 내 안의 일부를 일깨우는 듯했다.

실비가 소파에서 자세를 고쳐 내 쪽을 보고 앉았다. "그런데 왜 실제로 데이트를 안 했어요? 클로버는 정말 다 갖췄는데. 무슨 말인지 알죠? 똑똑하고 세상 경험도 많고 친절하고 통찰력 있고 재미있고……."

나를 우쭐하게 만드는 묘사였다. 하지만 실비의 무한한 에너지에 비하면 나는 항상 지루할 정도로 가라앉은 느낌이었다.

"어떻게 해야 할지 정말 알 수가 없어서." 나는 어깨를 씰룩하며 말했다. "그냥 기다리다 보면 어느 순간 일어나는 일인 줄 알았거든요. 그런데 그렇게 해도 아무 일도 없더라고요. 나를 그런 식으로 알아봐주는 사람이 아무도 없었어요."

실비의 눈빛이 동정심이 아니라 친절함으로 반짝였다. "난 많은 사람이 당신을 알아봤다고 확신해요. 당신이 실제로 그걸 보려면 스스로 마음을 열 필요가 있어 보여요. 그리고 행동도 따라야 하고요."

"하지만 데이트는 너무 혼란스러워요. 난 항상 정해진 규칙하에서 연구하고 배울 수 있는 일을 선호하거든요." 점점 취해가고 있다는 느낌이 들었다. "사랑은 그렇지가 않아요. 그래서 어떻게 해야 하는지 알 수가 없어요."

"어떻게 해야 하냐고요? 흠, 그게 문제였네요. 사랑을 이해하는 사람은 아무도 없어요. 이해한다는 사람이 있다면 거짓말을 하고 있거나 부정하는 거예요. 다들 사랑을 하면서 알아나가는 거죠."

"실수하면요? 아니면 그냥 내가 정말 잘 못하면요?" 이제 와서 이야기를 물릴 수도 없으니 대놓고 털어놓는 편이 더 나을 듯했다. "나는 심지어 키스도 못 해봤어요."

"직접 나가서 해보지 않으면 절대 잘할 수가 없죠." 실비가 남은 와인을 두 잔에 나눠 부었다. "사랑은 모기 물린 자국을 긁는 것과 같아요. 고통스럽지만 동시에 엄청난 쾌감이 들죠. 그냥 머리로 생각하지만 말고 가슴으로 느껴봐요."

나는 굳이 불편함을 감추려 하지 않았다. "근데 무섭기도 해요."

"물론 무섭죠! 그래서 그만큼 가치가 있는 거고요." 실비가 자신 있게 말했다. "죽어가는 사람들은 항상 시도하지 않아서 후회되는 일들을 이야기하잖아요, 안 그런가요? 장담하건대 클로버도 해보지 않으면 후회할 거예요."

실비가 옳다고 생각했지만 이내 내가 시도했던(아니면 거의 시도할 뻔했던) 그때 그 일이 떠올랐다.

나는 머리 대신 가슴에 귀를 기울였지만 결국 후회로 끝나고 말았다.

24

세 번째 방문을 위해 2시 정각에 클로디아의 집에 도착했을 때 비가 쏟아지고 있었다. 꽃무늬 간호사복 상의를 입고 정수리에 에스프레소 색 머리를 커다랗게 틀어 올린 여자가 문을 열었다.

"클로버 씨? 나는 셀마예요. 앞으로 자주 보게 될 것 같네요." 유능해 보이는 어투였다. "클로디아는 주방에 있어요. 그쪽으로 오시래요."

"고마워요. 그리고 만나서 반가워요." 그녀가 입고 있는 감청색 바람막이 재킷을 보니 왼쪽 어깨에 가정 간병 서비스 마크가 붙어 있었다.

"커피를 사러 나가려던 참이에요. 30분 안에 돌아올 거예요. 클로디아는 내가 점심으로 만들어놓은 샐러드를 먹기로 했어요. 정크푸드를 달라고 해도 들어주지 마세요."

"네."

집 안으로 들어가자 사람도 물건도 모두 부족하다는 걸 강조하듯 내 발소리가 메아리치듯 울려 퍼졌다. 벽에 걸린 흑백사진을 보니 내가 고수해야 하는 거짓말이 생각났다. 나는 지난밤 늦게까지 사진에 관한 기초지식을 머릿속에 집어넣어야 했다.

'조리개. 사진의 3요소. 화이트 밸런스.'

가능한 클로디아에게 질문을 많이 하는 것이 내 계획이었다. 그런 다음 필요한 만큼 대화의 불꽃을 피워보는 것이다. 다행히 지금 내 수중에는 적어도 그 책략을 유지하는 데 도움이 될 만한 소품이 하나 있었다. 실비에겐 물건이 별로 없었지만 그중에 괜찮은 디지털카메라가 있었다. 그리고 그녀는 열렬히 그걸 빌려주고 싶어 했다.

"지금 장난해요? 내 카메라를 빌려 가요!" 카메라 구입에 대해 아는 게 있는지 물었을 때 실비가 한 말이었다. "난 임종을 앞둔 여인과 그녀의 손자가 엮인 이 사진 작전에 푹 빠졌어요. 이 이야기에서 조그만 역할이라도 맡게 된다면 영광일 거예요."

클로디아는 주방 모퉁이에 자리 잡은 아침 식사용 테이블 옆긴 벤치에 앉아 창유리를 가로지르는 가랑비를 바라보고 있었다.

"아, 클로버." 그녀의 얼굴에 환한 웃음 주름이 잡혔다. "와줘서 정말 기뻐요. 여기 와서 앉아요."

"안녕하세요, 클로디아!" 나는 그녀 옆자리로 스르르 미끄러져 들어갔다. "문 앞에서 셀마 씨를 만났어요."

"오 맞아요, 셀마. 완전 사무적인 여인이죠. 내가 어린애라도 되는 것처럼 몸 관리를 지적하고 채소를 먹으라고 강요한다니까요."

"분명 좋은 뜻으로 그럴 거예요." 보통 활기 넘치고 고집 있는 노인들을 대할 때는 어느 정도 자기주장을 유지해야 했다. 셀마가 딱딱해 보이는 건 당연했다.

"알아요, 당연히 알죠. 셀마는 그냥 자기 일을 하고 있는 거란 걸." 클로디아가 윙크했다. "근데 옥신각신 논쟁이 좀 있으면 인생은 늘 좀 더 흥미로워지거든요. 난 셀마를 가치 있는 적으로 생각하고 싶어요."

나는 클로디아에게 윙크했다. "입력."

"그래, 감독관이 집을 비운 사이 우리 재미 좀 볼까요?"

"생각하고 계신 거라도 있어요?" 내가 무슨 일에 동의해야 하는지 알기 전까지는 중립을 지키는 편이 나았다.

클로디아의 미소에 사악한 빛이 감돌았다. "규칙을 좀 바꾸게 도와주는 거 어때요?"

"어떤 규칙이에요?"

"난 간식을 조금 먹을 수 있기만을 학수고대해왔어요." 그녀가 싱크대 위쪽 벽에 붙어 있는 선반 위 커다란 도자기 병을 향해 고갯짓했다. "맥스웰이라고 내 머리를 해주러 오는 사랑스러운 신사가 날 위해 슈거 파우더를 입힌 도넛을 저기 숨겨뒀어요. 한두 개 먹어볼래요?"

내 선택지를 고려해봤다. 정말 내 마음이 가는 쪽은 셀마가 아니라 클로디아였다. 그리고 비록 클로디아가 모른다 할지라도 그녀의 마지막 나날을 가능한 즐겁게 보낼 수 있도록 돕는 것이 내 일이었다.

나는 셀마가 30분 동안 돌아오지 않을 거란 걸 알면서도 마치 들킬 위험이라도 있는 것처럼 주위를 은밀하게 둘러보는 척했다.

"저도 끼워주세요."

주머니에 빈 도넛 포장지를 안전하게 숨긴 다음 테이블에 앉았다. 그 앞에 과일 그릇과 화려한 도자기 찻주전자로 구성된 정물 장식이 놓여 있었다.

"나는 이런 지루한 정물 사진에는 전혀 관심이 없었어요." 클로디아가 말했다. "하지만 사진 찍을 때 피사계 심도와 초점 심도 조절법을 익히는 데 도움이 될 거예요."

"그럼 어떤 사진 찍는 걸 가장 좋아하세요?" 나는 엄지와 검지를 동그랗게 만들어 렌즈를 맞추면서 뷰파인더를 들여다봤다.

"물론 인간이죠." 클로디아가 당연한 소리라는 듯 대답했다. "인간이 사과나 바나나보다 훨씬 더 흥미로워요. 그런 면에선 풍경도 마찬가지고요."

"인물 사진은 완전히 다른 기술이잖아요." 나는 카메라를 테이블 위에 내려놓았다. "복도 벽에 걸린 사진들이 정말 멋져요. 인물 사진을 잘 찍는 비결이 뭐예요?"

클로디아의 눈이 빛났다. "인내심이죠."

순간 내 생일에 공원에서 할아버지에게 수업을 받던 기억이 떠올랐다. 나는 슬픔을 떨치고 클로디아에게 집중했다.

"어떻게 하셨는데요?"

"누군가를 찍기 전에 시간을 들여 그 사람들을 알려고 했어요. 어린 시절 꿈이나 소중한 기억, 제일 사랑했던 사람들에 대해 질문해가며 말이죠." 클로디아가 말했다. "그런 다음 그들이 이야기를 하는 사이 나는 셔터를 누르기 시작했어요."

"그러니까 사람들 내면의 본질을 건드린 거네요."

"정확해요. 사람들은 마음이 가면 경계심을 거두고 있는 그대로의 모습을 드러내거든요. 스스로를 느끼고 표현하죠. 자기 자신이 남에게 보인다는 느낌을 갖게 하는 것이 바로 사진이에요. 물론 우리는 매일 사람들을 보지만 그 사람이 진짜 누군지 보려고 발길을 멈추는 일은 드물지요."

"이해가 돼요."

누군가 나를 진짜 나로 본다는 게 무슨 뜻인지 궁금했다. 나는 다른 사람들의 감정을 방해하지 않기 위해 내 감정을 열심히 숨겨왔다. 내 고객들이 스스로를 내보이고 이해받는다는 느낌을 가질 수 있게 하기 위해서였다. 나는 할아버지와 리오를 제외한 그 누구에게도 감정을 제대로 드러내지 않았다.

"제일 슬픈 부분은," 클로디아가 카디건 소매를 잡아주는 금 팔찌를 풀며 말했다. "우리가 대부분 사랑하는 사람에게 잘못하고 있다는 거예요. 우리는 일상에 갇혀 늘 보던 대로 그들을 바라볼 뿐 그들이 되고 싶었거나 되고 싶어 하는 사람으로는 보지 않거든요. 사랑하는 사람에게 정말 가혹한 일을 하고 있는 거죠."

"그런 식으로는 생각해본 적이 없었어요." 내가 할아버지한테도 그랬나? 어쩌면 할아버지는 끊임없이 내 머릿속을 차지하는 그 사람과 다를지도 모른다. 나는 할아버지를 내 보호자이자 선생님 역할 외에는 제대로 생각해본 적이 없었다.

"마음을 열고 다른 사람에게 진짜 자신을 내보이는 건 해방을 의미하죠." 클로디아가 말했다. "살면서 모두가 다 그걸 경험하진 못해요."

"하지만 클로디아는 경험한 것 같은데요?"

클로디아가 창문에 투두둑 떨어지는 빗방울을 쳐다봤다. "아주 오래전에요." 그녀가 내 손을 쓰다듬었다. "클로버도 경험할 수 있길 기도해요. 그리고 나는 그러지 못했지만 클로버가 배우길 바라는 교훈이 있어요. 그저 위험을 감수하고 싶지 않아서 당신에게 손을 내민 사람을 그냥 떠나보내지 말라는 거예요."

셀마가 예상보다 10분 앞서 주방으로 휙 들어왔다.

나는 식탁 위에 남아 있는 슈거 파우더가 증거가 되지 않기를 바라며 반사적으로 주머니에 손을 집어넣었다.

"약 드실 시간이에요, 클로디아." 셀마는 알약이 든 조그만 플라스틱 컵을 쥐고 있었다. "이번에는 땅콩버터랑 같이 복용하게 해드릴게요."

"라즈베리 잼이랑 먹고 싶으면요?" 클로디아가 반박하고 나섰다. 셀마가 이내 한숨을 푹 쉬었다. "땅콩버터에는 최소한 단백질이라도 좀 있죠. 라즈베리 잼은 순 설탕이라고요."

둘 다 물러설 의지 없이 서로를 도전적으로 바라봤다. 판결을 내려야 하는 상황을 피하기 위해(그리고 클로디아의 당 섭취에 동참한 죄책감을 숨기기 위해) 카메라에 저장된 이미지들을 열심히 훑어보았다. 내 사진 관련 지식이 진보하고 있어 정말 기뻤다. 어쩌면 클로디아와 함께 하는 이 연극이 가치 있어질지도 모를 일이었다.

짧은 대치 상태는 셀마의 항복으로 막을 내렸다. "좋아요. 잼은 딱 한 티스푼만 드실 수 있어요. 땅콩버터도요."

"그 정도면 공정한 절충안인 듯하네요." 클로디아가 도도하게 받아들였다. 셀마는 라즈베리 잼과 땅콩버터에 덮인 알약들을 갖다주고 다시 서둘러 걸어 나갔다.

클로디아가 내 쪽으로 몸을 기울였다. "난 사실 땅콩버터를 더 좋아해요. 근데 셀마를 짜증 나게 만드는 게 너무 재밌어서."

"셀마 씨는 그냥 자기 일을 하려는 것뿐이에요." 또다시 셀마를 변호해야 한다는 생각이 들었다. 가정 간병인들은 내가 하지 않아도 돼서 정말 다행이다 싶은 극도로 힘든 일들을 떠맡아 했다. 특히 환자의 신체가 기능을 잃기 시작할 때면 더욱 그랬다.

"오, 클로버는 정말 마음이 순수하군요." 클로디아가 키득거렸다. "난 그냥 가기 전에 재미있게 지내려는 것뿐이에요."

나는 한 박자 쉬며 목소리에 감정이 묻어나지 않게 했다. "어디로 가시는데요?"

클로디아가 바르고 있는 짙은 입생로랑 레드 립스틱이 입술 주위의 잔주름을 부각시켰다. "너무나 순수한 마음을 가진 우리 사랑스러운 클로버를 이 사기극에서 해방시켜주려고 해요."

겨드랑이에서 땀이 삐질삐질 새어 나왔다. "사기극이라고요?"

"내가 죽어간다는 거 알아요." 클로디아가 차분하게 말했다. "그리고 자식들은 내가 그 사실을 모르는 게 낫다고 생각한다는 것도 알고요."

"무슨 말씀이세요?" 나는 본능적으로 모르는 체하고 있었다.

"내 아들이 진단명을 나한테 알리지 말라고 의사 양반한테 지시했대요. 물론 심하게 비윤리적인 짓이죠. 난 내 아들의 도덕성이 가끔 의심스럽다니까요. 전체 내막을 다 못 들었다는 의심이 들더라고요. 그래서 직접 병원에 전화를 해봤어요."

나는 마음속으로 이런 상황을 감당하게 만든 서배스천을 원망했다. 이제는 털어놓는 수밖에 없었다.

"죄송해요, 클로디아."

"오, 클로버는 아무 잘못도 없어요." 그녀는 셀마가 좀 전에 나갔던 문을 향해 고갯짓했다. "그리고 나는 내 건강을 맡은 저 사람들 말고 활기를 찾아줄 친구를 만들어준 서배스천에게 고마워하고 있어요. 나는 클로버가 와줘서 정말 즐겁거든요."

"저도 그래요." 하지만 나는 여전히 사기극에 연루되어 있다는 느낌이었다.

"궁금한 게 있어요." 클로디아가 내 눈을 보며 물었다. "정말 사진에 막 관심이 생기기 시작한 서배스천의 친구예요?"

나는 움찔했다. "아, 사진에 관심은 있어요. 그런데 정확히는 아니에요."

"그럴 줄 알았어요." 클로디아가 만족해하며 말했다. "그럼?"

"저는…… 임종 도우미예요."

그녀의 강인한 눈썹이 치켜올려졌다. "**임종 도우미.**" 마치 그 단어를 생전 처음 말해보듯이 말했다. "클로버의 정체를 여러 가지로 생각해봤는데 그건 생각지도 못했어요. 반전이 아주 흥미진진한데요."

"그렇게 봐주셔서 기뻐요." 나는 여전히 창피했다. "더 일찍 진실을 말씀드리지 못해 죄송해요."

"지나간 일은 지나간 거예요." 클로디아가 파리를 쫓듯 한 손을 휘휘 저었다. "이제 사진 공부를 할 게 아니라면 클로버가 여기서 하는 일이 뭔지 말해줘요."

"음, 말씀하셨듯 저는 친구가 되어드리려고 여기 있지만 남은 시간 동안 제대로 매듭짓고 싶으신 일이 있다면 그러실 수 있게 도와드리기도 해요. 그리고 그것에 관해 이야기를 나눌 수도 있고요. 마음의 준비가 되시면요."

클로디아가 기운 없이 웃었다. "우리 가족들은 결코 죽음에 대해 논의하지 않는다고 손자한테 들었을 거예요. 그건 가족들 말대로 그저 '적절한 행동이 아니기' 때문이지요." 클로디아가 관자놀이에서 흰머리를 한 올 쓸어내렸다. "그 애들이 나를 대신해서 결정을 내린 건 문제지만 무슨 의도였는지는 이해해요. 우리 와스프♣들은 좀 이상한 방식으로 사랑을 표현하는 경향이 있거든요."

"정말 자애로우시네요. 이야기하고 싶거나 저에게 물어보고 싶으신 건 없나요?" 나는 조심스럽게 물었다. "확실히 하자면 그 어

♣　WASP. 백인 앵글로색슨계 개신교도. 미국의 주류 계층을 가리키는 용어.

떤 주제도 상관없어요."

"고마워요, 사랑스러운 아가씨. 오늘은 그냥 우리의 사진 수업을 끝내도록 해요. 사진 쪽에 가능성이 있어 보이는데, 내 생각엔 여기서 그만둔다면 후회하게 될 거예요."

"그럴지도 모르죠. 어쩌면 클로디아가 저에게 영감을 주셨을 수도 있어요." 나는 카메라를 들어 올리려다 멈췄다. "근데 그 전에 여쭤봐야겠어요. 제가 계속 오기를 바라세요?"

"물론이죠." 클로디아가 말했다. "클로버를 만난 건 수년간 나에게 벌어진 일 중 가장 흥미로운 사건이에요. 난 이 기회를 그렇게 쉽게 흘려보내지 않을 거예요."

마음을 놓고 싶었지만 어쩐지 이 가족과의 관계가 이미 내가 지켜야 할 선을 넘어서버린 느낌이 들었다.

25

클로디아의 집 현관문이 등 뒤에서 딸깍 닫히자 가슴속에서 분노가 치밀었다. 내 본능은 늘 그래왔던 것처럼 다른 사람들을 위해 내 감정을 침묵시킬 수 있도록 분노를 밀어내라고 말하고 있었다. 하지만 지하철로 걸어가는 사이 부글부글 끓어오르는 감정을 막을 수가 없었다. 그 느낌에 기대는 것은 해방감을 주면서 이상하게 중독적이었다.

서배스천은 클로디아에게 거짓말만 하게 만든 게 아니었다. 거짓말이 탄로 났을 때 닥쳐올 여파까지 감당하게 했다. 나는 그저 클로디아를 돕고 싶었기 때문에 뜻하지 않게 그 가족의 비밀에 휘말렸을 뿐이었다. 코트 주머니를 더듬어 휴대폰을 찾았다. 이런 이야기를 문자로 할 수는 없었다. 나는 상쾌한 저녁 공기를 폐 속까지 한가득 들이켜 그 시원함으로 마음을 진정시켰다.

신호음이 가자마자 서배스천이 바로 받았다.

"클로버 씨, 안녕하세요!" 그 쾌활한 목소리에 바로 신경이 날카로워졌다. "할머니와는 어때요?"

나는 목소리가 흔들리지 않기를 바라며 다시 한번 깊이 호흡했다. "할머니가 알고 계세요."

잠시 정적이 흘렀다. "알고 계신다고요? 무슨 뜻이에요?"

"우리가 거짓말을 해왔다는 걸요."

지지직 들리는 휴대폰 잡음 소리에 서배스천이 침묵을 깼다. "맙소사. 어떻게요?"

"할머니께서 의사한테 직접 전화해서 진실을 말해달라고 하셨대요." 나는 여전히 그 의사가 처음에 기꺼이 거짓말을 했다는 사실이 믿기지 않았다.

서배스천은 놀랍다는 듯 휘파람 소리를 휘이이 냈다. "세상에, 그랬군요. 할머니는 어떻게 받아들이시던가요?"

"비교적 상당히 자애롭게요."

"정말 잘됐어요! 저는 할머니가 어떻게든 알아내시길 바라고 있었어요. 우리가 말씀드리지 않을 수 있게 말이죠. 어쨌거나 아버지께 그 소식을 전할 생각은 없지만요."

그 일이 나에게 미쳤을 영향에 대해선 그가 생각조차 하지 않는다는 사실에 마음이 쓰렸다.

"할머니가 많이 힘들어하지 않으셔서 다행이에요. 진짜 심하게 반응하실 수도 있었잖아요."

"맞아요. 음, 할머니는 항상 강인하셨어요. 그 사실을 담담하게 받아들이실 만해요." 그의 웃음이 불편할 정도로 억지스러웠다. "클로버 씨가 방문하는 것도 여전히 괜찮다고 하시죠?"

"글쎄요, 그런 듯해요." 그리고 나는 사기극을 유지해야 하는 스트레스 없이 그녀와 시간을 보내고 싶은 내 마음을 인정해야 했다. "그래도 서배스천 씨가 저를 그런 입장에 처하게 해서는 안 되는 일이었어요. 할머니께서 그 사실을 잘 받아들이셨다고 괜찮은 건 아니에요. 만약에 할머니가 그러지 못했다면 결과는 제가 감당해야 했을 테니까요. 그런 생각을 해보긴 했나요?"

그 말을 하는데 내가 정말 화가 난 건 거짓말에 연루되었기 때문이 아니라는 생각이 들었다. 서배스천은 분명히 자기가 클로디아를 돕고 있다고 생각하고 있었다. 나를 더 화나게 만든 건 거짓이 탄로 났을 경우 내게 어떤 영향이 올지 그가 신경 쓰지 않았다는 사실이었다.

"아, 그렇네요. 그 생각을 못 한 것 같아요." 잡음이 더 커졌다. "클로버 씨 말이 맞아요. 그런 일을 겪게 해서 정말 미안해요."

그의 빠른 사과에 마음이 누그러졌다. 그는 아마 단순히 사랑하는 할머니가 죽어가고 있다는 사실에 사로잡혀 있었을 것이다. 내 입장을 내세운 게 살짝 이기적으로 느껴졌다.

"괜찮아요, 정말로요." 원망이 부끄러움으로 바뀌었다. "말씀하셨듯 결국엔 다 잘됐잖아요."

딱 그 순간에 우리의 대화가 잠깐 멈출 수 있게 굉음을 내며 지나간 쓰레기 트럭에 감사한 마음이 들었다.

"솔직히 당신이 전화해줘서 정말 기뻐요." 굉음이 멀어지자 서배스천이 말했다.

"네?"

"그게…… 혹시 내일 밤에 한잔하러 가고 싶은지 궁금해하고 있었거든요. 함께 시간을 보내면 재미있을 거예요. 그러니까, 우리 둘이서만요."

이런 갑작스러운 전개는 전혀 예상하지 못했다. 이제 진실이 밝혀졌으니 향후에 클로디아와의 일을 어떻게 해나갈지 의논하자는 미팅 제안인가? 아니면 다른 뜻이 있는 걸까? 중년이 되어가는데도 누가 데이트를 신청한 건지 아닌지 알지도 못한다는 건 한심한 일 아닌가? 어쨌거나 북적북적 떠들썩한 술집에서 서배스천과 한담을 나눌 생각을 하니 겁이 덜컥 났다.

"내일 밤에는 다른 일정이 있을 것 같아요." 나는 당황해서 말했다. 내 뇌에서 그의 초대를 처리하는 데에는 시간이 필요했다. 그리고 실비와 상세히 분석해봐야 했다.

"괜찮아요." 서배스천이 자신 있게 말했다. "모레 밤에 가면 되니까요. 아니면 그다음 밤이나."

그는 정말 집요했지만 내가 너무 그쪽으로 해석하는 걸 수도 있었다. 나는 그에 대해서 크게 오해한 전적이 있다. 그런데 초대를 거절하면 나중에 후회하게 될까? 어쩌면 실비 말이 맞을지도 모른다. 이건 위험을 감수할 기회였다.

"모레 밤은 괜찮을 수도 있어요." 나는 머릿속에 거절할 구실이 떠오르기 전에 바로 말해버렸다. "자세한 건 문자로 보내주세요." 일 관련 미팅일 경우에 대비해 가볍게 대응하는 편이 나을 듯했다.

"좋아요, 기대하고 있겠습니다!"

나는 그의 목소리에 실린 흥분을 지나치게 신경 쓰지 않으려 애썼다.

"서배스천 씨, 죄송하지만 열차가 도착해서 가봐야 해요."

"알겠습니다. 우리 곧 또 이야기해요."

"네, 안녕히 계세요."

나는 휴대폰의 빨간 동그라미를 누르고는 내가 느끼는 현기증이 기대감인지 불안감인지 궁금해하며 지하철까지 남은 길을 걸어갔다.

26

서배스천과 통화한 이후로 뱃속에 불안 덩어리가 자리를 잡았다.

실비의 판단에 따르면 서배스천의 초대는 "우리 둘이서만요"라고 꼭 집어 한 말로 보아 분명히 데이트였다. 내 입장에서는 단지 고용주와 함께하는 사교적 만남일 뿐이었다. 이전에 아무도 나에게 데이트를 제안한 적이 없었고 서배스천이 그 규칙의 예외가될 이유도 딱히 없어 보였기 때문이다.

하지만 실비가 옳을 수도 있다는 희박한 가능성 때문에 '상상의 여지를 남기기에 충분한' 원피스를 빌려주겠다는 실비의 제안을 받아들였다. 누군가의 상상의 대상이 된다는 생각만으로도 온몸이 굳는 느낌이었다.

나는 로어이스트사이드 바의 별 특징 없는 출입문 앞에 서서그 우툴두툴한 벽돌 속으로 사라지기를 빌었다. 검정 원피스가 몸통을 조이고 솔기에 허벅지가 쓸렸다. 마치 다른 사람의 피부에 들어가 있는 것처럼 온몸이 불편했다. 팔다리가 평소보다 더몸에 안 맞는 듯했다. 나는 바에 들어서는 다른 사람들의 타고난 스타일과 자신감이 부러웠다. 다들 내가 가짜란 걸 알아볼 것 같았다.

서배스천은 8시라고 말했다. 지금은 8시 23분이었다. 즉, 신뢰할 수 없는 지하철 시스템 때문에 모든 뉴욕인에게 주어져야 마땅한 15분의 여유가 너끈히 지났다는 소리였다. 분명 더 기다릴 의무는 없었다. 실비에게 의견을 묻는 문자를 보낼까 싶었지만 이미 답은 정해져 있었다. 실비라면 자기 시간을 존중하지 않는 일은 용납하지 않을 테고 벌써 자리를 떴을 것이다.

하지만 그 순간 차가운 밤공기에 몸을 웅크린 나를 향해 허겁지겁 다가오는, 이제는 익숙한 서배스천의 실루엣이 보였다. 그는 늘 그렇듯 단색 옷을 입고 있었는데 맞춰 입은 검은색이 왠지 평소보다 더 단정하고 격식을 차린 것처럼 보였다. 하지만 희미한 호박색 가로등 불빛 아래라 꼭 그렇다고 단정 짓기는 어려웠다.

"안녕하세요, 늦어서 미안해요." 그가 얼굴을 붉히며 말했다. "일에 붙잡혀서."

"괜찮아요." 데이트라면 늦는다고 문자를 보냈을 것이다. 그렇지 않은가? 데이트가 아니다에 한 표가 추가됐다.

우리는 춤추는 10대처럼 서로 마주 보고 어색하게 발만 서성였다. 서배스천이 바의 문을 열었다. "이곳을 좋아하실 거예요. 제가 늘 오는 곳이에요."

발이 지저분한 포장도로에 못 박힌 듯했다. '정신 차려요!' 실비의 목소리가 나를 다그쳤다.

포장도로가 발을 놓아주었다.

그 컴컴한 술집은 스쿨버스보다 살짝 넓은 정도였다. 얼음 위에 굴을 담은 기다란 쟁반이 바의 가장 좁은 부분을 따라 진열되어 있고, 흰색 단추가 달린 양복 조끼를 입고 왁스 바른 콧수염을 기른 남자가 무심한 척하는 표정으로 주석 칵테일 셰이커를 흔들고 있었다. 나는 푹 빠져서 주위의 광경을 흡수했다. 이제껏 그런 종류의 바에 발을 들일 이유가 전혀 없었지만 일부러 평범해 보이도록 만든 출입문 너머에 뭐가 있는지 궁금했었다.

서배스천이 그 공간의 뒤쪽으로 나를 이끌었다. 그곳에는 가죽이 입혀진 기다란 의자가 벽 쪽으로 줄지어 놓여 있고 우유 짜는 의자 크기의 조그만 테이블들이 있었는데 각 테이블 한가운데에는 불꽃을 펄럭이는 촛불이 하나씩 있었다. 주위가 굳이 그러지 않아도 될 만큼 어두워서 확실히 말하긴 힘들었지만 주석판을 입힌 벽과 천장에서 느껴지는 고색은 실제로 오래되어서가 아니라 의도적으로 연출한 것 같았다.

갈색 머리 여자 3인방이 구석 쪽 테이블에서 일어서고 있었다. 그중 제일 키가 작은 여자가 깜짝 놀라면서 우리를 쳐다봤다.

"어머! 서배스천!!"

과하게 사용된 느낌표가 거의 귀에 들릴 듯했다.

서배스천의 몸이 뻣뻣해졌다. "아, 안녕……. 제시." 살짝 뜸을 들인 걸로 보아 그녀의 이름을 아슬아슬하게 떠올린 듯했다. "어떻게 지내?"

"완전 잘 지내지!" 제시가 자기 친구들 쪽으로 몸짓했다. "친구들이랑 놀러 왔어." 그녀의 시선이 노골적으로 나를 향했다.

"아." 서배스천이 딱딱하게 말했다. "제시, 이쪽은 클로버 씨야."

"안녕하세요, 클로버 씨." 목소리가 진짜라기엔 지나치게 달콤

했다. 그녀가 서배스천 쪽으로 몸을 돌려 과장되게 입을 삐죽거리며 그의 옷깃을 잡아당겼다. "너무 오랜만이다. 만나서 그동안 어떻게 지냈는지 이야기 좀 하게 연락 줘!"

"어, 그래." 서배스천은 목도리 끝을 만지작거렸다. "다음에 봐, 제시."

"'곧' 또 만나." 제시는 친구들을 끌고 나가면서 한 손으로 서배스천의 팔뚝을 슬쩍 쓸어내렸다.

서배스천이 이제 막 비워진 그 테이블로 재빨리 나를 이끌었다. 그리고 그녀들이 말을 해도 들리지 않을 만큼 멀어지기를 기다렸다.

"작년에 한 달 정도 만났어요." 그는 내가 고백을 요구하기라도 했다는 듯 입을 열었다. "괜찮긴 했는데 좀 멍청하더라고요."

청하지도 않은 정보에 어떻게 반응해야 할지 몰라 그냥 자리에 앉아서 낡은 펄프 종이에 필기체로 적힌 칵테일 메뉴를 훑어보았다. "우와, 정말 정성이 담긴 칵테일들이네요."

"네, 이 사람들은 칵테일을 제대로 만들 줄 알거든요." 그가 내 옆자리로 획 밀고 들어오며 말했다.

몸을 움직여 그가 앉을 자리를 만들어줘야 하나? 아니면 그가 내 가까이 앉게 하는 게 여기서 제일 중요한 일일까? 몰래 실비에게 문자를 보내 물어보고 싶었지만 서배스천이 나에게서 눈을 떼지 않는 듯했다. 나는 두 가지 안을 절충해서 살짝 이동하되 너무 멀어지지 않게 몸을 움직였다.

로즈메리를 넣은 버번위스키를 베이스로 한 첫 칵테일을 비우고 나자 긴장이 살짝 풀렸다.

"당신이 할머니에게 해주는 모든 것에 감사하다는 말을 하고 싶었어요." 서배스천이 내 뒤쪽, 어깨 옆으로 팔을 들어 올려 의자 상단에 팔꿈치를 내려놓았지만 내 몸에는 전혀 닿지 않았다. "모든 사실이 드러난 지금이 훨씬 나아요. 우리 아버지는 여전히 그 문제를 제대로 이야기하고 싶어 하지 않겠지만요."

"도움이 됐다니 기뻐요. 어쨌거나 제 일이니까요." 나는 그의 팔 위치를 신경 쓰며 말했다. "근데 첼로를 연주한 지는 얼마나 됐어요?" 서배스천이 내 말 돌리기 기술을 실비만큼 명확하게 알아채지 못하길 바라며 물었다.

"어렸을 때부터요." 그가 트로피컬 칵테일을 휘휘 저었다. 30대 남자가 선택하리라곤 예상치 못한 칵테일이었지만 내가 그쪽 방면에 전문가가 아니다 보니 확실친 않았다. "저는 운동신경이 진짜 없었어요. 누나들이 우리 가족의 유전자를 나눠가졌죠. 게다가 온갖 알레르기를 다 갖고 있어서 어머니께선 저를 주로 집 안에 있게 했어요. 열 살 생일에 할머니가 악기점에 데려가 배우고 싶은 악기를 고르게 해주셨고 그때 첼로를 선택했지요. 당시 저는 우리 반에서 키가 제일 작았는데 첼로가 엄청나게 크고 강력해 보이더라고요. 그래서 그걸 연주할 수 있으면 저도 강해 보일 거라 생각했죠." 이제 그는 빨대로 칵테일에 든 얼음을 찌르고 있었다. "지금 생각하면 기타같이 좀 더 멋있어 보이거나 하다못해 들고 다니기라도 편한 악기를 선택했어야 했나 싶어요. 첼로를 들고 뉴욕을 돌아다니는 건 말하자면 지옥 같거든요."

"상상이 되네요." 나는 서배스천이 개인 공간을 중시하는 뉴요커들로 가득 찬 열차 안에서 커다란 악기를 들고 씨름하는 모습을 생각하며 웃지 않으려 애썼다.

그가 칵테일을 홀짝이고는 입술을 빨았다. "악기를 연주하나요?"

"할아버지가 오래된 밴조♣를 갖고 계셨거든요. 그걸 독학으로 배웠어요." 내가 밴조를 연주할 때마다 반려동물들이 모두 방을 나간 걸로 미루어보아 또 다른 유튜브 모험은 크게 성공하지 못한 듯했다. "피아노를 배우고 싶지만 집에 놓을 자리가 없어요."

"전자 키보드도요?"

"우리 집은 이미 꽉 찼어요."

"오, 다른 사람과 함께 살고 있나요?" 서배스천이 아무렇지도 않은 듯한 어투로 물었다.

"반려동물들과요. 고양이 두 마리와 개 한 마리가 있어요."

"우와, 동물이 진짜 많네요."

"반려동물을 안 키우나요?" 크레이그리스트♣♣에서 본 코카투 앵무새를 입양할까 생각 중이라는 말은 하지 말아야 하는 게 분명했다.

서배스천이 고개를 가로저었다. "개랑 고양이 알레르기가 있어서 키웠다면 정말 힘들었을 거예요." 그가 생각만으로도 알레르

♣   주로 재즈나 민속음악에 쓰이는 기타와 비슷한 현악기.
♣♣   온라인 벼룩시장 사이트.

기 반응이 나타난다는 듯 코를 문질렀다.

"안됐네요." 나는 진심으로 서배스천이 안타까웠다. "전 반려동물들이 없는 삶은 상상이 안 돼요." 반려동물들은 내 삶을 살 만하게 만들어주었다. 매일 집에 갈 때 내 가슴을 뛰게 해주기 때문이었다.

그가 어깨를 으쓱하며 말했다. "뭐, 저는 동물을 그다지 좋아해본 적이 없기 때문에 괜찮아요."

그날 밤이 끝날 즈음, 칵테일 세 잔을 마시고도 여전히 우리가 데이트를 하는 건지 아닌지 확실히 결론지을 수가 없었다. 그의 팔이 이제는 내 뒤로 뻗쳐 있어 그의 겨드랑이에서 발산되는 열기를 감지할 수 있을 정도로 가까웠지만 여전히 내 몸에 닿지는 않았다. 그가 칵테일을 마시려고 몸을 앞으로 숙일 때마다 이제는 그를 연상하게 되는 톡 쏘는 보디워시, 옷장에서 오래 묵힌 옷에서 나는 냄새, 희미한 땀 냄새 같은 향을 맡을 수 있었다. 나는 그가 이야기할 때 그가 매력적인지 아닌지 알아내려 애쓰며 그의 얼굴을 관찰했다. 실비가 내일이면 미주알고주알 물어올 것 같아서였다. 머리카락이 이마를 스치는 모습이 소년미를 물씬 풍겼다. 금테 안경과 목에 느슨하게 두른 목도리에서 느껴지는 지적인 면이 내가 열광하는 파리의 빈티지 서점 주인을 연상시켰다. 하지만 불빛이 너무 어두워서 단정 짓기가 힘들었다. 확실히 그가 매력적이지 않은 건 아니었다. 그리고 그와 함께 있는 것이 꺼려지지도 않았다. 실제 로맨스는 영화 속 번갯불 같은 로맨스보다 천천히 불타오르는지도 모른다. 어쨌거나 습관에 충실한 나는 새로운 일을 시작하는 데 시간이 걸리는 편이었다.

"운이 좋은데요." 자청해서 계산을 마친 서배스천이 영수증을 주머니에 쑤셔 넣으며 말했다. "술 한 잔 값이 덜 청구됐네요."

"가서 이야기해야 하지 않을까요?"

"아뇨. 자기들이 좀 더 주의를 기울였어야죠." 그가 일어서서 코트를 입었다. "가볼까요?"

"입구에서 봐요." 나는 팔에 재킷을 걸치며 말했다. "화장실에 좀 들러야 해서요."

나는 사실 화장실을 이용할 필요가 없었지만 손을 씻고 벽에 붙어 있는 세련된 호박색 통에서 짜낸 핸드크림을 양손에 바르며 몇 분을 보냈다. 매력적인 도시인들을 탐색하며 돌아나가다 보니 우리를 담당했던 종업원이(키 크고 호리호리한 대학생이었다) 우리 테이블에서 빈 잔을 치우고 있었다. 나는 그에게 20달러짜리 지폐를 슬쩍 건네주고 밖으로 나갔다.

서배스천은 소화전에 기대어 휴대폰 화면을 스크롤 하고 있었다. "이제 가면 되나요?"

"네, 저는 지하철까지 걸어가려고요." 나는 이 순간에 어색하지 않게 빠져나갈 계획을 확실히 세웠어야 했다.

"아, 우버 택시를 부르려고 했어요. 가는 길에 내려드릴게요." 그가 말하는 사이 피어오른 입김이 밤공기로 날아갔다.

"아니에요. 괜찮아요. 어차피 길이 완전히 다른걸요. 지하철을 타면 한 정거장만 가면 돼요. 어쨌거나 고마워요."

서배스천이 목도리를 어색하게 꼬았다. "확실한가요?"

"네." 확실하게 대답하려던 시도가 어떻게 보면 살짝 공격적으로 들릴 수도 있을 듯했다. 하지만 설령 이게 데이트였다고 해도 늦은 밤 그가 우리 집에 나를 내려주는 일은 결코 원하지 않았다. 너무 부담스럽기 때문이다.

서배스천이 순순히 고개를 끄덕였다. "좋아요, 그러면 지하철까지 함께 걸어가요. 나는 거기서 우버를 부르면 되니까요."

아, 나는 그의 기사도적인 제의를 거절할 수가 없었다.

함께 걸으면서 서배스천이 인근에 새로 들어선 고층 건물을 설계한 대학 동창에 대해 이야기했지만 나는 집중할 수가 없었다. 귀에서 맥박이 뛰었고 좀 전까지만 해도 괜찮았는데 갑자기 배뇨감이 느껴졌다.

칵테일을 세 잔 들이켠 뒤에 나눴던 악수는 너무 격식을 차린 분위기였다. 그는 포옹을 하고 싶은 걸까? 그가 그 어느 때보다 가까이 붙어 걷고 있었다. 모든 것이 너무나 불확실해서 나는 당장 달음박질치고 싶었다.

지하철 입구의 초록 불빛이 시야에 들어오자 긴장감이 가슴을 죄어왔다. 길가에 선 두 여자의 새된 웃음소리에 더해 대체로 면역이 형성되어 있는 사이렌 소리마저 거슬리고 혼란스럽게 느껴졌다.

내 집, 내 소파에서 반려동물들과 앉아 TV 화면에서 흘러나오는 삶을, 아니면 창밖으로 보이는 다른 이들의 삶을 감상하고 싶었다. 줄리아와 루번의 첫 데이트가 어땠을지 궁금해졌다. 두 사람은 늘 마치 세상이 오직 자기들만을 위해 존재하는 것처럼 함께 있을 때 너무나 편해 보였다. 그 둘이 어색해한다는 건 상상도 할 수 없었다.

"어떻게 생각하세요?" 서배스천이 기대에 찬 눈길로 나를 보고 있었다. 당황스러웠다. "뭐가요?"

"그 건물에 대해서 어떻게 생각하세요?"

뺨이 확 달아올랐다. "훌륭한 것 같아요."

우리는 저 아래 끼이익 소리를 내며 들어오는 열차가 자기들이 타야 할 열차일 경우를 대비해 미친 듯이 내려가는 통근자들을 피해 지하철 계단 꼭대기에서 발길을 멈췄다. 서배스천은 바로 내 앞, 손 내밀면 닿을 듯 가까이에 서 있었다. 등 뒤로 입구 난간의 차가운 금속이 느껴졌다. 이번에는 서배스천이 가까이 서 있다는 사실보다 침묵이 더 불편했다.

내가 입을 뗐다. "오늘 즐거웠어요."

"네." 서배스천이 부드럽게 말했다. 그가 강렬한 시선으로 나를 보고 있다는 건 확실했지만 가로등 불빛이 안경에 반사되어 표정을 읽을 수가 없었다.

그가 한 걸음 내디뎌 우리 사이의 거리를 좁혔다. 나는 본능적으로 뒷걸음질 치려 했지만 갈 곳이 없었다. 그의 손이 내 열린 코트 안으로 미끄러져 들어와 허리를 잡았다. 원피스 위로 차가

움이 느껴졌다.

그때 그가 몸을 기울여 입을 맞췄다.

처음에는 밀어내고 싶었다. 하지만 이내 호기심이 생겼다.

키스였다. 내 첫 키스.

수천 가지 버전을 상상했고 마침내 그 일이 일어났다.

거의 초현실적인 느낌이었다. 나는 여전히 내가 특별히 서배스천과 키스하고 싶은지조차 알지 못했다. 하지만 실비가 말했듯 최소한 시도조차 하지 않는다면 좋아하는지 아닌지 어떻게 알 수 있겠는가. 그래서 나는 모든 새로운 경험을 기록해보라던 할아버지의 가르침대로 노트에 기록하듯이 관찰해보려 했다. 상상했던 것보다 더 축축한 느낌이었고 그의 침에서 그가 마지막으로 마신 칵테일에 들어간 파인애플 주스 맛이 희미하게 느껴졌다. 그의 턱수염을 알아차리지 못했는데 이제 그 수염이 마치 부석돌처럼 까슬까슬하게 내 얼굴을 문지르고 있었다. 내 엉덩이 양쪽에 각각 얹힌 그의 두 손이 나를 잡아당기고 있었다. 나는 내 손으로 뭘 해야 할지 궁금했다. 영화 속 여자들은 주로 남자의 머리카락을 헤집었지만 그건 너무 지나친 듯했다. 그의 코트 옷깃을 붙잡아야 하나? 아니, 그것도 너무 공격적으로 느껴졌다. 실제로 내가 어떻게 느끼는지 확신할 때까진 즐기는 것처럼 보이고 싶지 않았다.

나는 그저 안전하게 두 손을 그냥 그대로 양옆에 내려놓았다.

그의 혀가 내 입술을 더 벌리기 위해 파고들듯이 강하게 밀고 들어오기 시작했다. 키스에 저항하지 않았으니 받아들여야 하나? 실험을 위해 나는 그렇게 했다. 그리고 그 결과, 완전히 불쾌하지는 않았지만 그렇다고 지금껏 이런 시나리오에서 상상해온 대로 내면의 불꽃에 불이 붙지도 않았다. 어쩌면 키스도 할수록 점점 더 좋아지는 것인지도 모른다.

"방을 잡든가!"

계단에서 들려오는 야유에 바로 키스가 중단됐다. 깜짝 놀란 내가 몸을 빼자 서배스천이 내 허리를 잡고 있던 손을 풀었다. 얼굴이 화끈거렸다. 나는 옆으로 슬슬 물러나 그와 난간 사이를 벗어났다.

갑자기 모든 것이 너무 현실적으로 느껴졌다. 내 고용주이자 클로디아의 손자인 그와 키스한 것이 명백한 이해 충돌이라는 사실이 번쩍 떠올랐다.

"가야 해요." 나는 눈을 피하며 말했다. "칵테일 잘 마셨어요."

나는 (술 때문인지, 키스 때문인지, 야유받았다는 창피함 때문인지 확실치 않았지만) 고개를 홱 돌려 계단을 뛰어내려갔다.

"클로버 씨, 잠깐만요!"

나는 혼란스러운 상태로 회전식 개찰구를 향해 달려갔다. 교통 카드가 부드럽게 찍히고 바가 나를 자유의 길로 안내하자 세상에 존재하는 모든 신과 우주의 힘에 감사했다.

27

모퉁이를 돌아 클로디아의 집이 있는 골목으로 들어섰다. 앙상한 나뭇가지에 이른 봄을 알리는 징후가 돋아나고 있었지만 나는 거의 인식조차 하지 못했다. 몸속에서 감정이 결투를 벌이고 있었다. 일을 하는 데 더 이상 사기극을 펼치지 않아도 된다는 안도감과 서배스천을 만나면 무슨 말을 해야 할지에 대한 공포심이었다.

나는 어렸을 때부터 첫 키스 후에 내가 느낄 모든 감정들을 상상해왔다. 기쁨, 희열, 흥분. 하지만 공포심은 거기 없었다.

오랜 세월 수백 편의 영화를 재시청한 것처럼 머릿속으로 첫 키스를 재생하고 또 재생했다. 그 키스가 끔찍했다는 말이 아니라 보다 즐거울 줄 알았다고 해야 될 거다. 그러니까 몸에 전류가 흐르는 느낌을 받을 줄 알았다. 어쩌면 상상을 너무 하는 바람에 아무것도 내 기대에 부응할 수 없게 됐는지도 모른다. 아니면 대중문화가 내 머릿속에 모든 키스가 환상적이라는 잘못된 전형을 영구적으로 심어버려 제대로 준비하지 못하게 만들었을 수도 있다.

나는 정원에 있는 클로디아에게 다가가기 전 마음을 다잡았다. 한낮의 무정한 햇살 아래 생각해보니 애초에 서배스천과 데이트를 한 것조차 프로답지 못한 처사였다는 느낌이 들었다.

"클로버." 클로디아가 행복하게 나를 맞아주었다. 피부에 그늘이 얼룩덜룩 드리워 있었다. 그녀는 잠깐 눈을 감고 새어 들어오는 햇살을 즐겼다. "클로버가 오기를 고대하고 있었어요."

열렬한 환영에 마음속 결투가 더 격렬해졌다. "다시 뵈어서 저도 정말 기뻐요."

"이 말을 꼭 해야겠어요. 나는 클로버가 하는 일에 완전히 매료되었어요." 클로디아가 두 손바닥을 마주 비비며 말했다. "오늘은 어떻게 죽음에 접근할 거예요? 오 세상에, 이 이야기를 할 수 있다니 갇혀 있던 마음이 해방되는 느낌이에요. 이렇게 오래도록 터놓고 이야기하지 못한 게 후회가 돼요. 진작에 이렇게 했더라면 모든 것이 훨씬 더 쉬웠을 테니까요."

클로디아의 태도는 감탄할 만했지만 나는 믿지 않았다. 기예르모의 분노가 그의 두려움과 외로움을 감추는 가면이었듯 클로디아는 아마 자신의 취약함을 감추려 태연함을 전방에 내세웠을 것이다.

"글쎄요." 나는 조심스럽게 시작했다. "가족들이 그 주제를 이야기하기 힘들어하시니까 제 생각엔 임종 바인더를 함께 만들면 도움이 될 것 같아요."

클로디아가 두 손가락으로 우아하게 찻잔 손잡이를 잡아 받침대에서 찻잔을 들어 올렸다. "임종 바인더가 뭐죠?"

"가족들에게 필요할지도 모를 사회보장번호, 출생증명서, 은행계좌, 비밀번호, 그리고 유언장 같은 모든 서류와 세부 사항들을 정리하는 방법이에요. 그 외에도 클로디아가 떠났을 때 그 소식을 알리고 싶은 사람들의 명단 같은 것들을 추가할 수 있어요."

"그렇군요."

"그리고 혹시 장례식을 하고 싶으시면 그 계획을 세우는 데 도움이 될 만한 것들의 목록을 만드는 데에도 도움이 될 수 있어요. 이를테면, 혹시 열린 관을 원하세요? 만약 그렇다면 어떤 옷을 입고 싶으세요? 어떻게 기억되길 바라세요? 특별히 좋아하는 노래나 시나 기도문이 있으세요? 아니면 제일 좋아하는 꽃은요? 이런 것들이에요."

"정말 전부 음울한 이야기네요." 클로디아가 살짝 재미있어하며 말했다. "근데도 클로버는 너무 아무렇지도 않게 이야기하고요."

나는 부끄러워서 얼굴을 붉혔다. 좀 더 우아하게 그 주제를 풀어나갔어야 했다. 서배스천과 관련한 모든 것들이 정말로 일에 대한 집중력을 흩트려놓고 있었다.

"죄송해요. 무례하게 굴려던 건 아니었어요. 가족들이 슬픔에 빠져 있으면 이런 세부 사항을 떠올리기 힘들 수 있거든요. 그러니까 우리가 지금 그것들을 서류화하면 모두에게 감정적인 안도감을 조금이나마 줄 수 있죠."

"난 클로버의 명료한 접근법이 좋아요." 클로디아가 말했다. "그리고 임종 바인더는 정말 말이 되는 것 같네요. 유언장 낭독 정도는 다들 예상하고 있겠지만 아마 다른 것들에 대해선 별로 생각을 안 해봤을 거예요."

"가족들이 유언장 외에 더 많은 것들을 신경 쓰고 있을 거예요." 내가 부드럽게 말했다. "서배스천 씨 말로는 무한한 사랑을 받고 계신다던데요."

"오, 맞아요, 나도 알고 있어요." 클로디아가 키득거렸다. "내 아들과 손주들이 조금 문제가 있을지도 모르겠지만, 그리고 약간 이상할 수도 있겠지만 모두 자기들만의 방식대로 나를 사랑하고 있죠. 비록 거의 만나지 못하지만요. 솔직히 그 애들이 이 타운하우스에 눈독을 들이는 걸 누가 탓할 수 있겠어요?" 클로디아가 다르질링 차를 마셨다.

"아름다운 집이에요." 나는 클로디아가 지닌 거금과 금광과 같은 뉴욕 부동산을 정확히 어떻게 배분할지 궁금해하며 집 뒤쪽의 벽돌 벽면을 올려다보았다. 클로디아에게 가장 헌신적인 손자인 서배스천이 그중 많은 부분의 수혜자가 될 수 있을 것이다. 순간, 지난밤 키스가 머릿속에 떠올라 공포심이 되살아났다.

클로디아는 주목하라고 명령하는 CEO처럼 테이블 위에 두 손바닥을 내려놓았다. "그럼 어디서부터 시작할까요?"

나는 집중할 수 있는 명확한 일이 있다는 데 감사하며 노트와 펜을 꺼냈다. "음, 우선 매장과 화장 중에 어느 쪽이 좋은지 생각해보신 적 있으세요?"

"화장이요." 너무 태연해서 메뉴판의 음식을 주문하는 것처럼 들렸다. "여기 살면서 즐길 수 없다면 세상에서 불필요한 공간을 차지할 필요는 없죠. 그래도 수장은 확실히 매력적이지만요."

"수장을 원하신다면 그렇게 할 수 있어요."

"모두에게 너무 수고를 끼치는 일이라서요. 게다가 우리 가족

대부분이 뱃멀미를 심하게 하거든요. 유족들이 전부 배 가장자리에서 웩웩거리고 있다면 아주 적절한 작별이라고 볼 수 없을 거잖아요?"

"훌륭한 지적이세요." 나는 그녀의 실용주의에 미소 짓지 않을 수가 없었다. "그럼 화장이네요. 유골이 뿌려지길 바라시는 특별한 장소가 있나요?"

클로디아의 눈빛이 뭔가를 생각하는 듯 아련해졌다. "난 보니파시오의 절벽에 뿌려지고 싶어요."

"코르시카섬이요?"

"지리에 밝군요."

"제가 세상에서 제일 좋아하는 장소 중 한 곳이에요. 파리에서 석사 논문을 쓰는 동안 두 번 갔었어요. 보니파시오는 귀여운 소도시죠."

"으음, 거기 있는 동안 주로 배 위에만 있었는데도 여전히 그곳의 매력에 강하게 끌려요." 클로디아의 말투에서 뭔가 미스터리한 분위기가 느껴졌다. "다음 목록은 뭐죠?"

"아, 그다음은…… 부고를 알리고 싶은 사람들의 목록을 만들 수 있어요. 연락처가 없다면 제가 찾아드릴 수도 있고요."

"다행히 그건 상대적으로 쉬운 일이 되겠네요." 클로디아가 말했다. "아흔한 살쯤 되면 친구나 지인들이 대부분 죽고 없거든요."

리오가 씁쓸하게 내뱉던 말이 떠올랐다. "정말 힘드셨겠어요. 그래도 지난 세월 동안 정말 멋진 우정을 쌓으셨을 것 같아요."

"맞아요. 일부는 그랬죠. 나머지는 자연스럽게 끝나기 한참 전에 내가 끊어냈어야 했는데 싶지만요." 찻잔을 입으로 가져가는 손이 떨렸다. "클로버를 위한 또 다른 교훈이 있어요. 친구를 현명하게 선택해야 해요. 또래 친구들이 많죠?"

나는 부끄러워서 정원 테이블을 구불구불 수놓은 철제 레이스를 내려다봤다. "그렇진 않아요. 거의 외톨이라고 생각하시면 될 거예요. 대부분의 사람들은 죽음을 다루는 게 일상인 사람과 어울리고 싶어 하지 않으니까요."

"외톨이라고요?" 클로디아가 의자에 등을 기대고 나를 바라보았다. "사랑스럽고 상냥한 아가씨가 그럴 리가 없어요. 특히 우리 손자는 첫눈에 클로버에게 빠져버린 듯하던데."

속이 울렁거렸다. 이게 다 테스트였나? 서배스천이 무슨 말을 한 걸까?

아무것도 모르는 척하는 게 상책이다.

"저는 항상 혼자 있기를 더 좋아했던 것 같아요." 나는 여전히 당황해하고 있었다. "외동이다 보니 대부분의 시간을 혼자 생각하며 지내는 걸로 만족해야 했거든요."

"부모님이 친구들과 놀게 해주지 않았나요?"

"여섯 살 때 부모님이 사고로 돌아가셨어요. 그때 할아버지와 함께 살러 여기 뉴욕에 오게 됐고요." 나는 손가락으로 테이블의 철제 패턴을 쓸었다.

"엄마 없이 자라느라 정말 힘들었겠어요." 클로디아는 내가 아는 방식으로 조심스럽게 말을 이었다. "우리 엄마가 가끔 내 삶을 힘들게 했다는 건 하느님도 아실 테지만 엄마가 없었다면 어땠을지 상상도 안 되거든요."

나는 어깨를 씰룩했다. "엄마가 돌아가시기 전에 함께 시간을 보낸 적이 거의 없었어요. 한 번도 해보지 않은 걸 그리워하기란 힘든 일인가 봐요."

"흐음. 당신에게 할아버지가 계셔서 다행이었네요."

"저도 그렇게 생각해요. 할아버지는 훌륭한 분이셨어요." 내가 말했다. "하지만 할아버지도 일종의 외톨이였죠. 어쩌면 이렇게 외톨이로 사는 법을 할아버지한테 배웠을 수도 있어요. "

"아이들은 자기 삶에서 가장 영향력 있는 인물들을 흉내 내는 경향이 있죠." 클로디아가 손을 뻗어 내 손을 만졌다. "그래도 그분은 확실히 손녀를 훌륭하게 키우셨어요. 아이를 키우는 건 쉬운 일이 아니에요. 특히 예상하지 못했다면 더욱 그렇죠. 할아버지는 분명 당신을 자랑스러워하실 거예요."

"고맙습니다." 그녀의 손가락을 꼭 쥐는데 피부의 질감이 마치 종이 같았다. "할아버지는 최선을 다하셨어요."

사실이었다. 하지만 자리에 앉아 정원에서 노는 참새들을 보고 있자니 할아버지의 인생에 불쑥 끼어든 여섯 살 소녀를 거두는 일이 할아버지를 얼마나 힘들게 했을지 생각하게 되었다. 그리고 내가 정말로 할아버지를 자랑스럽게 할 만한 삶을 살고 있는지도 궁금해졌다.

그날 오후 늦게 지하철로 걸어가면서 클로디아의 부모님과 우리 부모님을 생각해봤다. 우리 엄마는 생물학적인 부모의 역할을 이행했지만 본능적으로 받아들이지는 않은 듯했다. 우리가 함께한 6년 동안 나는 영화 속 엄마들이 너무나 자연스럽게 보여주는 애정과 양육의 징후를 느낀 적이 단 한 번도 없었다. 따뜻하게 포옹해주거나, 머리를 묶어주거나, 컵케이크를 구워준 적도 없었다. 나는 가끔 엄마에게 모성애를 꽃피울 기회가 주어졌다면 그렇게 됐을지도 모른다고 상상했다. 뭔가를 충분히 상상하면 그것이 거의 사실처럼 느껴지기도 하니까.

할아버지는 내 인생에서 아버지 이상의 역할을 해주었다. 세상을 보고 경험하는 방식을 굳건하게 형성시켜주었다. 하지만 나는 엄마의 부재로 자라면서 놓친 게 뭔지 궁금할 때가 많았다. 여전히 화장을 잘 못하고 패션에 그다지 신경을 쓰지는 않았겠지만 내 직관을 더 잘 활용할 수는 있지 않았을까? 아니면 감정 표현을 좀 더 편안히 할 수 있지 않았을까?

내가 어딘가 여자답지 않은 게 우러러볼 만한 여성상이 없었기 때문일까?

28

"제 술은 너무 독하지 않게 해주세요." 나는 우리의 다음 마작

대결을 위해 리오의 식탁에 앉아 있었다.

리오는 가마솥 위로 몸을 기울인 마법사처럼 바퀴 달린 바 위에서 버번 혼합물을 열심히 휘젓고 있었다. 얼음이 유리잔에 부딪쳐 풍경처럼 쨍그랑거렸다. 만족스러운 웃음을 지으며 내 앞에 음료를 밀어 주는 그에게서는 늘 그렇듯 마음을 안정시켜주는 비누 냄새가 풍겼다.

"새로 하는 일은 어떻게 되어가니?"

"클로디아요? 정말 흥미로운 분이세요. 사실 그분을 보면 리오 할아버지가 떠올라요."

리오가 못 믿겠다는 듯 슬쩍 웃으며 나를 쳐다봤다. "어퍼웨스트사이드에 사는 부유한 백인 여자를 보면 내가 떠오른다고?" 말투는 장난스러웠지만 전하는 메시지는 분명했다.

"그게요. 뻔뻔한 유머 감각이나, 좋았던 옛 시절을 그리워하는 모습이라든가 규칙을 비틀고 싶어 하는 면이 할아버지를 닮았다고요."

"오, 내 문제점들 말이로구나." 리오가 자기 잔을 홀짝하고는 천천히 입술을 몇 번 쩝쩝거렸다. "라임이 너무 들어간 것 같아."

나는 내 것을 조심스럽게 맛봤다. "맛있는데요." 나는 그를 보며 활짝 웃었다. "제가 둔한 미각으로 지금 할아버지를 실망시키고 있나요?"

"너도 곧 배우게 될 거다, 내 어린 제자여."

나는 그에게 주사위를 건넸다. "먼저 던지실 차례예요."

그는 유연한 두 손에 주사위들을 모아 넣고 마치 코코넛을 흔들듯 양쪽 귀 옆으로 극적으로 왔다 갔다 흔들었다. "새 이웃과 많은 시간을 보냈다고 들었어."

그가 주사위를 테이블 위로 착 던졌다. 2와 4였다.

"실비요? 네. 진짜 좋은 사람이에요." 나는 주사위를 모아 손바닥 안에 넣고 비스듬히 흔들었다. "몇 번 만났어요. 카페에도 가고 요가 클래스에도 가고 실비가 저녁을 만들어주기도 하고 그랬어요."

테이블 위에 던진 내 주사위가 5와 6으로 드러나자 나는 만족해하며 두 손을 탁탁 털었다. 리오가 장난스럽게 나를 쏘아봤다.

"내 의견을 보태자면, 우정이 싹트는 것처럼 들리는구나."

수줍어서 뺨이 달아올랐다. "그렇다고 하기엔 일러요." 어깨를 으쓱하는 내 모습이 태연해 보이기를 바랐다.

"음, 내가 보기에 실비가 우리 건물에 정말 잘 온 것 같아." 리오가 다시 버번을 홀짝거렸다. "특히 내 가십 사랑을 함께해주기 때문이지."

"그러니까 이제 저한테는 이웃의 지저분한 비밀을 귀가 따갑도록 들려주지 않으시겠다는 말씀이세요?"

"네 할아버지가 그랬기 때문에 네가 못마땅해하는 척한다는 거 알아. 물론 네 할아버지 같은 신사는 절대 그런 종류의 행동에 관심을 보이지 않겠지. 하지만 너 그거 아니?" 리오가 앞으로 몸을 숙이고 목소리를 낮췄다. "내가 보기에 네 할아버지도 마음

깊은 곳에선 그걸 즐겼어. 두 사람 다 절대 인정하지 않겠지만 말이야."

나는 얼굴을 붉혔다. 리오 덕분에 낯선 사람들과 잡담을 나누지 않고도 이웃들 소식을 아는 혜택을 누렸기 때문이다.

"할아버지가 그리워요."

"나도 그래." 리오가 말했다. "그리운 패트릭. 패트릭 없이 13년이 지났다는 사실이 믿기지가 않아."

우리 둘 다 생각에 잠기는 바람에 게임이 중단됐다.

"리오 할아버지, 저희 할아버지가 혼자 절 키우는 게 어떤지에 대해 말씀하신 적 있어요?" 내 잔에 든 각얼음이 스르르 녹으며 돌고 있었다. "제 말은 제가 난데없이 할아버지한테 맡겨졌잖아요. 그전까지 전 할아버지를 겨우 두 번밖에 못 만났던 것 같거든요."

리오의 눈빛에 공감과 슬픔이 우러나왔다. 그가 무언가 말하려는 듯 숨을 들이마셨다가 그 무언가가 단어가 되어 입 밖으로 나오기 전에 거둬들였다. 나는 그가 말문이 막히는 걸 본 적이 없었다.

리오가 버번을 천천히 한 모금 마신 뒤 말했다. "왜 그런 질문을 하니?"

"클로디아가 한 말 때문에 궁금해졌어요. 갑자기 여섯 살 소녀를 맡게 돼 분명 힘드셨을 거예요." 나는 잔을 내려놓고 내 손바닥의 손금을 살폈다. "할아버지 생각에 제가…… 우리 할아버지의 인생을 망친 것 같아요?"

리오가 천천히 숨을 내쉬었다. "거짓말하진 않을게. 가끔은 패트릭도 정말 힘들어했어. 모든 부모가 아이를 키우면서 가끔씩은 힘들어하듯이 말이야."

"맞아요. 하지만 대부분은 부모들이 자식을 갖기로 선택한 경우잖아요." 나는 갑자기 잘 알지도 못하는 어린애를 혼자 책임지게 된 할아버지가 어땠을지에 대해 제대로 생각해본 적이 한 번도 없었다는 사실이 부끄러웠다.

리오가 마치 신에게 상의하듯 천장을 응시했다. "클로버, 내 생각에 너는 네 늙은 할아버지한테 일어난 최고의 일이었어. 패트릭 말로는 네 엄마가 자라는 동안 자기는 일에 몰두하느라 양육에 많이 관여하지 못했다더군."

나는 내 생일에 센트럴파크에서 나눴던 대화를 회상하며 고개를 끄덕였다. "엄마가 어렸을 때 할아버지가 여행을 많이 다니셨다고 했어요." 내가 기억하는 한 할아버지가 엄마와의 관계에 대해 이야기한 적은 그때가 처음이자 마지막이었다.

"맞아. 그리고 네 엄마는 좀 다루기 힘든 사람이 되었지. 자기 자신만이 중요한 그런 사람인 듯했어. 패트릭은 네 엄마, 아빠가 항상 널 이웃 여자한테 맡겨두고 여행을 떠나는 걸 정말 못마땅해했어. 네 부모가 널 제대로 키우지 않는다고 생각했지. 그리고 네 엄마가 가족보다 일이 우선이었던 자기를 보고 자라 널 그렇게 대하는 것 같다며 정말 괴로워했단다. 내 생각에 패트릭은 그 문제에 대해 엄청나게 죄책감을 느꼈던 것 같아."

나는 칵테일을 벌컥 들이켰다.

"그리고 네게 남겨진 가족이 자기뿐이란 걸 알았을 때," 리오가 말을 이었다. "다시 해볼 수 있는 기회로 여긴 듯했어. 네 옆에서 널 올바르게 키우고 널 네가 될 수 있는 최상의 인간으로 키울 기회, 네 엄마에게 잘못했던 일들을 보상할 기회 말이야."

이제야 알게 된 그 사실은 내 마음속 아픔을 더 깊어지게 할 뿐이었다. "전혀 몰랐어요."

"넌 어떻게 그럴 수 있었니? 넌 네가 감당해야 했던 그 어려운 상황에서도 할 수 있는 최선을 다했어. 근데 가끔 패트릭은 네가 잠들고 나면 한잔하러 여기 와서 자기가 뭘 하고 있는지 모르겠다며 괴로워했어. 자기가 너까지 망쳐버릴까 봐 무척 겁을 냈었지."

"하지만 할아버지는 항상 모든 걸 아주 자신 있게 가르쳐주셨어요."

"당연히 그랬겠지. 어떤 일이 있더라도 자기한테 의지할 수 있다는 걸 네게 알려주고 싶어 했으니까." 재미있는 생각이 떠오른 듯 리오가 눈빛을 반짝였다. "그거 아니? 패트릭은 네 첫 브래지어 같은 여성용품 구입에 관해서라면 거의 대부분 그 단골 서점 여주인 베시한테 조언을 구했단다."

"정말이에요?" 영원히 맞출 수 없을 것 같던 퍼즐 조각이 맞춰지기 시작했다.

"정말이야. 클로버, 난 패트릭한테 널 항상 지켜보겠다고 약속했어. 그리고 나는 그 약속에 이런 폭로도 포함되어 있다고 생각해." 그가 다시 천장을 바라봤다. "네 할아버지도 분명 괜찮다고 했을 거야."

"고맙습니다, 리오 할아버지." 나는 조용히 말했다. 내 유년기를 새로운 렌즈를 통해 다시 돌아보자니 머릿속에서 윙윙 소리가 날 듯했다. "정말 감사해요. 진짜로요."

그가 윙크했다. "알겠다."

나는 리오가 털어놓은 진실을 더 받아들일 수 있을지 알 수가 없어 우리 사이에 놓인 패에 집중했다. "준비되셨어요?"

"오, 당연하지." 리오가 다시 두 손을 비비다 갑자기 멈추고는 움찔하며 목을 잡았다.

"할아버지, 괜찮으세요?"

그가 의자 등받이에 몸을 기대고 눈을 감은 채 잠깐 멈춰 있었다. 그가 눈을 떴을 땐 안정을 찾은 것 같았다.

"늘 말했듯이 아주 멀쩡하단다. 그냥 어쩌다 목이 갑자기 뻐근해질 때가 있어. 나이 들면 다 그렇지 뭐."

나는 확신할 수가 없었다. "오늘 꼭 게임을 할 필요는 없어요. 게임 대신에 할아버지가 좋아하시는 옛날 영국 코미디를 한 편 볼까요?"

"나한테서 한몫 챙기려고 수 쓰는 게 보이는구나." 리오가 나를 향해 손가락을 흔들었다. "내가 그렇게 쉽게 선두를 내줄 거라고는 꿈도 꾸지 말거라."

"리오 할아버지……"

그가 도발하듯 씨익 웃었다. "네 차례다, 꼬마야."

리오와 함께 있으면 늘 기분이 더 좋아졌다. 하지만 게임을 끝내고 아파트 문을 닫을 때 나는 지쳐 있었다. 한 달 전까지만 해도 내 인생이 훨씬 더 단순해 보였는데 지금은 고삐가 슬쩍 풀려 버린 느낌이었다.

선반 위에 놓인 쌍안경은 남들에게는 이로운 물건이겠지만 나에게는 금지 품목이었다. 하지만 몇 분 정도는 해가 될 것 같지 않았다. 줄리아와 루번의 행복에 이상이 없는지 잠깐 확인만 하면 되니까. 그것은 내 세상에서 항상 있어온 일이었다.

나는 정확히 해오던 순서대로 일을 수행했다. 불을 끄고, 의자를 제 위치에 놓고, 블라인드를 살살 열었다.

디너파티였다. 줄리아와 루번은 가끔 파티를 주최했다. 손님은 항상 같은 사람들이었는데 모두 커플이었다. 각 커플들이 보여주는 미묘한 몸짓 언어가 비밀 퍼즐처럼 해독을 기다리고 있었다.

그랬다. 나는 바로 그런 장면을 보고 싶었다.

그리고 팔짱을 끼고 손님들과 대화를 나누고 있는 줄리아와 루번이 있었다. 두 사람의 서로를 향한 말 없는 애정이 여느 때처럼 강하게 불타오르고 있었다.

나는 담요로 몸을 감싼 채 내가 알고, 믿을 수 있는 유일한 커플에게서 안식을 찾으며 밤을 보낼 태세를 갖췄다.

29

실비가 댄스 클래스에, 그것도 거의 임박해서 가자고 했는데도 덥석 받아들인 나 자신에게 깜짝 놀랐다. 서배스천과 공공장소에서 대놓고 벌인 키스와 할아버지에 대한 리오의 폭로를 처리하느라 너무 많은 감정이 머릿속을 어지럽히고 있었다. 에너지를 좀 쏟으면 잘 헤어 나올 수 있을 것 같았다.

"아마 90퍼센트는 첫 키스가 별로였다고 생각할걸요." 첼시에 있는 조그만 댄스 스튜디오의 마룻바닥에 다리를 꼬고 앉아 실비가 말했다. "내 첫 키스는 끔찍했어요. 하지만 따지고 보면 그때 우리는 겨우 열두 살이었거든요. 안타깝게도 서배스천처럼 키스를 제대로 하는 법을 배우지도 못한 채 30대가 된 남자들이 여전히 있긴 하죠. 이쯤 됐으면 그 사람도 누구한테든 무슨 말을 들었을 거예요."

회원 수가 그토록 많을 줄은 상상도 못 했던, 실망스러운 첫 키스를 경험한 사람들의 비밀 클럽에 가입한 느낌이었다. 실망감이 살짝 덜해지는 것 같았다.

"그럼 이제 어떻게 해야 해요?"

실비가 반짝이는 레깅스의 주름을 펴며 말했다. "정말로 아무런 케미도 못 느꼈어요? 그저 실망스러운 키스를 그냥 넘겨버리기 어려워서 그런 거 아닐까요?" 그녀의 얼굴에 장난기가 어렸다. "그 남자한테 제대로 키스하는 법을 가르칠 사람은 클로버가 아닐까 싶은데."

나는 부끄러움을 떨치기 위해 안간힘을 다했다. "나도 몰라요. 너무 순식간에 일어난 일이라. 그리고 비교할 수 있는 경험이 없어서." 무엇보다도 그 데이트는 용두사미였다. 서배스천과 함께 있는 게 나쁘지 않았고 클로디아와 그의 친밀한 관계도 정말 보기 좋았지만 첫 키스 상대에게 그럴 거라 생각했던 것만큼 그에게 끌리지가 않았다.

"한 번 더 데이트해보고 어떤 느낌인지 봐요." 실비가 말했다. "기회가 있을 때 실험해보는 게 나아요. 배우는 과정이라 생각하고요. 그래도 최소한 이제 그게 데이트인 줄은 확실히 알잖아요!"

"그럴 수 있을 줄 알았는데," 완전히 확신할 순 없었지만 그렇게 대답했다. "클로디아와 일하는 동안에는 못 하겠어요. 일과 사생활을 분리할 필요가 있어요." 게다가 그렇게 되면 내 감정을 좀 더 구체적인 무언가로 발전시킬 시간을 많이 벌 수 있을 것이다.

댄스 스튜디오의 다른 여자들을 둘러보는 사이, 손 아래 나무 바닥에서 우툴두툴 벗겨지는 니스 칠이 거칠게 느껴졌다. 지난번 갔던 요가 클래스에선 모두가 다양한 채도의 차분한 무채색 옷을 입고 있었다. 이곳의 주된 패션은 몸의 곡선을 강조하는 검은 원단과 짙은 보석 빛깔이었다. 나는 내 감청색 레깅스와 헐렁한 회색 티셔츠가 나를 배경화면으로 밀어내주기를 바랐다. 그런데 그 순간 다른 여자들보다 더 위협적인 무언가를 보고 말았다. 스튜디오 한가운데 금속봉 두 개가 있었다.

"겁에 질린 눈빛이네요." 실비가 장난스럽게 쿡 찔렀다. "걱정 마요. 이건 폴댄스 클래스가 아니에요. 하지만 다음에 우리 폴댄스 클래스도 꼭 들어요. 진짜 재밌거든요."

실비의 확신에 찬 말은 내 신경을 전혀 잠재우지 못했다. 나는 창피한 느낌이 들어 레깅스를 조금씩 당겨 몸에 맞추고 스튜디오에 있는 다른 몇몇 여자들처럼 티셔츠를 허리에 묶을까 고려해 봤다.

"이 수업이 뭐라고 했죠?"

"감각 동기화 수업이에요." 실비가 눈썹을 꿈틀거리며 말했다. "옷을 하나도 벗지 않고도 스트리퍼가 된 느낌을 받을 수 있죠."

"잠깐만요. 아까는 에어로빅(aerobics)댄스 클래스라 말했던 것 같은데." 나는 옷을 벗는 쪽이 아니라 줌바 비슷한 수업일 거라 생각했었다.

"'유산소(aerobic)' 댄스 클래스라고 했어요. 몸의 산소요구량을 증가시켜줄 거예요. 클로버의 마음속 편견이 내 말을 달리 해석했나 봐요." 실비가 웃었다. "거기 더해 내가 정확히 무슨 클래스인지 말했더라면 당신은 오지도 않았겠죠. 근데 날 믿어봐요. 정말 좋을 테니까. 댄스는 우리의 몸과 접촉하는 최상의 방법이에요. 아, 섹스를 제외하면요. 어쨌거나 클로버는 이 클래스를 사랑하게 될 거예요. 진짜 재밌고 자유롭거든요."

마침 스튜디오 주위에 전략적으로 배치된 촛불들이 모습을 드러내고 불빛이 어스레해지면서 로맨틱한 레스토랑에 더 어울리는 분위기가 되었다. 나는 누가 촛불에 불을 밝히는 줄도 모르고 있었다.

비욘세 노래의 무자비하도록 관능적인 저음부가 스튜디오를 가득 채웠다. 수업이 아주 고통스러워질 것 같았다. 독학으로 성공했던 다른 일들과 달리 리듬은 뚫을 수 없는 적임을 익히 알고 있기 때문이었다. 이론상 '둘'에 박수를 쳐야 한다는 걸 아는데도 그걸 실행에 옮기기가 너무나 힘들었다.

한 여자가 방 한가운데로 마치 엉덩이에 조종당하는 것 같은 모델 워킹으로 걸어 들어왔다. 그녀는 음미하듯이 몸의 양옆으로 손을 쓸어내렸다.

"오, 예에에." 실비가 감상하면서 속삭였다. "정말 제대로일 것 같은데요."

"여러분들 몸을 제대로 느으으으낄 준비가 됐나요?" 그 여자가 환희에 젖어 눈을 감고 가르릉거렸다.

스튜디오 안의 모두가 각양각색의 열정적인 '워우우우우!' 소리로 화답했다.

나만 빼고. 속이 울렁거렸다. 문은 어림잡아 3미터 거리에 있었다. 지금이 자리를 박차고 나가 뒤도 돌아보지 않고 도망갈 타이밍이었다.

하지만 미처 행동에 옮기기도 전에 실비가 내 손을 잡고 나를 끌어 올렸다. "우리가 함께 이걸 하고 있어서 너무 기뻐요, 우리 클로버!"

내 몸을 지배하던 긴장감이 스르르 풀리고 메스꺼움이 사라지기 시작했다. 너무나 진심 어린 눈길로 나를 바라보고 있는 실비를 실망시킬 수가 없었다. 신경이 안정되기를 간절히 바라며 친구와 마음이 연결되는 느낌에 집중했다.

"나도 그래요." 나는 흥분과 공포를 정확히 반반씩 느끼며 희미하게 미소 지었다. 마치 헬륨 풍선을 한 무더기 잡고 있다가 마침내 발이 공중으로 떠오르는 느낌이었다.

내가 보기에 그 클래스에는 실제 과정이 없었다. 주로 음악에 맞춰 몸을 뒤틀고(내 경우에는 한 박자 늦게), 몇몇 곡이 나올 때면 정글 고양이들처럼 마룻바닥을 따라 기어다니고(무릎 보호대를 가져왔으면 좋았을 텐데), 그리고 머리카락 사이로 손가락을 집어넣어 쓸어 넘기는(머리를 단단히 틀어 올린 터라 제대로 할 수가 없었지만) 동작들로 구성되어 있었다. 완벽한 리듬 감각을 타고난 게 분명한 실비는 제대로 박자 맞춰 흔들리는 포니테일과 마찬가지로 열정적으로 그 모든 것을 받아들였다. 그리고 이따금 어깨를 부딪치며 나에게 격려의 미소를 보내고는 혈관에 관능이 흐르고 있어 이런 것쯤은 아무것도 아니라는 듯 자신 있게 스텝을 내디뎠다.

세션이 시작된 지 20분이 지나자 간간이 몸이 내맡겨지는 듯한 감각이 느껴지기 시작했다. 눈을 감으라는 강사의 말이(그리고 '그냥 놓아버려요오오오오'라는 말이) 도움이 되었다. 그리고 슬쩍 엿보니 그 방에 있는 모두가 오직 자기 자신에게만 집중하고 있었다.

해방감을 느끼며 생전 처음으로 물 흐르듯 유연하게 내 몸을 움직였다. 손으로 허벅지와 허리를 쓸자 새로운 내밀하고…… 즐거운 느낌이 밀려왔다.

예기치 못하게 내 몸을 놓는 순간, 나는 손을 올려 올림머리를 풀었다.

로커 룸에서 실비와 소지품을 챙기는 사이 나는 살짝 희열을 느꼈다.

"내 말이 맞죠? 당신이 좋아할 줄 알았다니까요." 실비가 내 얼굴에서 빛나는 활기를 즐겁게 바라보며 말했다. "얼굴 좀 봐요. 긴장이 확 풀렸잖아요."

"맞아요, 기대했던 것보다 더 좋았어요." 나는 실비가 폴댄스 클래스 이야기를 꺼낼 경우를 대비해 너무 열광하는 티를 내지 않으려 했다. 하지만 8번가를 향해 걸어갈 때 시원한 저녁 공기가 피부를 스치자 내 몸이 강렬하게 의식되었다. 옷이 몸에 닿는 느낌, 몸이 움직이는 방식. TV 속에서 펼쳐지는 러브 스토리를 보거나 멀리서 줄리아와 루번의 부드러운 키스를 볼 때 확 몰려오는 그런 느낌 같았다.

하지만, 어딘가 다른 점이 있었다.

이번에는 그 자극이 내 몸 내부에서 흘러나오고 있었다.

30

그날 아침 내 휴대폰 화면에 서배스천의 이름이 두 번째로 떴다. 처음에는 자리에 앉아 벨이 그만 울리기를 바라며 쳐다만 보고 있었다. 사전에 언질도 없이 내 하루에 그가 끼어드는 것이 싫었다. 그는 음성 메시지조차 남기지 않았다.

두 번째 전화를 거르고 15분을 기다린 다음 전화 대신 문자를 남겼다.

안녕하세요, 서배스천 씨. 전화했어요? 샤워 중이었어요.

내 문자 아래 점 세 개가 또르르 나타났다. 감사하게도 문자 메시지를 받을 때면 최소한 어떤 반응을 보여야 할지 생각할 시간이 주어진다. 하지만 갑자기 점이 사라지고 그의 이름이 세 번째로 화면에 떴다. 이제는 전화를 받을 수밖에 없었다.

"안녕하세요, 클로버 씨!" 그 목소리를 듣자 지난번 만남이 떠올랐다. "문자보다 전화가 더 나을 것 같아서요. 아침은 잘 보내고 있나요?"

"네, 아주 좋아요, 고맙습니다." 나는 그가 전화한 이유를 말하기를 기다렸다.

"어, 그날 밤은 정말 즐거웠어요……." 그가 마치 가설을 시험하는 것처럼 말했다.

"맞아요, 그랬어요." 최소 일부분은 그랬다.

휴대폰 너머로 아이스크림 트럭이 짤랑거리는 소리가 들렸다.

"그건 그렇고," 그가 목청을 가다듬었다. "내일 밤에 저희 첼로 콰르텟이 연주를 해요. 혹시 할머니와 함께…… 오실 수 있나요? 할머니는 항상 제 공연에 오고 싶어 하셨거든요. 그래서 어, 그러니까, 마지막으로 제 공연을 보여드리면 좋지 않을까 싶었어요."

클로디아가 좋아할 거라는 건 부인할 수 없었다. 곤두서 있던 신경이 살짝 가라앉았다. 갑자기 그와의 전화 통화가 덜 거슬리게 느껴졌다.

"정말 사려 깊은 아이디어네요." 내가 말했다. "꼭 모시고 갈게요."

서배스천은 공연 준비로 일찍 가야 했기 때문에 먼저 떠나고 나는 첼시에 있는 갤러리까지 클로디아와 택시를 타고 가기 위해 평소보다 오래 그 집에 머물러 있었다.

나는 화장대 위의 금박 장식 거울 앞에 앉아 있는 클로디아를 바라보았다. 그녀는 마치 서명하듯 쉽게 빨간 립스틱을 바르고 손목과 귀 뒤쪽과 네크라인이 깊이 파인 옷에 향수를 가볍게 문질렀다. 왠지 어머니의 외출 준비를 지켜보며 아름다움과 우아함에 감탄하는 아이가 된 기분이었다. 그런데도 엄마와는 그런 경험을 전혀 못 해봤다는 고통스러운 기억이 되살아나는 대신 내 안의 빈 공간이 채워지는 느낌이었다.

"이거 좀 도와줄래요?" 클로디아가 진주 목걸이를 들고 나를 보며 말했다.

내가 목걸이를 잡고 죔쇠를 비틀어 여는 사이 클로디아는 그녀의 프렌치트위스트 헤어♣에서 목 아래로 흘러내린 머리 가닥을 들어 올렸다. 나는 목걸이를 걸어주고는 그녀의 어깨를 어루만지며 말했다. "다 됐어요."

클로디아가 내 손등에 자기 손을 올려 잡고 거울 속에 비친 내 눈을 쳐다봤다. "고마워요, 사랑스러운 아가씨. 클로버가 내 옆에 있다는 게 나한텐 정말 큰 행운이에요."

내가 듣게 되리라곤 생각지도 못한 말이었다. 목구멍에 조그만 덩어리가 부풀어 오르는 느낌이었다. "저도 여기 있을 수 있어서 정말 행복해요." 그녀의 말이 얼마나 깊이 내 마음을 파고들었는지 제대로 표현할 수가 없었다. "그런데 제시간에 도착하려면 서둘러야 할 거예요."

나는 클로디아가 좀 전에 바른 향수에서 풍겨오는 베르가모트 향유와 월하향 향기를 맡으며 그녀가 앤티크 윈저체어에서 일어날 수 있게 도왔다. 나는 우아한 곡선 형태의 향수병에 양각으로 새겨진 이름과 에메랄드빛 뚜껑을 흘깃 보았다. 크리드 플러리시모. 너무나 매혹적이었다.

"자." 그녀가 스커트의 주름을 펼치면서 말했다. "어때 보여요?"

"완벽해요." 나는 그녀의 우아한 실루엣을 보며 말했다. 리오처럼 클로디아의 스타일도 여전히 1960년대에 굳건히 뿌리내리고

♣　올림머리의 일종으로, 긴 머리를 비틀어 고정시키는 고전적인 헤어스타일.

있었지만 그녀의 스타일은 〈매드맨〉♣보다는 조앤 우드워드♣♣에 가까웠다. 오늘 밤 그녀는 미디스커트에 세련된 하이넥 실크 블라우스를 입고 뒷굽이 네모난 펌프스를 신고 있었다.

"셀마 씨가 떠나기 전에 아래층으로 내려갈 수 있게 도와달라고 할게요. 휠체어는 제가 현관 앞에 대기해뒀어요."

클로디아가 손을 휘휘 내저었다. "오늘 밤엔 휠체어를 안 탈래요. 오늘은 내가 시내에 나가는 마지막 밤이 될 수도 있으니까 멋들어지게 외출해보기로 마음먹었거든요!"

클로디아가 균형을 유지할 수 있게 내가 허리를 단단히 붙들어야 했기 때문에 아주 느릿느릿한 발걸음이긴 했지만 우리는 휠체어 없이 아트 갤러리로 당당하게 입장했다. 그녀가 너무나 품위 있고 자신감 있게 해냈기 때문에 입구에 모여든 사람들의 지지하는 눈길을 한 몸에 받았다. 그렇게 주목받으면, 강렬한 카리스마를 풍기며 자신의 존재를 드러내고 감탄을 받는 것을 두려워하지 않으면 어떤 기분이 들까?

안으로 들어가니 접이식 의자가 뒤쪽을 향해 일렬로 놓여 있었고 가운데로 통로가 나 있었다. 서배스천이 우리 쪽으로 걸어오자 긴장감이 몰려오기 시작했다. 나는 클로디아에게 매료되어 그

♣ 1960년대 초반 뉴욕을 배경으로 한 미국 드라마.
♣♣ 1955년 데뷔하여 칸 영화제를 비롯 여러 영화제에서 여우주연상을 수상한 할리우드 배우.

를 만났을 때 어떻게 반응할지 걱정할 틈이 없었다.

"안녕, 할머니!" 그가 클로디아에게 두 번 입을 맞추고 나에게 몸을 돌렸다.

그가 클로디아 앞에서 나에게 입 맞추는 일을 피하기 위해 급히 손을 내밀어 악수를 청했다.

"안녕하세요, 서배스천 씨." 내가 말했다.

그는 잠깐 어리둥절해했지만 재빨리 정신을 차리고는 악수에 응하려고 들고 있던 휴대폰을 다른 손으로 옮겼다.

"두 분 다 오셔서 정말 기뻐요." 그의 시선은 거의 나만을 향해 있었다. "제가 앞자리에 좌석을 좀 잡아뒀어요." 그가 클로디아의 팔꿈치를 부축하려고 반대쪽 옆으로 자리를 옮겼다. 우리는 함께 천천히 그녀를 부축해 좌석으로 걸어갔다. 우리는 일단 클로디아가 편안해하는지 확인했다. 그러고 나자 서배스천이 무슨 말을 하고 싶은 듯 등 뒤로 두 손을 걸머쥐고 어색하게 서성거렸다. 나는 우리 자리에 놓인 프로그램 복사물을 열심히 살폈다.

"바흐의 첼로 모음곡." 내가 소리 내어 읽었다.

서배스천이 수줍게 미소 지었다. "네, 알아요. 세상에서 가장 흔하게 연주된 첼로 곡이죠. 저는 포레의 〈파반느〉를 연주하고 싶었어요."

그가 우리 주위에 자리 잡은 다른 참석자들을 몸짓으로 가리켰다. "그런데 다른 사람들이 원하는 곡을 연주해야 해서요. 특히 그 사람들에게 자선단체 기부를 유도해야 할 때면요."

나는 그 공연이 모금 행사인 줄도 모르고 있었다. 그런 일에 참여하고 있다니 그가 좋은 사람 같아 보였다. 그의 어색함이 이제는 더 사랑스러워 보였다.

"우리 할아버지는 바흐를 제일 좋아하셨어요." 그가 그렇게 긴장한 듯 보이는 이유 중 하나가 나일 것 같아서 편안하게 해주려고 말했다. "어렸을 때 할아버지가 뉴욕 필하모닉 연주회에 한 번씩 데려가주셨어요."

할아버지와 나는 발코니 좌석에 앉았고 할아버지가 속삭이는 목소리로 모든 오케스트라 구성과 악기들의 이름을 가르쳐주었다. 내가 제일 좋아하던 지휘자는 음악에 너무 사로잡힌 나머지 꼭 춤을 추는 것처럼 보였는데 그 바람에 매번 바지를 끌어 올리기 위해 지휘를 멈춰야 했다.

서배스천의 얼굴이 환해졌다. "우리 할머니도 거기 데려가주셨어요! 우리가 같은 공연을 본 적이 있는지 궁금하네요, 안 그래요?"

나는 링컨센터의 로비를 서로 지나치는 호리호리한 두 아이를 상상해봤다.

클로디아가 손자를 올려다보았다. "난 항상 재즈를 즐기게 하려 했는데 앤 클래식 음악을 고집했어요. 자기 할아버지처럼 말이에요."

"네." 서배스천이 씨익 웃었다. "할아버지는 재즈를 정말 싫어하셨어요. 듣는 것 자체를 거부하셨다니까요." 나는 클로디아와 그녀의 남편 사이의 흥미로운 사실 하나를 더 간파했다.

땅딸막한 남자가 서배스천의 어깨를 톡톡 치고는 관객석 앞, 첼로 네 대가 자리 잡고 있는 임시 무대를 가리켰다.

"아, 알겠어요." 서배스천이 말했다. "준비를 시작해야 해요." 그가 클로디아와 나를 보며 말했다. "즐겁게 감상하세요!"

우리는 그가 대기실로 사라지는 모습을 지켜보았다.

조명이 어두워지고 관객들이 조용해지자 나는 눈을 감고 공연이 시작될 때면 항상 밀려오는 기대감의 물결에 귀를 기울였다. 모두가 같은 희망을 품은 하나로 존재하기 위해 인생의 짐을 제쳐두고 낯선 이들 사이에서 친밀감을 공유하는 순간이었다. 나는 악기에서 풍겨오는 마음을 안정시키는 목재 향과 갓 로진을 칠한 활에서 나는 자극적인 냄새를 들이켰다.

옆문이 열리고 서배스천과 그의 동료 음악가들이(모두 검은색 옷을 입었고 하나같이 비슷비슷한 학구파 분위기였다) 줄지어 나와 자리에 앉으면서 따뜻한 박수갈채에 수줍은 듯 고개를 숙였다. 서배스천의 왼쪽에 앉은 여자가 바흐의 〈첼로 모음곡 1번〉 전주곡을 연주하기 시작했다. 그녀의 손가락이 마치 소리를 어루만지듯 그 장엄한 악기의 목을 가로질러 우아하게 움직였다. 익숙한 후렴구가 울려 퍼지기 시작하자 관객들이 음악의 품에 안겨 집단적으로 한숨을 토하는 느낌이었다.

나머지 3인의 음악가가 합류했고 나는 서배스천의 움직임을 살펴볼 기회를 얻었다. 마치 비밀을 말하듯 첼로 주위로 살짝 목을 숙이는 모습. 집중할 때 얼굴을 찡그리는 모습. 몸의 나머지 부분이 흔들리는 사이 발끝과 발뒤꿈치를 번갈아 찍어가며 박자를 맞추는 모습. 나는 분명 누군가가 진정으로 사랑하는 일을 하고 있는 모습을 보고 있었다.

가장 열정을 갖고, 가장 잘하는 일에 완전히 휩쓸린(이른바 '몰입'이라 불리는) 상태에 있는 누군가를 관찰하는 것은 인생에서 누릴 수 있는 대단한 특권 중 하나다. 그 사람에게선 마법 같은 에너지가 뿜어져 나온다. 마치 마음을 완전히 열고 불안감, 스트레스, 씁쓸함에 방해받지 않는 가장 순수한 형태로 세상과 소통하는 것 같다. 시간이 정지된 듯 그저 스스로를 자기 자신으로 존재할 수 있게 하는 것 같다.

첼로를 연주하는 서배스천을 지켜보자니 그가 이전과 달리 보였다. 그리고 잠깐 동안 그에 대한 내 감정을 끊임없이 생각하는 대신 그의 연주에 나를 내맡겼다. 음악이 나를 휩쓸고 그저 음악이 음악으로 존재할 수 있도록.

공연이 끝나고 클로디아와 나는 갤러리 바깥 벤치에 앉아 서배스천을 기다렸다.

"정말 멋진 공연이었어요. 함께 와줘서 고마워요, 우리 사랑스러운 클로버." 클로디아가 내 팔에 팔짱을 끼면서 말했다. "우리 손자가 초과근무 수당을 잘 보상해줘야 할 텐데요."

서배스천과 보냈던, 확실히 초과 수당을 청구할 수 없었던 그날 밤을 생각하니 죄책감에 어깨가 움츠러들었다.

"아, 아니에요." 나는 다음 할 말을 궁리하며 말했다. "어쨌거나 우린 여기 좋은 이유로 온 걸요. 이걸로 돈을 받을 순 없어요."

"정말 상냥하군요, 내 소중한 클로버." 그녀가 말했다. 나는 받을 자격이 없는 칭찬에 움찔했다. "그래도 계속 여기 붙잡아둘 순 없어요. 이제 일은 다 마무리했잖아요. 난 여기서 서배스천을 기다리면 돼요."

나는 퇴근의 기회를 놓치고 싶지 않은 유혹을 느꼈지만 서배스천을 다시 보면 어떤 기분이 들지 궁금했다.

"서배스천 씨가 여기로 나올 때까지만 기다릴게요." 내가 말했다. "혼자 계시게 할 순 없어요."

클로디아가 그 세련된 갤러리 구역의 거리 풍경을 의심스러운 눈초리로 쳐다보았다. "난 훨씬 더 위험한 상황에도 있어봤어요. 날 믿어요."

갤러리 문이 열리고 첼로 케이스가 삐져나오더니 이어서 서배스천이 모습을 드러냈다.

"아, 두 분 다 거기 계셨군요!" 그가 악기를 유리 전면에 기대놓고 말했다. "안에서 찾고 있었어요."

"방금 클로버에게 이제 집에 가도 된다고 말하고 있었어." 클로디아가 말했다. "이미 늦게까지 일했는데 우리가 더 이상 시간을 뺏을 순 없잖아. 그리고 여기 밖은 추워."

클로디아와 나를 쳐다보는 그의 표정만으론 그가 나에게 무슨 말을 하고 싶은지 알아낼 수가 없었다.

"아, 당연히 그래야죠." 그가 휴대폰을 꺼냈다. "함께 타고 갈 차를 부를게요."

"전 여기서 지하철을 타고 갈게요." 나는 뒷좌석에 서배스천과 클로디아와 함께 앉아 모든 것이 정상인 척하는 일을 피하기 위해 재빨리 말했다. "두 정거장만 가면 되거든요."

서배스천이 휴대폰을 들었다. "차가 여기서 1분 거리에 있는 걸요. 가는 길에 내려드리면 돼요."

"아니, 아니에요." 내가 우겨댔다. "반대 방향이라서요. 정말 지하철을 타도 괜찮아요."

클로디아가 서배스천의 팔에 손을 얹었다. "여성의 독립성을 존중해야지, 젊은 친구." 그녀가 나에게 윙크했다. "클로버는 우리와 있을 만큼 있었어."

나는 서배스천이 얼굴을 붉히는 것을 보았다. "아, 그렇군요. 미안해요."

"배려해주셔서 감사해요." 내가 말했다. "그리고 저를 초대해주셔서 두 분께 감사드려요. 정말 아름다운 공연이었어요." 나는 수줍게 서배스천을 쳐다봤다. "정말 재능 있는 음악가세요."

처음으로 그가 말문이 막힌 듯 보였다.

클로디아가 우리의 대화를 지켜보고 있다고 생각하자 공포심이 몰려왔다. "집에 강아지가 있어서 이제 가봐야 할 것 같아요." 나는 코트의 단추를 채우면서 말했다. "두 분 다 안녕히 가세요!"

그러고는 마치 습관처럼 서배스천을 떠나 길을 따라 도망쳤다.

하지만 이번만큼은 내가 무엇으로부터 도망치고 있는지 알 수가 없었다.

<h1 style="text-align:center">31</h1>

수요일, 클로디아의 집에 도착했을 때 셀마가 문 앞에서 나를 맞이했다.

"클로디아가 오늘 통증이 아주 심해요." 셀마가 목소리를 낮추기 위해 목구멍 뒤에서 소리를 끌어내며 말했다. "역시나 침대에 머물지 않겠다고 하더라고요. 그래서 서재에 쉴 자리를 만들어드렸어요." 그녀가 현관을 지나 손짓했다. "서재는 두 층을 올라가서 왼쪽에 있어요."

내 아파트 전체 크기의 3분의 2는 너끈히 될 그 서재는 내 꿈의 서재 중 하나가 될 것 같았다. 천장까지 이어지는 웅장한 호두나무 책장에는 책들이 경건하게 줄지어 꽂혀 있었다. 아취 있게 배치된 안락한 의자가 몇 시간이고 독서를 하라고 손짓하는 듯했다. 아치형 창으로 들어온 빛이 퍼져 공간을 은은하게 밝혀주었다. 그리고 한쪽 구석에 서배스천의 첼로가 세워져 있었다.

나는 여전히 공연장에서 느꼈던 내 감정의 변화를 이해해보려하고 있었다. 그의 재능을 인정하는 것이 그에게 매력을 느끼는 것과 같은 의미일까? 내가 여전히 느끼고 있는 거부감이 클로디아와 일을 하고 있어서인지 서배스천 때문인지 구체적으로 알아내기가 힘들었다. 비교해볼 만한 경험이 있기를 바랐다. 하지만 애인은커녕 또래 남자친구조차 있어본 적이 없어서 정신적인 동경과 로맨틱한 매력의 전조가 어떻게 다른지 알 수가 없었다.

클로디아는 기다란 마호가니 의자에 누워 있었는데 쇠약해진 몸이 온갖 화려한 쿠션 사이에 거의 인형처럼 눕혀져 있었다. 그리고 자카드 깃털 이불이 겨드랑이까지 덮여 있었다. 그녀는 눈을 감고 있었지만 손은 옆 탁자 위에 놓인 작은 스피커에서 흘러나오는 듀크 엘링턴♣의 선율에 맞춰 까딱거리고 있었다. 발아래 오래된 나무 바닥이 끽끽거려 내 도착을 알리자 그녀가 나른한 미소로 나를 반겼다.

"언젠가 파티에서 듀크 엘링턴을 만난 적이 있어요." 클로디아가 말했다. 목소리가 보드랍고 꿈꾸듯 몽롱했다.

"흥미로운 이야기가 있을 것 같은데요." 나는 클로디아의 눈길이 닿는 곳에 놓인 술 장식 달린 팔걸이의자에 앉았다.

"사실 그때 남편과 싸웠기 때문에 그날 밤 일이 거의 다 기억나요." 클로디아가 앉으려 하며 말했다. 나는 자리에서 일어나 그녀의 등 뒤에 쿠션을 포개어 무게를 받쳐주었다. "남편은 내가 다른 남자들과 이야기하는 걸 안 좋아했어요. 상대가 얼마나 흥미로운 사람이든 상관없어요. 그게 우리 관계의 많은 문제점 중 하나였

♣ 미국의 재즈피아노 연주자.

어요. 나는 낯선 사람들과 대화하기를 즐겼거든요. 내가 좋은 사진기자가 될 수 있었던 게 바로 그런 면 때문이죠."

"일을 그만두기 정말 힘드셨겠어요." 내가 말했다. "당시 활동하던 다른 여성 사진기자들을 많이 알고 계셨어요?"

"짐작할 수 있듯이 그때는 극소수뿐이었어요. 마거릿 버크화이트와 도로시아 랭과 마사 겔혼 같은 사람들이 다른 여성 사진기자들을 위한 길을 닦아주었죠."

"최근에 마사의 책《나와 타인과의 여행》을 읽었어요! 정말 매혹적인 여성이더라고요." 그 책은 베시가 추천해준 용기 있고 독립적인 여성 회고록 중 하나였다. "그분을 만난 적 있으세요?"

"50대 때 두어 번 마주쳤어요. 아주 까탈스러운 여자였어요. 하지만 헤밍웨이의 부인들 가운데 그와 이혼할 수 있을 만큼 지각력이 있는 유일한 여자이기도 했죠."

"당시에 여성 종군기자가 된다는 게 얼마나 힘들었을지 상상이안 돼요." 내가 말했다. "아마 자기보호의 한 방편으로 까탈스러울수밖에 없었을 거예요."

"아주 예리하네요." 클로디아가 말했다. "난 클로버의 그런 면이좋아요."

"다시 일에 복귀할 생각은 안 해보셨어요? 아드님을 키워놓으신 후에요."

"힘들었어요." 클로디아가 지친 기색으로 말했다. "당시엔 대부분의 상류층 여자들이 가족 없이 세상을 돌아다니는 건 고사하고 직업조차 갖지 못했어요. 내 남편도 절대 허락하지 않았죠. 겔혼과 버크화이트가 두 번씩 이혼한 게 놀라운 일이 아니라니까요. 기자와 사진작가들 사이엔 당시 남자들이 이해하지 못하던 친밀감이란 게 있었죠."

"그래도 결혼 전에 하셨던 여행에서 겪은 아주 흥미로운 이야기가 많이 있을 것 같은데요." 나는 긴 의자 옆면에 자리 잡은 책장들을 둘러봤다. "언제 기회가 되면 사진을 더 많이 보고 싶어요." 그게 그녀가 자기 삶을 되돌아보는 데 도움이 되기를 바랐다.

클로디아가 방 건너편의 커다란 티크나무 책상을 향해 고개를 끄덕였다. "종이 뭉치 아래 열쇠가 있을 거예요. 내 사진 대부분이 지하실에 보관되어 있어요. 시간이 가고 있고 사정이 이러니 그것들을 분류하기 제일 좋은 때가 지금일 것 같아요. 하느님은 내 자식들이 내가 떠나자마자 그것들을 내다 버릴 거란 걸 아실 거예요."

"서배스천 씨가 그렇게 하도록 내버려둘 것 같지 않은데요." 내가 보기에 서배스천은 그렇게 무자비한 일을 하기엔 감정이 풍부한 사람이었다.

"아, 맞아요. 그 애는 확실히 헌신적인 손자예요. 삶의 다른 영역에서는 좀 엉망인 면이 있지만요." 클로디아가 말했다. "나는 내가 떠나기 전에 그 애가 정착할 만한 상대를 찾을 수 있기를 바랐어요. 그 애가 행복하면 내 마음도 편할 테니까요. 근데 만났던 여자친구들은 항상 너무나 사랑스럽지만 그 애한테 잘 맞는 상대는 아닌 듯하더라고요. 어떨 땐 그 애가 정말 맞는 사람을 찾는

다기보다 혼자 있기 싫어서 연애를 하는 게 아닌가 의심스럽기도 해요."

칵테일 바에서 마주쳤던 여자가 떠올랐다. 그녀가 서배스천에게 잘 어울릴지 어떨지는 알 수 없었다. 심지어 내가 그와 잘 맞는지조차 궁금해한 적이 없다는 생각이 들었다. 잘 맞는다는 건 무슨 의미일까? 반려동물 알레르기가 있단 이유로 어떤 평가를 한다는 게 불공평해 보이지만 그 문제는 분명 그와의 연애를 더 힘들게 만들 터였다.

나는 재빨리 책상으로 걸어가 조그만 황동 고래 문진 아래에서 열쇠를 찾았다. "지하실에서 뭘 찾으면 될까요?"

"좀 뒤져야 할지 모르겠지만 낡은 종이 상자들이 쌓여 있는 게 보일 거예요. 아직 다 망가지지 않았다면요. 수년이 흐르도록 아무도 안 살펴봤거든요."

"알겠어요!" 나는 클로디아가 서배스천의 개인적인 삶에 대해 더 깊이 들어가기 전에 서둘러 문밖으로 걸어 나왔다.

지하실 안의 물건들은 중력을 거스르고 있었다. 가구, 미술작품, 낡은 가죽 여행 가방 그리고 눈 치우는 장비들이 그 더미를 와르르 무너뜨릴 아주 작은 힘을 기다리고 있는 것처럼 아슬아슬하게 균형을 이루고 있었다. 그러니까, 모든 진짜 물건들을 눈에 보이지 않게 쑤셔 넣는 것이 바로 사람들이 집을 아주 우아하고 깔끔하게 유지하는 방법이었던 것이다.

모든 표면에 두껍게 내려앉은 먼지로 보아 알레르기가 심한 서배스천이 이곳을 탐험할 일은 거의 없어 보였다. 평소 튼튼한 편인 나마저 먼지에 자극되어 재채기를 연달아 네 번이나 했으니 말이다. 잊힌 물건들의 토굴을 탐색하면서 나중에 여기 있던 물건들의 목록을 작성하기 위해 하나하나 머릿속에 새겼다. 클로디아는 물건들이 부동산 시장에 팔리거나 길가에 버려지기보다 각각 특정한 장소로 보내지길 바랄지도 모른다. 물론 공식적으로 내가 할 일은 아니었다. 하지만 나는 누군가가 죽자마자 재산을 처분하려는 유족들 때문에 평생의 기억이 가차 없이 버려지는 것을 자주 봐왔다. 큰돈이 걸린 일 앞에서 양심의 가책을 저버리는 사람들이 많기 때문이다.

문제의 상자는 낡은 나무 썰매 아래 쌓여 있었다. 나무 썰매 바닥에 붙은 단에 눌려 상자가 움푹 팬 걸로 보아 몇십 년 동안 아무도 건드리지 않은 듯했다. 나는 상자들을 조심스럽게 꺼내 머리카락에 거미줄을 붙인 채 의기양양하게 서재로 돌아왔다.

"모험을 떠났다 온 것 같네요." 클로디아가 말했다. "수고할 가치가 있어야 할 텐데요."

"당연히 그럴 거예요." 나는 거미줄을 걷어내려고 애쓰면서 대답했다. 먼지 때문에 눈도 뻑뻑했다. 나는 유리 커피 테이블 위에 첫 번째 상자를 내려놓았다. "바로 열어봐야 할까요?"

클로디아의 움찔하는 표정에서 최초로 작품을 선보이는 예술가가 보일 듯한 불안감이 엿보였다. "그런 것 같아요."

상자 속에는 전부 판지에 인쇄된 사진이 300장가량 들어 있었다. 대부분은 무광이었고 전부 흑백이고 많은 사진들이 형체와 구성의 윤곽만 희미하게 보일 정도로 바래 있었다. 나는 줄에 묶인 사진 꾸러미를 선택해 넘겨보기 시작했다.

첫 사진은 복잡한 무늬의 드레스를 입고 도롯가에 앉아 있는 여자였는데 그 앞에 커다란 바나나 다발이 두 뭉치 놓여 있었다.

뒷면에 적힌 글을 읽어보았다. "'튀니지, 1956년'. 우와, 튀니지에 계셨어요?"

"처음이자 유일한 북아프리카 여행이었어요." 클로디아가 환하게 웃었다. "마르세유에 파견되어 있을 때 담당 편집자에게 튀니지 독립운동의 막바지 단계를 취재하고 싶다고 요청했어요. 거절당했지만 난 혼자 배에 몸을 싣고 그곳으로 떠나버렸어요. 그리고 튀니지의 수도에 도착해 다시 허락을 구하는 전보를 쳤죠. 편집자에겐 선택의 여지가 없었어요."

"전 그렇게 용감할 수 없을 것 같아요." 하지만 그 말을 들으니 오직 미지의 것만이 나를 기다리는 이국땅을 밟는 느낌이 그리웠다. 그래본 지가 너무나 오래되었기 때문이다.

"글쎄요, 말하자면 난 그게 내 마지막 업적이 될 줄 알고 있었어요." 클로디아의 눈에서 빛나던 빛이 흐려졌다. "그 여름이 끝날 즈음 집으로 돌아가 결혼하기로 되어 있었으니까요. 내 짧은 사진 경력이 끝이 날 거란 걸 알았던 거죠. 그러다 보니 '못할 게 뭐야?'라는 생각이 들더군요."

"몇 살이셨어요?"

"그해 8월에 스물다섯이 되었는데 당시 분위기로는 결혼하기에 늦은 나이였어요. 스물셋일 때 남편에게 청혼을 받았지만 난 2년간 내 길을 가고 싶다고 했어요. 그가 허락해준다면 결혼 후에 충실한 사교계 아내가 되겠다고 약속했죠."

"그래서 약속을 지키셨군요."

클로디아가 고개를 끄덕였다. "나는 아이를 원했고 안정적인 환경에서 아이들을 키우고 싶었어요. 그러다 보니 내 유일한 선택지는 결혼뿐이었죠. 원한다면 난자를 얼리고 30대나 40대까지 보관할 수 있는 요즘 여자들과 달랐어요. 당시에 그런 선택지가 있었다면 난 진짜 진지하게 고려해봤을 거예요."

난자를 얼리는 일은 생각해본 적이 없었다. 나도 이제 거의 마흔이 다 되었으니 최소한 검색이라도 해봐야 할 듯했다.

"나 자신으로 살아가려면 그 2년의 시간이 필요했어요." 클로디아가 말을 이었다. "남은 인생 내내 간직할 수 있도록 최대한 많은 경험과 기억을 그 기간 동안 쌓겠다고 다짐했죠." 클로디아의 표정이 일그러졌다. "물론 내가 이렇게 오래 살 줄은 몰랐어요."

함께 넘겨보기 시작한 사진 속에서 클로디아의 날카로운 사진가적 시각이 빛을 발했다. 그녀가 담아낸 인물들은 각각 마치 처음으로 세상에 모습을 드러낸 것처럼 날것 그대로의 분위기를 자아내고 있었다. 살짝 숙인 고개에서 사랑스러운 수줍음이 엿보이면서도 표정에는 희망이 어려 있었다. 좀 더 삶에 지친 이들의 눈빛에선 깊은 슬픔이 드러나 있었다. 모든 이미지에 기쁨, 열망, 고통, 쓰라림 같은 감정이 공명했고 그 감정 하나하나가 생생하게 느껴졌다.

튀니지에서의 사진들을 뒤로하고 프랑스 코트다쥐르에서 촬영한 안정된 사진들로 옮겨갔다. 아이들이 물결 없이 잔잔한 지중해 여울에서 첨벙거리고 있었다. 한 노인이 올리브나무 아래에서 낮잠을 자고 있었다. 개가 바게트를 훔치고 있었다. 마치 프랑스에 푹 빠진 사람이 만든 핀터레스트 보드의 아날로그 버전 같았다.

"프랑스 남부에서는 작품 주제가 덜 강렬한 편이죠." 클로디아가 내 생각을 읽기라도 한 듯 말했다.

브르통 스트라이프 셔츠♣를 입은 젊은 곱슬머리 남자가 뱃머리에 의연히 서 있는 사진에서 내 눈길이 멈췄다. "모르겠어요." 나는 클로디아에게 그 사진을 건네며 말했다. "이 가무잡잡한 신사는 아주 강렬해 보이는데요."

기대했던 간결한 답변이 돌아오지 않았다. 그 대신 클로디아는 가슴에 한 손을 얹고 사진을 바라보았다.

"괜찮으세요, 클로디아?" 나는 조치를 취하려고 자리에서 일어섰다. "셀마 씨를 불러야 할까요? 의사 선생님을 불러드릴까요?"

클로디아가 내 팔에 손을 뻗었다. "아니에요, 클로버. 난 더할 나위 없이 괜찮아요."

♣　19세기 프랑스 영화에서 해군 유니폼으로 소개된 흰색과 남색 줄무늬 옷이 시초가 된 줄무늬 셔츠.

그녀의 숨소리는 안정적이었다. "그냥, 그게, 이 사람 사진을 본 게 60년 만이라서 그래요."

"이분은 누구세요?"

클로디아가 평소답지 않게 속삭였다. "휴고 보퍼트."

32

"그래서 어제 직장에서 클로버가 하는 일이 얼마나 멋진지 이야기했다니까요." 재료를 취향껏 고를 수 있는 음식과 자유로운 공용 좌석으로 유명한 소호의 카페테리아에 줄을 서 있는 사이 실비가 말했다. "그리고 아직 물어보고 싶은 게 너무 많다는 사실을 깨달았죠."

"이를테면요?" 나는 실비가 그토록 흥미로워한다는 데 우쭐해져서 말했다.

"사람들이 죽기 직전에 여행을 가고 싶어 한다던데 사실이에요?"

"가끔은요."

"그러면 사람들을 설득해 그 생각을 접게 하나요?"

"아뇨, 전 보통 짐 싸는 걸 돕겠다고 하죠."

실비가 의심스러운 표정을 지었다. "정말이에요?"

"물론이죠. 게다가 그 사람들은 일종의 여행을 떠날 거잖아요. 어디로 가는지는 아무도 모르지만 그 여정을 기대하고 떠날 준비가 되었다는 느낌을 갖게 해주는 게 더 좋죠."

"말이 되네요." 실비가 지나가는 트럭의 불쾌한 굉음이 사라지기를 기다렸다가 말했다. "그리고 의식이 없는 상태에서도 청력은 여전히 살아 있다던데, 사실이에요?"

"확실히 말할 순 없지만 혼수상태에 빠진 채로 가족들이 밝힌 비밀 이야길 들은 고객이 있긴 했어요."

"맙소사, 그건 무조건 이야기해줘야 해요."

나는 내가 청중의 마음을 사로잡는 걸 즐긴다는 사실을 깨달았다. 어쩌면 리오와 나는 결국 그리 다르지 않을지도 몰랐다.

"혼수상태에 빠진 남자가 있었어요. 근데 부인이 딸이 다른 남자의 자식인 걸 어떻게 숨겨왔는지 자기 언니에게 이야기한 거예요. 부인은 자기 남편이 못 깨어날 줄 알았지만 남편이 깨어나 그 내용을 세세하게 기억해내곤 변호사를 시켜 부인과 딸의 이름을 유언장에서 빼버렸어요. 그러고는 다음 날 완전히 쓰디쓴 죽음을 맞이했지요."

실비가 질겁을 했다. "관련된 모든 사람에게 끔찍한 일이었겠어요. 클로버도 그 자리에 있기 진짜 어색했겠네요."

"네, 정말 끔찍했죠." 내가 해야 할 역할보다 좀 더 그 상황에 관여하게 됐지만 어쨌거나 그 남자는 유언장을 바꿀 권리가 있었다. 그리고 나는 그렇게 하면 그가 평안을 얻는 데 도움이 될 거라고 착각했다. 하지만 가족들과 그 문제를 먼저 논의하게 도와야 했다는 후회가 여전히 내 마음을 무겁게 했다. 죽기 전에 괴로움을 완화시켜주긴커녕 더 괴롭게 만들었을까 봐 걱정이 되었기 때문이다.

"불행한 결혼을 유지하는 상태로 죽음을 맞이하고 싶지 않다면서 임종 직전에 이혼을 요구한 여자에 대해 읽은 적이 있어요."

나는 고개를 끄덕였다. "그런 일은 생각보다 흔해요." 내가 말했다. "사실, 클로디아가 어제 흥미로운 이야기를 들려줬어요. 클로디아는 20대 때 프랑스에서 지내던 중 만났던 남자와 결혼하지 않은 걸 후회한다고 했어요."

"정말 로맨틱해요." 실비가 말했다. "한편으론 결혼한 남자와 불행했다니 정말 슬픈 일이네요."

"정확히 말해, 불행했던 건 아닌 듯해요. 당시에는 여자들에게 선택의 자유가 많이 주어지지 않았기 때문에 좀 더 분별 있는 선택을 했던 거겠죠."

줄이 줄어 앞으로 나아갈 때 실비가 내 팔에 팔짱을 꼈다. "전부 다 말해줘요."

클로디아가 단단히 고수해온 비밀을 폭로하자니 죄책감이 들었지만 실비의 기대에 부응할 만한 강한 인상을 심어주고 싶은 충동을 억제할 수가 없었다. 그리고 어차피 실비가 클로디아를 만날 일도 없지 않을까 싶었다.

"좋아요." 실비의 관심을 받으니 도파민이 솟구치는 듯했다. "클로디아가 나한테 말해준 그대로 이야기해줄게요."

클로디아는 휴고 보퍼트를 마지막으로 만난 지 60년이 넘었는데도 마치 지난주에 있었던 일을 이야기하듯 그날을 생생하게 묘사했다. 지난 세월, 수천 번도 넘게 다시 또 다시 떠올린 기억이 분명했다.

이야기는 1956년 프랑스 마르세유의 한 서점 앞에 다리가 세 개뿐인 개가 묶여 있는 데서 시작되었다.

바람 한 점 불지 않다 보니 이미 찌는 듯한 7월의 열기가 거의 참을 수 없을 지경에 이르러 있었다. 허영심 넘치는 영혼들조차 외모 가꾸기를 포기해버렸을 정도였다. 모두가 번들번들 땀에 절어 있었고 달리 피할 방법도 없어 그저 열기를 받아들일 수밖에 없었다.

클로디아는 그날 바지를 입기로 한 결정을 후회했다. 그녀는 사진기자가 되어 유럽에 온 뒤로 실용성 때문에 바지를 입고 다녔다. 원피스를 입느라 씨름할 시간이 없었다. 흰색 버튼업 셔츠와 리넨 슬랙스가 훨씬 더 믿을 만했고 짐 싸기도 쉬웠다. 게다가 남자 동료들이 자기 복장을 두고 부적절하네 어쩌네 말이 많자 반발심에 더욱 그 복장을 고수했다. 그녀는 못마땅해하며 눈썹을 잔뜩 찌푸린 남자들 사이에서 주머니에 양손을 푹 찔러 넣고 반항을 즐기며 어슬렁거렸다. 하지만 그날만큼은, 그런 숨 막히는 날씨에 선 드레스를 입었더라면 통풍이라도 잘 되었을 텐데 싶어 잠깐 자기 연민에 빠졌다(그리고 지중해에 그렇게 가까이 있는데 바닷바람 한 점 불지 않는다는 사실이 아주 부당해 보였다).

그녀는 기차역까지 태워주겠다는 꼴사나운 집주인의 제안을 거절한 것도 잠깐 후회했다. 마르세유에 머무는 내내 들이대는 집주인에게 매번 퇴짜를 놓아온 그녀로서는 그에게서 자신의 여행 가방을 운반할 성취감을 빼앗는 일이 지금껏 잡아온 승기를 놓지 않는 길이었다. 낡은 여행 가방의 가죽 손잡이가 땀에 젖은 손에서 미끄러지자 더 단단히 쥐고 어깨에 멘 불룩한 손가방도 고쳐 맸다. 그리고 독립에는 약간의 불편을 감수할 가치가 있다고 스스로에게 상기시켰다. 게다가 파리행 기차에 오르기 전 마지막으로 들러야 할 곳이 있었다. 뉴욕의 집으로 가는 긴 여행길에 함께해줄 결정적인 물건을 구매해야 하기 때문이었다.

르 바토 블루 서점은 마르세유의 비외 포르트에서 도보로 5분 거리에 있었고 클로디아가 거저나 마찬가지인 가격에 세 들어 산 조그만 다락방에서 10분밖에 걸리지 않았다. 그 서점은 그녀의 피난처이자 오아시스이자 향수병과 고독의 물결을 막아주는 완충제였다. 서로를 지긋지긋하도록 싫어하는 부모 아래 격동의 성장기를 보내는 동안 그녀는 항상 책에서 위안을 얻었다. 끝도 없이 벽을 뚫고 들려오는 말싸움 소리에 그녀는 베개와 손전등을 들고 옷장 속에 기어들어가 이야기 속에 푹 빠져들었다. 어른이 되어서도 평온한 순간이 필요할 때마다 제일 가까운 서점으로 도망갔다(그녀는 맨해튼에 모르는 서점이 거의 없었다). 그녀의 약혼자는 독서를 별로 좋아하지 않았지만 말다툼을 벌인 뒤 약혼녀를 어디에서 찾을 수 있는지는 항상 알고 있었다.

정확히 언덕 중간에 자리 잡은 르 바토 블루가 있는 좁은 골목을 돌 때 클로디아의 가슴은 부풀어 올랐다. 다홍색으로 칠해진 서점의 차양은 몽환적인 지중해의 파스텔 색감인 다른 건물들과 조화를 이루지 못한다는 이유로 전통을 추구하는 지역 주민들의 원성을 샀다. 하지만 클로디아는 그런 반항적인 기질 때문에 그 서점에 더 애착이 갔다.

가로등 기둥이 만들어내는 우그러진 그림자가 가게 앞 햇볕에 달궈진 포장도로를 가르고 있었다. 복슬복슬한 개 잭 러셀이 그 좁다란 그림자 경계선에 딱 맞춰 시원한 콘크리트에 배를 붙이고 누워 분홍색 뒷발바닥을 하늘로 향하게 하고 있었다. 클로디아의 그림자가 그 길을 가로지르자 개가 졸린 눈을 떴다. 그녀는 여행 가방을 내려놓고 축축한 손바닥을 바지에 닦고(그래도 바지가 쓰임새가 있긴 했다) 꾀죄죄한 개 옆에 무릎 꿇고 앉았다. 그 공간을 제대로 존중해주면서 개가 안전을 확인할 수 있게 손을 내밀어주었다. 개는 경계심을 완전히 풀고 감사하다는 듯 그녀의 손바닥에 이마를 갖다 댔다. 개가 앉는 자세를 취했을 때 클로디아는 개의 오른쪽 어깨가 마치 그 자리에 다리가 없었던 것처럼 가슴 쪽으로 둥그렇게 말려 있는 것을 보았다.

그녀는 가방에 빽빽하게 채워 넣은 소지품에서 물병을 꺼내 손을 오므리고 미지근한 물을 조금 부었다. 개는 감사의 표현을 더 하고 싶다는 듯 멈춰 서서 그녀의 손목을 핥고는 신나게 물을 마셨다. 그녀는 금속 물병 속에 얼마 남지 않은 물을 마저 마셨다.

남은 물을 나눠 마신 게 전혀 후회스럽지 않았다.

서점 문이 경쾌하게 쨍그랑 소리를 내면서 열렸다. 클로디아는 입구를 막지 않으려고 자리에서 일어섰다. 개가 활기를 띠는 모양새로 보아 문간에 선 젊은 남자가 개의 주인인 듯했다. 그의 곱슬머리 또한 잭 러셀의 헝클어진 털과 닮아 있었다.

"마틀로!" 남자가 자신의 충실한 친구를 열정적으로 부르고는 가무잡잡하게 그을린 거친 손으로 개의 얼굴을 어루만지려고 몸을 숙였다. 그러다 인사를 잊었다는 듯 곧바로 몸을 일으켜 세웠다. 그는 두 앞니 사이에 살짝 벌어진 틈을 드러내며 활짝 웃었다.

"안녕하세요, 마드모아젤." 강한 프랑스 억양이 섞여 있었지만 영어를 수월하게 구사했다.

외국인 티가 너무 명백하게 났다는 데 창피해진 클로디아는 프랑스어라도 좀 더 열심히 공부했으면 좋았을 텐데 싶었다.

"안녕하세요." 그녀가 말했다. 그의 턱수염을 일그러뜨리는 초승달 모양의 흉터가 눈에 들어왔다. "여기서 그쪽 친구에게 인사하고 있었어요. '마틀로'라고 하셨나요?"

"네, 마틀로예요! 선원이란 뜻이죠. 저처럼요!" 그가 싱긋 웃자 흉터가 쪼그라들었다. "마틀로는 제…… 그걸 뭐라고 하죠……? 갑판장?"

털북숭이에 다리가 세 개뿐인 갑판장과 바다를 항해하는 그 남자를 생각하자 가슴이 설레었다. 클로디아는 그의 팔 아래 끼어 있는 한 무더기의 책 쪽으로 고갯짓했다. "배에서 책 읽을 시간이 충분한가 봐요?"

"네, 내일 코르시카섬으로 항해할 계획이거든요." 남자가 고맙다는 듯 책을 옆구리에 꽉 꼈다. "그리고 이 책들이 저와 함께할 겁니다."

"코르시카는 아름다운 섬이라고 들었어요." 클로디아가 말했다. "안타깝게도 저는 한 번도 못 가봤죠."

"음, 아시다시피 아직 늦지 않았어요. 이미 여행 갈 채비를 마치신 거 같은데요."

다른 남자들이 그처럼 직진했다면 추해 보였을 것이다. 하지만 그 호리호리한 젊은 프랑스 남자는 묘하게 매력적이었다. "아쉽게도 저는 기차역으로 가던 중이었어요." 클로디아가 실망감을 그대로 드러내며 말했다.

"사실 당신은," 그가 각 음절을 강조하며 말했다. "서점으로 가던 중이었지요."

"그렇네요."

"서점에 들렀다가 기차역으로 가기 전에 우리와 한잔하시겠어요?" 남자와 개가 둘 다 희망 어린 시선으로 그녀를 쳐다보았다.

"글쎄요. 전 그쪽을 모르는데요."

"그럼 그 문제부터 해결하지요." 남자가 책을 끼고 있지 않은 쪽 손을 셔츠에 쓰윽 닦더니 그녀에게 내밀었다. "저는 휴고라고 합니다."

그녀도 그의 손을 잡기 전에 손을 닦았다. "저는 클로디아예요."

"만나서 반가워요, 클로디아." 흉터가 보조개 속으로 사라졌다. "이런 말 해도 될지 모르겠지만 저는 당신 바지가 마음에 들어요."

클로디아와 휴고의 이야기를 마칠 즈음 실비와 나는 카페테리아 줄의 맨 앞에 다다라 있었다. 우리는 종업원의 안내에 따라 기다란 오크나무 공용 테이블의 한쪽 끝에 놓인 알루미늄 스툴에 앉았다.

"저는 당신 바지가 마음에 들어요." 실비가 프랑스어 억양을 더해 그 말을 반복했다. "끝내주는 멘트네요! 휴고는 매력적인 남자 같은데요. 클로디아가 이래라저래라 간섭하는 약혼자한테서 마음을 돌리고 싶었을 만해요." 실비가 냅킨을 펼쳐 무릎 위를 덮었다. "그 남자가 아직도 그녀를 그리워하며 지중해 어딘가를 향해하며 살고 있다고 상상해봐요."

그 달콤 쌉싸름한 가능성이 내 마음을 끌었다. 60년 넘게 마음속에 남아 있는 강렬한 사랑은 과연 어떤 느낌일까?

33

임박한 죽음은 변덕스러운 성질이 있다. 말기 암 판정을 받은 사람이 하루는 활기 넘치고 강건하다가도 다음 날 갑자기 죽음이 더 빨리, 더 열심히 움직이기로 결심이라도 한 듯이 상태가 악화될 수 있다. 마지막으로 그녀를 본 지 사흘째 되는 날 클로디아는 그 가속도에 속수무책으로 휘둘린 게 분명했다. 그녀는 평소처럼 정원의 고리버들 의자에 앉아 있었는데 이제는 의자가 너무 커 보였다. 몸이 여분의 무게를 덜어내고 나니 그녀의 조그만 몸은 가혹할 만큼 여위었고 피부는 창백하다 못해 거의 반투명에 가까웠다. 뚜렷한 우울감이 평소의 당당하던 그녀의 눈빛을 흐려 놓았다.

그런 급속한 쇠락을 아무리 많이 목격했다 해도 누군가가 껍데기만 남아가는 모습을 지켜보는 일은 여전히 충격적이었다. 그리고 활기가 사라져가는 클로디아를 보는 건 좀 더 마음이 아팠다. 나로서는 흔치 않은 방식으로 그녀에게 애착을 갖게 되었다. 서배스천과의 관계 때문인지, 그녀와 휴고의 이루지 못한 사랑 때문인지, 아니면 다른 어떤 이유가 있는 건지는 알 수 없었다. 하지만 나는 의학적인 전문지식 없이도 누군가에게 시간이 얼마나 남았는지 가늠하는 법을 직감적으로 배웠다. 그녀는 이번 달 말까지 버틸 수 없을 것 같았다.

"오늘은 좀 우울해요." 내가 정원 테이블로 가서 앉자 클로디아가 말했다.

"우울하시다니 제 마음도 안 좋네요." 그녀는 바람이 불지도 않는데 몸을 떨며 담요를 상체 위로 더 끌어 올리려 애썼다. 나는 그 두꺼운 모헤어 담요를 그녀의 가슴 가까이 덮어주었다. "무슨 생각을 하고 계세요?"

"죽을 날이 얼마 남지 않았다는 생각을 제외하고 말이죠?" 육체는 줄어들고 있을지 몰라도 클로디아의 아무렇지도 않게 툭툭 던지는 유머 감각만큼은 그렇지 않았다. 그녀는 마치 피부 아래 매듭지은 밧줄이 든 것처럼 관절이 툭툭 불거진 손가락으로 담요 끝자락을 만지작거렸다. "죽는다는 사실을 알았을 때 놀랍지도 않았어요. 어쨌거나 난 아흔한 살이잖아요. 그리고 몸이 예전처럼 돌아가지 않는다는 걸 느낀 지도 오래됐거든요." 그녀가 깊은 숨을 내쉬자 가슴이 덜컥덜컥 움직였다. "그런데, 그게 말이죠, 죄책감이 좀 드는 것 같아요."

"죄책감이라고요?"

"난 남편을 포함해 같은 시대에 살았던 많은 이들보다 훨씬 더 오랜 세월을 살았으니 누린 것에 감사하며 우아하게 마지막을 향해 걸어가야 하잖아요."

"그럴지도 모르죠." 나는 위로하고 싶은 충동을 억누르며 말했다. "하지만 감사가 우리를 슬픔이나 두려움에서 반드시 해방시켜 주지는 않아요."

클로디아가 우울하게 한숨 쉬었다. "모든 게 확실치가 않아요. 의사는 두 달 정도 남았다고 했지만 그보다 더 많거나 더 적게 남았을 수도 있겠죠." 그녀가 사실을 확인하기 위해 나를 쳐다보지 않아서 다행이었다. "가끔은 내가 그저 앉아서 죽기를 기다리는 것 같고 클로버를 비롯해 내 주위의 모든 사람도 그걸 기다리고 있다는 느낌이 들 때도 있어요. 어떤 날 아침에는 눈을 뜨고 내가 아직도 여기 있다는 사실에 좀 실망하기도 하고요."

"어떤 느낌인지 알겠어요." 나는 내가 잘 아는 대화법을 그대로 따르며 말했다. "만약에 우아하게 죽음을 향해 걸어가신다면 어떤 모습이었을 것 같으세요?"

"모르겠어요." 클로디아의 말에서 살짝 짜증이 묻어났다. "내 생각에 우아하게 죽는다는 건 남은 하루하루 최선을 다해 살되 온갖 소소한 후회에 집중하지 않는다는 의미일 것 같아요. 물론 멋진 숄을 걸치고 말이죠."

나는 몇 박자 쉬었다가 말했다. "대충 어떤 일들을 후회하세요?"

클로디아가 나를 조심스럽게 쳐다보았다. "긍정적인 일들에 집중하라고 강요하진 않을 거죠?"

"믿기 힘드시겠지만 지금은 좋은 일과 나쁜 일 둘 다 생각하셔도 돼요."

그녀는 안도했는지 턱의 긴장을 풀었다. "별로 중요하지 않은 평범한 것들을 계속 생각하는 나 자신을 발견하는 게 재미있어요." 그녀는 줄타기하듯 울타리를 걸어 다니는 이웃 고양이를 지켜보면서 말했다. "어렸을 때 발레 수업을 계속할 걸 그랬다는 생각이 들어요. 아니면 아랍어를 더 잘할 수 있게 공부했어야 했어요. 지적으로 보인다는 이유로 셰익스피어를 좋아하는 척하는 데 시간을 낭비하지 말았어야 했다는 후회도 들어요."

"모두가 셰익스피어를 좋아하는 척해요."

그 농담에 클로디아가 살짝 미소 지었다.

"이기적으로 들리겠지만," 클로디아가 말했다. "나보다 다른 사람들의 요구를 더 우선시한 걸 주로 후회해요. 여자로서 그렇게 해야 한다고 배웠죠. 남편, 자식, 부모님. 그들의 행복이 훨씬 더 중요했어요. 나는 항상 나 자신이기 이전에 누군가의 아내이거나 엄마이거나 딸이었어요. 그러니까 나는 나를 위한 삶을 살지 못했던 거예요. 내게 주어진 것을 낭비해버렸죠."

"사랑하는 사람들을 위해 하실 수 있는 일들을 하셨잖아요. 그걸 낭비라 부르진 못하겠어요." 나는 많은 사람을 사랑할 기회가 없었지만 사랑하는 사람들의 행복을 위해 헌신하는 것은 영광스러운 일이라 생각했다.

"클로버가 아주 오래도록 살고 나면 모든 게 달리 보일 거예요."

찌르레기 떼가 하늘을 가로질러 우아하게 퍼져나갔다. 우리는 몸을 젖혀 그들의 비행을 지켜보았다.

"이 말은 아무에게도 하지 않았어요." 클로디아는 다음 말을 이어갈 준비가 되지 않은 듯 주저하며 말했다. "우리 아들이 아기였을 때 매일 밤 우유를 먹이고 목욕을 시키고 잠자리에서 이야기를 여러 편 들려준 뒤…… 이 모든 게 다 항상 내 일이었어요. 남편은 한 번도 한 적이 없었죠. 아무튼, 그러고 나면 자리에 앉아 아들이 자는 모습을 지켜봤어요. 그리고 매일 밤 내가 살지 못했던 삶에 대한 책임을 아이에게 지우지 않기 위해 마음속에서 솟구치는 씁쓸함을 밀어내려 했어요. 새근새근 오르내리는 그 조그만 가슴과 뺨에 달라붙은 천사 같은 곱슬머리를 지켜보면서 나는 몇 번이고 속삭였어요. '난 널 후회하지 않아. 후회하지 않을 거야.'" 그녀의 얼굴에 회한이 드리워졌다. "하지만 아무리 그 말을 되뇌어도 그 느낌을 멈출 수가 없었어요. 나는 아이와 남편을 원망했고 무엇보다 나에게서 그 모든 것을 앗아간 이 집을 원망했어요. 이 집이 감옥처럼 느껴졌거든요."

나는 그녀의 손을 꼭 쥐고 위로의 미소를 지었다. 사람들이 이런 종류의 고백을 할 때는 보통 논평을 구하지 않는다. 그저 앉아서 이러쿵저러쿵 평가하지 않고 들어줄 사람을 원할 뿐이다. 고쳐주고 싶고 응원해주고 싶은 유혹이 들지만 사실 정답은 존재하지 않기 때문에 바른말을 찾을 수도 없다. 그저 거기, 그 자리에 있는 것이 훨씬 큰 의미가 된다.

하지만 나는 클로디아가 한 말에 살짝 낙담하지 않을 수가 없었다. 모든 결혼이 행복하다고 생각할 만큼 순진하지는 않았지만 최근 들어 현실이, 내 모든 로맨틱한 이상이 잘못되었음을 입증하려고 가차 없이 움직이고 있는 듯했다.

"내 인생은 아주 달랐을 거예요." 클로디아가 말을 이었다. "클로버와 여기 앉아 있는 대신 지중해 어딘가에서 휴고와 함께 항해 중이었겠죠. 그가 아직 살아 있다면 말이에요."

나는 그녀가 휴고 이야기를 다시 꺼내줘서 기뻤다. 그 이야기가 너무나 궁금해서 더 듣고 싶어서였다. "서점에서 그분을 만난 뒤에 정확히 무슨 일이 있었던 거예요?"

누가 클로디아에게 아드레날린 주사를 놓은 듯했다. 그녀는 의자에서 몸을 곧추세웠고 얼굴에는 생기가 돌았다. "그가 근처 카페에서 점심을 먹자고 했어요. 그리고 나는 파스티스♣를 너무 많이 마셔 결국 파리행 기차를 놓치고 말았죠. 솔직히 결혼하러 돌아가기 전에 마지막 모험을 하고 싶어서 기차를 놓치고 싶었던 것 같아요. 그와 함께 있으니 이전에는 느껴보지 못한 에너지가 생기더군요. 그래서 그가 코르시카로 함께 항해하자고 했을 때 난 거부할 수가 없었어요. 원래 뉴욕행 배에 오르기 전에 열흘간 파리에 있는 우리 가족의 지인 집에 머물면서 미용실도 가고 새 옷도 살 계획이었어요. 하지만 그 대신 휴고와 함께 항해하며 시간을 보냈죠." 그녀의 얼굴에 장난기가 돌아왔다. "나머지는 클로버의 상상에 맡길게요."

"어떻게 그렇게 금방 그분에게 끌리신 거예요?"

"모르겠어요……. 난 그 사람에 대해 그리 오래 생각해본 적이 없어요." 클로디아는 다시 찌르레기를 쳐다보며 곰곰이 생각했다. "난 그 사람의 모든 것이 단순해서 좋았어요. 그 사람은 힘든 시간을 거쳐왔는데도 인생을 즐길 줄 알았어요. 턱에 있던 흉터도 술에 취한 아버지한테 술병으로 맞아 생긴 거였죠. 그리고 지식이 풍부해서 좋았어요. 정식 교육이 아니라 세상에 나와 터득한 지식이었어요. 열세 살 때부터 어선에서 일하면서 영어를 배웠고 다른 선원들이 남기고 간 책을 읽고 모든 것을 독학했지요." 그녀

♣ 프랑스에서 식전주로 많이 마시는 술.

는 긴 한숨을 쉬었다. "하지만 그에게 빠져든 가장 큰 이유는 그와 함께 있을 때 내가 받는 느낌 때문이었어요. 그의 옆에서 나는 독립적이고 섹시했고 지적인 자극과 격려받는다는 느낌이 들었어요. 그는 내 남편이 결코 하지 못했던 방식으로 나를 자유롭게 해주었어요. 내가 나다울 수 있도록 말이죠."

"정말 매력적인 분 같아요." 나는 희망의 불길을 느꼈다. 어쩌면 내가 이상적으로 생각하는 로맨틱한 화학작용이 가능한 일일지도 몰랐다.

"그 사람은 그랬어요." 클로디아가 키득거리더니 이내 진지해졌다. "하지만 또 한편으로 생각해보면 그 사람과 함께였어도 내 삶이 장밋빛이 아니었을 수도 있어요. 그 사람은 나한테 내 경력을 포기해선 안 된다고 했지만 우리가 아이를 가졌다면 그의 태도가 바뀌었을 수도 있잖아요. 가지 않은 길은 미화되기 쉽죠. 어쨌거나 우리가 함께 보낸 시간은 열흘뿐이었어요." 그녀의 뺨에 홍조가 희미하게 퍼졌다. "하지만 난 그의 턱에 있는 흉터에 키스하는 게 정말 좋았어요."

클로디아가 즐거운 꿈속으로 둥둥 떠밀려가듯 눈을 감고 미소를 지었다.

졸고 있는 그녀의 손을 잡고 앉아 있자니 그녀가 죽기 전 최소한 가지 후회를 덜어줄 방법이 있을지도 모른다는 생각이 들었다.

34

집 현관문을 힘차게 두드리는 소리는 긴박함을 의미했다. 나는 머뭇머뭇 소파 위 담요에 감겨 있는 팔다리를 빼내고 정강이에서 조지를 슬쩍 밀어냈다.

잠깐 조용하더니 한 번에 다섯 번씩 치는 스타카토 노크가 더 길게 이어지기 시작했다. 문 뒤에서 나를 기다리고 있는 듯한 드라마에 대비할 수 있게 밖을 내다볼 문구멍이라도 있었으면 좋았을 텐데.

얼굴에 함박웃음을 머금고 겨드랑이 아래 노트북을 낀 실비가 내 앞에 서 있었다. 그녀의 삐죽삐죽 튀어나오고 헝클어진 올림머리, 파자마 바지, 물방울무늬 양말이 친숙하고 편안하게 느껴졌다. 우리가 서로 외모를 신경 쓰지 않아도 되는 우정 단계에 도달했다는 암묵적 증거였다.

"휴고를 찾았어요!" 실비가 외쳤다. "들어가도 돼요?"

나는 망설였다. 실비를 집 안으로 들이기 싫은 게 아니었다. 그보다는 리오와 건물주를 제외하면 아무도 우리 집에 들어온 적이 없는 데다 내가 실비의 미니멀리즘 아파트와 우리 집의 심미적인 차이를 뼈저리게 인식하고 있었기 때문이다. 거기 더해 고양이 배설물 냄새도 심했다. 하지만 그녀가 찾은 정보는 너무나 유혹적이었다. 게다가 그걸 부탁한 사람은 바로 나였다.

"당연하죠."

실비가 황급히 들어오다 딱 멈춰버렸다. "우와. 클로버 집은 박물관 같네요." 그녀는 호기심 어린 시선으로 선반에 줄줄이 늘어선 병, 암석, 화석들을 바라보았다. "이런 데 관심 있는 줄 몰랐어요. 근데 생각해보니 죽음과 관련된 일을 하는 사람에게 어울리는 취미 같아요."

그 고정관념에 신경이 곤두섰다. "사실 대부분은 우리 할아버지 물건이에요. 제대로 시간을 내서 물건들을 정리한 적이 없었거든요." 나는 어색하게 서성였다. "차를 마시거나 뭐 좀 먹을래요?" 찬장에 내놓을 만한 음식이 있긴 할까? 실비의 입맛은 비스킷이나 체다치즈보다 좀 더 세련되었을 것 같았다.

"혹시 녹차 있으면 부탁해요! 근데 잠깐만요, 그 전에 휴고에 대해 내가 뭘 찾아냈는지부터 알려줄게요." 실비가 소파 위에서 졸고 있는 조지와 자기가 앉은 자리 사이를 손으로 톡톡 쳤다. 나는 거기 앉았다.

실비는 지저분한 소문을 폭로하려는 사람처럼 사악한 미소를 지으며 노트북을 살짝 열었다. "그게 말이죠, 대학에 다닐 때 여름방학 동안 데이트했던 여자친구가 있거든요. 그 친구가 프랑스에 살고 있어요. 난 그 애 오빠랑도 데이트를 했는데, 아, 그건 상관없는 이야기고. 암튼 그 애가 마르세유에 있는 박물관에서 미술사학자로 일하고 있어요. 클로디아가 휴고를 만났던 장소 맞죠?"

"맞아요." 나는 실비의 폭넓은 데이트 역사를 따라잡기가 힘들었다.

실비가 극적 효과를 위해 잠시 말을 멈췄다. 조지가 자기 코 고는 소리에 놀라 잠을 깼다.

"그 친구는 모든 종류의 시민, 역사 기록에 접속할 수가 있어요. 그래서 내가 휴고의 이름과 대략적인 나이를 보냈죠. 대충 클로디아와 연배가 비슷할 테니 1956년에 20대 중반일 거라 보고요."

"아마 그럴 거예요." 나는 지나치게 흥분하고 싶지 않았다. "클로디아가 그분을 만났을 때 스물네 살이었다고 한 것 같아요."

"그 친구가 좀 파헤쳐야 했지만 결국엔 이걸 찾아냈죠……." 실비가 노트북을 완전히 열고 무릎 위에서 휙 돌려 내 얼굴 쪽으로 향하게 했다. 화면에 어두운 곱슬머리의 젊은 남자가 피셔맨 스웨터♣를 입고 뱃머리에 서 있는 흑백사진이 보였다. 턱 왼쪽에 난 흉터가 거뭇거뭇한 수염 사이로 일그러진 길을 만들어놓았다. 그의 발치에는 오른쪽 앞다리가 없는 털북숭이 잭 러셀이 앉아 있었다.

나는 더 가까이 들여다보았다. "휴고일 수도 있겠어요."

"그냥 휴고예요!" 실비가 눈알을 굴리며 말했다. "턱에 흉터가 있고 다리가 세 개뿐인 개를 키우는 남자가 마르세유에 두 명 있을 리가 없잖아요. 그리고 이 말은 꼭 해야겠어요. 이 남자는 스웨터가 정말 잘 어울려요."

"이분에 대해서 뭘 알아냈어요? 아직 살아 있나요?"

♣ 유럽의 어부들이 입던 옷에서 유래한 두툼하고 활동성 좋은 스웨터.

"그게, 거기서 상황이 더 흥미로워진다니까요. 마르세유에는 이 남자, 휴고 보퍼트에 대한 기록이 별로 없었어요. 왜냐하면⋯⋯." 또 한 번 극적인 침묵이 잠깐 흘렀다. "그가 1957년에 미국으로 이민을 했으니까요."

"뭐라고요? 여기서 지금껏 살고 있었다고요?"

"옙. 그리고 내가 혼자서 좀 더 찾아봤거든요."

"그래서요?" 명백히 클로디아의 사생활을 침해하는 일이다 보니 마음이 편하지 않았지만 나는 더 알아야 했다.

"1931년 프랑스에서 출생한 휴고 보퍼트가 메인주의 링컨빌 주민으로 올라 있더라고요." 실비는 내가 따라잡을 수 있게 기다려 주었다. "즉, 클로디아가 살아계실 때 우리가 이분을 찾아줄 수도 있다는 뜻이죠."

"우와."

"한 가지 걸리는 게 있어요." 그녀가 미안해하는 표정을 지었다. "아무리 열심히 찾아봐도 그 이름으로 올라온 전화번호를 찾을 수가 없었어요. 주소는 찾았는데 최소 10년도 더 된 주소라 아직 거기 살고 있는지 알 길이 없더라고요."

판단이 제대로 서지 않았다. "그렇다면 클로디아에게 말할 가치가 있을까요? 이분이 지금까지 이렇게 가까이 있었다는 걸 알면 클로디아가 더 힘들어할지도 모르잖아요."

"맞아요." 실비가 노트북을 탁 닫았다. "하지만 어쩌면 더 행복해할 수도 있죠. 두 사람이 만나고 1년 만에 그가 여기로 이주했다는 건 절대 우연일 수 없으니까요. 더 정확히 말하자면 클로디아가 그와 함께 있으려고 자기 약혼자를 거의 내팽개쳤던 때로부터 1년이라는 거죠."

"실비 말이 맞는 것 같아요." 나는 아랫입술을 잘근잘근 씹었다. "하지만 클로디아의 건강 상태가 하루가 다르게 악화되고 있어요. 이젠 2주도 안 남은 듯해요. 이런 사실을 감당하게 해도 될지 잘 모르겠어요."

"다른 한편으론," 실비가 강조했다. "말을 안 함으로써 클로디아가 마음의 평화를 얻고 마무리를 할 기회를 빼앗게 되진 않을까요? 나라면 백 퍼센트 알고 싶을 거예요. 그게 일생일대의 사랑이었다면 당신이라도 그렇지 않을까요?"

"난 그 답을 말할 수가 없어요." 내가 나직이 말했다. "사랑에 빠져본 적이 없으니까요." 입 밖으로 나오는 그 말이 애처롭게 들렸다.

"그럴 수 있죠. 하지만 로맨틱 코미디를 섭렵하면서 대리 경험을 백만 번쯤은 하며 살았잖아요."

생각지도 못한 방식으로 나를 설득하는 실비에게 깜짝 놀랐다. "고민을 좀 해봐야겠어요."

나는 일을 어떻게 진행할지 그리고 그게 윤리적으로 바른 일인지 생각해봐야 했다. 하지만 오래전 헤어진 연인이 메인주 해안에 살고 있다는 건 살짝 진부하게 들릴지 몰라도 극강의 로맨스 스토리 같았다.

"너무 많이 생각하지 마요. 클로디아는 마무리를 할 자격이 있어요. 그러니까 그게 바로 클로버가 하는 일의 핵심 아닌가요?"

나는 내 노트들을 쳐다보았다. "한 부분이긴 하죠."

실비가 자리에서 일어나 방을 돌아다니며 경탄하기 시작했다. "할아버지가 무슨 일을 하셨다고 했죠?"

"컬럼비아 대학의 생물학 교수였어요."

"우와." 그녀가 병을 집어 들어 그 안에 든 외골격을 들여다보고는 머리 위 전등 아래에서 나사를 죄듯 천천히 돌렸다. "할아버지를 기억하며 모든 물건을 계속 가지고 있는 것도 멋진 일이지만, 있잖아요, 이곳을 좀 더 당신만의 공간으로 만들어볼 생각은 안 해봤나요? 그냥 솔직히 말할게요. 서른여섯 살 여자의 집이 이렇다는 건 살짝 소름 끼치는 일이에요."

가슴이 욱신거렸다. "다 내 물건이에요. 나는 여섯 살 때부터 여기 살았어요. 이 모든 물건들에 둘러싸여 자랐다고요."

"알아요. 알지만 여전히 할아버지 분위기가 나잖아요, 안 그래요?" 실비가 책장에서 책 한 권을 꺼내 책등에 적힌 제목을 읽었다. "이를테면 이런 거죠. 실제로 에드워드 윌슨이 쓴 《곤충 사회》를 읽은 적 있어요?"

"아뇨." 나는 벌겋게 달아오른 석탄처럼 뺨을 붉히며 대답했다. "하지만 언젠가는 읽을지도 모르죠."

실비가 다시 눈알을 굴렸다. "네, 네. 이 책 안에 로맨스가 많이 들어 있을 것 같네요." 실비는 책을 제자리에 꽂고는 손가락으로 책등을 쭉 훑다가 내 노트에서 멈췄다.

"'후회'⋯⋯ '조언'⋯⋯ '고백'⋯⋯ 이것들은 뭐예요?" 실비가 첫 번째 노트를 집었다.

나는 방을 가로질러 실비에게 돌진했다. "제발 그건 만지지 말아요."

내 공간을 하나하나 분석해가며 살피는 실비를 지켜보면서 내 알몸이 그대로 드러나는 기분이었다. 이 집의 모든 물건들은 할아버지와 나를 묶는 실과 같았다. 그리고 실비가 물건을 하나하나 만질 때마다 그 실의 강도가 시험받고 있는 것처럼 심장이 죄어 왔다. 실비는 노트를 엉뚱한 곳에 밀어 넣고는 순순히 물러났다. "미안해요, 일기장 같은 건가요?"

그녀가 항복의 표시로 두 손을 들어 올렸다. "그런 거라면 클로버의 사생활을 절대적으로 존중해요. 저는 선을 확실하게 지키는 사람이거든요."

"정확히 일기장은 아니에요." 나는 노트들을 순서에 맞게 재배열하며 말했다. "그보다 더 큰 의미를 지니는 것들이죠. 나는 사람들이 죽기 전에 남긴 마지막 말을 기록해요. 삶에서 우러난 지혜로운 말들이죠. 그런데 내가 그걸 다른 사람에게 보이게 되면 그 사람들의 사생활을 침해하는 느낌이 들 것 같아요."

실비가 고개를 끄덕였다. 하지만 의문스럽다는 눈길로 나를 쳐다봤다. "그 사람들은 다 죽었잖아요? 그런데 그걸 어떻게 알겠어요?"

"알 것 같아요." 나는 할아버지의 안락의자를 건너다보며 소신을 굳혔다. "아무도 목격하지 않는다고 해서 괜찮은 건 아니니까요." 노트에 실린 대부분의 말은 사람들이 가장 약해진 순간에 한 이야기였다. 나는 그들의 신뢰를 결코 배신할 수 없었다. 우리는 몇 초간 서로를 주의 깊게 쳐다보았다. 곧 실비가 웃음을 터뜨렸다.

"우와, 우리 클로버. 내가 무너뜨리려 해도 당신의 도덕적 잣대가 흔들리지 않는 게 너무 좋아요. 정말 존경스러운 개성이에요. 나도 당신처럼 항상 흐트러짐이 없었으면 좋겠어요. 하지만 난 어찌 된 일인지 규칙을 바꾸는 게 좀 더…… 재미있어요."

그녀는 윙크를 하고는 창가로 걸어가 손가락 두 개로 블라인드를 벌렸다. 다이아몬드 모양으로 벌려진 블라인드 사이로 바깥의 밤 풍경이 보였다.

"저쪽 건너편 건물이 여기서 바로 보이는 거 알고 있었어요?"

나는 목소리에 평정을 유지했다. "아, 난 전혀 몰랐어요."

흐트러짐이 없다고 믿고 싶었지만 요즘은 되는대로 거짓말을 하고 있는 느낌이었다.

"남의 집 TV에 나오는 〈왕좌의 게임〉을 볼 수 있을 정도네요. 결말이 분노가 치밀 정도로 허술한 드라마에 낚여 인생을 낭비하지 말라고 저 사람들한테 경고해줘야 할까요? 어쩌면 그 엄청난 섹스 신 때문에 보고 있는지도 모르겠지만요."

"하, 네, 그럴지도 모르죠."

실비가 동물 태아가 든 병들 사이에 놓인 쌍안경을 집었다. "좀 더 자세히 봐도 될까요?"

카펫에 발이 묶인 느낌이었다. 진심으로 하는 말일까? 어쩌다 알게 된 건가?

실비가 웃으며 쌍안경에 걸린 줄을 흔들었다. "맙소사, 표정 좀 봐요!" 그녀가 창턱에 쌍안경을 내려놓고는 소파로 돌아가 털썩 앉았다. "클로버가 절대 다른 사람을 염탐하지 않는다는 거 당연히 알죠. 당신은 정말 훌륭한 인간이에요!"

물을 끓이려고 걸어가는데 부끄러움으로 온몸이 떨렸다.

두 시간 후 침대에 누워 있는 사이 끝없이 맴도는 생각을 멈출 수가 없었다. 실비 말이 옳았다. 나는 클로디아가 일종의 마무리를 할 수 있게 도와야 했다. 그리고 시도조차 하지 않는다면 분명 후회하게 될 것이다. 하지만 작별을 앞둔 그녀에게 더 큰 상처를 안겨주고 싶지도 않았다. 실비가 찾아낸 정보는 잘해야 추측일 뿐이었다. 나는 생각을 잠재우려고 온갖 시도를 다 했다. 베개를 뒤집어 더 시원한 쪽을 뺐다. 일련의 주기로 심호흡하기를 실시했다. 처음에는 영어로 그다음에는 일본어로 1,000부터 7씩 거꾸로 세었다. 하지만 여전히 잠이 오지 않았다. 결국 좌절한 나는 침대에서 기어 나와 맨발로 터벅터벅 거실로 나갔다.

창턱에, 실비가 내려놓은 바로 그 자리에 쌍안경이 있었다. 줄리아와 루번을 몇 분 관찰하면 날뛰는 마음이 가라앉을 것 같왔다.

불을 껐다. 블라인드를 올렸다. 가슴이 부풀어 올랐다.

자정이 지난 시간인데도 두 사람은 여전히 깨어 있었다. 나는 그럴 줄 알고 있었다. 두 사람은 올빼미형이었다. TV는 꺼져 있었고 방 한가운데 서로 껴안고 선 두 사람이 이리저리 흔들거리고 있었다. 음악 소리를 듣지 않아도 리듬을 느낄 수 있었다. 서로 밀착된 두 사람이 엉덩이를 움직이는 모양과 이쪽저쪽 밟는 스텝으로 알 수 있었다.

두 사람은 자기들만의 세상에 푹 빠져 있었다.

그리고 나는, 내 세상에 홀로 남겨져 있었다.

35

원하지 않는 순간에 서배스천과 맞닥뜨렸던 전적을 생각하면 다음 날 이른 오후 클로디아의 침실 문 밖에 그가 모습을 드러낸 게 놀랍지는 않았다.

"안녕하세요, 클로버 씨." 그는 다크서클이 생겨 살짝 나이 들어 보였다.

공연을 본 날 이후로 처음 만났기 때문에 내 마음속 갈등은 여전했다. 좀 더 곰곰이 생각할 시간이 있었으면 좋았을 텐데 최근에는 다른 생각으로 정신이 없었다.

"아, 안녕하세요." 나는 침실 문을 닫고 그를 복도로 이끌었다. "거의 온종일 주무시고 계세요. 오늘 아침에 의사 선생님이 와서 한참을 함께 있었어요. 셀마 씨가 자세한 얘기를 들려줄 거예요. 내 생각엔 이번 주말에 가족들이 오시면 좋을 것 같아요."

"네, 지금 막 누나들에게 전화했어요." 서배스천이 말했다. "내일 밤 퇴근 후에 오기로 했어요."

"부모님은요?"

"부모님은 일요일에 도착하실 거예요. 제 생각엔 아버지가 최대한 미루고 계신 것 같아요."

"어머니의 이런 모습을 보는 게 정말 힘드실 거예요."

"이해해요." 서배스천이 이맛살을 찌푸렸다. "하지만 좀 이기적으로 보이기도 해요. 무슨 말인지 알죠? 본인이 감당하고 싶지 않아서 피하고 있다는 게 말입니다."

"저마다 슬픔을 감내하는 방식이 다르니까요." 서배스천의 아버지는 여전히 인정머리 없어 보이긴 했다.

우리는 복도에 조용히 서 있었다. 우리 사이의 공간이 입 밖으로 내놓지 않은 것의 무게에 짓눌려 꿈틀대고 있었다. 사교 생활을 하지 않았을 때 삶을 훨씬 더 단순하게 살 수 있었다. 나는 어쨌거나 말을 해야 했다.

"함께 술 마신 날 너무 빨리 자리를 떠서 미안했어요." 나는 거의 억지로 말을 끄집어냈다. "그리고 공연 후에도요."

그가 두 손을 주머니에 끼워 넣고는 어깨를 으쓱했다. "괜찮아요. 다 너무 빨라서 그랬을 거예요. 좀 더 천천히 가면 돼요."

생각이 빙빙 돌았지만 한 가지만큼은 확실했다. 나는 클로디아를 위해 온전하게 그 자리에 있어주고 싶었다. 특히 그녀가 떠날 날이 다 된 지금. "솔직히 지금은 우리가 일에 집중하는 게 나을 것 같아요. 저는 당신 할머니께 집중해야 해요."

"하지만……."

"미안하지만 지금 이웃을 만나러 가야 해서요." 그를 지나쳐 계단을 향해 종종걸음을 치려니 내가 겁쟁이처럼 느껴졌다.

"클로버 씨, 잠깐만요." 그가 내 팔을 잡았다가 바로 내려놓았다.

나는 몸을 돌리면서 반사적으로 두 손을 등 뒤로 가져갔다. "네?"

"휴고가 누구예요?"

놀이 기구를 타는 것처럼 심장이 쿵 내려앉았다. "뭐라고요?"

"당신과 할머니가 휴고라는 이름의 남자 이야기를 하는 걸 들었어요. 그게…… 사적인 이야기 같던데."

겨드랑이가 축축해지는 사이 내 선택지를 고려해봤다. 이미 서배스천에게 정직하지 못한 모습을 보여왔지만 이 기회에 회복할 수 있을 것 같았다. 게다가 잠시 휴식기를 갖자는 이유가 다른 사람 때문이라 생각하게 만들고 싶지 않았다. 나는 할아버지가 가르쳐준 방식대로 그의 눈을 단단히 응시했다.

"지난주에 당신 할머니의 옛날 사진을 살펴보다가 할머니가 프랑스에 계실 때 만났던 남자의 사진을 발견했어요."

"그 사람이 누군데요?"

"서배스천 씨에게 말해야 할지 말아야 할지 확신할 수가 없어서 말씀을 못 드렸어요. 그분은……." 나는 목소리를 더 낮췄다. "할머니의 연인이었어요."

"뭐라고요?" 화들짝 놀란 서배스천이 나에게 따라오라는 몸짓을 보내고 복도를 따라 걸었다. 그러고는 거의 속삭이듯 목소리를 낮춰 말했다. "어떻게요? 할머니가 프랑스에 계셨을 땐 이미 할아버지와 약혼한 후 아니었나요?"

"맞아요."

그는 그렇게 하면 진실이 바뀌기라도 한다는 듯 세차게 고개를 저었다. "우와. 나는 할아버지가 바람을 피웠다는 건 확실히 알고 있었어요. 우리 할아버지는 도덕성이 그다지 훌륭한 분이 아니었거든요. 근데 할머니가 그랬다고요? 전혀 예상치 못한 일이네요." 그는 실제로 살짝 감명을 받은 듯했다.

"클로디아가 그분을 진짜 사랑하신 건 확실해요. 당신 할아버지와 결혼하러 돌아오는 대신 프랑스에 영원히 머물 생각까지 하셨으니까요."

"우리 할머니 할아버지는 의심의 여지 없이 진짜 불행한 결혼 생활을 하셨어요." 서배스천이 어수선하게 뒤통수를 문질렀다. "하지만 이 일로 할머니를 좀 더 이해하게 될 것 같아요."

"사실 더 알려드릴 게 있어요." 기왕 터놓은 김에 전부 말하는 게 나을 듯했다.

"맙소사, 숨겨둔 자식이 있다거나 그런 건 아니겠죠?"

"아니, 그렇진 않아요." 최소한 그의 생각은 내가 이제 꺼내려는 말보다 논란의 여지가 더 큰 쪽으로 가 있었다. "그분이 1950년대에 미국으로 이민을 왔더라고요. 그리고 아직 메인주의 조그만 마을에 살고 있는 것 같아요."

서배스천은 의구심을 감추지 못했다. "이런 걸 어떻게 다 알죠?"

죄책감이 물밀듯 밀려왔다. "제가 이웃에 사는 친구 실비에게 이 이야길 했어요. 왜냐하면……." 나는 이유를 설명하려고 애썼다. 친구와 떠들어댈 흥밋거리로 여겼다는 인상을 줄 수 있기 때문이었다. "정말 로맨틱한 이야기여서요." 다른 사람의 사생활을 침범할 이유로 충분하지 않은 느낌이었지만 내가 댈 수 있는 이유는 그것뿐이었다. "그리고 실비가 미술사학자이다 보니 다양한 자료에 접근할 수 있거든요. 그 친구가 절 위해 이런 정보를 찾아 줬어요."

"그래서, 무슨 말을 하고 싶은 건가요?"

"사실, 할머니께서 이렇게 말씀하셨어요. 아버님과 서배스천 씨 그리고 모든 손주들을 얻을 수 있었던 건 너무나 감사한 일이지만 일생의 사랑은 그분이었다고요. 그리고 그분께 그 말을 했어야 했다는 아쉬움이 아직도 마음 한편에 남아 있다고요."

서배스천의 이마에 주름이 잡혔다. "그렇군요."

"이런 말 듣기 힘들겠지만 저는 그분께 연락해볼 수 있지 않을까 생각했어요."

서배스천은 여전히 이맛살을 찌푸리고 있긴 했지만 고개를 갸웃하며 호기심을 비쳤다. "전화번호를 알고 있나요?"

"안타깝게도 몰라요. 찾아보려 했지만 링컨빌이라는 마을의 주소밖에 못 알아냈어요."

그가 다시 손을 주머니에 찔러 넣었다. "그럼 어떻게 할 생각이에요?"

내 아이디어가 터무니없었나? 겨우 두세 시간 전에 떠올린 생각이었고 솔직히 인정하건대 하나하나 따져보며 신중하게 생각해보지도 않았다. "이번 주말에 가족분들이 여기 오실 테니……."

"그래서요?" 그가 안달했다.

"제가 메인주로 가서 그분을 찾을 수 있는지 알아보면 어떨까 싶었어요." 나는 카펫의 소용돌이 문양을 뚫어져라 쳐다봤다.

서배스천이 안경을 벗어 셔츠 자락으로 닦았다. 안경을 벗은 얼굴이 색다르게 느껴졌다. 교수 타입으로 못 박아뒀던 그의 이미지가 사뭇 달라 보였다.

"거기까지 운전해서 가는 데 얼마나 걸리죠?"

"일곱 시간 정도예요. 아침 일찍 떠나서 다음 날 돌아오려고요."

"그런데 그분을 찾으면 어떻게 하려고요?"

"아직은 잘 모르겠어요." 여태 아무 계획도 못 세웠다는 게 창피했다. "가면서 생각해보려 했어요. 근데 그분을 찾으면 할머니와 통화를 주선해드릴 수도 있을 것 같아요. 두 분이 원하신다면요."

"잘 모르겠네요. 어쩌면 긁어 부스럼 만드는 일이 될 수도 있을 거예요. 특히 우리 가족에게는요."

"맞아요, 이해해요." 서배스천의 할머니 일이니 그가 결정해야 했다. 이 모든 일에 끼어든 것 자체가 주제넘는 짓이었다. "그냥 못 들은 걸로 하세요. 바보 같은 제안이었어요."

"아니 그게, 받아들이기가 벅차서 그래요." 서배스천이 안경을 다시 썼다. "제가 전혀 몰랐던 할머니 모습이라서요. 생각 좀 해봐도 될까요?"

"물론이죠." 나는 그 대화에서 잠깐 벗어날 수 있다는 데 감사해하며 말했다. "어쨌거나 저는 집에 가봐야 해서요. 나중에 다시 이야기하죠."

나는 가능성을 저울질하며 계단을 서둘러 내려갔다. 서배스천이 모르게 갈 수도 있었다. 보도에 도착할 때쯤 나는 이미 렌터카 요금을 검색하고 있었다. 휴고를 찾을 수 있을지도 모른다는 일말의 가능성에 아드레날린이 치솟았다. 실비가 얼마나 흥분할지 눈에 보이는 듯했다.

"클로버 씨, 잠깐만요."

올려다보니 서배스천이 등 뒤로 타운하우스의 묵직한 현관문을 닫고 있었다.

이미 그의 의견에 반하기로 한 내 결심이 들키지 않길 바라며 주머니에 휴대폰을 밀어 넣었다.

"네?"

현관 계단을 내려온 그가 여전히 나직한 목소리를 유지하며 말했다. "그렇게 해야 할 것 같아요. 클로버 씨가 메인주로 가야 할 것 같다고요."

심장이 두근거리기 시작했다. "정말요?"

"네." 그가 확실히 말했다. "할머니 마음이 평온해지는 데 도움이 될 길이 있다면 최소한 시도는 해봐야죠. 우리 할머니는 행복을 누릴 자격이 있으시니까요."

"정말 잘됐네요!" 나는 그를 거의 껴안을 뻔했다.

서배스천의 눈이 기쁨으로 빛났다. "그리고 저도 당신과 함께 가려고요."

36

나는 결정의 어려움을 겪으며 반려동물용품점의 간식 코너에 서 있었다. 라이어널은 해물 믹스와 파티 믹스 중에 어느 걸 더 좋아할까? 라이어널은 워낙 변덕스러운 고양이라 아마 어느 쪽이든 콧방귀를 뀌겠지만 여기서 더 이상 시간을 낭비할 순 없었다. 서배스천이 아침 일찍 데리러 올 테니 집에 가서 짐을 싸야 했다. 그래서 해물 믹스와 조지에게 줄 육포와 롤라에게 줄 소리 나는 문어 봉제인형(우리 집에 사는 다른 가족들과 달리 롤라는 먹을 것에 집착하지 않았다)을 집었다.

내가 집을 비운 48시간 동안 라이어널과 조지와 롤라를 위로해줄 물건들이었다. 그리고 리오가 그 사이 조지를 두어 번 산책시켜주면 좋겠지만 리오의 걸음걸이가 최근에 너무 느려져서 실비에게 부탁해야 할 듯했다. 게다가 실비와 조지는 서로에게 푹 빠져 있기도 했다.

나는 셀프 계산대로 돌진했다. 계산원이 건네는 인사말을 예의 바르게 받을 시간조차 없었기 때문이다. 하지만 함께 회전문을 통과하려는 땅딸막한 남자와 그의 세인트버나드에게 가로막히고 말았다. 이론적으로 명백히 불가능해 보이는데도 둘은 계속 시도하고 또 시도했다. 나는 쳐다보지 않으려 애쓰며 발을 동동 구르고 있었다.

그 둘이 네 번째 시도를 하고 나서야 밖으로 나온 나는 그 자리에 그대로 멈춰 서고 말았다.

바로 옆 카페 앞에 카멜색 코트 속으로 몸을 잔뜩 웅크린 채 휴대폰 화면을 스크롤 중인 여자가 서 있었다.

줄리아였다.

손 내밀면 닿을 거리라 그동안 내 낡은 쌍안경이 놓친 면들이 얼마나 많았는지 알 수 있었다. 그녀의 광대에 옅게 깔린 주근깨, 도톰한 아랫입술, 살짝 휜 코까지. 마치 그녀를 2D로만 봐온 것 같았다.

루번을 기다리고 있나? 숨을 곳을 찾는 사이 공포심이 온몸에 퍼져나갔다. 우체통이 유일한 선택지였지만 이미 줄리아에게 너무 가까이 있어서 갑자기 움직이면 생각보다 더 이상해 보일 것 같았다. 물건이 든 종이 가방을 더 단단히 쥐고 최대한 내 발걸음이 드러나지 않게 하는 데 집중하면서 그녀가 휴대폰에 빠져 나를 눈치채지 못하기를 빌었다.

또한, 종이 가방 귀퉁이에 뚫린 구멍으로 롤라의 방울 든 문어 봉제인형이 삐져나와 줄리아 앞의 보도로 튕겨나간 것도 눈치채지 못하길 빌었다.

그녀가 그 딸랑거리는 소리에 휴대폰에서 고개를 들었다. 그리고 자기 발치에 떨어진 형광 분홍색 문어 봉제인형을 보고는 허리를 굽혀 집어 들었다.

나는 그 자리에 얼어붙고 말았다. 인형을 건넬 때 그녀의 눈빛이 뭔가 알아보는 듯하기도 했지만 확실친 않았다.

"우리 고양이도 그런 장난감을 갖고 있어요." 줄리아는 내가 이미 알고 있는 사실을 확인시켜주었다. "그쪽 고양이도 진짜 좋아할 거예요."

안면 근육이 좀 풀려 장난감을 받아 들고 미소를 지어 보일 수 있었다. 부디 그 미소가 오싹해 보이지 않기를 바라야 했지만. "아, 고맙습니다. 정말 그랬으면 좋겠어요……. 애가 좀 까탈스러워서요."

줄리아가 특유의 햇살 같은 미소를 짓자 고르지 않은 아랫니가 드러났다. 그 또한 내가 미처 못 본 부분이었다. 그녀가 다시 휴대폰에 집중했다.

남은 길을 질주하고 싶은 마음이 간절했지만 정상 속도를 유지하며 걸었다. 그리고 뒤도 돌아보지 않고 걸어가 모퉁이에 도착하고 나서야 한 번 더 그녀를 보기 위해 신발 끈을 묶는 척했다.

줄리아가 길 건너에 있는 누군가에게 손을 흔들고 있었다.

나는 숨을 참았다. 마침내 몇 겹의 유리를 거치지 않고 함께 있는 루번과 줄리아를 볼 수 있을지도 몰랐다. 실제로 말이다.

하지만 눈앞에 펼쳐지는 장면을 지켜보면서 내 뇌는 마치 슬로모션처럼 그 이질적인 장면을 이해하느라 고군분투했다. 길을 건너와 줄리아에게 누가 봐도 열정적인 키스로 인사하는 사람은 분명히 내가 아는 누군가였다. 하지만 그 누군가는 루번이 아니었다.

실비였다.

갑자기 코트가 한겨울 백화점의 숨 막히는 중앙난방처럼 너무 덥고 답답하게 느껴졌다. 좀 전까지는 거의 들리지도 않던 도로 위 착암기 소리가 이제는 고막을 찢어놓을 듯 크게 들렸다.

생각을 멈추고 나는 달렸다.

현관에서 곧장 창가로 달려들어가자 조지, 롤라, 라이어널이 화들짝 놀라 나를 쳐다보았다. 나는 블라인드를 홱 내렸다. 건너편 아파트에 무슨 일이 일어나고 있는지 알고 싶지 않았다. 소파에 주저앉는데 명치에서 내장까지 타는 듯한 통증이 느껴졌다. 예전에 그런 느낌을 받아본 적 있었다.

배신감.

줄리아와 루번은 내가 인생에서 가져본 유일한 감정적 상수였다. 나는 일상과 몸짓에서 너무나 명확하게 드러나는 두 사람의 사랑을 지켜보았다. 그것은 진짜 로맨틱한 사랑이 영화가 아닌 현실에서 존재한다는 유일한 증거였다. 그런데 다 거짓이었다.

더 마음이 아픈 건 그 모든 일이 내가 믿었던 누군가와 관련이 있다는 사실이었다. 나는 실비에게 내 모습을 정말 많이 드러냈다. 사랑을 두려워하는 마음과 성 경험이 없다는 사실과 서배스천과의 키스까지. 그토록 감추려고 애썼던 나의 일부분들. 하지만 그녀는 나에게 아무 말도 하지 않았다. 나는 그녀가 새로운 사랑에 빠져 있는 줄도 몰랐다. 무슨 우정이 그렇단 말인가?

내가 본 기억을 삭제할 수 있기를 바라며 이마에 손바닥을 대고 눌렀다. 하지만 조용히 앉아 있으니 더 불안해질 뿐이었다. 나는 반려동물들의 얼굴에 어린 근심을 무시하며 거실을 서성거리기 시작했다.

달리 마음을 가라앉힐 방법을 찾을 수가 없어서 내가 제일 잘아는 것을 했다. 감정의 스위치를 끄고 아무 느낌도 들지 않을 때까지 감정을 밀어내고 내가 조절할 수 있는 그 일, 클로디아를 위해 휴고를 찾는 일에만 다시 초점을 맞췄다.

나는 옷장 위에서 할아버지의 낡은 가죽 여행 가방을 꺼내 옷들을 던져 넣기 시작했다. 그 가방은 실생활에 쓰기 불편할 정도로 커서 비행기 좌석 위 짐칸에 집어넣을 수도 없었다. 하지만 할아버지의 이니셜이 한쪽 옆면에 새겨져 있어서 비록 오랜 세월 여행을 가진 않았지만 그 가방을 들어볼 때마다 할아버지가 나와 함께 있고 나직이 속삭이는 지혜로운 말들이 그 단단한 솔기에

꿰매져 있는 듯한 느낌이 들었다. 이제는 정말로 그걸 사용할 수 있게 되었다.

휴대폰에 서배스천의 문자가 번쩍였다. 그가 막판에 겨우 렌터카를 예약했다며 아침 8시에 나를 데리러 오겠다고 했다. 그러면 이른 오후쯤엔 메인주에 도착할 것이다.

적어도 의지할 누군가가 있긴 했다. 비록 내가 전혀 기대하지 않던 사람이었지만.

내가 없는 동안 리오에게 조지의 산책을 부탁하려고 한 시간을 기다렸다. 실비에게 부탁할 수는 없었다. 우리가 가까운 친구라고 생각했던 것이 부끄러웠다. 프리야와의 일 이후로 같은 실수를 반복하지 않으려고 극도로 조심해왔는데 말이다.

"꼬마야. 별일 없니?" 리오의 문간에 서 있는데 리오가 걱정스럽게 찌푸린 얼굴로 나타났다. "마음이 불편해 보이는구나."

"당연히 별일 없죠!" 나는 억지로 미소 지었다. "그냥 여행을 가려니 급하게 준비해야 할 게 많아서 그래요. 제가 없는 동안 조지를 돌봐주셔서 정말 감사해요. 하룻밤이면 될 거예요."

"그래야 될 거야. 네가 우리의 다음 대결 날에 날 바람맞히지 않길 바라."

"절대 그런 일은 없어요."

나는 리오가 문을 닫으면서 싱글거리는 모습을 음미했다. 내가 한결같이 고수하는 일관성 있는 의식이었다.

집으로 반쯤 걸어갔을 때 계단에서 발소리가 들렸다.

망할. 한 시간 더 기다렸어야 했는데.

"클로버, 마침 잘 만났네요!" 평소 내 마음을 누그러뜨리던 실비의 변함없는 열정적인 목소리가 이제는 내 가슴을 아프게 했다. 감정의 스위치를 끄는 연습을 더 해야 할 것 같았다.

"안녕, 실비." 나는 중립을 유지하며 덤덤하게 말했다.

그녀의 손에 봉투가 하나 들려 있었다. "내 우편함에 이게 잘못 들어와 있더라고요. 수표 같아서 당신한테 빨리 줘야겠다 싶었어요."

"고마워요." 나는 눈을 마주치지 않은 채 봉투를 받아 들었다.

"휴고 일을 어떻게 하기로 했는지 궁금해 죽겠어요!" 그녀가 우리 집 현관문 옆 벽에 가볍게 몸을 기댔다. "그분을 찾으러 갈 거예요?"

"내일 아침 일찍 서배스천과 메인주로 갈 거예요."

어서 집 안으로 들어가 문을 닫고 싶은 심정이었다.

"서배스천과요? 세상에! 지금 당장 그 이야길 들어야겠어요." 실비가 이를 활짝 드러내고 웃었다. "지금 막 그 거들먹거리는 와인맨한테 정말 질 좋은 템프라니요 한 병을 사 왔어요. 내려와서 와인 한잔하면서 싹 다 들려줄래요?"

"내일 떠날 짐을 싸야 해서 안 되겠어요." 나는 문 쪽으로 더 다가서며 말했다. "서배스천이 일찍 데리러 올 거라서요."

"아, 괜찮아요." 그녀가 벽에서 물러서며 말했다. "근데 그렇게 이상하게 행동하는 이유라도 좀 알려줄 순 없어요?"

나는 시곗줄을 만지작거리며 변명거리를 생각해내려 애썼다.

"무슨 말이에요?"

"흐음." 실비가 장난기와 진지함이 둘 다 묻어나는 투로 말했다. "우선 내 눈을 피하고 있다는 데에서 이야기를 시작해봐요."

나는 억지로 그녀를 쳐다봤다. 그 순간 그녀와 줄리아가 껴안던 장면을 보며 느꼈던 배신감이 다시 타오르기 시작했다. 어떻게 서로 그토록 사랑하는 두 사람 사이에 실비가 끼어들 수 있단 말인가?

나는 상처를 삼키려 애쓰며 천천히 숨을 들이마셨다.

효과가 없었다.

"어떻게 줄리아의 결혼 생활을 그렇게 망쳐놓을 수 있죠?" 불안할 정도로 격앙된 목소리였다. 나는 리오가 TV 볼륨을 한껏 높여놓았기를 바랐다. "줄리아와 루번은 행복하게 살고 있어요. 몇 년째 아주 행복하게 함께하고 있다고요."

실비가 혼란스러운지 미간을 찌푸렸다. "줄리아가 누구죠?"

"오늘 오후 카페 밖에서 당신과 얽혀 있던 그 여자 말이에요." 뺨이 벌겋게 달아올랐지만 신경도 쓰이지 않았다. "내가 봤어요."

알 수 없던 실비의 표정에 미심쩍은 빛이 떠올랐다. "내가 키스하던 여자는 브리짓이에요."

아. 맞다. 줄리아는 내가 지은 이름이었지. 내가 처음 그 부부를 몰래 훔쳐보기 시작했을 때 지은 이름.

실비가 궁금한 듯 고개를 갸우뚱했다. "근데 브리짓이 결혼했는지 당신이 어떻게 알아요?" 그녀가 가슴 앞으로 팔짱을 꼈다. "그리고 클로버가 왜 그걸 신경 쓰죠?"

창피함이 온몸으로 퍼지면서 목덜미까지 벌게졌다. 너무나 우스꽝스럽게 굴었다는 깨달음이 일었다. 하지만 이제 돌이킬 수 없었다. 나는 이미 실비가 생각하던 나라는 사람의 이미지를 망쳐버린 것이다.

그 순간 내가 할 수 있는 일은 그 자리에서 물러나 문 뒤에 숨어 내가 만든 감정적 혼란 상태로 침잠하는 것밖에 없었다.

37

나는 알람이 울리기도 전에 일어났다. 사실 잠을 못 잤기 때문이다. 어제 실비와 줄리아(정확히 말해 브리짓) 사태가 밤새 내 머릿속을 장악해버린 탓이었다.

수면 부족으로 둔해진 몸을 이끌고 조지를 아래층으로 데려가 사실상 강제로 다리를 들어 올리게 해 오줌을 누게 했다. 실비가 그렇게 이른 아침에 나타날 리 없는데도 그녀의 집 앞을 지날 때 숨을 참았다.

그녀는 아마 분노를 터뜨린 뒤 대화를 끝내는 방식을 보고 내가 정신이 나간 줄 알았을 것이다. 돌이켜보면 내 반응은 멜로드라마에나 나올 법했고 살짝 유치하기까지 했다. 하지만 아무리 실비가 규칙 바꾸기를 즐긴다 해도 행복한 커플 사이에 끼어든 건 여전히 마음에 걸렸다. 그래도 실비와 앞으로 어떻게 해야 할지 고민하기까지 적어도 48시간이 있었다. 이곳을 떠날 구실이 있어 천만다행이었다.

나는 가죽 여행 가방을 어깨에 메고 거실을 둘러보며 최종 점검을 했다. 마지막으로 여행을 떠난 이후 얼마나 오랜 시간이 흘렀는지를 생각하니 방랑벽이 슬금슬금 피어올랐다. 최소 5년은 된 듯했다. 마지막 여행도 박물관에서 열린 화장용 장작더미 전시를 보기 위해 필라델피아에서 주말을 보낸 게 다였다. 나는 고독을 즐기는 와중에도 세상을 관찰하고 마법을 발견하고 사람들을 이해할 수 있는 여행의 자유가 그리웠다. 여행은 다른 어떤 것도 하지 못한 방식으로 나를 키워주었다.

나는 서배스천이 데리러 오기로 약속한 시간이 되기 딱 1분 전에 현관 계단 앞으로 나갔다. 그는 25분 후 건물 앞에 렌트한 검은색 쉐보레 스파크를 주차했다.

그가 창문을 내리고 손을 흔들었다. "미안해요, 일찍 일어나기가 좀 힘들어서요."

"괜찮아요." 나는 거짓말을 했다. 그가 시간 약속을 신경 쓰지 않았다는 사실에 짜증이 났다. 아니, 어쩌면 실비와의 일 때문에 내가 지나치게 예민해져서 그럴지도 몰랐다. 어쨌거나 왔으니 됐다. "데리러 와줘서 고마워요."

"당연하죠." 서배스천이 내 가방 쪽으로 고갯짓을 하며 핸들 아래 손을 넣어 트렁크를 여는 버튼을 눌렀다. "제 여행 가방 옆에 공간이 있을 거예요."

그는 내가 그의 항공모함만 한 가방 옆에 내 가방을 끼워 넣으려 낑낑대는 모습을 룸미러로 지켜보고 있었다. (이 남자는 하룻밤 이상 머물 생각인가?) 나는 내 거추장스러운 가방을 밀어 넣으려고 몇 번 시도하다가 결국 포기하고 뒷좌석에 집어넣었다. 서배스천 옆에 합류하고 보니 그의 머리도 나만큼이나 텁수룩해서 마음이 놓였다.

우리는 맨해튼을 벗어날 때까지 별말 없이 앉아 있었다. 서배스천이 대화를 시도하지 않는 걸 보니 정말로 피곤한 게 틀림없었다. 아니면 어제 우리가 클로디아 집에서 나눴던 대화를 나만큼이나 어색해하고 있거나.

일단 머릿속에서 피로가 가시자 나는 책을 꺼냈다. 살짝 무례해 보일 수도 있겠지만 나는 현관 계단에서 거의 30분이나 그를 기다렸다.

"우와, 차에서 책을 읽을 수 있어요?" 서배스천의 수다가 시작되었다. "저는 한 번도 그래본 적이 없어요. 멀미가 심하거든요."

"안타깝네요. 정말 답답하겠어요." 책에 푹 파묻혀 시간을 보내는 게 내가 여행에서 가장 사랑하는 일 중 하나였다. 그가 햇빛이 들어오는 위치에 맞춰 햇빛 가리개를 조절했다.

"그렇지도 않아요. 독서 애호가가 아니라서요. 솔직히 독서는 좀 외로운 활동 같아요."

그를 잠재적인 로맨스 대상이라 치고 내가 떠올렸던 몇 가지

시나리오에 어긋나는 고백이었다. 헌책방들 사이를 함께 걷는다든가 추천하고 싶은 책 목록을 교환한다든가 침대에 나란히 앉아 책을 읽는다든가 하는 시나리오 말이다.

"잠자리에 들기 전에도 책을 안 읽나요?"

"네. 주로 TV를 보다가 잠이 들죠." 서배스천이 고속도로 옆으로 이어지는 평범한 교외를 쳐다봤다. "어, 저 앞에 스타벅스 드라이브스루가 있네요. 커피를 마십시다."

늘어선 차들 가운데 두 번째 차례가 되었을 때였다.

"우유하고 설탕 넣죠?" 서배스천이 물었다.

다시 짜증이 밀려들었다. "블랙으로요. 설탕이나 우유 없이요. 드립 커피면 돼요." 그는 클로디아 집에서 내게 커피를 두어 번 만들어준 적이 있었다. 그랬으면 기억하고 있어야 하지 않나?

그리고 그가 기억을 못 한다고 거슬려 하는 이유는 뭘까?

세 시간 후 매사추세츠의 어딘가를 달리고 있을 때 나는 이른 아침에 흐르던 그 어색한 침묵이 간절해졌다.

서배스천은 대두 생산에 관한 다큐멘터리 내용을 세세하게 이야기했지만 내 귀에는 거의 아무것도 들어오지 않았다. 나는 맹세코 대두에 관심이 있다고 말한 적이 없었다. 어쩌면 그도 그저 닫힌 공간에서 함께 긴 시간을 보내는 데 대해 내가 느끼는 것과 같은 불안감과 싸우고 있는지도 모를 일이었다. 그래서 나는 예의를 지켜 고개를 끄덕이거나 간간이 동의한다는 효과음을 내가면서도 부가 설명을 부추기지 않을 정도로 듣고 있는 척 응대해 그를 만족시켰다. 그러는 사이 최소한 깨어 있을 수는 있었다. 그리고 실비에게로 향하는 생각을 어느 정도 막을 수도 있었다. 하지만 이정표들을 휙휙 지나치면서 얼마나 기다려야 그가 내 반응을 듣기 위해 말을 멈출지 궁금해졌다. 그가 마침내 내 의견을 물었을 땐 놀랍게도 우리가 출발한 지 정확히 세 시간 45분이 지난 뒤였다.

"팟캐스트 들을래요?" 그가 콘솔박스에서 휴대폰을 꺼냈다. "어젯밤에 새로운 에피소드를 몇 개 다운로드했어요."

"좋은 생각이에요." 나는 너무 좋아하는 티를 내지 않으려 애쓰며 말했다.

그가 휴대폰을 건네주었다. "거기 정말 많이 들어 있어요. 저는 말하자면 팟캐스트 중독이거든요. 혼자 생각에 빠져 있는 것보단 다른 사람이 하는 이야기를 듣는 게 더 나아서요. 무슨 뜻인지 알잖아요."

사실 몰랐다. 나는 지난 10년을 거의 혼자 생각하며 지냈다. "솔직히 저는 팟캐스트에 별로 집중할 수가 없더라고요. 항상 달갑지 않은 존재가 머릿속에서 재잘거리는 느낌이라서요." 쉴 새 없이 말을 하는 사람과 장거리 자동차 여행을 하는 것과 비슷하달까.

팟캐스트 목록은 서배스천의 마음을 들여다보는 창과 같았다. 그는 클래식 음악 팟캐스트 몇 개와 심한 알레르기가 있는 사람이 삶을 관리하는 방법에 관한 팟캐스트, 그리고 경제와 가상화

폐에 관한 팟캐스트를 두어 개 구독하고 있었다. 나는 NPR 에피소드에서 스크롤을 멈췄다.

"죽어가는 이들의 후회에 관한 이 에피소드 어때요? 이번 여행의 주제잖아요."

서배스천이 활짝 웃었다. "네, 당신이 좋아할 것 같아서 특별히 다운로드했어요."

누가 핫플레이트의 스위치를 끈 것처럼 끓어오르던 짜증이 가라앉았다. 예기치 않게 감동적이었다.

"고마워요. 정말 친절하시네요." 아마 수년간 세상의 모든 후회란 후회는 다 들었겠지만 그래도 아직 내 노트에 기록되지 못한 후회가 있는지 궁금했다.

"데스 카페에 다니기 전에 죽음에 관한 팟캐스트를 정말 많이 들었어요……. 새로운 세계에 발을 담가보려고 한 거죠." 서배스천이 눈을 가늘게 뜨고 도로를 쳐다보며 말했다. "처음에는 정말 견디기 힘들어서 한 번에 이삼 분밖에 못 들었어요. 그게 죽음에 대한 제 모든 두려움을 수면 위로 끌어올렸던 것 같아요."

나는 그의 휴대폰을 USB케이블에 연결했다. "뭐가 제일 두려웠어요?" 내가 전혀 꺼리지 않을 만한 대화였다.

"정확히는 모르겠어요." 서배스천이 두 손으로 핸들을 잡고 소리 없는 리듬에 맞춰 엄지손가락을 까딱거렸다. "저는 죽음이 모든 것의 결말 같다고 생각해요." 나는 그가 프롬프트 없이 계속 말을 이어갈 수 있게 좀 더 생각할 시간을 주었다. "어렸을 땐 항상 잠자리에 들기 전에 죽음을 생각하며 공포에 떨었어요. 처음에는 주일학교와 관련된 죄책감 같은 거였어요. 왜, 그런 거 있잖아요. 천국에 가기 위해 해야 할 일들을 잘 하고 있나? 인생 전체를 망쳐버릴지 모른다는 사실이 전 두려웠어요. 그냥 규칙이 너무 많았어요."

"맞아요." 조그만 서배스천이 침대에 누워 겁에 질려 있는 모습을 상상하자 동정심이 솟구쳤다.

"그러다 열여덟 살이 되었을 때 신을 믿지 않기로 결심했지만 여전히 기대한 만큼 압박감이 줄어들진 않더라고요." 그가 핸들을 잡은 손에 힘을 주자 마디 부위가 더 하얘졌다. "죽음을 상상할 때마다 그걸로 끝이라는 생각에 기겁하곤 했죠. 알다시피 그때 이후론 영원히 제가 존재하지 않을 거라는 사실 때문에요. 그리고 결국 제가 알던 모든 이들도 죽고, 그러고 나면 저는 영원히 잊힐 테고요. 그런 생각을 하면 심한 고립감이 느껴졌어요."

나는 그가 자신의 두려움을 너무나 잘 표현하는 데 감명을 받았다. "그런 이야기를 다른 사람에게 해본 적 있나요?"

"그게 문제였어요." 서배스천이 난감해하는 얼굴로 나를 쳐다봤다. "어렸을 때 공포감이 휘몰아칠 때면 부모님 침실로 뛰어가 죽음이 두렵다고 말했어요. 그러면 아버지가 남자답게 용감해지라며 침대로 돌아가라고 하셨죠."

부모가 자기 자식에게 어쩌면 그토록 무심하게 정서적 폭행을 가할 수 있는지 놀라울 따름이었다.

"그럼 가족들이 죽음에 대해 논의한 적이 한 번도 없었어요? 할아버지가 돌아가셨을 땐 어땠어요?"

서배스천이 고개를 가로저었다. "우리 가족은 전형적인 와스프 예요. 감정을 절제할 정도로 금욕적이고 상담사를 만나기는커녕 너무 자존심이 강해서 감정에 대해 이야기하지도 않죠. 물론 장례식과 유언장 같은 일들을 어떻게 처리할지는 다 논의했어요. 하지만 그러고 나서 할아버지를 잃는다는 것이 어떤 의미인지에 대해선 이야기하지 않았어요."

나는 스테이션왜건이 우리 앞에 끼어들자 잠깐 기다렸다가 말했다. "자신의 아버지를 잃는다는 게 아버님께 어떤 영향을 줬을 거라 생각해요?"

서배스천이 차선을 바꿔 그 스테이션왜건을 추월하려고 속도를 높였다.

"우리 아버지를 보면 아무런 영향도 없었다는 걸 알게 될 겁니다. 아버지는 장례식장에서 눈물 한 방울 흘리지 않으셨어요. 예배를 보는 내내 똑바로 정면을 응시하다 참석한 모든 사람에게 감사 인사를 전하며 아들로서의 본분을 다했을 뿐이었죠." 그가 다시 핸들을 움켜쥐었다. "장례식 후 집에 모였던 손님들이 다 떠난 뒤 아버지가 서재에 우두커니 앉아 계시더군요. 그래서 들어가서 괜찮은지 물었죠. 아버지는 그냥 제 쪽으로 고개를 돌리고는 아주 차분하게 말씀하셨어요. '당연하지. 괜찮지 않을 이유가 있나?' 우리가 나눈 대화는 그것뿐이었어요."

슬픔에 대한 전형적인 남자들의 반응이었다. 서배스천이 죽음과 씨름하고도 남을 만했다.

그가 감정을 떨치려 어깨를 들썩였다. "어쨌거나, 이런 이야기는 듣고 싶지 않겠죠."

"아뇨, 듣고 싶어요." 솔직히 그가 터놓고 이야기할 정도로 나를 편안하게 느낀다는 데 우쭐한 기분이었다. 그와 좀 더 가까워진 듯했다. 긴장감도 덜해졌다. 비록 잠깐이지만 서로 마주친 시선에서 좀 더 무게감이 느껴졌다.

"좋습니다. 그게, 어렸을 때 질문을 했던 기억이 나요." 서배스천이 말을 이었다. "우리는 왜 죽는지, 그런 종류의 질문이었는데 우리 부모님은 항상 그런 말은 하는 게 아니라고만 말씀하셨어요. 그런데 선생님들께 질문하면 다들 불편해하면서 부모님께 여쭤보라고 하더군요. 오직 주일학교에서만 죽음에 대해 진짜로 이야기했는데 지옥에 떨어지지 않으려면 사는 동안 반드시 착하게 살아야 한다는 맥락에서 하는 이야기이다 보니 결국 두려움만 더 커질 뿐이었죠."

나는 자리에서 몸을 움직여 어깨를 돌려 그를 바라봤다. "그래서 데스 카페에 가기 시작했나요?"

"네. 레스토랑에서…… 데이트를 하고 있다가 우연히 첫 데스 카페를 발견했어요." 우리는 둘 다 도로를 쳐다봤다. "레스토랑 안쪽에 방이 있었는데 거기서 데스 카페가 열리고 있었죠. 저는 화장실에 가다가 그 토론을 듣고 진행자에게 다음번에 참여할 수 있는지 물어봤어요. 죽음을 이야기하는 데 공포를 느끼다 보니 처음에는 데스 카페에서 아무 말도 하지 않았어요. 그 말을 입 밖으로 꺼내면 제가 죽음에 더 가까워질 것 같아서였죠. 하지만 모두가 그곳에 오게 된 이유를 이야기하고 죽음을 일상적인 일처럼 토론할 수 있게 되자 외로움이 훨씬 덜해지더군요.”

나도 데스 카페 덕분에 외로움을 덜었지만 완전히 다른 이유에서였다.

“그렇죠, 죽음은 일상적인 일이 맞아요.” 나는 내 이야기를 하는 대신 이렇게 말했다.

서배스천의 자세가 잠시 내려놓았던 방패를 다시 제 위치로 들어 올린 것처럼 뻣뻣해졌다.

“당신한테는 그럴지도 모르겠지만 우리 나머지 사람들에겐 그렇지 않아요.” 그가 억지웃음을 지었다. “죽음에 대해 그토록 편안할 수 있다니 정말 멋있긴 하지만 그건 아주 특이한 경우가 아닌가요? 제가 아는 사람들은 아무도 죽음에 대해 이야기하고 싶어 하지 않거든요.”

그의 말은 실비가 우리 집 물건들에 대해 질문했을 때만큼이나 내 마음에 생채기를 냈다. 내가 세상의 나머지 사람들과 어울리지 못한다는, 내가 괴짜라는 사실을 상기시키는 또 다른 발언이기 때문이었다.

나는 고속도로 옆 들판을 날아오르는 기러기 떼를 보며 얼마간 앙갚음하는 심정으로 침묵을 지켰다. 그러고 나서 그의 휴대폰을 집었다. "팟캐스트 들을까요?"

"그럼요. 들어봅시다."

이번만큼은 그가 계속 말을 하지 않아도 된다는 사실에 행복해하는 듯 보였다.

나는 재생 버튼을 누르고 앞으로 45분 동안 대화에서 해방될 기회에 감사하며 자리에 제대로 앉았다.

38

NPR 팟캐스트는 죽음이 임박한 사람들이 죽을지도 모른다는 사실을 직면했을 때 느꼈던 경험과 후회를 다루고 있었다. 대부분은 내 **후회** 노트에 반복적으로 등장하는 주제였다. 사람들은 적게 일하고, 더 많이 사랑하고, 더 많은 위험을 감수하고, 열정을 따랐어야 했다고 말했다. 안타깝게도 후회는 너무나 예측 가능한 것들이었다. 죽을 뻔한 경험은 어떤 이들에겐 새롭게 깨어나는 계기가 되었지만 또 다른 이들에겐 불행하게도 쉽사리 잊히는 교훈이 되었다. 습관은 결국 바꾸기 힘든 것이었다.

팟캐스트를 마무리 짓는 음악이 울려 퍼졌다. 나는 다음 회가 시작되기 전에 손을 뻗어 멈춤 버튼을 눌렀다. 서배스천이 스피커가 꺼지기 무섭게 말을 하기 시작했다.

"이미 대부분 들어본 이야기죠?"

"몇몇 이야기는 그렇죠." 나는 뻐기고 싶지 않았다.

"들어본 이야기 중에 제일 이상한 후회는 뭐였습니까?"

차창 밖으로 지나가는 소나무들을 지켜보면서 수년간 내가 기록해온 모든 이야기들을 주르륵 떠올려보았다.

"늘 TV 광고에서 보던 값비싼 주방 세제를 사는 데 돈을 펑펑 쓰지 않은 게 인생에서 가장 후회되는 일이라고 한 의뢰인이 있었어요." 특별할 것 없는 후회였지만 나는 여전히 헬레나의 믿음을 저버린 데 살짝 죄책감을 느꼈다. 그래서 이번 주에 그녀를 기리기 위해 고급스러운 친환경 주방 세제에 돈을 쏟아부어 만회해보기로 마음먹었다. 나는 라벤더와 은방울꽃 향이 마음에 들었다.

서배스천이 큭 하고 웃었다. "그게 제일 큰 후회였다면 그 여자는 진짜 멋진 삶을 살았나 보네요."

"그녀가 사는 내내 허리띠를 바짝 졸라매고 사느라 그런 단순한 즐거움마저 누리지 못했던 게 아닐까 싶었어요." 헬레나가 남긴 뜻을 보호해야 한다는 느낌이 들었다. "그녀는 결국 써보지도 못한 돈을 은행에 고스란히 남기고 죽음을 맞이했지요."

"그래도 가족들에게 남길 수는 있었잖아요?"

나는 그가 클로디아를 생각하고 있었는지 궁금했다. "사실 그녀는 아흔다섯이었고 결혼은 한 적이 없었어요. 그래서 가족이 아무도 없었죠. 그 돈은 아마 전부 자선단체로 갔을 거예요."

"맙소사." 서배스천이 안경을 콧대 위로 밀어 올리며 말했다. "자신을 그리워해줄 사람 하나 남기지 않고 죽는다는 건 최악이에요."

"생각보다 많은 사람에게 일어나는 일이죠." 나는 보이지 않는 주먹에 한 방 얻어맞은 듯 얼얼한 느낌에 소리 낮춰 말했다.

"그러면 클로버 씨는 죽어가는 사람과 단둘이 많은 시간을 함께 있겠네요?" 그가 치를 떨었다. "저라면 절대 그런 일을 매번 계속할 수 없을 것 같아요."

"안 그랬다면 많은 분들이 홀로 죽음을 맞이했을 거예요." 나는 반사적으로 손을 뒤로 뻗어 할아버지의 가죽 가방을 만졌다.

"당신이 그런 일을 하면서 하루하루를 보낸다는 게 여전히 좀 이상해요." 서배스천의 말투가 바뀌어 있었다. 한 시간 전 자신의 취약성을 드러내던 그 모습은 사라지고 없었다. 내가 느꼈던 친밀감도 더는 느껴지지 않았다. 우리는 여전히 가까이 앉아 있었지만 마음은 서로에게서 멀리 표류하고 있는 듯했다.

"저는 이 생을 떠나는 누군가와 함께 있어줄 수 있다는 건 영광스러운 일이라 생각해요." 목소리가 떨렸다. "그리고 아주 아름다운 일일 때도 있고요."

그가 다시 불안하게 핸들을 톡톡 두드렸다.

"아름답다고요? 어떻게요?" 그의 말 저변에 흥분이 감돌았다.

"글쎄요. 저는 어떤 고객들, 특히 음악을 사랑하는 사람들에게 합창단을 주선해줘요. 그 합창단은 임종을 맞이하는 사람들의 마음을 위로하기 위해 노래를 하죠." 음악에 관한 이야기라면 그가 공감할 수 있을 것 같았다. "음악이 만들어내는 차이를 보면 놀라울 따름이에요. 마치 영혼을 치유하는 것처럼 사람들을 바로 진정시켜주죠."

서배스천의 이마에 드리웠던 의혹이 누그러지는 듯했다. "음악은 분명 치유할 수 있을 겁니다."

"그리고 음악이 없어도 사람들은 죽기 바로 직전에 어떤 종류의 평온함을 얻을 때가 많아요. 사는 동안에 결코 하지 못했던 것, 이를테면 내내 너무나 단단히 쥐고 있던 모든 것을 내려놓고 마침내 자신을 그대로 놓아줌으로써 느끼는 평온함 같은 거죠. 저는 우리 모두가 그걸 좀 더 빨리 깨달을 수 있었으면 좋겠어요."

"하지만⋯⋯." 서배스천이 입술을 딱 닫고 고개를 가로저었다. "아니에요."

"말해보세요, 무슨 말을 하려고 했어요?" 아마 그가 나에게 살짝 힘을 실어주며 다시 마음을 열지도 모른다.

그는 자세를 고쳐 앉으며 도로에 집중했다. "기분 나쁘게 듣진 마세요, 클로버 씨. 근데 가끔 당신은 살짝 설교 조로 이야기를 할 때가 있어요. 그리고 뭔가 위선적이고요. 당신이 죽어가는 사람들을 지켜보면서 이 모든 지혜를 얻었다 한들 사용하지도 않을 거라면 그 모든 지혜가 다 무슨 소용입니까?"

5분 만에 보이지 않는 주먹에 두 번째 공격을 받았다. "무슨 뜻이죠?"

"글쎄요, 그 리오라는 노인분 말고는 사람들과 별로 어울리지 않는다고 했죠? 그리고 당신이 할머니한테 진짜 데이트를 해본 적이 없다고 말하는 걸 들었습니다. 내일 당신이 죽는다는 걸 알게 된다면 아마 당신은 후회할 일이 적잖을 겁니다."

그는 침을 꿀꺽 삼키고는 앞을 응시하며 내 반응에 대비했다.

가슴팍 깊은 곳에서 분노가 끓어올랐다.

'반발하지 말고 반응을 해.' 할아버지가 늘 하던 말이었다. 하지만 이번만큼은 혀가 협상을 위해 움직이지 않았다.

"쉴 새 없이 누군가와 데이트를 하는 게 성공한 삶은 아니에요." 내 목소리에서 실비에게 퍼부을 때 나오던 불안정한 톤이 새어 나왔다. "사실 저는 그 반대가 옳다고 보거든요. 그쪽은 혼자 있거나 자신이 진짜 어떤 사람인지 생각해보지 않으려고 항상 누군가와 데이트를 하는 것 같네요."

마침 옆을 지나쳐가는 트럭이 울리는 요란한 경적이 내 발언에 만족스러운 마침표를 찍어주는 듯했다. 우리는 말없이 분노를 터뜨리며 앉아 있었다.

"최소한 저는 사랑을 해봤습니다." 그가 내 쪽으로 고개를 돌리고 딱 부러지듯 말했다. "당신은 절대 가까이 다가갈 수 없는 사람이고요. 혼자인 것과 자기 삶에 아무도 들이지 않는 것에는 차이가 있지요."

그의 마지막 일격은 짧고 날카롭고 가장 아팠다. 갑자기 차가 나를 죄어오는 느낌이 들었다. 차 안에서 단 1분도 더 버틸 수 없을 것 같았다.

앞 유리로 주유소가 보였다.

"차 세워주세요." 내가 말했다.

"뭐라고요?"

"제발. 차를. 세우라고요!" 난생처음 누군가에게 고함을 질렀다.

서배스천이 주유소로 방향을 틀어 천천히 멈췄다. 나는 차에서 내려 정신없이 뒷좌석에서 내 가방을 꺼냈다.

"클로버 씨, 뭐 하는 겁니까?" 서배스천이 말했다.

"뉴욕으로 돌아가는 길은 알아서 찾을게요."

나는 차 문을 쾅 닫고 뒤도 돌아보지 않고 걸어갔다.

39

할아버지의 사망 소식을 들은 날은 내 스물세 번째 생일이 사흘 지난 수요일이었다. 나는 캄보디아에서 버스 안 2인용 좌석에 나란히 앉은 거대한 남녀 옆에 끼어 있었다. 내 무릎 위에는 여행 가방이 균형 맞춰 놓여 있었고 통로에는 살아 있는 닭들이 든 우리가 있었다. 우리는 테트리스 블록을 쌓듯 그렇게 끼워 맞춰진 채 타케오 남부 지방과 수도 프놈펜 사이의 좁고 구불구불한 길을 두 시간째 달리고 있었다. 눈썹이 땀에 축축이 젖은 우리는 모두 신선한 공기의 흔적이라도 맡을 수 있기를 바랐다. 그리고 나는 돈을 좀 더 들여 에어컨이 있는 버스표를 사지 않은 걸 후회했다. 열기와 닭똥 냄새와 그보다 더한 체취의 치명적인 조합에 메스껍다 못해 거의 정신이 나갈 지경이었다. 호흡에 집중하는 것 말고는 아무것도 할 수 없었다.

그 우여곡절 많은 여행은 캄보디아 불교인들의 죽음에 대한 전통을 공부하는 내 두 달 여정의 마지막 코스였다. 목요일에 싱가포르를 거쳐 뉴욕으로 가는 비행기를 예약해뒀으니 일요일에 할아버지와 함께 그 식당에서 아침 식사를 할 수 있을 터였다.

거의 1년이 다 되도록 할아버지가 곁에 있다는 위안을 느끼지 못했기 때문에 그것이 못 견디게 그리웠다.

캄보디아에 오기 전에는 죽음학 석사학위를 마무리하느라 파리의 소르본에 있었다. 내 조그만 여행 가방은 옷이 아니라 내가 여행에서 관찰한 모든 것을 빽빽이 기록한 노트 더미로 채워져 있었다. 나는 그 모든 걸 할아버지와 이야기할 날을 손꼽아 기다리고 있었다. 각 페이지를 찬찬히 살피며 생각에 잠겨 커피를 휘휘 저을 할아버지 모습을 상상하면서.

할아버지와 마지막으로 대화를 나눈 건 이삼일 전인 월요일 이른 아침이었다(할아버지가 있는 뉴욕 시간으로는 일요일 저녁이었다). 그날, 나는 호스텔 침대방을 빠져나와 구식 다이얼 전화기가 있는 공용구역 한쪽 모퉁이의 스툴을 향해 살금살금 내려갔다. 하루 중 유일하게 방해받지 않고 전화 통화를 할 수 있는 시간이었다. 커튼 사이로 비쳐 들어오는 아침 햇살이 뉴욕의 우리 아파트를 떠올리게 했다.

"클로버, 내 사랑스러운 손녀딸. 지금 막 너한테 소식을 못 들은

지 한 달이 넘었다고 생각하던 참이었어."

연결 잡음이 할아버지의 중저음에서 풍부한 음색을 앗아간 탓에 할아버지가 더욱 그리워졌다.

"죄송해요, 할아버지." 나는 할아버지의 목소리에 위로를 받으며 말했다. "좀 더 일찍 전화드렸어야 했는데."

연결 상태가 좋지 않은데도 할아버지의 깊은 웃음소리는 언제나처럼 사랑스러웠다. "네 머릿속에 늙은 할아버지보다 다른 것들이 더 많이 들어차 있나 보다 했다."

"할아버지는 항상 제 머릿속에 들어 있어요. 전화를 자주 드리지 않더라도요." 나는 지난 1년간 세상을 탐험하는 데 너무 빠지는 바람에 정기적으로 하던 전화 통화를 드문드문했었다.

"걱정 말거라, 아가. 너한테 소식이 없으면 네가 즐기고 있다는 뜻인 줄 알고 있으니까. 그리고 그게 날 정말 행복하게 해주니까."

나는 눈을 감고 할아버지가 올리브색 안락의자에 앉아 한쪽 다리를 다른 쪽 위에 걸치고 있는 장면을 그려보았다. 할아버지의 저녁 커피에서 피어오르는 김이 독서등 불빛을 배경으로 춤추듯 흔들리고 있었다.

"그래. 그럼 이제," 할아버지가 말을 이었다. "캄보디아에서 공부하면서 뭘 배웠는지 말해보렴."

나는 편하게 통화할 수 있게 수화기를 다른 쪽 귀로 옮겼다.

"서양과는 아주 달라요."

"아, 그렇지. 불교도들과 환생 말이구나."

"맞아요. 그리고 환생에서 진짜 중요한 부분이 실제 죽음을 맞이하는 과정이에요."

"흥미로운데. 그래, 어떻게 이루어지지?"

"그게요, 누군가 죽어가면 승려를 모셔서 다음 생을 준비할 수 있게 도와요." 나는 이번만큼은 내가 할아버지에게 뭔가를 가르치는 사람이 되었다는 사실이 자랑스러웠다. "그리고 영혼이 몸을 빠져나간 뒤에도 죽음을 맞이했던 장소에 한동안 그대로 머문다고 믿는 사람들도 있어요. 이따금 그 영혼이 당황하거나 겁에 질릴 때가 있어서 그들을 진정시키고 갈 길을 인도해줄 승려가 거기 있어야 하는 거고요. 다음 생으로 가는 길을 돕는다는 아이디어가 정말이지 너무나 아름다워요."

"그래, 정말 그렇구나." 할아버지가 말했다. "누군가를 위해 그런 일을 할 수 있다는 건 엄청나게 영광스러운 일이지."

버스가 논으로 둘러싸인 주유소 바깥에 덜컹거리며 멈춰 섰다. 바퀴 위의 숨 막히는 연옥에서 해방될 수 있는 시간은 20여 분으로 화장실을 이용하고 간단한 간식을 먹을 수 있는 정도였다. 음식과 화변기를 생각하니 더 역겨워져 탄산수 한 병을 사 들고 퀴퀴한 공기를 대충 순환시키고 있는 조그만 탁상 선풍기 앞에 섰다.

선풍기 옆 구식 컴퓨터 모니터 위에 인터넷이라 적힌 형광 핑크색 마분지가 붙어 있었다. 지난 며칠 동안 호스텔 와이파이가 되지 않아 한동안 이메일을 확인하지 못했다. 나는 카운터 너머 주유소 점원에게 캄보디아 돈 2,000릴을 건네고 짜증 날 정도로 느린 다이얼업 인터넷을 10분간 쓸 수 있는 접속권을 샀다.

메일함에 이메일이 여섯 통 와 있었다. 하나는 목요일에 있을 비행 일정 알림 메일이었다. 두 번째는 프랑스에서 함께 공부했던 학생이 자기 논문에 대한 내 의견을 묻는 메일이었다. 나머지 네 통은 할아버지의 오랜 직장 동료인 컬럼비아 대학의 찰스 넬슨 교수에게서 온 것이었다.

'찰스 넬슨'이라는 이름을 보자 심장이 두근거렸다.

나는 그가 보낸 순서대로 이메일을 읽었다. 처음 몇 개는 '최대한 빨리 연락해줘'의 몇 가지 버전이었다. 제일 최근, 딱 한 시간 전에 보낸 이메일에는 고통스러울 만큼 명확한 내용이 담겨 있었다.

클로버,

네가 해외여행 중인 거 안다. 그리고 이런 이야기를 이메일로 전해야 한다는 게 마음이 아프구나. 네 할아버지가 어제 돌아가셨어. 장례 준비를 해야 하니 이 메일을 받으면 연락 주렴.

찰스 넬슨

속이 무서울 정도로 울렁거렸다. 나는 국제전화 카드를 찾아 여행용 손가방을 더듬으며 공중전화를 향해 비틀비틀 걸어가 그의 서명 아래 적힌 휴대폰 번호로 다이얼을 돌렸다.

신호음이 세 번 울리고 연결이 되었다.

"클로버예요." 나는 찰스가 입을 떼기도 전에 불쑥 말했다.

찰스가 목청을 가다듬었다. "아, 그래, 클로버. 내 이메일을 받았나 보구나. 어떻게 위로를 전해야 할지 모르겠다. 그리고 그런 안 좋은 소식을 전하게 되어 마음이 아파."

숨 막히는 습도에 내 숨소리는 더욱 거칠어졌다. "어떻게 된 거예요?" 나는 겨우 말을 쥐어짜냈지만 입 밖으로 새어 나온 건 속삭임뿐이었다.

"뇌졸중이라고 하더라." 찰스는 항상 이성적이었는데 그때만큼은 그의 간단명료함이 새삼 냉정하게 느껴졌다. "그날 학교 교수실에서 늦게까지 일하고 있었는데, 나중에 관리인이 가보니 의자 위로 쓰러져 있더래."

나는 호흡을 천천히 할 수 있게 흉골을 문질렀다.

"할아버지는…… 혼자 있을 때 돌아가셨나요?"

"유감스럽게도 그런 걸로 보여. 정말 가슴이 아프구나."

밖에서 버스가 경적을 울려대자 함께 온 승객들이 줄줄이 버스로 돌아가고 있었다. 나는 어찌 된 일인지 마음속에 돌풍이 몰아치듯 혼란스러운 와중에도 현실을 생각하고 있었다. 내일 뉴욕행 비행기를 타려면 그 버스를 타야 했다.

"정말 죄송하지만 제가 지금 아주 외딴곳에 있는데 지금 버스가 막 출발하려고 해서요. 프놈펜에 도착하는 대로 다시 연락드릴게요."

찰스가 두 번째로 목청을 가다듬었다. "그래, 조심히 다니고. 또 통화하자."

　나는 곧 아까 그 두 승객 옆에 다시 끼어 앉았다. 옆에 꽥꽥거리는 닭장이 놓여 있었다. 하지만 이제는 참을 수 없는 열기와 거슬리는 불협화음과 땀 흘리는 몸에서 풍겨오는 악취가 느껴지지 않았다. 내 머릿속에는 오로지 복도 끝의 어둡고, 비좁은 대학교 교수실뿐이었다. 어렸을 때부터 수백 번은 방문했던 그곳.

　내 가장 친한 친구가 갈 길을 인도해줄 이 하나 없이 홀로 죽음을 맞이한 그곳.

40

　서배스천과의 로드 트립을 그 주유소에서 끝내지 말았어야 했다. 그곳엔 양방향으로 펼쳐진 적적한 겨울 들판과 편도 고속도로밖에 없었다. 바람이 해안 습지대의 짭짤하고 구린 냄새와 옷 틈새를 구석구석 파고드는 냉기를 실어 나르고 있었다.

　나는 주유소 입구를 마주 보고 서서 부우웅 렌터카 소리가 멀리 사라질 때까지 휴대폰만 열심히 들여다봤다. 마침내 뒤돌아섰을 때 주차장에는 누군가의 분노를 한 번 이상 견뎌낸 듯 문짝이 우그러진 갈색 픽업트럭 한 대뿐이었다.

　서배스천이 정말로 나를 떠난 것이다.

　겨드랑이에 땀이 새어 나와 따끔거렸다. 나는 가방을 몸에 바짝 붙여 앉았다.

지금 할아버지와 이야기를 할 수만 있다면 뭐든 해낼 수 있을 것 같았다. 나는 라틴아메리카에 처음으로 배낭여행을 갔다가 공황 상태에 빠진 적이 있었다. 그 순간 전화카드에 남은 충전액이 바닥날 때까지 10분간 할아버지의 차분하고 이성적인 목소리를 듣기 위해 공중전화로 전화를 했었다.

"네 교감신경계가 널 조종하고 있는 것뿐이야." 할아버지가 이성적으로 사실 그대로를 말해주었다. "전형적인 생물학적 투쟁 도피 반응이지. 네가 해야 할 일은 통제권을 되찾는 것뿐이야. 외부 자극을 제거할 수 있도록 눈을 감아. 그리고 길고 깊게 숨을 들이마신 다음 천천히 내뱉어."

할아버지에게 아주 오래전에 배운 방법이었지만 나는 주유소 바깥에 서서 그대로 따라 했다.

'눈을 감는다. 숨을 들이마신다. 숨을 내뱉는다.'

할아버지가 이어 말했다. "이제 잘못된 모든 것들에 집중하는 대신 모든 걸 긍정적인 방향으로 이동시키기 위해 네가 밟아야 할 올바른 다음 스텝을 생각해보렴."

주유소로 들어가는 유리문이 휙 열렸다. 빨간색과 검은색 체크무늬 옷을 입은 옥수수를 경작하는 농부 타입의 덩치 큰 남자가 앞주머니에 팔리아멘트 한 갑을 쑤셔 넣은 채 문밖으로 성큼성큼 걸어 나왔다. 모자 앞창으로 해변의 조수 자국처럼 땀자국이 번져 있었다.

"실례합니다, 아가씨." 그는 문간을 막고 있는 나와 내 커다란 가방을 보고 말했다. 그가 지나갈 수 있게 옆으로 물러서는데 퀴퀴한 담배와 흘린 맥주와 미심쩍은 위생 습관이 만들어낸 복잡한 냄새가 훅 밀려왔다.

'앞으로 나아가기 위한 작은 스텝.'

나는 그 낯선 이와 그의 우그러진 픽업트럭을 생각해봤다.

그가 내 눈을 보며 윙크를 하고 활짝 웃었지만 왠지 따뜻한 느낌이 부족했다. "태워드릴까요?"

다시 생각해보니 그는 뉴욕으로 갈 사람 같아 보이지 않았다. "정말 친절하시네요." 나는 가방을 더 단단히 쥐었다. "근데 괜찮아요. 고맙습니다."

"그럼 그렇게 하세요." 그가 묘한 웃음을 짓자 입술 한쪽에 물려 있던 불붙이지 않은 담배가 삐져나오려 했다.

픽업트럭이 주유소를 덜컹거리며 빠져나가자 안도의 아드레날린이 사지에 쫘악 퍼져나갔다.

주유소의 네모난 시멘트 건물 가장자리에 조그만 스낵바가 붙어 있었다. 신경이 극도로 예민한 이유가 어쩌면 다섯 시간째 아무것도 먹지 못한 탓도 있을 듯했다. 식사가 내 마음을 진정시킬 작은 스텝이 될지도 몰랐다. 살균소독제를 들이부은 듯한 화장실에 들렀다가 스낵바에서 가장 덜 끈적끈적한 자리에 가방을 내려놓았다. 나는 서비스 창구를 통해 헤어네트를 쓰고 그레이비소스가 묻은 앞치마를 입은 웨이트리스 겸 요리사에게 고개를 끄덕였다. 튀김기에서 나온 증기가 그녀의 인상적인 실루엣을 휘감았다가 극적으로 그녀 뒤로 피어 올라갔다.

"메뉴는 위에 있어요." 그 여자가 무표정한 얼굴로 대충 천장 쪽을 손가락으로 가리키며 말했다.

그녀의 머리 위 칠판에 틀린 철자로 적어놓은 전체 메뉴가 있었지만 대부분 분필로 길게 줄이 쳐져 있었다. 남은 메뉴는 달랑 두 가지뿐이었다. 간 소고기 치즈 샌드위치와 그릴드 치즈 샌드위치.

그릴드 치즈 샌드위치가 그나마 살모넬라에 노출될 확률이 적어 보였다.

"그릴드 치즈로 주세요."

"피클도 드려요?" 그 여자가 눈에 띄게 건성으로 물었다.

"당연하죠. 아, 제 말은, 네. 주세요."

"커피는요?"

"너무 좋죠, 감사합니다."

그 여자가 서비스 창구 끝 쪽에 있는 커피포트 쪽으로 고갯짓했다. 그러고는 머그잔을 밀어 주었다. "셀프서비스예요."

풍겨오는 탄 냄새로 보아 커피가 워머 위에서 손님을 기다린 지 너무 오래된 듯했다. 나는 즐긴다기보다 위안을 얻으려 커피를 머그잔에 부었다. 자리에 앉아 커피를 휘저으며 생각했다. 성장하면서 겪은 안타까운 순간들 중 하나가 모든 어려운 질문에 대한 답이 커피 잔 바닥에 있지 않다는 사실을 깨달았을 때였다. 나는 스푼으로 머그잔 옆을 세 번 쳤다.

나는 또다시 식당에 홀로 앉아 있었다.

어쩌면 서배스천의 비판에 살짝 과민하게 반응했는지도 모른다. 하지만 그는 근본적으로 내 삶 전체가 거짓이라고 말했다.

스낵바의 손님이 나뿐인 점을 감안할 때 말도 안 되게 오랜 시간이 지난 뒤 시들시들한 그릴드 치즈 샌드위치가 담긴 접시와 초라하기 짝이 없는 피클이 내 앞에 툭 놓였다.

나는 웨이트리스에게 최대한 정중하게 미소를 지으며 말했다. "고마워요."

"네." 그 여자는 주방으로 사라져버렸다.

쭉쭉 늘어지는 샌드위치 귀퉁이를 조심스럽게 베어 무는데 화면이 보이지 않게 테이블 위에 엎어놓은 휴대폰에 메시지 진동음이 울렸다. 나는 확인하기 전 잠시 망설였다. 서배스천이 보낸 사과 문자일 수도 있었지만 내가 그의 사과를 원하는지조차 의문스러웠다.

나는 뜨거운 토스트를 뒤집듯 재빨리 휴대폰을 뒤집었다.

마이크, 지금 당장 이 말도 안 되는 모기지 이율의 혜택을 누려보세요!

스팸 문자였다. 번호를 수없이 차단했는데도 여전히 매주 문자를 받고 있었다(그리고 누군지 몰라도 문자를 보내는 사람은 분명 '마이크'가 아주 속이기 쉬운 사람이라 생각하고 있을 것이다). 나는 다시 샌드위치를 잡고 플라스틱 같은 치즈 질감을 애써 무시하며 뜯어먹었다.

택시를 불러서 제일 가까운 렌터카 대리점으로 갈 수도 있었다. 아니면 버스 터미널로 가거나. 물론 그 모든 옵션은 택시가 이런 외딴 주유소까지 와주느냐 아니냐에 달려 있었다.

또 다른 문자가 들어와 휴대폰이 진동하자 심장이 두근거렸다.

실비의 이름이 휴대폰 화면에 떴다.

나는 냅킨 함에서 까슬까슬한 냅킨을 한 장 꺼내 손가락에 묻은 기름을 닦아냈다.

안녕, C. 오늘 기분은 어때요? 로드 트립 잘하고 있길 바라요. 어제 일은 너무 이상했어요. 우리 이야기를 좀 할 수 있을까요?

마음 한편에선 휴대폰을 집어 그녀에게 서배스천과 싸운 이야기를 들려주고 싶었다. 그녀는 분명 내 편일 것이다. 그리고 그녀의 침착한 목소리에 위로도 받을 수 있을 것이다.

하지만 내가 생각했던 것만큼 실비를 잘 알지 못한 게 확실한데다 어제의 내 행동 때문에 그녀도 서배스천처럼 나를 정말 이상하고 한심하다고 생각할지도 모를 일이었다. 힘줘 쓸어 넘겨 문자를 삭제하는데 가슴속에서 내가 너무나 잘 알고 있는 통증이 불타오르듯 번졌다.

외로움.

나는 서배스천과 실비를 만나기 전으로 다시 돌아가 있었다. 이런 식으로 끝날 거였으면 뭐 하러 그렇게 애를 썼단 말인가? 내가 바란 건 우리 집 소파에 반려동물들과 웅크려 앉아 다시는 집을 나서지 않는 것뿐이었다.

하지만 클로디아가 있었다. 내가 이 모든 일들을 한 이유는 서배스천이 아니라 그녀였다. 그리고 휴고를 찾아내기 직전에(어쨌거나 우리가 메인주로 그를 찾아 나섰으니 말이다) 포기해버린다면 나는 분명 후회할 것이다.

'숨을 들이마신다. 숨을 내뱉는다. 올바른 다음 스텝을 밟는다.'

웨이트리스에게 계산서를 달라는 손짓을 하고 몰려드는 불안감을 떨쳐내려 했다. 그녀가 계산서에 글자를 휘갈겨 쓰고는 부욱 찢어 내 앞에 놓아주었다.

"자기 잘못을 인정하기 힘들다는 거 알아요. 그래도 결혼을 지키려면 그렇게 해야 할 때도 있어요."

나는 당황해서 그녀를 쳐다봤다. 이내 내가 차에서 극적으로 내리는 장면을 목격했구나 싶었다. "저는 결혼을 안 했어요." 나는 수치심을 감추려 애쓰며 말했다.

"아." 그녀가 반응했다. "그렇군요. 그 사람이 누구든 행운을 빌게요."

나는 허둥지둥 지갑에서 지폐를 꺼냈다. "커피값을 청구하지 않으셨어요. 여기 몇 달러 더 올려둘게요. 커피값으로 충분했으면 좋겠네요."

나는 자리에서 일어나 손에 묻은 기름기를 닦으러 화장실로 향했다. 내 어깨에 멘 커다란 가방은 주유소의 좁은 통로에서 무자비한 동반자가 되어 크레인에 매달린 쇳덩이처럼 가판대를 치고 말았다. 진열되어 있던 바나나칩 봉지들이 사방으로 날아갔다. 10대인 듯한 가게 점원은 눈알을 굴렸지만 카운터 뒤에 꼼짝 않고 서서 흩어진 칩 봉지들을 다시 진열하는 나를 도우러 오지 않았다.

더 시간을 끌 수 없었다. 나는 점원에게서 제일 멀리 떨어져 있는 코너로 가, 숨을 고른 다음 휴대폰에 저장된 서배스천의 이름을 눌렀다.

신호음이 한 번 울리자 그가 전화를 받았다.

"서배스천 씨." 나는 그에게 말할 틈을 주지 않았다. "그렇게 과민하게 반응해서…… 미안해요." 이제 남은 내 자존심은 때 묻은 리놀륨 바닥에서 피를 흘리고 있었다. "지금은 휴고 씨를 찾는 일이 가장 중요하잖아요."

"저도 정말 미안합니다." 서배스천이 조심스럽게 말했다. "당신이 어떻게 살아가든 제가 상관할 일이 아니었어요. 그런 말은…… 하지 말았어야 했어요."

자기가 한 말이 진심이 아니었다고 말한 것은 아니지만 지금은 사소한 데 집착하는 사치를 누릴 상황이 아니었다.

"어디신지 모르겠지만 저는 아직 그 주유소에 있어요." 나는 잠재적으로 내 건강에 해가 되지 않을 프링글스를 찾기 위해 통에 찍힌 유통기한을 살피며 말했다. "이쪽으로 데리러 와줄 수 있을까요?"

잠깐 정적이 흘렀다. "밖을 보세요."

나는 프링글스 통에서 주유소 쪽으로 시선을 돌렸다.

렌터카에 기대선 서배스천이 나에게 손을 흔들었다.

41

우편함에 적힌 번호로 보아 그곳이 맞았다. 하지만 집이 없었다. 호수로 이어지는 키 큰 자작나무가 늘어선 비포장 진입로뿐이었다. 그곳일 리가 없었다. 거기엔 아무것도 없었다.

서배스천이 GPS를 다시 확인했다. "여기가 확실한데요."

"호수 쪽으로 더 내려가봐야 할까요?"

"이 근방에는 집이 없어요." 서배스천이 초조해하며 말했다. "있었다면 우리가 봤을 거예요."

심장이 쪼그라드는 느낌이었다. 이 모든 시간과 에너지를 바보 같은 탐구에 허비했다니. 클로디아에게 이 여행에 대해 이야기하지 않은 건 신의 한 수였다.

"그분을 찾을 수 있을 거라 생각하다니 제가 너무 어리석었어요." 서배스천에게 또 다른 과오를 인정하려니 부끄러웠다. "아무 성과도 거두지 못할 일로 여기까지 오게 해서 미안해요."

그가 호수 쪽으로 고개를 끄덕였다. "내려가서 호수를 살펴봅시다. 여기 아무도 없으니까 엄밀하게 말해 무단 침입도 아니잖아요."

"네, 그래도 될 것 같아요." 어차피 오늘 밤 뉴욕으로 돌아가기엔 이미 늦은 시간이었다.

바닥에 떨어진 나무껍질을 파삭파삭 밟으며 걸어가는 사이 신선한 숲 공기가 실망감을 덜어주었다. 그동안 자연이 얼마나 위안감을 줄 수 있는지 잊고 있었다. 나는 심지어 센트럴파크에도 더 이상 가지 않았다.

"메건티쿡 호수라고 하네요." 서배스천이 휴대폰을 들여다보면서 말했다. "육봉 연어와 펌프킨시드 개복치, 밴디드 킬리피시의 서식지고요."

"낚시를 좋아하세요?" 예상치 못한 일이었다.

서배스천이 얼굴을 찌푸렸다. "그럴 리가요. 저는 야외 활동을 좋아하는 타입이 아닙니다. 아마 자연의 70퍼센트에 알레르기가 있을걸요. 딱 한 번 아버지가 캠핑에 데려가줬는데 고문이 따로 없었죠." 그가 얼굴 근처에서 붕붕거리는 보이지 않는 곤충을 잡으려 손을 마구 휘둘렀다.

오르막길이 이어지다 굽은 비탈길이 되었다. 우리는 제일 높은 곳에 서서 기우뚱한 부두에 정박해 있는 바랜 파란색 줄무늬 문양의 복고풍 배를 내려다보았다.

"선상 가옥인가요?" 서배스천이 안경을 고쳐 쓰며 말했다. "요즘에도 저런 데 사는 사람이 있는지 몰랐습니다. 우리 누나들 때문에 캐리 그랜트와 소피아 로렌이 나온 옛날 영화를 본 적 있는데 꼭 〈사운드 오브 뮤직〉의 보트 버전 같더군요. 아, 제가 방금 저걸 뭐라고 했죠?"

"〈선상 가옥〉?"♣

"하. 맞아요, 바로 잇다니. 아무튼 저는 선상 가옥에 사는 커트 러셀과 골디 혼 영화가 더 재미있었어요." 그가 도시에 적합한 옥스퍼드화 밑창으로 축축한 땅을 미끄러질 듯 밟으며 비탈길을 내려가기 시작했다.

그가 한껏 늘어놓는 허세스러운 이야기에 은근히 즐거워하며 나도 그를 따라 내려갔다. 보트 난간에 모직 스웨터가 걸쳐져 있는 걸로 보아 최근까지 누가 거기 살았거나 지금도 살고 있는 듯했다.

어쩌면 결국엔 이게 그리 어리석은 아이디어가 아닐지도 몰랐다.

서배스천이 부두에 발을 내딛자 개가 격렬하게 짖는 소리가 몇 차례 들려왔다. 털이 덥수룩한 검은색 테리어가 보트에서 튀어나와 우스꽝스럽게 뒷걸음질 치는 서배스천에게 달려들었다. 서배스천이 속수무책으로 열정적인 맹공격을 피하려는 사이 개는 뒷발에 용수철이라도 달린 듯 서배스천 주위를 마구 뛰어다녔다. 나는 터져 나오려는 웃음을 참았다.

"거스!" 보트 안에서 남자 목소리가 들려왔다. "진정해."

♣ 〈달빛 아래서〉라는 제목으로 국내 상영된 1958년 미국 코미디 영화.

낮은 문 아래로 짙은 색 곱슬머리 남자가 몸을 푹 숙인 채 나오고 있었다. 그가 몸을 일으켜 세우자 키가 거의 두 배로 커졌다.

"안녕하세요." 그가 서배스천과 나를 번갈아 쳐다보았다. "뭘 도와드릴까요?"

거스가 재빨리 주인 옆으로 달려갔다. 거스의 빨간 목걸이가 칠흑 같은 검은 털에 대비되어 불꽃 같아 보였다.

"아, 그게." 서배스천이 흥분한 개를 떼어내준 그에게 감사하며 말했다. "우리는 휴고 보퍼트 씨를 찾고 있습니다."

"그렇다면 찾으신 것 같은데요."

서배스천이 이맛살을 찌푸렸다. "당신인가요?"

"네, 접니다." 남자가 눈을 가늘게 뜨고 의심스럽다는 듯 물었다. "무슨 일이시죠?"

그는 서른다섯 이상으로는 보이지 않았고 프랑스어 억양도 확실히 없었다. 서배스천을 흘깃 보니 나만큼 절망한 듯했다.

"죄송합니다. 우리가 잘못 찾은 것 같네요." 서배스천이 말했다. "우리가 찾고 있는 휴고 씨는 당신보다 훨씬 연세가 많거든요. 한 쉰 살쯤 더 드셨을 거예요."

"아." 남자가 말했다. "우리 할아버지 말씀이세요?"

"네!" 서배스천과 나는 서로를 보며 말했다.

우리 앞에 있는 휴고가 머리를 숙였다. "할아버지는 두 달 전에 돌아가셨어요."

"아, 정말 슬프고 안타까운 소식이네요. 고인의 명복을 빕니다."

나는 반사적으로 말했다.

거스가 내 목소리에 고개를 갸우뚱하더니 서배스천을 건너뛰고 나에게 달려왔다. 그 늘어진 귀를 긁어주려고 몸을 숙이자 거스가 차분하게 내 다리에 코를 비볐다.

"고맙습니다." 휴고가 말했다. "할아버지 연세가 90대이다 보니 어느 정도 예상은 하고 있었어요."

"그렇다고 마음이 덜 아프진 않지요." 나는 그의 슬픔만큼이나 내 슬픔도 누그러들길 바라며 말했다.

우리 셋은 말없이 서 있었다.

"잠깐만요." 휴고가 어리둥절해하며 말했다. "그런데 할아버지는 왜 찾으시죠?"

"제 할머니 일 때문입니다." 서배스천이 나직이 말했다. "저희 할머니도 임종이 얼마 남지 않으셨어요." 서배스천은 그 말을 입 밖에 내면 현실이 되기라도 한다는 듯 겁먹은 표정이었다. 나는 땅을 내려다보는 그의 축 처진 어깨에서 슬픔의 무게를 느꼈다.

"저런, 힘드시겠어요." 휴고의 어조에선 공감하는 마음이 한껏 묻어났다. 그는 서배스천이 상세히 설명해주기를 기다렸다.

서배스천이 대화를 이끌어달라고 간청하는 눈길로 나를 쳐다봤다.

나는 부두로 더 가까이 걸어갔다. 거스가 내 옆으로 재빨리 다가왔다. "서배스천 씨 할머니께서 1950년대 중반 마르세유에 계실 때 잠깐 그쪽 할아버지와 인연이 있으셨던 것 같아요."

60년도 더 지난 일을 꺼내고 보니 우스꽝스럽게 들렸다. 이 여행에서 뭔가 이룰 수 있다고 믿었던 내가 너무 순진해 보였다. 하지만 휴고는 나를 미친 사람 쳐다보듯 하는 대신 궁금하다는 듯 고개를 갸웃거렸다.

"혹시 클로디아…… 이야기를 하시는 건가요?"

서배스천과 나는 믿기지가 않아 휴고를 쳐다봤다. 거스는 기대에 찬 눈길로 숨을 헐떡이며 우리를 이리저리 쳐다보았다.

서배스천이 부두로 걸음을 내디뎠다. "저희 할머니를 아세요?"

"네…… 그러니까, 안다고 봐야죠." 휴고가 턱에 거뭇거뭇 올라온 수염을 문질렀다. "할아버지께서 돌아가시기 직전에 아무한테도 들려주지 않은 이야기를 저에게 해야겠다고 하셨어요. 솔직히 전 할아버지가 살인이라도 저지르신 줄 알았죠. 그런데 클로디아라는 미국인 여성 사진작가와 프랑스에서 사랑에 빠졌던 이야기를 해주셨어요. 할아버지가 미국으로 이주하신 이유가 그분 때문이었다고 하시더군요."

"그분이 바로 서배스천 씨 할머니세요!" 나는 솟구치는 희망을 잘 조절하려 애쓰며 말했다. "그런데 그분은 휴고 씨 할아버지께서 여기로 이주하신 줄 모르세요."

"정말 믿기지가 않네요." 휴고가 말했다. 할아버지에게 물려받은 각진 턱이 그에게 잘 어울렸다. "그런데 우리 할아버지가 이주하신 줄 모르신다고 하셨는데 두 분은 여길 어떻게 알아내셨죠?"

서배스천이 엄지를 들어 나를 가리켰다. "이쪽이 말하자면 온라인 명탐정이거든요."

휴고가 한쪽 눈썹을 치켜올렸다. "오, 그래요?"

나는 그날 아침 머리를 빗지 않은 것을 뼈저리게 후회했다.

"실은 이 주소를 찾은 사람은 제 이웃이에요." 갑자기 입 안이 바싹 말랐다. "제가 클로디아의 옛날 사진들 사이에서 휴고 씨 할아버지 사진을 발견했어요. 그리고 두 분의 만남에 대한 이야기를 듣게 되었죠."

"우와, 진짜 궁금한 게 너무 많은데. 일단……." 휴고가 손을 내밀었다. "서배스천 씨, 맞죠?"

서배스천이 악수했다. "네, 맞습니다."

"반가워요." 휴고가 내 쪽으로 몸을 돌리고 다시 한쪽 눈썹을 치켜올렸다. "그리고 당신은요?"

나는 볼이 빨개지지 않기를 기도했다. "어, 전 클로버예요."

휴고의 얼굴에 이내 미소가 번졌다. "에타 제임스 노래에 나오지 않나요? '내 마음은 클로버로 둘러싸였네.' 저는 그 노래를 늘 좋아했어요." 그가 손을 내밀었다. "만나서 정말 반가워요, 클로버 씨."

그의 굳은살 박인 두터운 손바닥이 내 부드러운 손바닥에 밀착되자 손이 얼얼해지는 듯했다. "저도 반가워요."

"혹시 두 분 배가 고프진 않으신가요?" 휴고가 버릇인 듯 손가락으로 곱슬머리를 쓸며 말했다. "여기서 멀지 않은 곳에 아주 괜찮은 술집이 있어요. 거기서 랍스터 롤을 먹으며 이 모든 이야기를 나누면 어떨까요. 저는 정말 클로디아에 관한 이야기를 더 듣고 싶거든요."

서배스천이 뻣뻣하게 발걸음을 떼며 말했다. "갑각류 알레르기가 있지만 맥주라면 환영입니다."

"걱정 마세요. 거기 치킨 포트 파이도 훌륭하거든요." 휴고가 몸짓으로 나무 아래 주차된 낡은 올리브색 랜드로버를 가리켰다. "제 차를 따라오시면 돼요." 그가 나를 쳐다봤다. "가실 거죠?"

미소 짓는 내 얼굴이 마치 내 얼굴이 아닌 듯 우스꽝스럽게 느껴졌다. "제가 포트 파이를 진짜 좋아하거든요."

이상하고 어색한 태도 대신 실비처럼 편안하고 당당한 모습을 보일 수 있다면 얼마나 좋을까 싶어 몸이 움츠러들었다.

무엇보다 실비가 필요하다는 그 느낌이 싫었다.

42

해안 돌출부에 자리 잡은 '별난 고래잡이'의 외관은 고래잡이라는 이름에 걸맞아 보였다. 흩뿌려지는 바닷물과 짠 공기에 시달린 녹슨 차양과 세월과 비바람에 벗겨진 페인트는 세상사에 지친 무뚝뚝한 늙은 선원의 모습을 닮아 있었다.

휴고는 만에서 불어오는 작은 돌풍에 머리를 이리저리 휘날리며 입구에서 우리를 기다리고 있었다.

"여긴 저희 할아버지 단골집이에요. 거의 매일 점심을 드시던 곳이죠." 휴고는 내가 코트를 여미는 모습을 보고 문을 열어 나를 자리로 안내했다. "안은 훨씬 따뜻할 거예요."

술집의 한쪽 끝에 타닥타닥 타들어가는 난롯불이 그의 말을 확인시켜주었다. 그는 니스 칠로 마무리한 마호가니 식탁 자리로 우리를 안내했다. "코트 주시겠어요?"

서배스천이 재킷을 벗어 휴고에게 건네고는 자리에 앉았다. "고맙습니다."

나도 내 더플코트를 벗으려 했는데 머리카락이 그만 떡볶이 단추에 걸리고 말았다. 휴고가 손을 내밀어 머리카락을 풀어주었다. 즐겨 보는 디스커버리 채널 속 갓 태어난 기린처럼 내가 서툴고 어설프게 느껴졌다.

"고마워요." 나는 아주 잠깐 휴고의 눈을 보며 말했다. 흔들림 없이 내 눈을 들여다보는 그의 눈길에 뭔가 불편해졌다. 하지만 휴대폰에 코 박고 있는 서배스천을 보자 마음이 놓였다. 그의 존재감이 갑자기 뚜렷하게 느껴졌다.

"어서 앉으세요." 휴고가 앉으라는 몸짓을 하며 말했다. 휴고가 긴 팔다리를 편하게 쓰려면 여유 공간이 필요할 것 같아서 나는 서배스천 쪽으로 갔다.

바랜 샴브레이 셔츠에 수십 년은 된 듯한 청바지 차림의 백발 여인이 플라스틱 메뉴판을 팔 아래 끼고 우리 테이블로 다가왔다. 옷깃 아래 목주름 때문에 일그러진 복잡한 문신이 슬쩍 보였다.

"얼굴 까먹겠어, 자기." 그녀가 휴고에게 말을 건넸다. 쉰 목소리로 보아 그녀는 평생 니코틴과 열렬한 애정 관계를 맺어왔을 가능성이 커 보였다.

휴고가 몸을 숙여 그녀의 뺨에 입을 맞췄다. "로마, 미안해요. 내가 요 몇 주간 바빠서 그만. 거의 타지에 나가 있었거든요."

"대도시에 홀리기라도 한 거야, 뭐야? 뭐, 어쨌거나 네가 지금 여기 있다는 게 중요하지." 로마가 서배스천과 내가 있는 쪽으로 몸을 돌렸다. "보아하니 손님들도 모시고 왔나 본데."

"물론이죠. 로마, 인사해요. 클로버 씨와 서배스천 씨예요."

나는 그가 우리를 마치 오랜 친구들처럼 소개해주는 것이 좋았다.

"'별난 고래잡이'에 잘 오셨어요." 로마는 우리와 대화가 잘 통할 리 없을 거라 판단했는지 인사만 했다. 말없이 주문 내용을 받아 적은 그녀는 흐트러진 올림머리에 펜을 끼워 넣고 커다란 모자를 눌러쓴 보안관처럼 한껏 거들먹거리는 걸음걸이로 걸어가 주방 여닫이문으로 들어갔다.

"오늘 뉴욕에서 여기까지 운전해 오신 건가요?" 휴고가 몸을 앞으로 숙여 테이블 위에서 손가락을 깍지 끼자 절로 그의 손에 눈길이 갔다. 커다랗고, 흉터가 드문드문 있는데도 어딘가 우아해 보였다.

"네, 아침 일찍 출발했어요." 서배스천이 일곱 시간 운전이 특별히 인상적인 위업이라도 된다는 듯 자랑스럽게 말했다.

"그렇군요, 저도 한 번에 쭉 달리는 쪽을 선호합니다." 휴고가 말했다. "해 뜨기 전에 일어나서 가능한 교통 체증을 피하려 하죠."

순간 호기심이 일었다. "뉴욕에 자주 가세요?"

휴고가 긴 팔을 의자 뒤에 걸쳤다. "최근에 그랬죠. 저는 조경 건축가입니다. 시의회 프로젝트들 자문 때문에 자주 오갔어요."

"통근 거리가 너무 머네요." 서배스천이 말했다.

"맞아요. 제가 좀 더 영리했더라면 거기 집을 구할 생각을 했을 거예요." 휴고가 창밖의 돌풍이 휘몰아치는 만을 가리켰다. "한데 뱃사람인 제 근본을 떨쳐낼 수 없을 것 같더라고요. 저희 할아버지처럼요."

나는 그토록 긴장되는 이유를 알지도 못한 채 용기 내어 그와 눈을 마주쳤다. 어쩌면 서배스천의 허벅지가 내 허벅지를 눌러서 그럴지도 몰랐다. 나는 우리가 거기 있는 이유에 신경을 집중하려 했다.

"할아버지께선 클로디아 때문에 미국으로 오셨는데 왜 연락을 하지 않으셨을까요? 그리고 어떻게 메인주에 정착하게 되신 거예요?"

"그게, 저는 정확히 알진 못해요." 휴고가 미안해하며 말했다. "살면서 가장 후회한 일이 그분을 떠나보낸 거라고 말씀하셨을 뿐 다른 자세한 이야기는 하지 않으셨어요."

그 말에 너무 흥분해서 거의 쓰러질 뻔했다. 여기 온 건 결국 올바른 선택이었다.

휴고가 잠깐 생각하더니 말했다. "우리 조부모님이 애정이 깊어 보이지 않았던 이유가 그 때문이었던 것 같아요. 두 분은 그저 좋은 친구 사이에 더 가까우셨거든요. 저는 그냥 당신들 세대에서는 그게 정상인가 보다 했어요."

"그렇군요." 서배스천이 말했다. "저도 조부모님의 결혼 생활이 행복했다고는 절대 말할 수 없어요. 할아버지는 말하자면 구제불능이었거든요. 제 생각에 우리 할머니는 할아버지가 돌아가시고 난 10년이 더 행복하셨던 것 같아요."

음료가 담긴 쟁반을 균형 맞춰 들고 온 로마가 테이블 위에 맥주, 깔끔한 버번, 쓴맛 나는 비터스를 넣은 클럽 소다를 놓으며 휴고에게 윙크했다.

휴고가 탄산수를 집어 들며 말했다. "건배합시다."

우리는 잔을 부딪쳤다. 서배스천이 휴고의 탄산수에 고갯짓하며 말했다. "건강을 위해서인가요?"

"그렇지도 않아요." 휴고가 온화하게 말했다. "몇 년 전에 술을 끊었어요. 술을 마셨을 때의 제가 싫었거든요. 무슨 뜻인지 아시죠? 어쨌거나 술을 마시지 않을 때가 훨씬 더 행복하더라고요."

나는 그의 허물없는 자기인식에 마음이 편안해졌다. 그리고 내 버번을 다시 생각해보게 되었다.

"그렇군요. 잘된 일입니다." 서배스천이 재빨리 말했다.

우리는 모두 조용히 음료를 마셨다.

"우리 할아버지를 찾으러 여기까지 와주시다니 정말 대단하세요." 휴고가 말했다. "그런데 어떤 기대를 갖고 오신 건가요? 할머니께서 우리 할아버지를 찾아달라고 부탁하셨나요?"

"아뇨." 서배스천이 나를 쳐다봤다. "할머니는 우리가 여기 온 줄도 모르세요."

"찾지 못했을 때 실망을 안겨드리고 싶지 않았거든요." 나는 재빨리 변명했다. "하지만 찾을 수만 있다면 돌아가시기 전에 그분과 결혼하지 않은 걸 평생 후회했다는 말을 전해드림으로써 일종의 마무리를 시켜드릴 수 있을 거라 생각했어요. 두 분이 코르시카에서 함께 시간을 보내셨다고 들었어요."

"아." 휴고가 말했다. "그래서 할아버지가 유골을 거기 뿌려달라고 하신 거군요. 그동안 너무 바빠서 아직 그 여행을 계획하진 못했지만요."

"클로디아도 같은 요청을 하셨어요." 반세기가 넘도록 이어진 이루지 못한 사랑을 상상하니 마음이 아팠다. 누군가를 너무나 깊이 사랑해 죽어서 그 곁에 머무는 것이 마지막 소원이라니.

"할아버지께서 돌아가신 지 두 달밖에 안 됐다고 하셨나요?" 서배스천이 휴고에게 물었다. "뵐 수 있을 뻔했네요. 좀 더 빨리 알았더라면 좋았을 텐데."

"정말 안타까워요." 휴고가 말했다. "할머니께서도 시간이 그리 오래 남지 않으신 모양이죠?"

서배스천이 맥주잔을 쓸쓸히 바라보았다. "길어야 이삼 주라 하더군요."

"뭐라고 위로를 드려야 할지 모르겠어요." 휴고가 말했다. "사랑하는 이를 잃는다는 게 얼마나 고통스러운지 압니다."

"글쎄요, 저는 운이 좋았어요." 서배스천이 엄지손가락으로 맥주잔 입구를 따라 쓸며 말했다. "할아버지를 제외하면 가족을 잃는 일이 처음이거든요." 서배스천은 어깨를 다시 축 늘어뜨린 채 무겁게 한숨을 내쉬었다. "더 많이 겪으면 더 쉬워질까요?"

휴고는 고통스러워 보였다. "그렇다고 말씀드릴 수 있으면 좋겠네요. 어머니가 15년 전에 돌아가셨는데 여전히 마음이 아파요." 그는 창밖의 돌풍에 몸부림치는 늘어진 방수포를 쳐다봤다. "사실대로 말하면 슬픔은 절대로 완전히 가시지 않아요. 누군가 그러더군요. 슬픔은 내가 항상 지고 다녀야 할 가방 같은 거라고요. 시작은 커다란 여행 가방이었다가 세월이 지나면서 지갑 사이즈로 줄어들진 몰라도 영원히 가지고 다녀야 하죠. 진부하게 들리겠지만 그 말은 슬픔에서 완전히 벗어날 필요가 없다는 사실을 깨닫는 데 도움이 됐어요."

마치 휴고가 두 손을 뻗어 나를 안아주는 느낌이었다. 잠깐 내 슬픔이 덜 고독하게 느껴졌다.

서배스천이 고개를 돌려 나를 봤다. "어떻게 생각해요? 당신은 항상 사람들이 죽는 모습을 보잖아요."

"그렇죠. 하지만 그건 제 일인걸요."

휴고의 눈이 커다래졌다. "사람들이 죽는 모습을 지켜보는 것이 일이라고요?"

"정확히 그렇진 않아요." 갑자기 나에게 관심이 집중되자 마음이 불편했다. "하지만 많은 사람의 죽음을 보는 일이 제 일의 한 부분이긴 해요."

"클로버 씨는 '임종 도우미'입니다." 서배스천이 좀 지나치게 극적으로 말했다.

"우와! 멋지네요." 휴고의 얼굴이 환해졌다. "바로 며칠 전에 관련 기사를 하나 읽었거든요. 아주 최신 직종이던데, 맞나요?"

일일이 설명하지 않아도 되어 마음이 놓인 데다 어렴풋이 자부심마저 느껴졌다. "'임종 도우미'라는 용어는 그래요. 하지만 사람들은 수천 년 동안 어떻게든 그 역할을 수행해왔어요. 신부님이나 수녀님, 호스피스 종사자, 의사들이 그랬죠. 심지어 아직까지도 그 의미가 모호하긴 해요. 저마다 나름대로 해석하고 있죠."

"흥미롭네요." 휴고가 잠깐 시선을 거두고 탄산수를 마셨다. "그럼 당신에게는 어떤 의미인가요?"

그의 얼굴에서 회의적이거나 비평하려는 기미를 찾아봤지만 정중한 호기심만 보일 뿐이었다.

"제 생각엔 품위 있고 평화롭게 죽을 수 있게 누군가를 돕는다는 뜻 같아요."

버번을 잡은 손바닥이 축축해진 듯했다. "때로는 그저 그들이 혼자 있지 않게 해주거나 떠나기 전에 할 일들을 정리할 수 있게 돕기도 해요. 또 삶을 되돌아보며 해결하지 못한 문제를 해결할 수 있게 도와주기도 하고요."

"이를테면 오래전에 소식이 끊긴 프랑스 선원을 찾아 그가 그녀의 진짜 사랑이었다고 말해주는 일 말인가요?" 휴고의 친절한 미소가 그의 장난조에 맞서고 있었다.

나는 간신히 수줍은 미소로 답했다. "특별한 경우엔 그렇죠."

"품위 있게 죽을 수 있게 돕는다니, 너무나 아름다운 일이네요." 휴고가 말했다. "레오나르도 다빈치의 명언이 생각납니다. 뭐였죠? '나는 사는 법을 배우고 있는 줄 알았는데 죽는 법을 배우고 있었다'였던 것 같은데. 분명 당신은 그 모든 일들을 하면서 정말 훌륭한 교훈을 얻었을 겁니다."

서배스천이 기침을 하더니 자기 맥주를 열심히 노려보았다.

얼굴이 발그레 달아올랐다.

"네." 나는 나직이 말했다. "하지만 그 교훈들을 제 삶에 늘 훌륭하게 적용하지는 못했어요."

휴고가 어깨를 으쓱했다. "그걸 잘하는 사람이 어디 있겠습니까? 대부분의 사람들은 살면서 진짜 교훈은 얻지도 못하다가 결국엔 너무 늦어버리고 말잖아요, 안 그런가요? 제일 중요한 건 당신이 최선을 다하고 있다는 겁니다."

슬픔이 목구멍까지 차올랐다. 휴고의 자비로운 평가에 부응하고 싶었지만 아침에 서배스천에게 들었던 가차 없는 평가가 훨씬 더 정확했다.

세상과 관계를 맺지 않고 관찰만 한다는 건 감정 투자를 할 필요가 없다는 뜻이었다. 내가 아무하고도 가까워진 적이 없다면 아무도 나를 떠날 수 없다. 누군가 떠난다고 해도 상처받을 일도 없다. 혼자 있기를 선택하는 쪽이 더 나았다. 그것이 내가 늘 통제권을 행사할 수 있는 유일한 길이었다.

하지만 이제는 내가 다른 사람들을 속이지 못했다는 걸 깨달았다. 사실 나는 최선을 다하지 않았다. 나는 내가 통제할 수 있는 삶의 껍데기 속에서만 살고 있었다.

그리고 나는 그것을 후회했다.

43

우리가 저녁 식사를 마치고 '별난 고래잡이'를 나올 때쯤엔 조그만 돌풍이 제대로 된 폭풍이 되어 있었다. 돌풍은 한 번 휘몰아칠 때마다 중력을 거스르며 비스듬히 내리치는 굵직한 빗방울을 몰고 왔다.

서배스천의 재킷 주머니에서 휴대폰이 울리자 그가 주머니를 뒤졌다.

"누나예요." 그가 화면을 보고 인상을 찌푸리며 말했다. "받는 게 좋겠어요."

휴고와 나는 서배스천의 사생활을 보호해주려 몇 발 떨어진 차양 아래로 가 비를 피했다.

"저녁 식사 정말 감사해요." 술기운으로 느긋해진 덕분에 입에서 말이 튀어나왔다. "저녁을 사주시다니 정말 친절하세요."

나는 그가 케첩 통 아래 조심스럽게 끼워 넣긴 했지만 로마를 위해 후한 팁을 남긴 것도 알고 있었다.

"당연히 그래야죠." 휴고가 말했다. "두 분이 절 찾으러, 아, 우리 할아버지를 찾으러 여기까지 운전해 오셨는데 최소한 그 정도는 해야죠."

"할아버지께서 제일 좋아하시던 장소가 여기였나요?" 휴고가 나보다 훨씬 컸기 때문에 나는 그를 올려다보며 말해야 했다. 머리를 살짝 숙인, 거의 경의를 표하는 듯한 그 모습이 왠지 친숙했다.

"네, 그랬어요. 할아버지는 오랜 세월 여기서 수천 번도 넘게 식사했을 겁니다. 여기서 마르세유 전통 생선 요리인 부야베스를 내놓기 시작한 것도 할아버지 때문이었죠. 할아버지가 프랑스에서 제일 그리워한 게 바로 그 요리였거든요. 물론 식전주인 파스티스도요."

"할아버지께선 정말 사랑을 많이 받으셨던 것 같네요."

휴고가 환하게 웃었다. "진짜 그랬어요. 몇 년 전까지만 해도 할아버지는 말 그대로 온 마을 사람들을 다 알았어요. 그리고 모두가 할아버지 주위에서 예전에 지중해를 항해하던 선원 시절 이야기를 듣고 싶어 했지요. 그런데 결국 할아버지의 친구분들은 대부분 요양원으로 들어가거나 세상을 떠나고 말았어요. 정말 안타까운 일이었죠."

"그게 바로 장수의 저주스러운 면이죠." 내가 말했다. 내 생애 처음으로 대화가 끝나지 않기를 바랐다. "그럼 할아버지께선 그 선상 가옥에 사셨나요?"

휴고가 고개를 끄덕이자 곱슬곱슬한 머리카락이 흔들렸다. "할머니가 돌아가시기 전에 그곳은 할아버지가 당신만의 세상으로 탈출하고 싶을 때마다 찾아가는 일종의 은둔지였어요. 하지만 할머니가 돌아가신 뒤론 두 분이 사시던 솔트박스 주택♣을 팔고 호수 위 보트로 옮겨 가셨죠."

"할아버지께서 계속 선원 시절이 그리워서 항구에 살고 싶어 하신 줄 알았겠네요." 휴고의 열린 재킷 안쪽에서 은은한 삼나무 향과 편백나무 향이 올라왔다. 어느새 나는 그에게 더 가까이 몸을 기울이고 있었다.

"제가 보기엔 그 나무들에 둘러싸여 있는 걸 더 좋아하셨던 것 같아요." 그가 말했다. "그리고 왜 그러셨는지 알겠어요. 정말 평화롭기 때문이죠. 저는 아침에 자리에 앉아 자연이 자기 일을 하는 장면을 즐겨 지켜봐요. 제 보트 바로 옆 나무에는 붉은목벌새 가족이 살고 있어요. 그 새를 본 적 있나요?"

"1초에 날갯짓을 80번 한다죠?"(할아버지, 고맙습니다.)

"맞아요! 그걸 아는 사람은 많지 않은데."

자신감이 더 커졌다. "거스도 그 주위를 뛰어다닐 수 있어서 좋아하겠어요."

♣　일반적으로 박공지붕의 2층 목조 주택. 소금 보관통을 닮아 붙여진 이름이다.

"저희 강아지 이름을 기억하시네요. 감동적인데요." 휴고가 고마워하며 고개를 옆으로 살짝 기울였다. "그럼 그쪽도 개를 좋아하시겠군요."

"조지라는 불독을 키워요. 근데 조지는 밖에서 뛰어다니는 걸 좋아하지 않아요."

휴고가 웃었다. "전형적인 도시 개네요."

"맞아요."

서배스천이 여전히 자기 누나와 말다툼을 하면서 우리 쪽을 향해 인상을 찌푸렸다.

"그럼, 두 분은 오늘 밤 어디에서 묵으실 건가요?" 휴고가 서배스천의 통화를 듣지 않으려 애쓰며 물었다.

"링컨빌 외곽에 있는 모텔 방 두 개를 예약했어요." 나는 잘 곳을 정해놓는 것이 더 안전하다고 생각했다.

"아." 휴고가 서배스천을 건너다보며 말했다. "저는 두 분이…… 커플인 줄 알았어요."

"절대 아니에요." 내가 키득거렸다. "저는 그냥 제 일을 하는 거예요. 아시다시피 서배스천 씨의 할머님을 돕는 일 말이에요."

"그렇군요." 휴고가 주머니에 두 손을 밀어 넣었다. "그분이 돌아가시기 전에 마무리를 할 수 있게 해드리려고 이런 힘든 일까지 도맡아 하시다니 정말 대단하네요. 우리가 어떻게든 그분과 우리 할아버지를 만나게 해드렸으면 좋았을 텐데요."

나는 고개를 끄덕였다. "안타깝게도 생각보다 이런 일은 자주 벌어져요. 사람들은 삶이 거의 끝나갈 때까지도 누군가나 무언가에 대해 자신이 어떤 감정을 갖고 있는지 깨닫지 못하는 경우가 많아요." 나는 바람 때문에 코트를 더 단단히 여몄다.

"우리 모두를 위한 좋은 교훈이네요, 그렇죠?" 휴고가 옆으로 비스듬히 서서 등으로 돌풍을 막아주었다. "그럼, 클로버 씨는 뭘 후회할 것 같나요?"

몇 달 만에 처음으로 거짓말하기가 불가능하다는 느낌이 들었다. 말이 이미 내 혀에서 형태를 갖추고 있었다. "그게……."

누군가 내 어깨를 톡 쳤다.

"이제 가볼까요?" 서배스천의 목소리에 초조함이 묻어났다.

서배스천이 우리의 대화를 끊어놓고도 전혀 신경 쓰지 않는 기색이어서 나는 미안해하며 휴고를 쳐다봤다. "네, 그렇게 해요. 누나분은 별일 없나요?"

"예, 그냥 평소처럼 상사같이 굴면서 할머니 일을 좌지우지하려 드는 것뿐이에요. 지금껏 할머니를 거의 찾아뵙지도 않았으면서요." 그는 자갈 바닥에 신발을 쓱쓱 긁으며 말했다. "여하튼 내일 아침 일찍 일어나야 하니까 이만 갑시다."

불행히도 서배스천은 자기 자신도 얼마나 상사같이 굴 수 있는지 자각하지 못했다.

"그래야죠. 제가 운전할까요?" 어둠 속에서 모르는 길을 달리기에는 버번 한 잔이 과했을 수도 있었다. 하지만 서배스천의 몸이 비틀거리는 걸로 보아 나보다 더 취한 듯했다. 게다가 격앙된 감정

상태가 취기를 더 돋울 것 같았다.

서배스천이 불안정한 시선으로 나를 보며 인상을 찌푸렸다. "좋아요." 그가 내 손바닥에 열쇠를 탁 내려놓더니 차로 성큼성큼 걸어가버렸다.

나는 그가 차에 도달하기 전에 리모컨을 눌러 차 문을 열었다. 그가 짜증 낼 다른 이유를 만들고 싶지 않아서였다.

"할머니 일로 스트레스를 많이 받으셨나 봐요." 휴고가 온화하게 말했다. 그의 친절 덕분에 씁쓸함을 좀 덜 수 있었다. "네, 그런가 봐요." 하지만 아침에 있었던 다툼도 그 원인 중 하나일 터였다.

"여기 길은 가로등도 없고 움푹 팬 곳 천지라 운전하기 아주 까다로울 수 있어요. 특히 술을 마신 뒤에는요." 휴고가 재킷의 지퍼를 올리며 슬쩍 미소 지었다. "제 차 뒤를 따라오는 건 어때요? 주변에 모텔이 많지 않다 보니 말씀하신 곳이 어딘지 알 것 같거든요. 캠던으로 가는 길에 있는 파란 문 달린 곳 맞죠?"

"네." 나는 웹사이트에서 본 사진을 떠올리며 말했다. 다른 상황에서였다면 로맨틱한 휴가를 보내기에 좋은 장소 같았다.

"그렇게 해주실 수 있다면 정말 좋겠어요. 너무 폐가 되지 않는다면요."

"전혀요." 휴고가 자기 열쇠를 꺼내며 말했다. "고등학교 동기 중 몇몇이 그 모텔을 운영하고 있어요. 작지만 근사한 곳이죠."

서배스천과 나는 말없이 어둠 속에서 빛나는 휴고 차의 미등에 집중했다. 모텔은 8분 거리에 있었지만 제방 아래 위치한 데다 도로가 칠흑같이 깜깜했다. 휴고가 멈춰 서서 비상등을 켜지 않았더라면 내 둔한 감각으론 금방 길을 잃었을 것이다.

"만나서 반가웠어요." 그가 창문을 열고 외쳤다. "조심히 돌아가세요."

그가 좁은 2차선에서 유턴을 하고 손을 흔들었을 땐 자갈밭에서 덜덜거리던 타이어 소리가 아스팔트 위를 스르륵 달리는 고무 타이어 소리로 바뀌어 있었다.

서배스천이 계속해서 누나와 맹렬하게 문자를 주고받는 동안 나는 휴고의 미등이 도로 위에 퍼진 솜사탕 같은 달안개 속으로 녹아드는 모습을 지켜보았다. 그러다 쇄골 아래 느껴지는 뻐근함에 당황해 가슴에 손을 얹었다.

휴고를 안 지 몇 시간밖에 되지 않았는데 그가 떠나는 장면을 보고 있자니 왠지 슬퍼졌다.

44

나는, 한쪽에 팔 깁스를 한 케빈 코스트너가 냉정한 표정으로 활주로에 서서 비행기 창으로 비치는 휘트니 휴스턴의 실루엣을 쳐다보고 있는 장면을 그날로 열여섯 번째 보고 있었다. 그녀가 지상 활주 중인 비행기를 세운 뒤 그녀의 상징적인 발라드가 배경음악으로 흐르는 가운데 계단을 뛰어내려가 그의 품에 안기는 장면에서, 내가 주인공이 된 듯 가슴 찌릿한 통증을 느꼈다.

고통과 행복감이 동시에 일었다.

메인주에서 돌아온 지 일주일이 되었고 아직 짐을 빼지도 않은 가죽 가방이 거실 마룻바닥에 그대로 놓여 있었다.

서배스천과 나는 집으로 돌아오는 일곱 시간 동안 뉴햄프셔의 남동쪽 어딘가에서 나눈 짧은 대화를 제외하면 거의 한마디도 하지 않았다. 머릿속에 휴고와 클로디아의 로맨스가 소용돌이치면서 그 생각에 너무 깊이 빠져 있던 탓에 서배스천이 불쑥 말을 꺼냈을 땐 거의 자리에서 펄쩍 뛸 뻔했다.

"할머니한테 절대 아무것도 말하면 안 돼요." 그가 불쑥 말했다. "말해봐야 아무 의미도 없으니까요."

지난 세 시간 동안 그 소식을 클로디아에게 어떻게 전할지 신나게 계획하고 있던 나는 그 말에 놀라고 말았다.

"하지만 휴고 씨에게 내내 사랑받았다는 말을 들으면 할머니께서 마음의 평화를 얻으실 것 같은데요. 그분은 진실을 알 자격이 있으세요."

서배스천이 핸들을 꼭 쥔 채 수평선을 노려봤다. "할머니가 평생 사랑했던 사람이 지난 60년 동안 차 타고 하루 만에 갔다 올 수 있는 곳에 살고 있었다는 사실을 알 자격 말인가요? 할머니를 사랑하는 가족이 있는데도 지금 후회하는 게 분명한 삶과 완전히 다른 삶을 살 수 있었다는 사실을 알 자격요? 절대로 안 돼요."

반박할 말이 목구멍까지 올라왔지만 꿀꺽 삼켰다. 그의 말도 일리가 있었다. 자기 할머니의 결혼 생활이 대부분 불행했다는 걸 알았을 때 그는 분명 상처를 받았을 것이다. 그리고 나 때문에 클로디아가 이미 후회하고 있는 것보다 더 많은 후회를 안고 죽는 다면 나 자신을 결코 용서할 수 없을 것 같았다.

하지만 뭐가 됐든 클로디아에게 말하지 않는다는 건 여전히 잘 못된 느낌이었다.

"좋아요." 내가 의식적으로 목소리에서 감정을 배제하고 말했 다. "그쪽 할머니니까 당신이 결정해야죠."

내가 자리에 들어앉아 남은 시간 내내 창밖을 바라보는 동안 서배스천은 끝없이 이어지는 팟캐스트로 우리 사이의 터질 듯한 침묵을 누그러뜨렸다.

여행에서 돌아온 뒤 한 주를 보내면서 그가 직장에 있다는 게 확실할 때만 클로디아를 방문하기로 스케줄을 조정했다. 내 삶의 선택에 대한 그의 삭막한 평가 이후로 우리는 서로 더 이상 할 말 이 없을 듯 보였다.

이른 오후인데도 벌써 어둑해져서 눈을 가늘게 뜨고 할아버지 의자 옆에 있는 독서등을 켰다. 나는 실비와의 대립 이후 블라인 드를 올리지 않았다. 여전히 길 건너 창문 너머에서 무슨 일이 벌 어지는지 상상하고 싶지 않았다. 아파트에서 나가는 시간을 대부 분 이른 아침과 늦은 저녁으로 맞춰놓았기 때문에 실비를 완전히 피해 다닐 수 있었다. 그리고 리오에게는 독감에 걸렸고 바이러스를 퍼뜨리고 싶지 않다고 말했다.

데스 카페조차 가고 싶지 않았다. 그냥 홀로 있고 싶었다.

조지를 가슴에 끌어안고 그 장면을 열일곱 번째 다시 재생하고 싶은 충동을 참아냈다. 어제는 톰 크루즈의 르네 젤위거를 향한 광적으로 열렬한 사랑 고백을 탐닉했다. 그 전날에는 휴 그랜트가 줄리아 로버츠의 기자회견에 끼어들어 사랑을 고백하는 장면에 빠져들었다. 하지만 아무리 보고 또 봐도, 아무리 그 대사를 따라 읊어도 진실은 여전히 쓰라렸다.

어떤 사람들은 내가 아무리 최선을 다했어도 해피엔딩을 맞이하지 못했다.

그리고 그것이 내가 해피엔딩을 맞이할 가능성을(해피엔딩이 어떤 모습일지는 모르겠지만) 더 멀어지게 만든 느낌이었다.

나는 억지로 TV를 껐다. 그렇게 정주행을 해도 평소처럼 외로움이 무뎌지지 않았다. 나는 대안을 찾아 집 안을 둘러보았다. 전부 할아버지를 상기시키는 것들뿐이었다. 송진에 굳힌 곤충, 할아버지가 사랑했던 캥거루 두개골, 녹슨 황동 나침반. 할아버지가 나를 보면 얼마나 실망할까 하는 생각이 들었다. 나는 할아버지의 발자취를 따라 세상을 여행하고 다양한 삶의 형태를 해독하면서 호기심을 발휘하기는커녕 부정직한 경향만 늘어가는 외톨이가 되어 있었다. 이웃을 몰래 훔쳐보고 내 인생을 죽어가는 이들과 보내기로 했기 때문에 다른 누구와도 관계를 꾸준히 쌓아나

갈 필요가 없는 사람이 되어 있었다.

서배스천이 옳았다. 나는 위선자였다. 나는 죽음을 대면하며 세월을 보내면서도 여전히 나 자신의 슬픔을 다스릴 방법을 찾지 못했다. 할아버지가 내 곁을 떠난 지 오래되었지만 여전히 할아버지의 기억과 물건들에 매달리고 있었다. 그리고 내 삶보다 다른 사람의 삶에서 온 교훈과 지혜를 기리는 데 더 많은 시간을 바쳤다.

하지만 그 노트 의식이 나를 이 절망감에서 빼내줄 유일한 도구였다.

나는 책장에서 **후회** 노트를 꺼낸 뒤 눈을 감고 되는대로 페이지를 펼쳤다.

쉰여섯 살의 잭 레이너는 긴 속눈썹과 무심한 듯 툭툭 던지는 유머 감각을 지녔고 수술 불가능한 뇌종양을 앓던 변호사였다.

아내의 모국어를 배웠어야 했어요.

그는 카트만두로 출장을 갔다가 제빵사인 디탸를 만났다. 당시 그녀가 아는 영어라고는 노래방에 대한 열정으로 배운 팝송 가사가 전부였다. 하지만 그녀는 그와 함께 뉴욕으로 온 뒤 남편과 남편의 친구들과 소통하며 결국 미드타운에서 자신의 제과점을 열 때까지 영어를 정말 열심히 배웠다.

"쓸 일이 없을 줄 알고 네팔어를 배울 생각은 하지도 않았어요." 잭은 종양이 그에게서 말을 앗아가기 며칠 전에 나에게 말했다. 이미 종양에 시력까지 빼앗긴 터라 나를 보며 말했다기보다는 대충 내 주위에 대고 말했다고 해야 할 것이다. "그런데 작년에 치과에 갔다가 기다리기 지루해서 거기 있던 유일한 읽을거리인 영감을 주는 인용구 책을 읽게 되었어요. 거기 넬슨 만델라가 한 말이 인용되어 있더군요. '당신이 그가 이해하는 언어로 말한다면 그 말은 그의 머리에 가닿을 것이다. 당신이 그의 언어로 말한다면 그 말은 그의 가슴에 가닿을 것이다.'"

나는 손으로 그의 손을 지그시 눌렀다. "아름답네요. 처음 들어봤어요."

"순간, 그동안 항상 영어로 아내를 칭찬해왔다는 사실을 깨달았어요. 아내의 언어로 어떻게 말하는지 물어볼 생각조차 못 해봤지요. 그러니까 나는 아내의 마음에 대고 이야기를 한 적이 한 번도 없었던 거예요."

노트를 의자 팔걸이에 얹어놓고 노트북에 손을 뻗었다. 네팔어를 사용할 일은 없겠지만 잭을 기억하며 기본 정도는 배울 수 있을 것이다. 나는 다음 달에 시작하는 2주짜리 온라인 강좌에 등록했다.

앞으로 나아가기 위한 작은 스텝. 이미 좀 더 나아진 느낌이었다.

다음번 클로디아를 방문하기 전까지 다른 이들의 후회를 얼마나 많이 기릴 수 있을지 계획해보려고 노트를 넘겼다.

항상 머리카락을 파란색으로 염색하고 싶어 했던 수녀 앨리슨. 센트럴파크에서 아이스스케이트를 한 번도 타보지 못한 은행

CEO 우나.

형제들이 놀리더라도 무시하고 뜨개질을 배웠으면 좋았을 거라던 마음씨 좋은 목수 해리.

그리고 어쩌면 기예르모를 위해 햄스터를 입양할지도 모른다.

그렇게 모든 이들의 후회를 다 기리고 나면 그때는 아마 내 후회를 말할 시간이 되어 있을 것 같았다.

45

청바지 차림으로 얼음판에서 계속 넘어지는 바람에 엉덩이 부분이 여전히 축축했다. 엉덩이와 허벅지에 느껴지는 통증으로 보아 수년간 휴면 상태였던 근육이 사용된 듯했다. 그래도 그날 오후 늦게 센트럴파크의 울먼 아이스링크에서 절뚝거리며 아직 내가 꽤 쓸 만하다는 느낌이 들었다.

과감하게 가로대에서 손을 놓고 발을 끌며 아이스링크를 휘젓고 다니는 동안 내 곁에서 높은 광대가 빨갛게 상기된 채 스케이트를 타는 우나를 상상했다. 5번가 가판대에서 풍겨오는 군밤 냄새를 들이켰다. 번쩍이는 고층 빌딩의 깎아지른 형상과 대조되는 뒤틀린 나뭇가지에 경탄했다. 불룩한 코트를 입은 아기들이 얼음 위에서 겁도 없이 내 옆을 미끄러져 갈 때 중력의 영향을 덜 받는 그들을 부러워하며 웃었다. 나는 센트럴파크에서 아이스스케이트를 타지 않았다고 후회할 일을 없애준 우나에게 감사했다. 그리고 우나의 영혼이 나와 함께했기를 바랐다.

이제 파란색 염색약과 뜨개바늘을 찾아야 했다.

근처 공예 용품 가게를 찾아보려고 코트에서 휴대폰을 뒤지는데 진동이 느껴졌다.

일단 서비스천이나 실비가 아니여서 마음이 놓였다. 저장되지 않은 번호인 걸 보니 일 때문에 온 전화 같았다. 하지만 아무리 클로디아에게 시간이 얼마 남지 않았다 하더라도 새 의뢰를 받기에는 너무 이른 느낌이었다.

나는 형광색 옷을 입고 조깅하는 사람들이 지나갈 수 있게 보도에서 내려왔다.

"여보세요, 클로버입니다."

개 짖는 소리만 들려왔다.

"여보세요?" 나는 살짝 조바심을 내며 다시 말했다.

"아, 안녕하세요, 클로버 씨." 익숙한 목소리에 가슴이 두근거렸다. 또다시 개가 신나게 짖었다. "거스! 진정해, 이 녀석아." 휴대폰 너머로 부스럭대는 소리가 들려왔다. "미안해요, 클로버 씨, 잠깐만요."

"아, 물론이죠." 휴고에게 연락이 올 만한 이유를 모조리 생각해내려 재빨리 머리를 굴렸다. 어쩌면 '별난 고래잡이'에 목도리를 두고 온 걸 수도 있었다.

"오케이, 이제 됐습니다." 휴고가 말했다. "기다리게 해서 미안해요. 거스가 다람쥐를 쫓아가서요. 참, 그리고 저는 휴고예요."

"안녕하세요, 휴고 씨." 나는 평소처럼 전화공포증 징후가 나타나길 기다렸지만 그런 일은 일어나지 않았다.

"이렇게 전화드려도 괜찮은 건지 모르겠네요." 목소리에서 그의 미소가 들리는 듯했다. "실은 클로버 씨가 묵었던 모텔을 운영하는 친구들한테서 전화번호를 얻었습니다. 솔직히 너무 이상해 보이지 않을까 고심했지만 당신이 알고 싶어 하실 거라 믿고 전화드렸어요."

"뭔데요?" 설명할 수 없는 기운이 피부 아래에서 윙윙거렸다.

"두 분이 여길 떠나고 며칠 뒤에 드디어 할아버지가 보트에 남기고 가신 물건들이 든 상자를 살펴봤거든요. 몇 달째 피하고 있던 일이었죠." 나 역시 그 점에 확실히 공감할 수 있었다. "그 안에 낡은 신발상자가 있었어요."

"네……."

"클로디아에게서 온 편지로 가득 채워져 있더군요. 할아버지가 그분께 썼지만 보내지 않은 편지도 두 통 있고요. 거기 그분 사진도 있었어요."

아이스스케이트 때문에 다리가 젤리처럼 후들거렸다. "다 읽어 보셨어요?"

"하나만요." 휴고의 긴장한 듯한 웃음소리가 사랑스러웠다. "근데 그 내용이 너무나 친밀했어요. 감사하게도 성적인 친밀함은 아니고 모든 것에 대한 절절한 갈망이었지요. 두 분이 서로에게 돌아갈 길을 찾지 못했다는 사실이 너무 슬프더라고요.”

낮고 온화한 어조가 차분하게 느껴졌다. “저도 그래요.”

“그걸 그분께 보여드리면 도움이 되지 않을까 싶었어요. 할아버지가 그 모든 걸 지니고 계셨단 걸 알게 해드리면 어떨까요……. 너무 늦지 않았다면요. 그러면 제가 할아버지의 마지막 소망을 이루어드렸다는 느낌이 들 것 같아요.” 거스가 다시 짖었다. “그분은 좀 어떠세요?”

나는 서배스천과 마지막으로 나눈 대화를 떠올렸다. 편지 얘기 꺼내면 클로디아에게 얘기할 수 있게 그를 설득할 수 있을 듯했다.

“시간이 얼마 안 남았어요. 길어야 일주일 정도예요. 편지를 부치기엔 시간이 부족할 거예요.” 나는 메인주에서 발송한 택배를 하루 만에 받아보려면 비용이 얼마일지 궁금했다. 설사 몇백 달러가 든다고 해도 클로디아에게 조금이라도 마무리를 지었다는 느낌을 줄 수 있다면 기꺼이 거액을 지불할 의향이 있었다.

“실은 말이죠,” 휴고가 말했다. “지금 거스랑 같이 뉴욕에 와 있어요. 일 때문에 와야 했거든요.” 배경음으로 들려오는 소방차 사이렌 소리가 그 말을 확인시켜주었다. “오늘 밤에 집으로 돌아가야 해서, 혹시 괜찮으시면 오늘 오후에 적당한 데서 만나 편지를 전해드려도 될까요?”

“어, 그래 주시면 너무 좋죠.” 쿵쾅거리는 심장을 안고 나는 필사적으로 적당한 장소를 떠올리려 애썼다. 실비가 내 아파트를 비평한 후론 아무도 집에 초대할 수가 없었다. "우리 집 근처에 반려견 동반이 가능한 괜찮은 카페가 있어요. 주소는 문자로 보내드릴게요."

사실상 거의 모르는 사람이나 마찬가진데 만남을 그렇게 덥석 받아들인 건 무모한 짓이 아닐까? 아니, 이미 저녁 식사를 함께한 적이 있으니 친분이 있다고 봐야 하나. 그를 딱 한 번 만났을 뿐인데도 더 오랜 시간 알고 지낸 듯한 느낌이 들었다.

"좋습니다." 그가 밝게 말했다. "얼른 보고 싶네요, 클로버 씨."

다리가 더 이상 아프지 않았다.

휴고는 선상 가옥 난간에 걸쳐져 있던 모직 스웨터를 입고 있었다. 카페 바깥 벽돌 벽에 기대어 있는 그의 넓은 어깨에 그 꽈배기 스웨터가 밀착되어 있었다. 그가 나를 향해 싱긋 웃었을 땐 내 뒤에 있는 누군가에게 보내는 미소인가 싶어 확인하려고 뒤를 돌아볼 뻔했다. 그 따스함이 실제보다 더 크게 느껴졌다.

개의 후각을 자극하는 온갖 신기한 냄새로 가득한 뉴욕시 보도를 한껏 탐닉한 거스가 총총총 뛰어와 내 허벅지에 앞발을 올렸다. 나는 두 손으로 거스의 얼굴을 감싸 쥐었다.

"오랜만이에요, 클로버 씨!" 휴고가 거스를 제어하려고 목줄을 손목에 감았다. "우리가 이 일을 할 수 있어서 정말 기뻐요."

"전화해주서서 고마워요." 나는 머리를 파란색으로 염색할 시간이 없었던 것에 감사했다.

"당연히 해야죠." 그가 다시 환하게 웃었다. 그는 팔 아래 끼고 있는 낡은 신발상자를 가리켰다. "들어가서 커피 한잔 마시면서 살펴볼까요?"

"좋아요." 그가 열어주는 문 안으로 재빨리 걸어 들어가면서 맥박이 초당 80회씩 뛸 수 있는지 궁금해졌다.

카페는 지난번 실비와 왔을 때보다 더 북적였다. 실비와 함께 커피를 마신 지 몇 달이 아니라 몇 년은 된 것 같았다. 나는 그녀와 함께한 시간과 그녀의 솔직한 조언이 그리웠다.

빈자리를 찾느라 둘러보는데 불안감이 몰려왔다. 대안이 없는데다 휴고를 실망시키고 싶지 않은 마음이 컸다. 딱 하나 남은 빈자리를 보자 긴장이 풀렸다. 내가 제일 좋아하는 구석 쪽 1인용 자리였다.

"여기 앉으세요. 제가 의자를 하나 더 찾아올게요." 휴고가 말했다.

나는 건너편에 앉은 두 여자에게 가는 그를 지켜보았다. 여자들은 그가 그저 여분의 의자를 빌리려는 게 아니라 진짜 웃기는 농담이라도 한 양 머리카락을 배배 꼬며 키득거렸다. 그가 내 맞은편에 앉자 내 존재를 궁금해하며 나를 뜯어보는 그녀들의 눈길이 느껴졌다. 커피를 가져온 종업원조차 나는 안중에도 없는 듯 오직 휴고에게만 집중하며 커피를 내려놓았다. 나는 테이블 아래 내 다리에 머리를 기대고 있는 거스가 고마웠다.

그래도 휴고의 관심은 온전히 나에게 쏠려 있는 듯했다.

서배스천은 함께 있을 때 늘 산만해 보였다. 더 흥미로운 일이 벌어지고 있나 살피듯 다른 테이블을 둘러보거나 휴대폰을 들여다보았다. 나는 휴고가 내 말에 귀 기울이고 평범한 일상 이야기를 듣고 진짜 답을 알고 싶은 것처럼 질문하는 방식이 좋았다.

하마터면 우리가 편지를 읽기 위해 그 자리에 있다는 사실조차 잊어버릴 뻔했다.

우리는 누렇게 바랜 봉투를 하나하나 살펴보면서 타임라인을 짜맞추며 편지를 정리해보았다. 클로디아는 1956년 여름, 프랑스에서 고국으로 돌아온 후 계속 휴고의 할아버지에게 편지를 썼다. 곧 있을 결혼과 사진 일을 내려놓는 것에 대해 얼마나 갈등을 겪었는지가 주 내용이었다.

"할아버지가 클로디아에게 프랑스로 돌아와 결혼하자고 설득했던 것 같아요." 휴고가 손에 든 편지를 살피며 말했다. "거기 클로디아가 보낸 편지가 더 있나요?"

그가 신발상자 쪽으로 몸을 숙이자 조그만 테이블 아래로 그의 무릎이 내 허벅지를 스쳤다. 나는 다리가 녹아버릴 것 같은 느낌을 무시하며 남은 봉투를 샅샅이 살피는 데 집중했다.

다른 봉투들보다 더 얇은 편지가 하나 있었다.

"하나뿐이에요." 나는 단정하게 접힌 그 편지를 꺼내 클로디아가 완벽한 각도의 기울기를 유지하는 필기체로 써 내려간 글을 읽었다.

휴고,

우린 이번 생에서 함께할 운명이 아니에요……. 아마 다음 생에서 만날 수 있을 거예요.

그때까지 내 마음속에 당신을 간직할게요.

—클로디아

우리는 말없이 앉아 클로디아가 내린 결말을 정리했다. 북적이는 카페의 소음이 멀리서 들려오듯 아득하게 느껴졌다.

"그게 다예요? 다른 설명은 없고요?" 휴고가 그 편지에 대고 인상을 찌푸렸다. "너무 잔인하네요. 우리 할아버지가 얼마나 섬세한 분인지 아셨을 텐데. 그 편지는 분명 할아버지 마음을 갈가리 찢어놓았을 겁니다."

나는 두 젊은 연인 사이의 그리움을 마치 내 일인 듯 온몸으로 느끼며 상상해봤다. 결국 고통으로 끝났다는 걸 아는데도 여전히 두 사람의 친밀감이 부러웠다.

남은 편지는 클로디아 앞으로 쓴 것이었지만 여전히 봉인되어 있었다. "이 편지들은 우표나 우체국 소인이 없어요." 나는 첫 편지를 집어 들며 말했다. 그걸 뜯자니 거의 불법을 저지르는 느낌이었다.

휴고의 할아버지는 주로 프랑스식 사고가 묻어나는 영어로 글을 썼다.

"'당신은 내가 깨어 있는 모든 순간과 내가 꾸는 모든 꿈속에 살고 있어요.'" 나는 편지를 소리 내어 읽었다. "와. 살짝 알아보기 힘든 글씨체이기는 해도 영어 문장이 정말 훌륭해요. 그리고 1950년대 남자라기엔 감정 표현도 뛰어나시고요."

휴고의 미소에 슬픔이 어렸다. "맞아요. 할아버지는 늘 그러셨어요. 저를 볼 때도 항상 사랑한다고 말씀해주셨죠."

"정말 특별하네요." 나는 가슴을 찡하게 만드는 부러움이 누그러지기를 바라며 커피를 마셨다.

휴고가 고개를 끄덕였다. "그런 할아버지를 두었다는 게 저에겐 행운이었죠."

나는 편지를 훑어봤다. "클로디아의 마음을 바꿔보려고 답장을 쓰신 것 같은데 실제로 보내진 않으셨네요."

"왜 그랬을까요?" 휴고가 편지를 보려고 몸을 앞으로 숙였다. 그에게서 삼나무와 편백나무 향이 났다.

"그냥 이 편지들을 쓰는 것으로 마음을 정리하셨나 봐요." 휴고의 스웨터 어깨 쪽에 난 작은 구멍이 눈에 들어왔다. "아니면 클로디아가 속한 세상과 그분의 선택을 존중하려 하셨거나요. 생각해보면 고결한 일 같아요."

휴고는 실망스러운 표정으로 테이블을 내려다봤다. "할아버지가 인생 대부분을 마음 아파하며 사셨단 걸 알고 나니 저는 고통스러울 뿐입니다. 할아버지가 그분을 얻기 위해 싸웠더라면 좋았을 거란 생각이 드는데, 이상한가요?"

미소가 절로 나왔다. 자기 할아버지의 그리움을 마음 깊이 느끼는 모습이 사랑스러웠다.

"휴고 씨가 할아버지의 행복을 얼마나 바랐는지 보여주는 증거죠. 저는 아주 좋아 보이는데요."

그가 마음을 굳혔다는 듯 이마를 찌푸렸다. "할아버지는 그분께 미국에 왔다는 사실을 알리려 했을 겁니다. 안 그러면 여기까지 올 이유가 뭐가 있었겠어요? 그것도 1950년대에요. 저는 우리 할아버지를 잘 알아요. 할아버지는 그렇게 쉽게 포기하실 분이 아니세요."

그가 편지를 샅샅이 뒤졌다. "우리가 안 읽어본 편지는 이것뿐인 것 같네요."

그가 목청을 가다듬고 읽기 시작했다.

사랑하는 클로디아,

당신은 우리가 서로를 마지막으로 본 것이 7월의 그 습한 날, 마르세유역에서 당신을 싣고 떠나던 기차의 차창을 통해서였다고 생각하겠지요.

사실은 다음 해 11월의 어느 날, 바람이 많이 불던 뉴욕에서였어요. 나는 당신이 가장 좋아하는 곳이라 말했던 미드타운의 서점에 갔습니다. 당신이 위로받고 싶고 안전하다는 느낌을 얻고 싶을 때마다 간다던 그곳에요.

그건 당신이 거기 없어도 당신을 느낄 수 있는 방법이었습니다. 당신이 만졌을지도 모를 책을 만지고 당신이 너무나 사랑했던 건

축물을 보고 감탄하는 것 말이지요.

그런데 당신이 거기, 실제로, 그 사람과 함께 있었습니다. 나는 2층으로 올라가는 계단 중간에서 부러움에 떨며 지켜보고 있었어요. 그가 당신의 허리에 손을 얹고 있었고 당신은 눈을 반짝이며 그에게 미소를 짓더군요. 오직 나만을 위한 거라고 제멋대로 생각했던 바로 그 미소였지요.

나는 당신을 위해 뉴욕에 갔습니다. 당신이 프랑스에서 살 수 없다면 내가 당신을 위해 그곳에 갈 수 있었습니다. 하지만 그날 서점에서 나 없이 더 좋아 보이는 당신을 봤습니다. 당신은 사랑받고 있었고 행복해 보였어요. 그래서 나는 아무 말도 하지 않았습니다. 그저 당신이 그의 손을 잡고 걸어 나가는 모습만 지켜봤지요.

당신이 옳았습니다. 이번 생은 우리에게 맞지 않아요.

다음 생에서 당신을 만나겠습니다.

"와." 휴고가 오크나무 의자에 등을 기대며 말했다. 큰 키 때문에 의자가 작아 보였다. "그렇게 된 거군요. 할아버지는 그분을 위해 여기로 이주하고도 끝까지 알리지 않으셨던 거예요."

"두 분이 거의 함께할 뻔했는데." 그렇게 바로 눈앞에서 어긋나 버렸다 생각하니 더 슬퍼졌다.

"할아버지는 제가 이 사실을 알아내길 바라신 게 분명해요. 아니라면 이 상자를 보트에 두지 않으셨겠죠." 휴고가 신발상자를 뒤지며 혹시라도 빠뜨린 편지가 없는지 확실히 하려고 하나하나 찬찬히 넘겨보았다. 더는 다른 편지가 보이지 않자 그는 실망한 표정으로 다시 상자 안에 편지를 차곡차곡 쌓아 올리고 뚜껑을 덮었다.

그러고는 내 두 손을 잡고 눈을 똑바로 바라보았다.

"클로버 씨, 당신이 클로디아에게 할아버지가 내내 그분을 사랑했다고 말씀드려야 해요."

46

클로디아의 집에 가면 주로 셀마가 나를 맞아주었지만 다음 날 도착했을 땐 서배스천의 큰누나인 세라가 현관문을 열어주었다. 처음 세라를 마주하고 보니 그녀가 키 크고 뾰족하고 끝도 없이 못마땅해하는 사람이라던 서배스천의 묘사 그 자체였다.

"클로버 씨 맞죠?" 그녀의 눈썹 사이에 깊게 팬 주름이 그녀가 평소에 늘 인상을 찌푸리고 있다는 증거였다. "할머니가 내내 클로버 씨를 찾으셨어요. 위층으로 가보셔야겠어요."

그녀가 따라오라고 손짓하며 몸을 휙 돌렸다.

3층에 닿자 세라를 변형시킨 것같이 생긴 두 여자가 벌겋게 상기된 얼굴로 머리카락은 헝클어진 채 쑥덕거리고 있었다. 제니퍼가 둘째고 제일 땅딸막한 앤이 셋째였다. 둘은 나를 쓰윽 훑어봤다. 네 남매의 코가 모두 비슷비슷한 매부리코였다.

"우리 들어가도 돼?" 세라가 클로디아의 방 문 쪽을 가리켰다.

앤이 마치 더 영향력 있는 권위자에게 자리 배치라도 받은 듯 위압적으로 문 앞에 섰다. "아빠가 의사 선생님이랑 안에 계셔. 다 끝날 때까지 기다려야 해."

"의식은 있으신가요?" 나는 그 명백한 기싸움을 전환해보려고 부드럽게 말했다.

자매들이 모두 나를 홱 쳐다봤다.

"네." 제니퍼가 엄숙하게 말했다. "하지만 잠을 많이 주무세요."

"그건 아주 정상적이에요." 내가 말했다. "할머니의 신체가 점점 약해질 거예요. 특히 잘 드시지 않으신다면요."

"할머니는 도넛 말고는 아무것도 안 드시려 해요." 세라가 얼굴을 찡그리며 말했다. "그런 스무디를 드시라고 아무리 말씀드려도 귓등으로도 안 들으세요."

나는 웃음을 참았다. 그 제안을 들었을 때 클로디아가 어떤 반응을 보였을지 보고 싶었다.

문이 열리고 네 남매와 똑같은 매부리코의 남자가 걸어 나왔다. 그 뒤에 대머리 남자가 곧바로 따라 나왔다.

"아빠, 로저 아저씨, 이쪽은 클로버 씨예요." 세라가 무뚝뚝하게 말했다. "셀마와 조이스를 도와 할머니를 돌보고 있어요."

"아, 임종 도우미이시군요." 로저가 외쳤다. "최근에 임종 도우미 분들을 뵙는 일이 점점 늘고 있어요. 좋은 일 하시네요."

"고맙습니다." 나는 자매들의 얼굴에 드러난 집단 평가를 피하며 얼굴을 붉혔다. "상태는 좀 어떠세요?"

로저가 등 뒤로 문을 잡아당겼다. "유감스럽게도 좋지 않아요. 하루나 이틀 정도밖에 안 남은 듯합니다." 그가 서배스천의 가족을 둘러보았다. "모두, 할 수 있을 때 작별 인사를 하라고 조언했습니다."

앤이 와락 흐느끼며 치마바지 주머니에서 티슈를 꺼냈다. 그녀의 아버지는 그녀를 냉랭하게 바라봤지만 아무 말도 하지 않았다. 아무도 그녀를 위로하려 하지 않았다.

너무 많은 사람이 붙어 서 있다 보니 복도가 비좁게 느껴졌고 로저의 상의에서 담배 냄새까지 났다. 뒤로 슬쩍 물러나 개인 공간을 찾으려던 시도는 벽에 가로막히고 말았다.

"서배스천 씨는 오는 중인가요?" 그에 대한 내 개인적인 감정이 어떻든 그는 클로디아를 위해 이 자리에 있어야 했다. 나는 그가 작별 인사를 할 기회를 놓치지 않길 바랐다.

세라가 눈알을 굴렸다. "곧 온다고는 했지만 평소처럼 시간을 질질 끌고 있을 거예요."

서배스천의 누나들을 상대할수록 서배스천이 점점 더 이해되었다. 그가 자랄 때 클로디아의 집에서 많은 시간을 보낸 것이 당연해 보였다.

"그럼," 내가 말했다. "할 일들이 있으시다면 제가 클로디아 옆에 계속 있어도 될까요?" 클로디아는 모든 방문객에게서 벗어나 쉬고 싶을 것이다. "상태에 변화가 있으면 알려드릴게요."

"고마워요." 세라가 모두를 복도를 따라 몰고 가며 말했다. "우리는 아래층 주방에서 엄마와 있을게요."

클로디아는 이틀 전에 봤을 때보다 더 작아 보였다. 문을 딸깍 닫자 그녀가 눈꺼풀을 파르르 떨며 눈을 뜨고는 겨우 희미한 미소를 지었다.

"오, 하느님 감사합니다. 또 제 손녀들이 미친 듯이 소신을 펼치고 히스테리 발작을 일으키러 들이닥친 줄 알았습니다." 얕은 숨소리가 그녀의 말을 중간중간 끊어놓았다. "클로버, 너무너무 보고 싶었어요. 방금 한 말은 장난이에요. 농담도 못 한다면 죽어가는 게 무슨 의미가 있겠어요."

나는 침대에서 제일 가까운 의자에 앉아 그녀의 손을 두 손으로 잡았다. "저도 이렇게 뵐 수 있어서 행복해요."

"다들 얼굴을 보아하니 죽음을 알리는 종이 울리고 있는 것 같던데." 클로디아가 내 눈을 보려고 머리를 움직였다. "진실을 말해줘요, 클로버. 그럴 수 있는 사람은 클로버뿐이에요."

나는 침착하게 미소를 지었다. "네, 제 생각에 시간이 거의 다 된 것 같아요. 어떤 느낌이 드세요?"

그 순간을 인정하고 누군가의 눈을 들여다보면서 그들의 존재가 온전히 끝나간다는 사실을 확언하는 일은 항상 힘에 겨웠다. 하지만 내가 그들에게 마지막 순간을 투명하고 품위 있게 항해할 기회를 주고 있다는 신념은 항상 내 불편함을 누그러뜨리는 데 도움이 되었다.

"솔직하게 말이죠? 나는 우리 애들이 좋은 뜻으로 그런다는 건 알지만 그 호들갑을 다 들어줄 순 없어요." 클로디아의 눈에 그녀만의 특별한 반짝임이 잠깐 비쳤다. "그래서 잠깐이라도 날 좀 내버려둘 수 있게 잠든 척하고 있었어요."

"마지막까지 자기 방식대로 사는 게 좋아요." 그녀의 창백한 피부 아래 혈관망이 들여다보였다. "제가 여기 있는 건 괜찮으세요? 원하신다면 쉽게 해드릴 수 있어요."

클로디아가 내 손을 꼭 쥐었다. "제발 있어줘요." 그녀가 조금씩 더 정신을 차려가고 있었다. "들고 있는 신발상자에 대해 얘기해줄래요? 작별 선물은 아닌 것 같은데."

나는 상자를 무릎 위로 옮겼다. "사실, 그렇다고 볼 수 있어요."

"오?" 클로디아가 더 활기를 띠었다. "말해봐요."

나는 당분간 서배스천에게 편지 이야기를 하지 않기로 했다. 여행 이후 해결되지 않은 긴장감은 차치하더라도 자기 할머니의 임박한 죽음에 힘들어하는 그에게 할머니의 옛사랑에 얽힌 사연까지 구구절절 얹어주는 건 옳지 않아 보였다. 문을 잠글까도 생각해봤지만 누가 들어오려고 하면 상황을 설명하기 힘들어질 것 같았다. 나는 여차할 경우 편지를 감출 시간을 벌기 위해 의자를 옮겨 문을 등지고 앉았다.

"그게, 휴고 씨에 대해 듣고 나서 제가 친구의 도움을 받아 좀 알아봤거든요."

클로디아는 눈이 휘둥그레졌다. "그래서 뭘…… 알아냈나요?"

나는 머릿속으로 수없이 연습했던 말을 하기 위해 숨을 들이마
셨다. "우리는 클로디아가 프랑스를 떠나고 얼마 되지 않아 그분
이 미국으로 이주하셨다는 사실을 알아냈어요. 그리고 최근까지
도 메인주에 살고 계셨고요."

나는 클로디아가 그 소식을 이해할 수 있게 잠시 멈췄다.

클로디아의 얼굴에 혼란스러운 기색이 역력했다. "무슨 말인지
모르겠어요."

"그분이 뉴욕에 클로디아를 찾으러 오셨나 봐요." 내가 좀 몰아
친 듯했다. "그런데 그때 클로디아와 남편분이 함께 계신 모습을
보신 거예요. 그리고 클로디아의 모습이 정말 행복해 보여서 방해
하지 않기로 결심하셨고요." 이야기를 아주 로맨틱하게 전달하지
는 못했지만 그 정도면 꽤 괜찮은 정리 요약이었다.

클로디아의 아래 속눈썹에 눈물이 고였다. "그 사람이 날 찾으
러 왔다고요?"

"네!"

"그럼…… 그 사람이 아직 살아 있다는 말인가요?"

내가 예상치 못한 부분이었다. 나는 그녀의 손을 쥔 손에 힘을
주었다.

"안타깝게도 그분은 두 달 전에 돌아가셨다고 들었어요." 나
는 그 소식을 전달할 좀 더 나은 방법이 있었기를 바라며 말했다.
"미안해요, 클로디아."

그녀가 마침내 입을 열었을 땐 목소리가 작아져 있었다. "그 사람이 오래전에 죽었을 거라 생각하고 있었지만 죽음을 그저 가정만 하고 있었을 때가 훨씬 덜 고통스러웠어요."

그녀는 마치 그녀의 인생을 재연하는 영상을 보면서 두려우면서도 결코 확인하지 못했던 결말을 넣어 편집하는 것처럼 천장을 응시했다. 나는 그녀가 내게로 고개를 돌릴 때까지 조용히 앉아 있었다.

"우린 다른 것도 발견했어요." 내가 신발상자 뚜껑을 밀어내며 말했다.

"그분의 손자를 찾았거든요. 그 손자라는 사람이 편지를 가져다줬어요. 그분이 클로디아에게 쓴 편지예요. 편지에 클로디아가 그분 일생의 사랑이었다고 적혀 있어요. 어느 누구도 그렇게 사랑한 적이 없었다면서요."

클로디아가 당황하는 모습은 처음이었다. "정말 그가 그렇게 말했나요?"

나는 이제 거의 가죽만 남은 그녀의 어깨를 쓰다듬었다. "읽어 드릴까요?"

그녀의 눈물이 강바닥처럼 갈라진 뺨 주름을 따라 서서히 번지기 시작했다.

"제발 부탁해요."

47

　나는 두 시간에 걸쳐 클로디아가 반복해달라는 특정 구절을 다시 읽어가며 편지들을 소리 내어 읽었다.

　"그해 11월에 그 서점에 갔던 기억이 나요." 휴고의 마지막 편지를 접을 때 클로디아가 내게 속삭였다. "그날 아침에 남편과 다툼이 있었어요. 내가 바지를 입고 외출하는 걸 반대해서였죠. 나는 너무 화가 나서 그 서점으로 도망갔어요. 그곳은 내가 진짜 내 본모습을 되찾은 듯한 느낌을 받게 해주는 유일한 장소였거든요." 그녀가 눈을 감고 당시를 회상했다. "거기서 날 찾아낸 남편이 늘 하던 대로 아주 카리스마 있게 사과를 하더군요. 그 순간 내가 아이를 갖고 싶다면 그를 용서하는 수밖에 없다는 걸 깨달았죠."

　"프랑스로 돌아가 휴고 씨와 함께할 생각은 안 해보셨어요?"

　클로디아의 지친 미소가 우울한 분위기와 조화를 이뤘다. "마지막 편지를 보낸 뒤 그가 내 마음을 바꿔보려는 편지를 보내온다면 가려고 했어요." 미소가 흐려졌다. "하지만 그 사람은 그러지 않았죠."

　"썼지만 보내지 않으셨죠. 휴고 씨의 손자분이 그랬어요. 자기 할아버지는 마지막 순간까지도 클로디아를 사랑했다고요. 그분의 위대한 사랑은 언제나 클로디아였어요."

　내 손을 잡고 있던 클로디아의 손가락에 힘이 풀렸다. 그녀가 다시 눈을 감았다. "그리고 나한테는 그 사람이었죠."

그녀는 규칙적으로 호흡하며 만족스러운 잠에 빠져들었다.

갑자기 침실 문이 홱 열리는 통에 나는 화들짝 놀라고 말았다. 나는 재빨리 신발상자를 가방에 쑤셔 넣고 최대한 무고한 척했다.

"일찍 왔네요." 서배스천이 목도리를 움켜쥔 채 어두운 표정으로 문간에 서 있었다. "누나들을 만났다고 하던데요."

"네, 만났어요." 나는 살짝 미소 지었다. "다들 감당하기 벅찰 거예요."

"말로 표현할 수 없을 정도로요."

안경 너머로 보이는 눈에 피로가 고스란히 느껴졌다. 며칠 동안 면도도 하지 않은 듯했다. 그런데 그의 지친 미소를 보는 사이 여행 이후 내가 느꼈던 끓어오르는 분노가 사라졌다는 생각이 들었다. 전달하는 방식이 잔인하긴 했지만 그가 내 인생을 두고 한 이야기에 진실이 들어 있다는 사실을 마침내 스스로 인정했기 때문이다.

지금은 그저 그가 안됐다는 생각뿐이었다. 사랑하는 사람을 잃는다는 건 정말 끔찍한 일이고 그 아픔을 덜어줄 수 있는 말은 결코 없었다. 하마터면 그를 안아줄 뻔했지만 그 대신 의자에서 일어나 앉으라고 손짓했다.

"방금 잠드셨어요. 그래도 당신이 여기 앉아서 얘기를 들려준다면 정말 좋아하실 거예요."

서배스천은 잔뜩 긴장한 듯했지만 내 지시를 따라주었다. 침실을 나가면서 문을 닫을 때 방금 들은 팟캐스트 이야기를 시작하는 그의 목소리가 들려왔다.

초저녁 빛이 클로디아의 서재에 놓인 캐러멜색 첼로를 비췄다. 나는 거기 앉아 앙리 카르티에 브레송의 전기를 읽고 있었다.

"할머니가 말 그대로 죽음을 눈앞에 두고 있는데도 우리 가족들은 아무도 그 얘기를 하고 싶어 하지 않아요. 이상하지 않나요?"

서배스천이 문 옆 책장에 기대어 있었다. 내가 아래층에 물을 마시러 갔을 때 그의 가족들은 인정하고 싶지 않은 바로 그 일을 제외한 모든 것을 논의하고 있었다.

"꼭 그렇지는 않아요." 내가 책을 내려놓으며 말했다. "많은 사람이 죽음에 대해 이야기하기 힘들어해요. 지금 일어나고 있는 일이라 하더라도요. 하지만 당신은 최선을 다해 할머니가 그 시간을 견뎌낼 수 있게 도와드렸어요. 할머니는 그걸 감사해하고 있고요."

"그런 듯해요." 서배스천이 내 옆에 앉아, 왜 거기 놓여 있는지 모르겠지만 커피 테이블에 올려져 있던 고래 모양 문진을 집어 들었다. "하지만 실제로 항상 할머니와 함께 시간을 보낸 사람은 당신이잖아요."

"맞아요. 하지만 당신이 절 찾아냈잖아요. 할머니를 돕고 싶어서요."

그가 산만하게 고래 문진을 이 손 저 손으로 던졌다. "제가 더 많은 일을 할 수 있을 것만 같은 느낌이에요. 무슨 말인지 이해하죠? 그저 여기 앉아서 할머니가 돌아가시길 기다리는 대신에요."

나는 내 발치에 있는 가방을 내려다보며 편지 이야기를 할지 말지 고민했다. 하지만 여전히 그 얘길 꺼내면 상황이 복잡해질 것만 같았다. 언젠가 그의 상처가 조금 무뎌지면 말할 수 있겠지 싶었다.

"전하고 싶은 말은 다 하셨나요?"

"할머니가 내게 얼마나 중요한 사람인지, 할머니가 내 할머니여서 얼마나 감사한지 말씀드렸어요." 그가 겸연쩍어하며 자기 손을 내려다보았다. "우리 가족은 '사랑해요'란 말을 절대 하지 않아요. 제가 할머니께 그 말을 했다면 아마 억지로 했다고 생각하셨을 거예요."

그리고 내가 그렇지 않다고 설득하려 했다면 위선적으로 보였을 것이다.

"말로 하지 않아도 당신이 할머니를 얼마나 사랑하는지 알고 계세요."

"아마도요." 그가 숨을 깊이 들이마시고 내뱉는 모습이 부자연스러워 보였다. 뭔가 다른 말을 하려고 준비 중이라는 생각이 들었다. "클로버 씨." 그가 문진을 테이블 위에 내려놓으며 말했다. "여행 중에 일이 그렇게 돼서 유감이에요. 제가 한 말에 대해서도 사과하고 싶어요. 제가 너무 주제넘게 굴었어요. 하지만 이것만은 알아주길 바랍니다. 저는 당신이 훌륭하다고 생각하고, 또 할머니 같은 사람들한테 당신이 해주는 일이 정말 대단하다고 생각해요."

그런 말을 듣게 되리라곤 전혀 예상치 못했다.

"아, 고마워요." 나는 그 칭찬을 마음속에 차곡차곡 저장하며 말했다. "저도 그런 식으로 반응해서 미안해요. 그렇게까지 상처 받았던 이유는 당신이 한 말의 많은 부분이 진실이기 때문이었던 것 같아요." 그 사실을 인정하자 놀라울 정도로 카타르시스가 느껴졌다. "저는 제 일을 사람들과 가까워지지 않을 구실로 삼았거든요. 그리고 내일 제가 죽는다는 걸 알게 된다면 저는 아마 후회할 일이 잔뜩 있을 거예요."

똑딱. 똑딱. 똑딱.

벽에 걸린 오래된 시계추가 갑자기 평소보다 훨씬 더 큰 소리를 내며 흔들리는 듯했다. 서배스천이 다리를 떨었다. "저기 그게, 당신한테 해야 할 말이 또 있어요."

지난 몇 주 동안 나를 깜짝 놀라게 만든 새로운 사실이 한가득이었기에 하나쯤 더 있어도 크게 놀랄 것 같진 않았다. 나는 서배스천의 말을 들을 준비가 되어 있었다.

그가 자세를 고쳐 잡으며 나를 똑바로 보았다. "할머니가⋯⋯ 그렇게⋯⋯ 될 때까지 우리 사이 일은 접어두고 일에 집중하고 싶어 하셨죠."

"네."

"그게 실은, 제시와 다시 만나게 됐어요." 서배스천은 그 이름을 떠올리려 애쓰는 나를 조심스럽게 바라보았다. "그때 바에 갔을 때 우연히 만났는데, 기억나죠?"

갈색 머리 3인방. "아, 기억나요." 나는 영화와 TV에서 배운 대로 이런 소식을 들었을 때 마음속에 밀려들 거부반응, 질투, 배신감, 마음의 고통에 대비했다.

하지만 드는 감정이라곤 마음 깊은 곳에서 우러나오는 안도감뿐이었다.

다른 감정을 무감각하게 만들다 보니 나 자신에게 거짓말을 하고 있는 건 아닌지 다시 확인까지 해야 했다. 거짓이 아니었다. 안도감이 분명했다. 하지만 좀 실망한 척해야 할 것 같았다.

"알려줘서 정말 고마워요." 무관심하게 들리지 않았기를 바랐다.

"당연히 알려드려야죠." 서배스천이 다리 떨기를 멈췄다. "우리가 잘되지 못해 유감이에요. 그냥 타이밍이 안 맞았던 것 같아요, 그렇죠?"

때맞춰 노크 소리가 들렸다. 더할 나위 없이 절묘한 타이밍이라는 생각이 들었다. 그러니까, 셀마의 얼굴을 보기 전까지는.

"와보셔야겠어요." 셀마가 침착하게 말했다.

클로디아의 방에 들어선 순간 나는 알아차렸다. 그 확실하지만 말로 설명할 수 없는 냄새를.

클로디아는 겨우겨우 호흡하고 있었지만 아직 의식이 있었다.

"아래층에 가서 다 데려올게요." 셀마가 평상시보다 한결 부드러운 태도로 말했다.

서배스천은 문간에 얼어붙은 듯 서 있었다. "아, 금방 올게요." 그러더니 갑자기 돌아서서 나가버렸다.

나는 클로디아 옆에 앉아 그녀의 이마에 손을 얹었다.

"내게 평화를 안겨줘서 고마워요." 클로디아가 속삭였다. "이번 생에 후회되는 일이 너무 많았어요. 클로버의 도움으로 내 영혼의 부담을 좀 덜고 다음 단계로 갈 수 있게 됐어요." 그녀가 숨을 쉬기 위해 말을 멈췄다. "그리고 나는 다음 단계를 받아들일 준비가 됐어요."

"그분이 거기서 클로디아를 기다리고 계실 거예요." 자비로운 말로 포장한 것처럼 느껴지지도 않았다.

클로디아가 베개에 다시 파묻혔다. "내 실수에서 교훈을 얻길 바랄게요, 클로버." 한마디 한마디 할수록 소리가 점점 더 작아지고 말이 스타카토처럼 딱딱 끊어졌다. "미지의 것에 대한 두려움 때문에 인생 최고의 부분을 그냥 흘려보내지 말아요." 클로디아가 마지막으로 윙크를 했다. "조심스럽게 무모해지길."

서배스천이 첼로를 갖고 다시 나타나 첼로 엔드핀을 카펫 이랑에 질질 끌어가며 방으로 들어왔다. 그가 다른 의자를 침대 옆으로 끌어당겨 앉더니 다리 사이에 중심을 맞춰 첼로를 놓았다. "음악을 좀 듣고 싶어 하실 것 같아서요." 그가 다정하게 말했다.

클로디아가 졸린 표정으로 고개를 끄덕였다.

서배스천이 첼로 목에 손을 놓고 현 위에 손가락을 정렬시킨 다음 숫자를 세면서 고개를 끄덕였다. 그러고는 활로 제일 저음의 현을 죽 그으면서 빌리 홀리데이의 〈아일 비 시잉 유(I'll Be Seeing You)〉를 느린 버전으로 연주하기 시작했다.

나머지 가족들이 방으로 들어오자 나는 자리에서 일어나 셀마가 있는 한쪽 구석으로 물러났다.

　가족들은 클로디아의 침대 주위에 모여 서배스천의 연주가 자신들이 하지 못한 말을 대신하게 했다.

48

　어퍼웨스트사이드에 있는 클로디아의 집에서 우리 집까지 걸어오는 데 거의 두 시간이 걸렸지만 시간이 가는 줄도 몰랐다. 나는 짝지어 센트럴파크의 가장자리를 따라 걷는 떠들썩한 아이들 행렬에 발길이 느려져도 개의치 않았다. 아이들은 아직 일곱 살도 안 돼 보였다. 그 아이들이 클로디아만큼 장수하는 행운을 누린다면 앞으로 84년이 남았다는 뜻이다. 나는 그들의 눈에 깃든 경탄의 빛이 흐려지고 호기심이 타오르기를 멈추기까지 얼마나 오래 걸릴지 궁금했다. 사는 것이 특권이라기보다 습관이 되어 세월을 의식하지도 못한 채 흘려보내게 될 때까지 말이다.

　세상이 좀 더 비어버린 느낌이었다. 의뢰인들이 막 세상을 떠날 때마다 그랬지만 이번에는 그 빈자리가 좀 더 크게 다가왔다. 누군가가 그 자리에 더 이상 존재하지 않고 나서야 그 사람의 존재가 얼마나 중요했는지 깨닫는다는 게 이상했다. 나는 벌써 클로디아의 위트와 따스함이 그리웠다. 그랬다. 그녀는 후회를 안고 죽었지만 두려움 없이 세상에 자리 잡았고 결코 모험심과 장난기를 잃지 않은 채 삶을 열정적으로 살았다. 나는 집으로 걸어가면서 내가 바라는 삶에 가까운 삶을 산 여성을 만난 것이 이번이 처음이었다는 사실을 깨달았다.

"사진 찍을래요, 아가씨?"

내 앞에 싸구려 배트맨 코스튬을 입은 남자가 양 옆구리에 손을 얹고 가슴을 한껏 내밀고 서 있었다.

생각에 너무 사로잡힌 나머지 자존심 있는 뉴요커라면 절대 발들이지 않는, 네온사인에 둘러싸인 그 삼각형 구간까지 가버린 것이었다. 하지만 오늘은 번쩍이는 광고판과 경쟁하는 듯한 거리 음악가들, 각종 언어와 억양이 뒤범벅이 되어 시끄럽게 울려 퍼지는데도 그곳, 타임스퀘어가 이상하게 위로가 되었다. 그 에너지, 소음, 광란의 움직임이 모두 살아 있는 것들의 상징 같았다. 건너야 할 길을 건너는 것, 기억이 정신에 각인되는 것, 젊은 꿈이 시작되는 것의 상징. 무엇보다 당신의 시간이 언제라도 끝날 수 있다는 걸 잊게 하는 축복받은 무지에 대한 상징.

나는 그대로 서서 생각에 잠겨 사람들 틈바구니를 뚫고 빠져나가는 대신 흔들리는 해초처럼 나 자신을 내맡겼다. 눈을 감고 훈제 향 프레첼, 썩은 쓰레기, 매연이 뒤섞인 익숙한 공기를 편안하게 들이켰다. 그리고 청각에 대혼란을 일으키는 소음이 내 고막을 치고 들어오게 했다.

나는 여전히 거기 서 있었고 여전히 살아 숨 쉬고 있었다.

하지만 나는 그냥 습관처럼 살아온 것일까?

집에 도착해보니 조지가 어둠 속에서 자기 침대에 앉아 있었다. 그날 아침 집을 나서기 전에 불을 켜놓는다는 걸 깜빡한 것이다. 전등을 켜자 조지가 눈을 가늘게 떴지만 달리 움직이지는 않았다.

눈이 빛에 적응하자 조지의 턱 아래 놓인 뭔가가 보였다. 펼쳐진 **후회** 노트였다. 어쩌다 책장에서 떨어진 게 분명했다. 아주 단단히 끼워져 있었는데 어찌 된 영문인지 알 길이 없었다. 나는 노트를 구하러 달려들면서 침에 젖어 내용을 못 알아보는 일이 없기를 기도했다. 노트를 쏙 빼내자 조지가 그르렁거렸다.

나는 안도의 한숨을 내쉬었다. 다 온전했다. 소파에 앉으며 손에 든 노트와 책장에 꽂혀 있는 **조언**과 **고백** 세트를 쳐다보았다.

그 노트들은 그저 사람들의 마지막 말을 모아둔 것이 아니었다. 그것은 내가 만난 가장 의미 있는 사람들의 기록이기도 했다. 겉으로 보면 내가 그들을 도왔다고 할 수 있겠지만 사실은 내가 받은 도움이 더 컸다. 그들은 내가 살면서 그토록 강렬하게 느꼈던 친밀감의 부재를 어느 정도 채워주었다. 그리고 그들의 후회와 조언과 고백에 영감을 받은 의식들을 수행할 수 있게 해주었다. 나는 그저 내 의뢰인들의 기억만을 기린 게 아니었다. 무의식중에 내가 결국 맞이하게 될 결말을 피하는 데 그 노트들을 사용해왔다는 것이 진실이었다.

내 인생의 결말은 후회가 될 터였다.

문제는 그걸 어떻게 바꿀 수 있느냐였다. 나는 세상이 생각하는 나와 다른 사람이 되기 어렵다는 사실과 씨름하며 지난 36년을 보냈다. 하지만 정작 내가 생각하는 나는 어떤 사람일까? 내가 믿는 나 자신을 바꾸는 게 가능할까?

나는 숨을 깊이 들이마신 다음, 주로 십자말풀이를 할 때 쓰는 연필을 잡았다.

그리고 **후회** 노트의 빈 페이지를 펼쳐 맨 위에 내 이름을 썼다.

클로버 브룩스

더 많은 기회를 잡았어야 했다.

마음을 열었어야 했다.

습관처럼 살지 말았어야 했다.

눈에 보이지 않는 힘이 내 어깨를 끌어 올렸다. 내 기록을 다시 읽으며 앉아 있는 사이, 나를 사로잡을 줄 알았던 절망감이 아닌 다른 느낌이 피어올랐다.

희망.

후회를 기록한다고 그런 후회로 인생을 마무리해야 하는 건 아니었다. 그 기록은 내가 노트 속 어느 누구에게도 줄 수 없었던 선물을 내게 안겨주었다. 너무 늦기 전에 상황을 다르게 만들 기회. 내 후회는 결국 펜이 아닌 연필로 쓰인 것이었다.

자리에서 일어나 창가로 걸어가 천천히 블라인드를 올렸다. 가로등 불빛이 마룻바닥을 가로질러 쏟아져 들어왔다. 내가 보게 될지도 모를 것에 대비하는 사이 심장박동 소리가 귀에 쿵쿵 울렸다. 하지만 건너편 창문이 환히 빛나는데도 거실은 텅 비어 있었다.

아래쪽 거리에서 유리 따위가 쨍그랑거리는 소리가 울려 퍼졌다. 무슨 일인지 보려고 내다보니 현관 입구 계단 옆에 서 있는 익숙한 형상이 보였다. 그녀가 포니테일을 달랑거리며 재활용 쓰레기통에 병을 떨어뜨리고 있었다.

'올바른 다음 스텝.'

더 깊이 생각하게 될까 봐 얼른 주방에서 재활용 쓰레기가 든 가방을 집어 들고 억지로 현관 밖으로 몸을 밀어냈다.

밖에 나갔을 때 실비는 막 현관 입구 계단을 올라오려 하고 있었다. 나는 계단 꼭대기, 실비는 계단 맨 아래 서서 마치 누가 먼저 입을 여는지 보려고 기다리는 것처럼 서로를 쳐다보고 있었다. 당연히 내가 먼저여야 했다.

"안녕, 실비."

실비가 놀란 모습은 처음이었다. "아, 안녕, 클로버." 평소 실비의 인사말 끝에 따라오는 느낌표가 거의 느껴지지 않았다. "오랜

만이에요."

"네, 그렇네요." 시선을 피하고 싶은 생각이 간절했지만 눈길을 거두지 않았다. "그동안 연락 못 해서 미안해요." 의도했던 만큼 제대로 된 사과는 아니었지만 그 정도면 많이 발전한 편이었다. 나는 손에 든 가방을 들어 올렸다. "우웩, 이 고양이 사료 캔은 냄새가 너무 지독해요."

실비의 눈에 언뜻 미소가 스친 듯했다. "일 때문에 바쁜 줄 알았어요." 실비가 난간에 기댔다. "클로디아는 어때요?"

"사실, 오늘 오후에 돌아가셨어요." 사실이지만 그 단어들을 내뱉기에 너무 이른 느낌이었다. 이상하게도 처음에는 죽음이 영구적이지 않은 것처럼 느껴지기 때문이다. 그녀의 마지막 말을 **조언**노트에 기록할 준비가 되기까지 아마 이삼일은 걸릴 것이다.

"이런, 우리 클로버, 마음이 아프겠어요." 나는 실비가 나를 그렇게 불러줄 때 얼마나 위로가 되는지 잊고 있었다.

나는 어깨를 으쓱했다. "다 내가 하는 일의 한 부분인걸요."

"알아요. 그래도 그렇다고 죽음을 받아들이는 게 더 쉬워지지는 않죠. 당신이 클로디아에게 얼마나 마음을 썼는지 알고 있으니까요." 실비가 계단을 오르다 말고 말했다. "휴고는 결국 찾아냈어요?"

그녀가 클로디아의 휴고에 대해 이야기하고 있다는 사실을 깨닫기까지 잠깐 시간이 걸렸다. 그녀는 다른 휴고가 존재하는지도 몰랐다. 그동안 그녀에게 말하지 않고 묻어둔 많은 것들이 후회가 됐다. 나는 계단을 내려갔다.

"그렇다고 봐야겠죠. 이야기하자면 길어요." 그녀에게 해야 할 사과를 하지 않고 슬쩍 피해버리고 싶은 유혹이 너무 강했지만 서배스천이 할 수 있었다면 나도 할 수 있었다. "근데 우선 지난번 내가 한 행동에 대해 정말 사과하고 싶어요."

실비가 팔짱을 끼고 활짝 웃었다. "그래요, 정말 이상하긴 했어요."

"당신이 누구랑 키스하든 그 사람이 누구랑 결혼했든 내가 상관할 일이 아니었는데."

"그렇죠." 실비가 솔직하지만 불쾌하지 않게 말했다. "근데 있잖아요, 내가 브리짓한테 클로버 이름을 말했는데 모르더라고요."

"아, 맞아요. 브리짓 씨는 날 몰라요. 나도 그분을 잘 모르고요." 가방을 쥔 손바닥에 땀이 났다. "모퉁이 술집에서 몇 번 본 것 같아요. 분명히 내가 다른 사람과 착각했을 거예요."

"그랬나 봐요." 실비의 눈에 장난기가 번쩍였다. "그래서 당신이 우리 집 위층에 산다고 했더니, 그렇다면 피터와 자기가 사는 집 바로 맞은편이 분명하다면서 당신이 90년대 로맨틱 코미디를 많이 보지 않냐고 물어보더라고요."

목구멍에서 어색한 웃음소리가 새어 나왔다.

실비는 내가 어쩔 줄 몰라 하는 모습을 지켜보는 것이 즐거운 듯 보였다. "자기들 집에서 클로버의 집을 볼 수 있대요. 브리짓 말로는 당신이 아파트를 너무 어둡게 해놓아서 당신 얼굴을 본 적은 없지만 TV 화면은 정말 훤히 보인대요."

"정말로요?" 내가 느끼는 감정이 안도감인지 모욕감인지 알 수가 없었다. "나도 몇 번 그 사람들 TV 화면을 본 것 같아요. 〈왕좌의 게임〉 시청자가 분명해 보였어요."

실비가 내 거짓말에 속아 넘어갈 리 없었기 때문에 나는 닥쳐올 심문에 대비했다. 하지만 심문은 없었다.

"확실히 하자면," 실비가 말했다. "브리짓과 피터는 오픈 릴레이션십이에요. 난 그 둘을 데이트 앱에서 만났어요. 그리고 사실 지난 몇 주간 두 사람 모두와 데이트하는 중이고요. 그 둘과 함께 있으면 정말 좋아요. 다음 주말에는 셋이 캐츠킬✛에 갈 거예요."

"아." 맙소사, 내가 너무 순진했구나. "미안해요, 내가…… 오해했어요. 그 두 사람이 실비를 행복하게 해준다니 좋네요." 진짜 그랬다.

"사과해줘서 고마워요." 실비가 올라와 나와 같은 계단에 섰다. "이제 우리 다시 친구 사이로 돌아갈 수 있나요?"

"그럼 너무 좋죠." 세상이 갑자기 더 밝아진 듯했다.

"좋아요. 내일 밤에 저녁 먹으러 와서 휴고에 대해 싹 다 얘기해줘요!" 다시 실비의 말에서 느낌표를 느낄 수 있어서 정말 좋았다.

실비가 계단을 올라 현관문 앞까지 갔다가 멈췄다.

"아, 참 클로버, 웃긴 게 뭔지 알아요? 브리짓이 말하길 피터랑 둘이서 당신 아파트를 더 잘 들여다보려면 쌍안경을 하나 사야겠

✛   뉴욕주 중남부에 위치한 산악 지대.

다는 농담을 늘 해왔대요."

실비가 건물로 들어갈 때 윙크를 했다는 확신이 들었다.

49

클로디아는 자기 친구들이 모두 죽었다고 했지만 장례식은 사람들로 꽉 차 있었다.

내가 고객의 장례식에 가는 건 유족이 요청하거나 달리 참석할 사람이 없을 때뿐이었다. 클로디아는 나에게 직접 요청했는데, 본인의 장례식에 와달라는 초대를 거절하기란 어려운 일이었다.

"누군가 상황을 주시해줘야 해요." 클로디아가 말했다. 그래도 나는 조용히 있고 싶었다. 앰스터댐가에 있는 고딕양식 성당 바깥의 웅장한 현관 입구 계단을 살피다가 화려한 모자를 쓴 두 노부인과 예의 바르게 대화를 나누고 있는 서배스천을 봤다. 계속 고개를 끄덕이는 걸로 보아 그가 한마디도 끼어들 수 없는 상황이 분명해 보였다. 특히 오늘은 그에게 연민이 들었지만 강력한 웅변가들을 상대하고 있는 그를 보는 것이 즐거웠다. 좌석 마지막 줄에 앉으면서 그와 눈이 마주쳤을 때 나는 손을 살짝 흔들어주었다.

클로디아의 가족은 그녀와 내가 임종 바인더에 기록한 장례식 희망사항 가운데 적어도 일부는 고려해준 듯했다. 제단을 따라

수국 화병이 놓여 있었고 일반적인 '지나치게 우울한' 오르간 반복구 대신 활기찬 재즈가 들려왔다. 관 옆에 놓인 이젤에 붙어 있는 사진은 거대한 크기의 영정사진이 아니었다.

영정사진 항목을 선택할 때 클로디아는 이렇게 말했다. "그런 사진들은 항상 사람을 엄청 당황스럽게 만드는 데다 거의 대부분 잘 나오지도 않았어요. 다들 내가 두둥 떠오른 것처럼 느끼게 만들고 싶지 않아요."

그 대신 그녀는 장례식 안내장에 자신이 가장 좋아하는 사진들을 넣어 인쇄하게 했다. 나는 사진을 넘겨 보면서 활짝 웃었다. 맨해튼 거리가 담긴 사진 두 장을 제외하면 모두 의심의 여지 없이 프랑스 남부에서 찍은 사진들이었다. 마지막 이미지이자 유일하게 클로디아가 나온 사진 속에는 20대 중반의 그녀가 실크 스카프를 짙은 색 머리에 두르고 바위에 앉아 지중해를 바라보고 있었다. 흑백사진인데도 햇볕에 그을린 그녀의 피부에서 광채가 났다. 그리고 그녀의 무릎 아래 다리가 세 개인 잭 러셀이 있었다.

그녀가 사후에 누구를 만날 계획인지 명확해 보였다.

조문객들은 나무 거치대에 놓인 스크래블 보드게임 글자 타일처럼 서로 나란히 자리 잡았다. 상당수가 백발이었지만 내 또래도 제법 있었다. 서배스천과 누나들의 친구들인 듯했다. 나는 그렇게 많은 사람이 기꺼이 참석해 슬픔을 위로해준다는 건 어떤 느낌일지 상상해봤다.

식 자체에는 클로디아의 희망사항이 전혀 반영되지 않았다. '종교적인 절차를 최소한으로 제한한 짧고 경쾌한 식'이 아니었다. 길고, 우울하고, 아주 종교적이었다. 그리고 지루했다. 장례식은 원래 그런 식이다. 아무리 식 진행을 조절해보려 해도 일단 죽고 나면 손을 쓸 수가 없다.

서배스천의 아버지가 클로디아의 훌륭한 면모를 전혀 담아내지 못한 무미건조한 자기 칭송을 늘어놓는 사이 성당 내부에 안내장을 만지작거리는 소리가 울려 퍼졌다. 나는 모두가 조용히 연설을 들으며 생각에 잠겨 있기를 바랐지만 뒤통수만으론 사람들의 감정 상태를 알아내기 힘들었다.

추도사가 장황하게 늘어졌다. 서배스천의 장황함은 유전이 분명했다. 앞줄을 살피다 제니퍼와 앤 사이에 끼어 있는 서배스천을 봤다. 그의 어깨가 제니퍼와 앤의 흐느낌에 맞춰 흔들리고 있었다.

하품을 참으려고 성당의 솟아오른 둥근 천장을 이루는 아치형 구조물들을 세어보기 시작했다. 나는 할아버지 밑에서 불가지론자로 자랐기 때문에 성당이나 교회에서 시간을 보낼 일이 별로 없었다. 그곳의 건축적 연출이 클로디아의 외향적 성격과 잘 어울려 보였다. 하지만 뒤쪽을 돌아본 순간 세고 있던 숫자를 순식간에 잊고 말았다.

익숙한 실루엣이 문간에 흘러들어오는 햇살을 등지고 서 있었다. 큰 키에 보기 좋은 체형의 남자가 헤어 제품을 대충 발라 격식에 맞게 곱슬기를 잠재운 머리를 공손하게 숙이고 있었다.

휴고였다. 휴고의 육체와 정신이 손자를 통해 그 자리에 서 있었다.

마치 내 시선을 느낀 것처럼 그가 고개를 들고 나를 똑바로 쳐다보았다. 손을 옆구리에 바짝 붙인 채 살짝 흔드는 모습은 조심스러웠지만 미소만큼은 진심이었다.

나는 미소로 답했다. 우리는 다시 얼굴을 돌려 제단을 바라보았다. 설렘이 전신으로 퍼져나갔다.

퇴장 성가가 있은 후 옆문으로 빠져나가 너무 티 내지 않으려 애쓰며 인파를 이룬 수많은 머리 가운데 곱슬머리를 찾았다. 계단 아래 서 있는 휴고를 찾기란 어렵지 않았다. 보통 사람들보다 한 뼘 이상 키가 크면 사람들 속에 섞여 들기 힘들기 때문이다. 나는 그가 항상 무채색과 어두운 녹색 계열 옷만 입는 이유가 도시환경에서 살기엔 너무 눈에 띄는 큰 키를 위장하기 위한 것이 아닐까 싶었다.

이번에는 휴고가 열정적으로 손을 흔들었다. 그가 걸어 올라와 내가 서 있는 계단 한 칸 아래에 멈춰 나와 눈높이를 어느 정도 맞췄다.

"안녕하세요, 클로버 씨." 그가 웃었다. 나는 그가 마치 도서관이나 극장에서 공연이 시작되기 전 불빛이 어두워질 때 이야기하듯 한결같이 나직하고 부드럽게 말하는 방식이 마음에 들었다.

"안녕하세요, 휴고 씨." 내가 잘 알지도 못하는 사람에게 그런

친근함을 느낀다는 게 이상했다.

"제가 참석해도 괜찮아야 할 텐데요." 그가 다른 조문객들을 둘러보며 말했다. "그분이 돌아가셨다는 문자를 보고 제가 대신 조의를 표하는 게 할아버지에게 얼마나 의미 있는 일일지 생각해 봤어요. 보내주신 링크에 접속해보니 장례식장이 이곳이라 사람들 사이에 섞여 들어와도 되겠다 싶더라고요." 그가 자기 정수리를 톡톡 쳤다. "그러니까, 제 키가 허락하는 한 말이죠."

"클로디아는 여기 와준 당신을 보고 정말 기뻤을 거예요." 눈높이가 거의 같다 보니 그의 잿빛 홍채 속 호박색 반점들이 들여다보였다.

"편지 덕분에 클로디아는 휴고 씨 할아버지가 자신을 찾으러 왔었다는 사실을 알게 됐고 그건 그분의 마음을 평화롭게 하는 데 큰 도움이 되었어요."

"그분이 그 전에 편지를 보실 수 있어서 정말 다행이에요······. 그러니까, 돌아가시기 전에······ 말이에요." 그가 코트 깃을 바로 했다. 차려입은 모습이 눈에 띄게 근사했다.

"우리가 정말 시간을 딱 맞췄어요." 나는 잠깐 시선을 떼면 떨림이 가라앉을까 싶어 그의 어깨 너머를 바라봤다. "편지는 집에 있는데 돌려드릴까요? 우편으로 보내드리려고 했거든요."

"네, 제가 보관하고 싶어요. 괜찮으시죠? 편지를 읽으면 할아버지와 더 가까워진 느낌이 들어서요. 그저 할아버지로서가 아니라 젊은 남자인 할아버지를 알 수 있게 해주니까요."

"당연하죠." 나는 우리를 향해 계단을 올라오는 서배스천을 보았다. 제시가 그 뒤를 따르고 있었는데 그녀는 내 부족한 패션 상식에도 장례식 복장으로 부적절해 보이는 짧은 핑크색 원피스를 입고 있었다.

"그 전에 편지를 스캔해두면 어떨까 생각하고 있었어요. 그래도 될까요? 서배스천 씨한테는 아직 편지 이야기를 하지 않았지만 언젠가 보고 싶어 할지도 모르니까요."

"좋은 생각이에요." 서배스천이 옆에 오자 휴고가 손을 내밀었다. "안녕하세요, 서배스천 씨. 많이 힘드실 겁니다. 이미 알고 있었다고 해서 받아들이기가 수월해지진 않으니까요."

"고맙습니다. 정말로요." 서배스천이 퍼즐을 맞추듯 나를 옆눈으로 보고는 다시 휴고에게 시선을 돌렸다.

"제가 이 자리에 참석한 게 폐가 되지 않았길 바랍니다." 휴고가 말했다. "부고를 듣고 조의를 표하고 싶었어요."

그 말에 서배스천은 긴장이 좀 풀린 듯했다. "당연히 괜찮죠. 휴고 씨가 할머니를 못 뵌 것이 너무 아쉽네요."

휴고가 앞주머니를 톡톡 쳤다. "이 안내장을 정말 읽어보고 싶어요. 할머님 사진이 정말 아름답더군요." 그가 서배스천 뒤에서 뻣뻣하게 서성이는 제시를 봤다. "안녕하세요, 저는 휴고라고 합니다."

서배스천은 그녀가 거기 있었다는 사실을 이제 막 떠올린 듯했다. "아, 미안해요. 이쪽은 제시예요." 그가 재빨리 나를 쳐다봤다. "그리고 이 두 분은 이미 만났었죠."

제시가 서배스천의 팔꿈치를 자기 것인 양 팔로 착 감았다. "오, 맞아요, 바에서 만났죠. 이름이 어떻게 되셨죠?" 그녀의 목소리는 내가 기억한 대로 진짜라기엔 지나치게 달콤했다.

"클로버예요."

"너무 귀엽네요." 칭찬인지 아닌지 헷갈리게 만드는 말투였다.

"서배스천!" 세라가 스틸레토 힐을 신고 허리에 꼼지락거리는 아기를 걸쳐 안고 우리 쪽으로 씩씩하게 걸어오고 있었다. "손님들이 경야♣하러 도착하기 전에 준비해두러 할머니 집으로 갈 거야. 오, 안녕하세요, 클로버 씨. 와줘서 정말 고마워요." 세라가 누군지 궁금하다는 표정으로 휴고를 쳐다봤다.

"안녕하세요." 내가 재빨리 말했다. "이쪽은 휴고 씨예요."

세라의 눈이 휴고와 나를 재빨리 훑었다. "와줘서 고마워요. 두 분 다 경야에 함께하시겠어요?"

휴고의 얼굴이 환해졌다. "물론입니다."

이번만은 세라의 얼굴에 찬성의 빛이 떠올랐다. "정말 잘됐네요!" 하지만 그녀의 표정은 자기 동생을 보면서 이내 권위적으로 변해버렸다. "서배스천, 너도 우리랑 갈 거야?"

서배스천이 마치 주인에게 복종하는 강아지처럼 바른 자세를 취했다.

"우리도 바로 갈게." 그는 자기 누나를 그렇게 기분 좋게 만든

♣　　Wake. 장례 의식의 일부로, 고인을 떠나보내기 전 모여서 밤을 새우며 기리는 일.

이유를 알아내려는 듯 우리를 살피며 말했다. "이따 봐요."

원래 경야에는 한 시간 정도, 예의에 어긋나지 않을 만큼만 머물 계획이었다. 그래서 휴고가 이만 가봐야 한다면서 원한다면 나를 태워주겠다고 했을 때 감사할 따름이었다.

"웨스트빌리지에 산다고 하셨죠? 저는 브루클린에 사는 친구 집에 머물고 있어서 원하신다면 가는 길에 내려드릴 수 있어요."

"그럼 너무 좋죠." 나는 우리 아파트에서 몇 골목 떨어진 곳에 내려달라는 소리조차 하지 않을 작정이었다.

붐비는 거실에서 서배스천을 찾는데 그곳에서 생명의 흔적을 본 게 처음이라는 생각이 들었다. 서배스천은 교회에서 본 화려한 모자를 쓴 2인조에게 다시 붙잡혀 있었다. 그의 시선을 끈 다음 가겠다는 몸짓을 해 보이자, 그가 무력한 시선을 보내며 어쩔 도리가 없다는 듯 손만 흔들었다. 비록 우리의 작별 인사가 간단한 손짓 교환으로 가능하다는 사실에 은근히 안도했지만 한편으론 마음이 아렸다. 우리는 지난 두 달간 정말 많은 일들을 겪었다. 그래서인지 이제 그가 내 주위에 없다고 생각하니 기분이 이상했다. 어쩌면 언젠가 우리는 친구가 될 수도 있을 것 같았다.

복도에 서 있는 부유한 뉴요커 군단 사이를 요리조리 피해 가는데 누가 내 팔뚝을 잡았다. 옆구리에 또 다른 꼬물대는 아기를 걸쳐 안은 세라가 자기 남편에게서 내 왼쪽 귀로 몸을 기울이며 속삭였다.

"당신 남자 잘생겼네요." 그녀가 고갯짓으로 현관문 옆에서 참을성 있게 기다리고 있는 휴고를 가리켰다.

"아, 고맙습니다." 나는 얼굴을 붉혔다. 하지만 굳이 아니라고 말하지 않았다. 당혹감이 순식간에 조용한 자부심으로 변했다.

세라와 클로디아는 그린 스무디에 대해선 의견 차이가 있었지만 남자 취향만큼은 같은 혈통을 따르는 듯했다.

택시가 우리 아파트 앞에 정차했을 땐 어퍼웨스트사이드를 떠난 지 겨우 이삼 분밖에 흐르지 않은 느낌이었다. 휴고가 앞좌석으로 몸을 기울여 디머스라는 이름의 유쾌한 영혼을 지닌 운전기사에게 말했다. "잠깐만 기다려주실 수 있나요?" 휴고가 디머스에게 20달러를 건넸다. "추가 대기 요금입니다."

오후 햇살이 해 질 녘 어스름한 빛으로 물들어갈 때 우리는 아파트 현관으로 올라가는 계단 아래 서 있었다.

"당신을 만나서 정말 좋았어요." 휴고가 말했다. "이렇게 내려주고 달려가야 할 일이 없기를 바랐는데 친구와 술 약속이 잡혀 있어서요. 제가 그 친구 집 소파에서 신세를 지고 있는 데다 지금 거스까지 맡겨놓아서 차마 거절을 못 하겠더라고요."

"아니에요." 나는 최선을 다해 아무렇지도 않은 척했다. "집까지 데려다주셔서 정말 감사해요."

디머스가 기대에 찬 눈길로 우리를 지켜보고 있었다.

휴고는 주머니에 양손을 넣고 나무 꼭대기를 잠깐 응시했다. "일주일간 뉴욕에 있을 겁니다." 그가 다시 나를 내려다보았다.

"괜찮으시면 다시 만나서 커피 한잔 하고…… 편지도 받을 수 있을까요?"

당연히 그가 원하는 건 편지였다. 아주 잠깐이나마 달리 생각한 나 자신이 부끄러웠다. "네, 물론이죠. 내일 편지를 스캔해놓을게요. 언제든 돌려드릴 수 있게요."

"좋네요! 문자드릴게요." 휴고가 내 어깨를 가볍게 만졌다. "곧 다시 볼 수 있다니 기뻐요."

실망과 희망이 가슴속에서 결투를 벌이고 있었다. "저도요."

택시가 떠난 뒤 한참이 지나고도 여전히 그의 존재가 느껴졌다.

50

약속대로 휴고는 일요일에 워싱턴스퀘어파크에서 만나자는 문자를 보내왔다. 솔직히 그가 전화를 했어도 상관없었을 것 같았다. 그날 저녁엔 리오와 마작을 두기로 했다. 클로디아 일로 너무 바빠 리오와 게임을 안 한 지 몇 주가 되었기 때문이다. 휴고와 오후를 보내고 리오와 저녁을 보낸다면 거의 완벽한 하루가 될 듯했다.

가방에 편지와 함께 지갑과 열쇠를 던져 넣으며 내가 느끼는 기분이 뭔지 깨달았다. 한 번도 가보지 못한 목적지로 가는 비행기에 탑승할 때마다 느끼는 그것. 긴장감과 흥분의 어질어질한 조화. 내가 그 기분을 얼마나 그리워했는지 미처 깨닫지 못하고 있었다.

그 일요일은 그해 들어 처음으로 코트 없이 외출해도 될 만큼 따뜻한 날이었다. 공원은 보드라운 햇살 아래 고요를 떨쳐내고 있었다. 잔디밭에는 조각보처럼 피크닉 매트가 이어져 있고 분수 가장자리에는 커플들이 앉아 있었다. 산책로에는 음악가들이 드문드문 자리 잡고 있었다.

관광객들이 찍어대는 사진에 포착되지 않게 애쓰며 걷다 보니 테이크아웃 커피 두 잔을 들고 아치 길 아래 기대 있는 휴고가 보였다. 그를 향해 걸어가는데 강한 바람이 나를 앞으로 떠미는 느낌이 들었다. 나무 꼭대기는 미동도 없이 잠잠했다.

"여기에요!" 휴고가 손을 흔들려고 했지만 두 손에 쥔 커피 때문에 인사라기보단 거의 손가락 꼼질대기에 가까웠다. 스웨터 소매가 팔꿈치까지 걷어 올려져 있어 오른쪽 팔뚝에 선으로 그린 조그만 식물 그림 타투가 드러나 보였다.

"안녕하세요!" 나는 의도한 것보다 좀 더 열정적으로 인사하고 말았다.

"날씨가 정말 좋아서 갑갑한 카페에 앉아 있기보다 공원을 걷고 싶어 하실 거라 생각했어요."

"좋은 생각이에요." 나는 몸을 움직일 때 항상 긴장감이 덜했다.

그가 커피를 건넸다. "블랙, 설탕 없이. 당신 할아버지처럼요, 맞죠?"

예상치 못한 배려였다. 경야에서 지나가듯 언급했을 뿐이었는데. "기억해주시다니 정말 놀랐어요."

휴고가 어깨를 으쓱했다. "저는 소소한 세부 사항을 관찰하는 데 재능이 있거든요." 그가 고개를 숙이고 목소리를 낮췄다. "다른 사람한테는 말하지 마세요. 내가 자기들에 대해 너무 많이 기억한다는 걸 소름 끼쳐 하는 사람들도 있거든요."

"모두 자기만의 비밀이 있잖아요." 나도 그를 따라 진지한 척하며 말했다. "운이 좋으시네요. 제가 비밀을 정말 잘 지키거든요."

"그렇다면 당신 비밀도 기대되는데요." 휴고가 커피를 들어 공원 한가운데 있는 분수 너머를 가리켰다. "반려견 놀이터에서 펼쳐지는 드라마를 구경하러 갈까요? 그게 저만의 남부끄러운 취향이거든요."

평소 같았으면 반려견 놀이터가 할아버지에 대한 그리움만 상기시켰을 텐데 오늘은 마음이 좀 덜 아플 것 같았다. "좋아요."

"거스와 조지를 데려왔어야 했어요. 그랬으면 둘이 친해졌을 텐데요." 왠지 그는 입이 웃고 있지 않아도 눈이 행복해 보였다.

"다음에 그럴까요?" 이유는 모르겠지만 아주 가까운 사이에 하는 말같이 느껴졌다. 나는 당황해서 휴고에게 편지가 든 가방을 건넸다. "이것 때문에 만났으니 지금 드리는 게 낫겠어요."

그가 가방에 그려진 로고를 살폈다. "뉴욕 공공 도서관 홍보대사시군요?"

얼굴이 확 달아올랐다. 마트에서 받은 게 아니라 천만다행이었다. "제가 좀 책벌레라서요."

"그 말을 들으니 정말 기쁘네요." 휴고가 반려견 놀이터를 향해 발걸음을 떼면서 말했다. "모두 휴대폰에 애착을 갖다 보니 이제는 우리 같은 사람이 희귀해졌어요. 마지막으로 읽었던 좋은 책은 뭐였어요?"

나는 그가 '우리'라고 말하는 게 좋았다.

"제가 사랑하는 마사 겔혼의 책을 막 끝냈어요." 그가 에스프레소를 더블 샷으로 주문한 걸까? 뇌가 각성 상태에 빠진 느낌이었다.

"기자 아닌가요? 스페인 내전에 대해 쓴 사람이죠?"

"네, 맞아요." 그는 정말 세부 사항을 잘 기억했다. "사실 마사의 책을 읽으니 클로디아가 떠오르더라고요. 그분이 사진 일을 접은 게 너무 안타까웠어요."

"여러 이유로 참 안타까운 일이죠." 휴고가 눈을 가늘게 뜨고 해를 쳐다봤다. "지금은 함께 계실까요? 그분과 우리 할아버지 말이에요."

"그랬으면 좋겠어요." 나는 확신했지만 대답은 그렇게 했다.

그가 커피를 한 모금 마셨다. "저는 그분이 마지막 편지에 남기신 말이 정말 좋았어요. '우린 이번 생에서 함께할 운명이 아니에요……. 아마 다음 생에서 만날 수 있을 거예요.' 정말 현실성 있는 말 같아요. 우린 어쩌면 주어진 각 생에서 같은 영혼을 지녔지만 다른 임무를 맡은 존재로 태어나는지도 몰라요. 그리고 모든 삶이 항상 우리가 원하는 대로 굴러가진 않는 거죠."

"그분들이 이번 생에서 맡았던 임무는 뭐였을까요?"

"훌륭한 질문이네요." 휴고가 활짝 웃었다. "제 생각에 그건 두 분만이 답하실 수 있을 것 같아요. 두 분이 다음 생에서 만나 다시 시작하시면 우리에게 말해줄지도 모르죠."

"아마 그러실 거예요." 나는 그 발상이 정말 마음에 들었다.

"당신은 뭘 다시 하고 싶어요? 제 말은, 이번 생에서 말이에요." 휴고가 아무렇지도 않게 질문했다. 상대적으로 낯선 사람들 사이에 그런 심오한 질문이 오가는 게 정상이라는 듯이.

대답이 너무 쉽게 나오고 그 대답을 그와 공유한다는 게 너무 자연스럽게 느껴져서 놀라웠다.

나는 천천히 숨을 들이마셨다.

"할아버지가 돌아가셨을 때 제가 곁에 있었다면 좋았을 거예요." 우리는 잠깐 말없이 걷기만 했다. 휴고는 그 침묵을 굳이 채우려 하지 않았다. "저는 당시에 캄보디아에서 여행을 하고 있었어요. 할아버지는 밤늦게 컬럼비아 대학 교수실에서 뇌졸중으로 돌아가셨어요…… 혼자서요."

조금 더 오래 침묵이 흘렀다.

"클로버 씨, 정말 마음이 아프네요. 할아버지와 함께 있어드리지 못했다는 게 얼마나 당신을 힘들게 했을지 알 것 같아요."

온몸이 긴장됐다. "바보같이 들린다는 거 알아요. 하지만 곁에 있어야 할 때 지구 반대편에 있던 날 용서해달라고 할아버지께 말할 수 있으면 좋겠어요." 그 말들을 입 밖으로 내뱉는 사이 누군가 내 어깨에 짊어진 짐을 덜어주는 것만 같았다. 오랜 세월 나도 모르게 짊어지고 다녔던 짐을.

휴고가 신중하게 말했다. "그게 당신의 삶을 누군가의 임종을 지키는 일에 헌신하기로 한 이유에 포함이 되나요?"

나는 그가 너무 빨리 나를 파악했다는 사실이 당황스러웠다. 임종 도우미 일은 그런 면에서 이기적이라 할 수 있었다. 내가 해결하려 했던 것들은 그저 죽어가는 이들의 후회만이 아니라 나 자신의 후회이기도 했다.

물론 내가 뉴욕에 있었어도 할아버지는 아마 교수실에서 홀로 마지막을 맞이했겠지만 최소한 그 일이 있기 전에 할아버지와 함께 시간을 보낼 수 있었을 것이다. 그때 나는 할아버지의 얼굴을 1년 내내 보지 못했고 집에 돌아가면 할아버지가 당연히 거기 있을 거라 여겼다. 무엇보다 당시에 대수롭지 않게 여기고 지나쳤던 작은 일 하나하나가 지금은 너무나 그리웠다. 할아버지가 커피를 휘휘 젓는 방식, 턱수염을 문지르는 소리, 깊게 울리는 그 웃음소리. 누군가 항상 우리 곁에 있을 땐 그 사람이 늘 그 자리에 있다고 생각하기 쉽다. 그러다 어느 날, 그 사람은 사라져버린다.

"그런 것 같아요." 내가 말했다. 마침내 그 사실을 소리 내어 인정하자 내 안에 어떤 변화가 일었다. 휴고가 판단하려 들지 않고 너무나 온화하게 물었기 때문에 당혹감이 사그라들었다.

"들은 이야기로 봐선 당신 할아버지는 손녀를 용서하는 데 아무 문제도 없으실 분 같은데요." 휴고가 발걸음을 멈추고 나를 쳐다보았다. "당신이 스스로를 용서해야 할 문제가 아닐까요?"

그 말에 몇 년 동안 교묘하게 숨겨뒀던 감정들이 댐을 범람한 강물처럼 온몸을 휩쓸었다. 나는 공원 한가운데서 터져버릴까 두려웠다.

"미안해요." 내가 숨을 가파르게 몰아쉬며 말했다. "이 이야기를 더는 할 수 없을 것 같아요."

휴고는 내 어깨에 가볍게 손을 얹고 마주 보는 자세로 내가 마침내 자기와 눈을 마주칠 때까지 가만히 있었다.

"얘기하지 않아도 돼요." 그가 나직이 말했다. "그 슬픔은 혼자만의 시간에 당신에게 효과가 있는 방식으로 처리해야 할 당신의 것이에요. 어느 누구도 그걸 어떻게 해야 하는지 알려줄 수 없어요. 하지만 그 이야기를 하고 싶은 기분이 들 때면 제가 기꺼이 들어드릴게요."

"고마워요." 휴고는 미소 짓고 있었지만 그 표정에 살짝 고통이 배어 있었다.

그가 커피를 내려다보았다. "제가 대학생일 때 어머니가 난소암으로 돌아가셨어요." 그가 말했다. "사람들이 저를 위로하려 해서 정말 화가 났던 기억이 나요. 다들 이렇게 말하더군요. '어머니는 지금 더 좋은 곳에 계셔'라든가 '그래도 넌 함께했던 시간이 있었잖니.' 아니면 '어머니는 네가 슬퍼하기를 바라지 않으실 거야.' 그 사람들에게 소리를 지르고 싶었어요. 다들 제가 슬픔을 극복해서 자기들이 더 이상 그 문제를 다룰 필요가 없기를 바라는 것 같았어요." 그가 한 손으로 머리를 쓸어 넘겼다. "그래서 그때 감정을 마비시키려고 그렇게 술을 많이 마셨던 것 같아요. 아무도 제가 겪고 있는 슬픔을 이해하지 못했기 때문에요."

"저는 이해할 수 있어요." 나는 잠깐 말을 멈췄다. "로맨틱 코미디 몰아 보기가 감정을 마비시키는 방식이란 점만 다를 뿐이죠." 한 번도 다른 사람에게 한 적 없는 이야기였다. 나는 휴고의 솔직한 고백에 영감을 받았다.

"글쎄요. 산드라 블록 영화를 정주행한다고 문제 될 건 전혀 없죠." 휴고가 반려견 놀이터 쪽으로 고갯짓을 했다. "우리가 지금 심각한 반려견 드라마를 놓치고 있는 게 틀림없어요. 가볼까요?"

"당연하죠." 벌써 마음이 진정된 느낌이었다. 그는 어떻게 내 마음을 이리도 쉽게 진정시킬 수 있었을까?

우리가 반려견 놀이터에 도착했을 땐 골든리트리버 두 마리가 난리를 쳐가며 노는 통에 잿빛 짧은 털을 가진 푸들이 단단히 겁에 질려 있었다. 푸들은 두 리트리버가 자기 주위를 뛰어다니는 동안 마치 배경에 섞여 들게 해달라고 기도라도 하듯 완벽한 정지 상태를 유지하고 있었다.

"누가 저 리트리버들한테 점잖게 노는 법을 배워야 한다고 말해줄 필요가 있을 것 같아요." 휴고가 말했다.

나는 내 커피 컵을 감싼 종이 홀더를 일그러뜨렸다. "아니면 푸들이 자신의 안전지대 바깥으로 나갈 좋은 기회일지도 모르죠."

"당신이 생각하는 방식이 마음에 들어요." 휴고가 울타리에 가볍게 팔뚝을 기댄 채 느긋하게 말했다.

갑자기 내 입에서 나는 커피 냄새가 신경 쓰였다. "언제 메인주로 돌아가세요?"

"여기 며칠 더 있게 됐어요." 그가 말했다. "정말 괜찮은 일을 의뢰받았거든요. 여기 공립학교 몇 군데에 옥상정원을 짓는 일이에요. 이번 주에 미팅이 몇 차례 잡혀 있어요. 거기서 세부 사항을 논의하고 의뢰를 수락할지 말지 보려고요."

"정말 흥미로운 일이네요." 내가 말했다. "그런데 왜 망설이는 거예요?"

휴고는 땅딸막한 코기가 자기 몸길이의 두 배나 되는 나뭇가지를 물고 자랑스럽게 뒤뚱거리며 걷는 모습을 지켜보았다. "그 프로젝트를 감독하려면 최소 6개월은 여기 살아야 하거든요. 그래서 내가 다시 세상으로 나가고 싶은지 아닌지 알아내야 해요. 선상 가옥에 살면서 아무도 만나지 않는 은둔자가 되는 게 정말 좋았어요. 근데 사실 그게 좀 이상해지고 있어서."

그가 자신에 대한 소소한 이야기를 하나씩 털어놓을 때마다 반딧불이를 한 마리씩 잡아 항아리에 넣는 느낌이었다. "전혀 이상하지 않아요."

그가 푸들을 향해 고개를 끄덕였다. "네, 근데 이젠 나를 다시 안전지대 밖으로 밀어내야 할 때가 된 듯해요. 모든 좋은 일들은 안전지대 바깥에 존재하니까요, 안 그런가요?"

"그렇다고 들었어요." 내가 말했다. "실제로 오랫동안 그러지 못했지만요. 제가 위험을 많이 감수하는 스타일은 아니거든요."

"그렇다면 우리 둘 다 시작해야 할 때가 아닐까요?" 그가 도전장을 내밀 듯 눈썹을 치켜올렸다. "당신은요? 이번 일이 끝났는데 이제 뭘 하실 건가요?"

코기가 나뭇가지를 자랑하려고 우리 쪽으로 뒤뚱뒤뚱 걸어왔다. 나는 울타리에서 몸을 숙여 코기의 머리를 쓰다듬어주었다.

"여든일곱 살 이웃 친구와 마작 게임을 하고 반려동물들과 노는 것 말고는 아마 될 수 있는 대로 많은 책을 읽고 며칠 동안 집을 거의 나가지 않겠죠."

"완벽해 보이는데요." 휴고도 몸을 숙여 코기를 쓰다듬었다. "일이 끝나고 마음의 휴식을 취할 시간이 정말로 필요할 것 같아요. 특히 막판에 메인주까지 로드 트립을 해야 하는 일일 경우엔 더욱 그렇겠죠."

나는 푸들을 쳐다봤다. 그 소심한 강아지는 골든리트리버들의 끈질긴 친화력에 굴복했는지 이제는 함께 놀고 있었다. 비록 아주 어색해 보이긴 했지만.

며칠 전 클로디아의 마지막 말을 **조언** 노트에 쓰던 때가 떠올랐다.

미지의 것에 대한 두려움 때문에 인생 최고의 부분을 그냥 흘려보내지 말아요.

아마도 인생에서 가장 큰 위험은 아무런 위험도 감수하지 않는 것이리라. 나는 클로디아의 두려움 없는 자신감을 소환해 대담하게 도약했다.

"우리 할아버지가 제일 좋아하시던 서점이 바로 근처에 있어요. 일요일마다 거기 가는 게 이른바 우리만의 전통이었죠." 나는 휴고를 올려다봤다. "같이 가실래요?"

그가 커피 컵을 옆에 있던 쓰레기통에 한 번만에 깔끔하게 골인시키고는 환하게 웃었다.

"좋습니다."

일요일치고는 서점이 놀라울 정도로 조용했다. 역사소설 코너에서 중국어로 이야기하고 있는 중년 여자 두 명을 제외하면 텅비어 있었다. 두 여자가 신나게 속닥거리며 손짓하는 걸 보니 흥미로운 이야기인 듯했다.

나는 베시를 찾아 두리번거렸지만 보이지 않았다. 내가 혼자오지 않았다는 사실에 보일 그녀의 반응이 살짝 두려웠던 터라좀 안심이 되었다. 그녀는 항상…… 지나치게 열의에 넘쳤다. 그리고 나는 휴고를 겁주고 싶지 않았다.

"클로버, 자기야!" 베시가 책장 몇 개 너머에서 모습을 드러내자 맥박이 빨라지기 시작했다. "손님이 좀 뜸할 때 화장실에 갔다 와야겠다 했지."

베시가 내 옆에 있는 휴고를 보고 얼마나 급히 발걸음을 멈추

던지 만화에서처럼 발뒤꿈치에서 끼익하고 멈추는 소리가 들리는 듯했다. "어머, 안녕하세요."

휴고는 예의 그 여유로운 웃음을 지어 보였다. 나와 달리 전혀 당황스러워하지 않았다.

"반갑습니다. 베시 사장님이시군요?" 그가 손을 내밀어 베시와 악수하며 말했다. "저는 휴고라고 해요. 이 서점에 선택된 책들을 정말 탐구해보고 싶습니다." 그가 나를 보며 미소 지었다. "강력 추천이 있었거든요."

베시가 환하게 웃었다. "클로버는 여섯 살 때부터 여기서 쇼핑해왔으니까요!"

"그렇다고 들었습니다." 휴고가 답했다. "그 정도면 확실히 믿을 만하죠."

베시가 너무 크게 미소 짓고 있어서 안면 근육에 무리가 갈 것 같았다.

"휴고 씨는 도시 조경 건축가예요." 나는 얼른 다음으로 넘어갈 수 있기를 바라며 말했다. "조경 건축 관련 좋은 책들이 몇 권 있었던 것 같은데." 메인주에 갔다 온 뒤 찾아본 기억이 났다.

"아, 맞아. 있고말고." 베시가 말했다. "내가 좋아하는 호베르투 부를리 마르스의 훌륭한 모노그래프가 있어요."

휴고의 얼굴이 환하게 빛났다. "부를리 마르스는 제가 제일 좋아하는 조경 건축가 중 한 사람이에요. 그의 작업에 담겨 있는 기쁨과 낙관주의를 정말 사랑합니다." 나는 나중에 검색해보려고 그 이름을 외웠다.

"그럴 줄 알았어요." 베시는 만족스러워 보였다. 그녀에게는 사람들의 독서 취향을 읽는 육감이 있었다. "어디 있는지 알려드릴게요."

그녀가 나를 더 당황스럽게 만들고 휴고의 손을 잡기라도 할까봐 잠깐 걱정이 되었다. 다행히, 베시가 앞장서서 서점 뒤쪽으로 향하고 휴고가 그 뒤를 따랐다.

"클로버 씨, 제가 책을 너무 많이 사지 않게 해줘요." 휴고가 어깨 너머로 나에게 말했다. "안 그러면 차에 거스 자리가 없어질 테니까요!"

더 많은 사람이 서점으로 들어오면서 문 위에 달린 종이 쨍그랑거렸다. 순식간에 그 조그만 서점이 북적이는 느낌이었다. 책에 붙은 다양한 추천 글을 읽는 사이 베시가 추천한 책들을 즐겁게 살피고 있는 휴고를 슬쩍 건너다봤다. 왠지 그가 진짜 그 자리에 있는지, 그 상황이 그저 내가 마음속에서 꾸며낸 환상이 아닌지 계속 확인해야 할 것 같았다. 하루가 전부 초현실적인 느낌이었다.

30분 정도 살펴보다가 프랑수아즈 사강의 《슬픔이여 안녕》 첫장에 빠져 있을 때였다. 친숙한 삼나무와 편백나무 향이 풍겨왔다.

나는, 한 손에 책을 들고 내 옆에 서 있는 휴고를 올려다봤다. 그가 손에 든 책을 나에게 내밀었다.

"당신이 이걸 좋아할 것 같아서요." 그가 다른 사람들을 방해하지 않으려 조용조용 말한다는 걸 아는데도 특별한 친밀감이 느껴졌다. "1900년대 초 활동했던 고고학자이자 여행작가 거트루드 벨에 관한 책이에요."

"아, 이건 못 읽어봤어요." 내가 말했다. 내 취향에 완벽하게 맞아떨어질 책 같았다.

"우리 어머니도 역사 속 모험심 강한 여성들에 관한 책을 즐겨 읽으셨어요." 그의 눈에 다시 고통이 어렸다. "돌아가신 지 오래되었는데도 잠깐 그 사실을 잊고 어머니가 좋아하시던 책을 사러 갈 때가 있어요."

"이해해요." 나도 그런 적이 정말 많았기 때문이다. "그거 알아요? 사모아에선 사랑하는 사람이 죽은 뒤에도 그 영혼이 자기와 함께 머물고 있어서 언제든 원할 때면 이야기를 나눌 수 있다고 믿는 사람들이 있어요."

휴고의 얼굴에 미소가 돌아왔다. "정말 좋네요. 저도 가끔 어머니에게 이야기를 해요." 그가 말했다. "우리 어머니가 당신을 정말 만나고 싶어 했을 것 같아요."

나는 용기 있게 시선을 피하지 않으려 했다. "어머님을 뵐 수 있었다면 좋았겠어요." 뺨을 물들이는 홍조를 숨기려 해봤자 소용이 없었다.

목청을 가다듬었다. 우리 뒤에서 대머리 남자가 아기를 태운 유아차를 끌고 좁은 통로를 지나가려 애쓰고 있었다.

휴고가 그들을 지나가게 해주려고 내 쪽으로 더 가까이 다가왔을 때 서로의 새끼손가락이 가볍게 스쳤다.

51

리오의 현관문 앞에 서서 문을 다섯 번째 두드렸다. 이상했다. 문이 활짝 열리고 그가 금니를 번쩍이며 웃는 모습을 볼 때까지 두 번 이상 노크를 한 기억이 없었다.

"리오 할아버지?" 나는 한 번 더 노크했다. "저예요. 아무 일 없는 거죠?"

그가 집에 없거나 문자를 주고받을 때 서로 시간 약속을 잘못 이해했을 수도 있었다. 하지만 리오는 결코 나를 바람맞힌 적이 없었다. 우리의 협정 조항에 따르면 임박해서 대결을 취소하면 바로 상대편에 1승이 추가되는 벌칙이 주어졌다. 현재까지 67회 대결을 펼친 결과, 동점을 기록하고 있었기 때문에 우리 둘 다 경쟁심이 불타오르는 상황이었다. 뭔가 크게 잘못되지 않고는 그가 1승을 포기할 리 없다는 생각이 들었다.

나는 운동복 주머니에서 열쇠 꾸러미를 꺼내 어느 것이 리오의 집 열쇠인지 기억해보려 했다. 맞지 않는 열쇠가 늘어나자 손이 덜덜 떨렸다.

"리오 할아버지? 거기 있어요?" 다시 열쇠 꾸러미를 더듬어 마침내 올바른 열쇠를 찾아 자물쇠 구멍에 끼워 넣고 우리 건물 문짝들의 특징에 맞춰 한 바퀴 더 돌렸다. 나는 텅 빈 거실로 들어갔다. 마작 세트가 이미 테이블 위에 놓여 있었지만 리오는 없었다. 뭔가 잘못됐다는 유일한 신호는 가스레인지 위에 놓인 주전자에서 끈질기게 새어 나오는 휘파람 소리였다. 나는 열쇠를 테이블 위에 내던지고 소리가 나는 쪽으로 달려갔다.

리오가 가슴을 움켜쥐고 주방 카운터에 몸을 구부리고 있었다. 이마에는 땀방울이 맺혀 있었다.

"무슨 일이에요?"

"가슴에……." 그가 몸을 지탱하려고 한 손으로 선반을 짚었다. "……코끼리가 앉아 있는 느낌이야."

나는 재빨리 가스레인지를 끄고 리오의 팔을 부축해 거실로 데려가 소파에 눕혔다. "심장마비가 올 수도 있어요." 휴대폰을 집어 드는데 손이 다시 덜덜 떨렸다. "구급차를 부를게요. 잠깐만 기다리세요. 다 괜찮을 거예요."

리오의 호흡이 짧아졌다. "전화하지 마, 제발." 그가 한 손을 힘없이 저었다. "그냥 내 옆에 앉거라."

"하지만 의사한테 가봐야 해요."

"아니야."

리오의 얕은 호흡에 맞춰 호흡하는 사이 두려움이 내장을 짓눌렀다. "아스피린과 물이라도 가져오게 해줘요. 심장이 문제라면 도움이 될 거예요."

리오가 힘없는 손을 뻗어 내 손 위에 내려놓았다. "그냥 나와 함께 있어주렴." 두려움이 절망으로 변했다. 나는 그의 표정에 감도는 평온함을 잘 알고 있었다. 죽어가는 이들의 얼굴에서 많이 봐왔기 때문이다.

눈이 마주쳤을 때 나는 묻지 않고도 내 질문에 대한 답을 확인할 수 있었다.

"리오 할아버지." 내가 속삭였다. "안 돼요, 제발요."

"때가 됐어, 클로버." 그가 간곡히 말했다. "난 준비됐어."

절망감이 온몸을 휩쓸었다. 오랜 세월 겪어온 그 모든 경험에도 불구하고 나는 겁에 질려 어쩔 줄 몰라 하고 있었다.

"안 돼요. 저한텐 할아버지가 있어야 해요."

리오는 가슴에 손을 대고 졸린 듯한 미소를 지었다. "마지막 순간이 왔다는 걸 네가 누구보다 잘 알잖니."

"알아요." 나는 나지막이 말했다. "하지만 제겐 할아버지밖에 없는걸요."

"그리고 우린 아주 잘 지냈지, 안 그러냐?" 그의 눈이 빠르게 깜빡거리고 있었다. 그래도 미소는 그대로였다. "나는 진짜 열심히 살았어. 이제 다음 출구로 빠져나가야 할 시간이야." 그가 위니의 초상화를 물끄러미 올려다봤다.

나는 알루미늄 깡통이 폐 속을 이리저리 돌아다니는 것처럼 고르지 못한 숨을 몰아쉬는 그의 기다란 손가락을 움켜쥐었다. "할아버지는 진짜 열심히 사셨어요." 나는 온 힘을 다해 미소를 지어 보였다. 설득하려 드는 건 아무 소용이 없었다. 누군가 죽음을 향해 당당하게 나아가기로 마음먹었을 땐 막을 길이 없기 때문이다.

"클로버, 하고 싶은 말이 있어."

나는 리오의 손을 꼭 쥐었다. "하세요, 할아버지."

이번만은 바깥에서 줄기차게 들려오던 도시의 소음이 잠잠해졌다. 리오가 말할 준비가 되기를 기다리는 동안 집 안에 경건한 침묵이 감돌았다.

"지금껏 넌 사람들이 아름다운 죽음을 맞이할 수 있도록 돕는 데 네 인생을 바쳤어. 네가 네 할아버지한테 해줄 수 없었던 일이었지." 그 순간에도 그의 갈색 눈동자는 여전히 반짝거렸다. "하지만 아름답게 죽는 방법은 결국 아름답게 사는 것뿐이야. 네 마음을 저기 저 세상에 내놓거라. 부서지게 내버려둬. 기회들을 잡아. 실수를 저질러." 말을 계속하기에는 숨쉬기가 너무 힘들어지고 있었다. "약속해줘, 꼬마야." 그가 속삭였다. "네 삶을 살겠다고."

나는 그의 어깨에 머리를 기댔다. "약속할게요."

그가 마지막으로 겨우 웃음 짓는 사이 그의 손아귀 힘이 스르르 풀렸다. "사랑한다, 클로버."

"사랑해요, 리오 할아버지."

뺨을 타고 주르륵 흐르던 눈물이 곧 홍수가 되어 범람했다. 그리고 어릴 때 이후 처음으로 마음껏 눈물을 흘려보냈다.

52

실비와 내가 '기념행사'를 마치고 집으로 걸어오는 동안 솔솔 불어오는 오후의 산들바람에 봄기운이 배어 있었다. 리오의 장례식은 오랜 시간 그를 지극히 사랑하게 된 이웃들로 넘쳐났다. 그동안 리오가 바빴던 이유는 지인이 방문해서가 아니라 의사들을 만나러 다녔기 때문이다. 진단명은 심장병이었다.

하지만 리오는 아무에게도 말하지 않았다. 그 대신 조용히 자기 일을 정리하고 음식과 음료가 넉넉히 준비된, 직접 '생의 기념 행사'라 명시한 장례식을 위해 상당한 금액을 확보해놓고 나머지 돈과 모든 물건을 할렘가의 주민 센터에 기부했다.

사실 그 모든 물건에서 두 가지는 제외였다. 그는 바퀴 달린 바와 마작 세트를 나에게 남겼다.

"리오 할아버지를 위한 완벽한 작별 인사였어요." 실비가 내 팔짱을 끼며 말했다. "그의 세력권 안에서 두어 달을 보낸 것만으로도 영광이에요. 지금 어디에 있든 리오 할아버지는 분명 금니를 번쩍이며 마구 웃고 계실 거예요."

그 이미지를 떠올리자 위로가 되었다. 실비가 없었다면 지난 며칠을 견뎌낼 수 없었을지도 모른다. 우리 아파트 건물 전체에서 심장이 사라진 느낌이었다.

"그랬으면 좋겠어요."

우리는 말없이 다음 골목을 걸었다. 실비가 식료품점 앞에서 발걸음을 멈추고 말했다. "아이스크림 좀 사서 파자마 입고 90년대 로맨틱 코미디나 정주행할까요? 난 카메론 디아즈에 한 표."

말이 몇 번이나 목구멍까지 차올랐지만 입술에 다다르면 뱉어낼 수가 없었다.

"사실," 나는 주저하며 말했다. "부탁이 하나 있어요."

"존 쿠삭 영화를 보자는 건가요? 내가 그 사람을 못 견뎌 한다는 걸 알고 그러는 거죠?" 실비가 웃었다. "그래도 당신을 위해 내가 두 시간 동안 견뎌볼게요."

"아니, 존 쿠삭 이야긴 아니고요." 그 농담 덕에 살짝 마음이 편안해졌다. "우리 집에 있는 물건들, 그러니까 할아버지의 물건들에 대해 실비가 했던 말을 생각해봤어요."

실비가 자기 턱을 연기하듯 쓰다듬었다. "계속해봐요."

"당신 말이 옳은 것 같아요. 어쩌면 미래에 진짜 하고 싶은 일이 뭔지 생각하고 싶지 않아서 과거를 붙들고 있었는지도 몰라요."

실비는 고맙게도 아무렇지도 않은 척해주었다. "그렇군요."

"물건을 좀…… 정리해야 할 때가 된 것 같아요."

"그래서요?" 그녀는 나한테서 이야기를 끌어내려고 의도적으로 재촉하고 있었다.

"그래서 실비가 나를 도와줄 수 있는지 궁금했어요. 그중 일부는 박물관이나 대학교에 보낼 수 있을 만큼 가치 있을지도 몰라요. 이 부분은 당신이 나보다 더 잘 알 거예요. 그런데……." 나는 깊고 길게 심호흡을 했다. "보내기 힘들 것 같아요."

"오, 우리 클로버, 당연히 힘들죠." 실비가 말했다. "할아버지를 그토록 사랑했는데 어떻게 안 힘들겠어요?" 그녀가 내 어깨에 팔을 둘렀다. "당신이 잘 넘어설 수 있게 도울 수 있는 자리에 있어서 영광이에요. 감정의 짐을 정리할 수 있게 돕지 않는다면 그게 무슨 친구고 이웃이겠어요?"

모든 걸 오롯이 혼자 감당하지 않아도 된다고 생각하자 안심이
되었다. 그리고 그 순간 진짜 내 공간을 갖는다는 게 어떤 느낌일
지 상상해봤다.

53

실비는 인정사정없는 판사였다. 내가 매일매일 물건을 '기부',
'폐기', '절대 보관', '미정'으로 분류해놓으면 저녁에 실비가 와서
지금은 판사석이 된 소파에 상상 속 망치를 들고 앉았다. 재판 과
정은 금방 형식을 갖췄다. 내가 '미정'으로 분류한 물건들에 바로
'기부'나 '폐기' 처분이 내려졌고 내가 '절대 보관'으로 분류한 물건
대부분에 대해 이유를 설명하려 들면 실비는 미심쩍어하며 인상
을 찌푸렸다.

"난 당신이 보관하려는 물건에 생물학적 위해물질이 포함되어
있다고 확신해요. 그런 물건들은 방호복을 입은 상태에서만 다뤄
져야 해요." 실비는 바다 생물이 담긴 표본 유리병이 할아버지가
제일 좋아하던 것들 중 하나였다는 내 주장에 흔들리지 않았다.
"기부 품목에 추가하면 뉴욕대 생물학과에서 다뤄줄 거예요."

실비는 주변 인맥을 통해 새롭게 개발된 브루클린의 어느 골목
에 생긴 희귀한 과학 물품들을 전시하는 생물학 특이 물품 박물

관을 알아냈다. 베시는 중고책 판매상을 알아봐서 수백 권의 참고 서적을 가져다가 할아버지만큼이나 그 책들의 가치를 알아줄 희귀본 애서가들이 이용할 수 있게 해주었다.

쉽게 보낼 수 있는 물건들도 있었다. 항상 그 자리에 있었지만 내가 결코 제대로 본 적이 없는, 전체로는 의미 있지만 하나하나 보면 이름 모를 물건들이었다. 그 외에 다른 물건들을 내보낼 땐 할아버지와 나를 묶어놓은 중요한 실이 가차 없이 잘려 나가는 느낌이었다. 이제, 실비조차 잔존을 받아들인 가장 신성한 물건들만 남아 있었다. 수십 년 동안 할아버지가 공들여 관찰한 내용을 담은 노트들. 이제 나와 함께 여행을 시작할 그 노트들은 (언젠가는 모두 읽어보겠지만 아직은 아니기에) 가죽끈에 말끔하게 묶여 하늘색 여행 가방 안으로 쏙 들어갔다. 그리고 할아버지의 트위드 겨울 코트. 어렸을 적 할아버지가 보도를 성큼성큼 걷는 동안 잡고 있으면 항상 나를 안전하게 이끌어주던 코트였다. 마지막으로 낡은 가죽 여행 가방. 가방의 주름 한 줄 한 줄, 긁힌 자국 하나하나에는 할아버지의 사랑과 지혜가 영원히 새겨져 있었다.

잡동사니가 줄자 공간이 넓어졌다. 먼지 낀 물건과 각종 명세서들로 오랫동안 가려져 있던 새하얀 벽에 햇살이 들었다. 마침내 이삿짐 상자 탑에서 해방된 나무 바닥 위로 나무 그림자가 춤추듯 어른거렸다.

베시에게 가져가려던 마지막 책 상자 맨 위에 에드워드 윌슨의 《곤충 사회》가 놓여 있었다. 내가 실비에게 결코 읽지 않을 것 같다고 결국 인정한 책이었다. 그래도 최소한 대충 넘겨볼 수는 있었다. 나는 그 책을 집어 들어, 늘 한 페이지를 다 읽기도 전에 다음 페이지로 넘길 준비를 하느라 누르스름한 페이지의 위쪽 모퉁이를 잡고 있던 할아버지의 집게손가락을 상상하며 책을 살폈다. 나는 그 버릇이 영원히 더 알고 싶은 할아버지의 끝없는 호기심의 징표라 생각하고 싶었다.

책의 432쪽과 433쪽 사이에 이스트빌리지의 아르헨티나 바에서 가져온 종이 코스터가 끼워져 있었다. 그 책을 집어 든 게 처음이니 그 코스터는 적어도 13년은 거기서 묵은 것이었다. 뒤쪽에 글이 적혀 있었는데 할아버지의 단정한 대문자 글씨체는 아니었다. 그것은 내가 해마다 베시에게서 받은 유일한 크리스마스카드에서 봐온 동글동글한 필기체가 분명했다.

나의 패트릭. 당신은 내 인생 최고의 탱고 파트너야.

할아버지의 이름에서 소문자 i의 윗부분 점을 하트로 대신한 것이 눈에 띄었다(내가 받아본 크리스마스카드에서는 본 적 없는 장식체였다). 나는 그 메시지가 전하려는 뜻이 정말 쓰인 그대로인지 아니면 완곡어법으로 마음을 표현한 것인지 알 수가 없어 몇 번이고 다시 읽었다.

할아버지와 베시? 그럴 리가 없었다. 할아버지는 나만큼이나 외톨이였고 내가 외톨이로 사는 법을 배운 것도 할아버지에게서였다.

하지만 할아버지가 나에게 처음 브래지어를 사줘야 했을 때 베시에게 조언을 구했다던 리오의 말이 떠올랐다. 세상에. 그렇다면 할아버지는 베시가 브래지어를 '입고 있는' 모습을 봤단 말인가? 나는 두 사람의 관계가 그저 책방 주인과 충실한 단골 사이를 뛰어넘는다는 걸 암시하는 다른 징후를 기억해내려 했다.

게다가 할아버지와 탱고라고? 할아버지가 생전에 춤을 추는 모습은 단 한 번도 본 적이 없었다.

갑자기 할아버지에 대한 기억이 내 마음속에서 달리 자리를 잡았다. 그리고 나는 우리 할아버지가 아닌 한 남자로서의 할아버지를 생각해보기 시작했다.

54

상자를 끌고 서점까지 네 블록을 가는 동안 베시에게 아무렇지도 않은 척 그 이야기를 꺼내보기로 마음먹었다. 아마도 그 배경에 아주아주 지루한 설명이 따를 것 같았다.

"이게 마지막이에요, 정말로요." 나는 코스터 이야기를 하고 싶은 유혹을 강하게 느끼며 상자를 카운터 위에 올려놓았다. "이 책들이 있을 곳을 찾아주셔서 정말 감사해요. 재활용 수거함에 버려야 했으면 정말 슬펐을 거예요."

"당연하지, 자기야. 네가 물어봐줘서 정말 기뻤어." 베시의 밝은 미소가 언제나 그렇듯 반가웠지만 혹시 거기 특별히 할아버지를 위한 의미가 포함되어 있는지 궁금했다. "집에서 이걸 다 비워낸 기분이 어떻니?"

"괜찮은 것 같아요." 그동안 너무 바빠 감정을 정리할 틈이 없었다. "정리하는 내내 친구의 도움을 받았거든요."

나는 잠깐 말을 멈추고 내가 방금 한 말을 곱씹어보았다. 몇 달 전까지 상상할 수도 없던 말이었다.

베시가 어깨를 뺨까지 들어 올렸다. "오오오오, 지난번 여기 데려왔던 그 잘생긴 청년 말이니?"

"아, 아니에요, 휴고 씨는 아니에요." 나는 수줍어하며 말했다. 하지만 베시가 그를 언급하자 은근히 전율이 일었다. 그는 그날 이후 몇 주 동안 내가 골라준 책을 정말 즐기고 있고 의뢰받은 일을 수락했다는 내용의 문자를(거스 사진도 몇 장 첨부해가며) 몇 차례 보내왔다. 우리는 그가 뉴욕에 돌아오면 다시 만나 조지와 거스를 그 반려견 놀이터에 데려가기로 했다.

"그렇구나." 베시의 보조개가 더 깊이 패었다. "정말 완벽한 신사 같아 보이더라. 분명 네 할아버지도 인정하셨을 거야."

손가락 끝으로 주머니에 든 코스터 가장자리를 따라 쓸며 내가 할아버지의 사생활을 침해하는 건 아닌지 곰곰이 생각해봤다. 그냥 슬쩍 운만 띄워봐야 할 것 같았다.

"사실 할아버지 물건을 정리하다가 뭘 발견했거든요." 나는 코스터를 마치 밀수품처럼 카운터 위로 내밀었다. 다른 손님들 앞에서 그녀를 당황하게 만들고 싶지 않았다.

베시가 가슴 앞으로 두 손을 걸머쥐었다. "세상에." 베시가 웃으며 말했다. "이걸 보니 멋진 기억이 되살아나는구나."

그 기억이란 게 상대의 손녀인 나와 나누기에 적합한 것일까? 나는 덤덤하게 반응했다.

"그래요?"

"아마 너도 이미 눈치챘을 거야." 베시가 음모라도 꾸미듯 몸을 앞으로 숙이자 나도 모르게 블라우스 사이로 깊이 팬 그녀의 가슴골로 눈길이 갔다.

"뭘 말이에요?"

"네 할아버지와 내가…… 특별한 친구 사이였단 거 말이야." 베시가 주위를 휙 둘러봤다. "젊은 친구들은 그걸 섹스 파트너라 부르던데."

굳이 그 용어를 말하면서 검지와 중지를 접었다 폈다 해가며 강조할 필요까진 없었다.

나는 손으로 양쪽 귀를 틀어막고 싶은 충동과 싸우며 남은 인생 동안 다음 질문을 후회하며 사는 일이 없기를 바랐다. "할아버지가 탱고를 좋아하셨나요?"

베시는 마치 꿈꾸듯 몽롱하게 코스터를 쳐다보았다. "정말 좋아했지. 우린 거의 10년 동안 매주 목요일 저녁에 탱고를 추러 다녔어."

"전혀 몰랐어요." 나는 나직이 말했다. 할아버지는 항상 목요일마다 교수 회의가 늦게까지 있다고 했다. 할아버지가 이중 생활을 했다는 사실에 배신감을 느껴야 할지 아니면 내가 상상했던 것만큼 외롭게 살지 않았다는 사실에 기뻐해야 할지 알 수가 없었다.

"춤출 때 네 할아버지는 늘 정말 행복해 보였어." 기억을 떠올리는 그녀의 눈빛이 반짝반짝 빛났다. "꼭 갑옷 탈의를 허락받은 기사 같았다니까." 베시가 내 팔을 쓰다듬었다. "있잖아, 난 네 할아버지가…… 죽기 전 마지막으로 춤추러 갔던 때가 기억나. 거기 가기 바로 며칠 전에 너랑 통화를 했었지. 네가 태국에 있다고 했던 것 같은데, 맞니?"

나는 긴장했다. "캄보디아예요."

"캄보디아, 맞아! 어쨌거나 네 할아버진 네가 여행을 떠나 세상을 배우고 있다며 정말 행복해했어. 너와 네가 하는 일을 그보다 더 자랑스러워할 수가 없었지. 난 네 할아버지가 네 엄마한테 더 좋은 아버지가 되지 못했다는 사실을 얼마나 후회했는지 알고 있었어. 그리고 널 제대로 키웠다는 데서 마음의 평화를 얻었던 것 같아. 그런 모습을 보는 건 정말 큰 기쁨이었지."

감정이 온몸에 퍼져 서점 안이 빙글빙글 돌기 시작했다. 갑자기 지난 수십 년간 있었던 현실이 마음속에서 재정비되었다.

나는 손목시계를 보는 척했다. "죄송해요, 제가 약속에 좀 늦을 것 같아서요."

"그래, 붙잡아두지 않을게." 베시가 내 팔을 단단히 쥐고 가까이 끌어당겼다. "하지만 네가 필요할 때면 난 항상 여기 있을 거야."

나는 허드슨강까지 쭉 걸어갔다가 다시 되돌아오면서 내가 느끼는 감정이 무엇인지 알아내려 했다. 그리고 춤을 추고 시시덕거리는 할아버지는 어떤 모습이었을지 상상해보려 했다.

다시 한번 내가 할아버지의 삶에 대해 결코 물어본 적이 없다는 생각이 들었다. 나는 할아버지가 무엇을 두려워했는지, 어디에 도전했는지, 목표가 뭐였는지 전혀 알지 못했다.

우리는 부모를 그저 눈에 보이는 모습으로만 보고 그들의 존재가 늘 우리 주위를 맴돈다고 생각하기 쉽다. 하지만 부모이기 전에 그들은 최선을 다해 삶을 탐색하고, 실망감에 대처하고, 꿈을 좇으려 노력하는 인간들이다. 그런데도 우리는 흔히 그들이 절대 실수하지 않을 거라 기대한다.

그 오랜 세월 동안 할아버지 인생에서 중요한 사람이 나뿐이라 생각했다니 내가 얼마나 이기적이었나 싶었다. 베시도 할아버지를 잃었다. 하지만 나는 그녀가 밝힌 사실에 무한히 감사했다. 할아버지는 혼자 숨을 거두었지만 외롭게 죽지 않았다.

그리고 할아버지의 마지막 말이 뭐였을지는 정확히 알 수 없었지만 나를 자랑스러워했다는 사실은 알게 된 것이다.

새로 단장한 집에 들어가려니 살짝 어색한 기분이었다. 보통 사람들 기준에선 집 안이 비어 보이는 느낌은 없을 듯했다. 여전히 수많은 책들이 여행에서 사 모은 기념품들과 함께 책장에 진열되어 있었기 때문이다. 가구의 양은 내 나이 대에 적당했고 (실비에게 감사하게도) 새로 들인 가구가 몇 점 더해져 제법 모던한 분위기가 났다. 하지만 딱 일주일 전과 비교해보면 텅 빈 느낌이었다.

그리고 아직 출발을 기다리는 물건이 하나 남아 있었다.

실비가 처음에 할아버지의 안락의자를 굿윌에 기부하자고 했을 때 나는 극렬하게 반발했다. 할아버지를 제일 가깝게 느끼게 해주는 하나뿐인 물건이었기 때문이다. 하지만 몇 주가 지나면서 내 반발심이 주춤해졌다. 나는 그동안 사랑하는 이가 죽고 나서도, 그러니까 본질이 떠나고 오직 육신만 남았을 때도 그 곁을 오래도록 떠나지 않으려는 가족들을 수없이 지켜봤다. 필연적으로 그들은 그 본질을 살아 있게 할 유일한 방법은 고인을 마음속에 담는 것뿐이라는 사실을 받아들여야 하는 고통스러운 순간을 맞이하게 될 것이다.

그래서 나는 할아버지가 사랑했던 올리브색 코듀로이 안락의자에 앉아 너덜너덜해진 천을 훑으며 마지막으로 할아버지의 품을 느꼈다. 그리고 복도에 서서 짐을 운반하러 온 직원들이 건물 밖으로 안락의자를 나르는 장면을 지켜보았다. 나 자신을 되찾을 기회가 주어진 느낌이었다.

나는 그 자리에 서서 할아버지의 마지막 육신을 떠나보냈다.

집에 돌아오자 커다란 우체국 소포 박스가 문 옆에 놓여 있었다. 이상했다. 최근 들어 아무것도 주문한 것이 없었기 때문이다. 지난 이삼 주간 가장 중요한 일은 새 물건을 들이는 게 아니라 오래된 물건을 없애는 것이었다.

커피 테이블 위에 소포를 놓고 뭐가 들었을지 생각하며 쳐다보았다. 그때 라벨에 적힌 보낸 이의 이름이 눈에 들어왔다.

셀마 라미레스

셀마가 나한테 왜 물건을 보냈을까? 집 열쇠로 포장 테이프를 잘라 보니 안에 또 다른 상자가 들어 있었다. 상자를 꺼내는데 접힌 메모가 바닥에 톡 떨어졌다. 겉면에 클로디아가 우아한 필체로 깔끔하게 적어놓은 내 이름이 보였다.

내 사랑 클로버,

난 당신이 세상을 보는 방식이 너무 좋아요. 당신의 비전을 다른 사람들과 나누는 데 이게 도움이 되길 바라요.

(새로운 취미를 갖기에 늦은 때란 없어요, 그렇죠?)

마음을 담아,

클로디아 웰스

겹겹이 쌓인 포장지 아래 새 디지털카메라와 렌즈 몇 개, 그리고 에메랄드빛 초록색 뚜껑이 달린 조그만 향수병이 보였다.

나는 소파에 앉아 모든 것을 정리해보려 했다. 마치 할아버지, 클로디아, 리오가 다른 세상에서 협력하고 있는 듯했다.

이제 나는 어떻게 해야 그들이 모두 자랑스러워할 삶을 살 수 있을지 생각해야 했다.

55

내가 새 경량 여행 가방을 거실로 밀고 나오자 롤라와 라이어널이 호기심 어린 눈으로 쳐다보았다. 조지는 이미 실비의 아파트에서 장기 휴가에 돌입했지만 이 고양이 친구들은 내 아파트에 석 달간 세 들어 살 세입자와 머물기로 되어 있었다. 칠레 출신인 그녀는 실비의 대학 동창으로 동물에 대한 애착이 나와 맞먹는 수준이었다.

집은 더 이상 텅 빈 느낌이 아니었지만 원래 그랬던 것처럼 내가 거기 묶여 있다는 느낌 또한 들지 않았다.

나는 슬픔이 먼지와 같다는 깨달음을 얻었다. 먼지 폭풍이 휘몰아칠 때면 그 맹공격에 완전히 방향감각을 잃고 눈을 뜨거나 호흡하기조차 힘들다. 하지만 폭풍의 힘이 약해지고 서서히 몸을 가누고 앞을 볼 수 있게 되면 먼지는 갈라진 틈새로 가라앉기 시작한다. 먼지는 세월이 지나도 완전히 사라지지 않는다. 그리고 예기치 못한 순간, 예기치 못한 장소에서 그 모습을 드러낼 것이다.

슬픔은 정착할 장소를 찾는 사랑일 뿐이다.

할아버지의 물건이 하나도 없어도 나는 여전히 그의 존재를 느낄 수 있었다. 항상 나와 함께 있기 때문이다. 하지만 내 책장에는 여전히 내가 없애지 못할 세 권의 노트가 있었다.

리오가 마지막 말을 남긴 지 한 달도 넘었지만 나는 여전히 그 말을 기록할 수가 없었다. 나는 눈을 감고 책장 앞에 서서 힘을 끌어모은 다음 두 노트 사이에서 **조언** 노트를 꺼냈다. 깨끗한 페이지를 펼친 다음 아홉 살 생일 때 할아버지에게 선물 받아 이제껏 잉크 카트리지만 백 번은 바꾼 만년필 뚜껑을 열었다.

그리고 리오의 이름과 주소, 사망일과 그가 남긴 지혜로운 말을 기록했다.

아름답게 죽는 방법은 결국 아름답게 사는 것뿐이야.

나는 마음속에 안전하게 각인하려고 잠깐 그 말을 되새겼다. 그러고는 잉크를 힘차게 불어 말린 다음 노트를 탁 닫았다. 노트를 제자리에 밀어 넣는데 그 옆 선반에 놓인 쌍안경이 눈에 들어왔다. 그게 그 자리에 있다는 사실을 잊고 있었다. 나는 그동안 길 건너 아파트에서 무슨 일이 벌어지는지 신경 쓰지 않았다. 내 삶이 훨씬 더 흥미롭다는 사실이 증명된 것이다.

노크를 하자마자 실비가 튀어나왔다.

"인사도 없이 슬쩍 사라질까 봐 걱정돼서 당신 발소리가 안 들리나 문에 바짝 붙어 기다렸어요." 그녀가 가슴 앞으로 팔짱을 탁 끼고 말했다. "당신이 원하기만 하면 잠수를 얼마나 잘 타는지 내가 아니까요."

언젠가는 실비가 그때 일을 기억 속에서 지워주길 바라며 몸을 움츠렸다. "절대 그럴 일 없어요. 약속해요."

"휴고 씨가 몇 시에 데리러 와요?" 그녀가 10대 소녀처럼 단조로운 말투로 물었다.

"5분 안에 올 거라서 이제 내려가보려고요." 조지가 실비의 소파에서 햇빛을 받으며 만족스럽게 코를 골고 있었다. 마지막으로 안아주고 싶었지만 이미 실비 집에 적응해 있는 조지를 혼란스럽게 만들고 싶지 않았다. "조지를 돌봐줘서 다시 한번 고마워요."

"지금 농담해요? 이건 내 꿈이었어요. 그리고 석 달이면 조지를 도가에 끌어들이기에 충분한 시간이기도 하고요." 실비는 내가 그리워할 게 분명한 사악한 미소를 씨익 지었다. "참고로, 내가 미니멀리스트이긴 하지만 조지와 난 당신이 방문하는 모든 곳에서 엽서를 한 장씩 보내주길 기대할 거예요."

슬픔과 흥분이 뒤섞인 느낌이 들었다. "그럴게요."

"좋아요. 이제, 당신이 포옹을 얼마나 어색해하는지 아니까 내가 곧 당신을 포옹할 거라고 미리 경고할게요."

그녀가 먼저 그 말을 꺼내줘서 천만다행이었다. 나한테는 누군가를 먼저 포옹한다는 게 너무나 어색한 일이었다.

나는 포옹을 기대하며 짐을 내려놓았다. "난 준비됐어요."

실비가 나를 꽉 껴안고 내 어깨에 턱을 내려놓았다. "정말 많이 그리울 거예요!"

나를 그리워할 누군가가 있다니. 엄청난 특권을 누리는 기분이었다. "나도 그리울 거예요."

실비가 포옹을 풀면서 숨을 깊이 들이마셨다. "으음, 향기가 사랑스러워요. 당신이 향수를 쓰는 줄 몰랐어요!"

나는 얼굴을 붉혔다. "원래는 아니었어요. 근데 뭔가 새로운 걸 시도할 때가 아닌가 싶어서요."

실비가 윙크했다. "정말 좋은 생각이에요."

휴고가 세련된 웨스트빌리지 거리 풍경과 동떨어져 보이는 낡은 랜드로버를 끌고 정확히 제시간에 우리 집 건물 앞에 도착했다.

"짐을 가볍게 꾸렸네요." 휴고가 웃으며 내 여행 가방을 들어올려 뒷좌석에 넣고 조수석 문을 열었다. 거스가 내 발밑으로 비집고 들어왔다.

"공항까지 바래다줘서 정말 고마워요." 나는 거스의 턱을 긁으며 그 사랑스러운 눈빛을 머릿속에 저장했다.

"당연히 바래다줘야죠!" 휴고가 이중 주차한 택배 트럭 옆으로 랜드로버를 교묘히 몰며 말했다. "당신이 가기 전 50분을 함께 보낼 수 있어 난 기뻐요. 물론 교통 상황에 따라 달라지겠지만요."

우리 동네를 돌아 나가는데 슬픔의 물결이 몰려왔다. 나는 그 감정을 그대로 받아들이고 잦아들게 했다.

휴고를 건너다봤다. 그의 곱슬머리가 평소보다 더 차분해 보였다. 새 일을 시작하기 전에 커트를 한 듯했다.

"도시 생활에 잘 정착하고 있나요?"

"글쎄요. 브루클린은 호수 위 선상 가옥만큼 평화롭진 않지만 지금까지는 잘 지내고 있어요." 그가 말했다. "그리고 일곱 시간 통근을 하지 않아도 돼서 좋고요."

"분명 그럴 거예요."

6번가의 독립 극장이 창밖으로 스쳐 가자 다시 그리움이 몰려왔다. 나는 이 도시를 그리워할 것이다. 그리고 뉴요커라는 무한한 주판알들 가운데 하나로 존재하던 것을 그리워할 것이다.

"첫 목적지는 네팔 맞죠?"

"네!" 흥분이 온몸으로 퍼져나갔다. "거기가 처음이에요."

"그럼 그다음에는요?"

"알 게 뭐예요?" 이번만큼은 정해진 계획이 없다는 생각에 기분이 들떴다. "아무 데나 마음이 끌리는 곳으로 가려고요."

휴고가 허벅지를 불안하게 톡톡 두드렸다. "그래도 석 달 후에 코르시카에서 우리가 만나는 건 확실하죠?"

"난 항상 약속을 지켜요." 나는 여행의 마지막을 위해 하이라이트를 남겨두었다. 배낭 주머니에는 서배스천에게 받은 조그만 클로디아의 유골함이 들어 있었다. 클로디아는 지중해에서 자신의 연인과 조우하기 전에 내 모험에 동행할 것이다.

"좋아요." 휴고가 여전히 허벅지를 톡톡 치며 말했다. "좋습니다." 무슨 이유에선지 그가 평소와 달리 불안해 보였다.

JFK 공항에 차를 대자 혈관 속에서 기대감이 부글부글 끓어올랐다. 손에 쥔 여권이 무수한 새로운 경험으로 나를 안내해줄 만능 열쇠같이 느껴졌다. 그리고 내 어깨에 걸려 있는 카메라는 그것들을 기록으로 남길 준비가 되어 있었다. 이런 느낌을 다시 느끼기까지 어떻게 그토록 오래 기다릴 수 있었을까?

휴고가 내 여행 가방을 내린 뒤 손잡이를 위로 잡아 뺐다.

"아." 그가 당황한 듯 말했다. "이걸 까먹을 뻔했다니 믿기지가 않네요." 그가 뒷좌석에 손을 뻗어 종이 가방을 꺼냈다.

"당신의 여행을 위해 뭘 좀 준비했어요."

접착테이프가 더덕더덕 붙어 있고 대칭이 맞지도 않게 접힌 포장지를 보자 익숙한 느낌에 가슴이 뭉클했다. 그 속에 든 책등에 **모험**이라 적힌 가죽 장정 노트도 내 가슴을 뭉클하게 했다.

나는 솟구치는 눈물을 전혀 참지 않았다. 딱 한 번 휴고에게 그 노트들에 대해 이야기했을 뿐이었다. 이게 클로디아가 말한 누군가에게 진짜 나로 보인다는 느낌이 분명했다.

"고마워요." 나는 부드러운 겉표지를 어루만지며 말했다. "완벽해요."

"좋아해주니 나도 기뻐요." 그가 주머니에 두 손을 밀어 넣고 발을 내려다봤다. "당신과 함께 보낸 시간이 정말 그리울 거예요."

나를 그리워하는 사람이 두 명이라니. 믿기지 않을 정도로 좋았다.

노트를 펼치자 첫 페이지 하단에 쓰인 손글씨가 보였다.

후회가 덜한 삶을 위하여 —휴고

　조급하게 울려대는 경적과 와자지껄한 작별 인사, JFK 공항 출국장 정차 구역의 혼란스러운 분위기 한가운데서 나에게 다음 단계로 나아가라고 재촉하는 익숙한 목소리들이 들려왔다. 리오, 실비, 베시, 할아버지, 클로디아였다.

　'조심스럽게 무모해져.'

　벌새가 내 갈비뼈 아래에서 날갯짓했다.

　나는 숨을 깊이 들이쉬며 발끝으로 서서 손으로 휴고의 뺨을 감싸고 당당하게 그 눈을 들여다봤다.

　내 두 번째 첫 키스는 정확히 내가 상상했던 그대로였다.

에필로그

코르시카의 보니파시오 절벽에 서 있자니 햇살에 그을린 유칼립투스 향이 소금기 머금은 미풍에 실려 왔다. 그곳에는 내가 자라온 도시의 소음과는 거리가 먼 섬세한 고요가 깔려 있었다. 나뭇잎들이 애정을 담아 애무하듯 서로를 부드럽게 어루만져주었다. 새 한 마리가 다음날을 기약하듯 사라져가는 해를 향해 지저귀고 있었다. 지는 햇살의 반짝임을 실은 지중해의 잔물결이 바위 쪽으로 부드럽게 쓸려나갔다.

절벽 아래로 두 개의 뚜렷한 재 구름이 서로 춤을 추듯 얽히며 바다로 우아하게 하강하고 있었다.

클로디아와 그녀의 위대한 사랑이 마침내 재회한 것이다.

내 옆에 선 휴고가 손을 잡았다. 수평선에서 비치는 황금빛 광채가 그의 얼굴에 흐르는 눈물자국을 비춰주었다.

나는 휴고의 손을 꼭 잡으며 마지막 재가 바닷물로 사라지는 광경을 지켜보았다.

저 멀리 조그만 어선이 유유히 바다로 나아가고 있었다. 나는 뱃머리에 앉은 클로디아가 마침내 있어야 할 곳으로 돌아와 행복해하는 모습을 상상했다. 그 모습에 마음이 따뜻해지면서도 한편으론 씁쓸했다.

클로디아와 휴고가 재회했다면 내 옆에 있는 휴고는 존재하지 않았을 것이다. 내가 세상을 여행하면서 그와 너무도 나누고 싶은 모험을 노트에 기록해가며 지난 석 달을 보낼 일도 없었을 것이다. 그리고 사진 공부를 시작하기 위해 뉴욕으로 돌아가기 전 프랑스의 섬에 이렇게 서 있을 일도 없었을 것이다.

그들의 운명이 어떻게든 내 운명을 결정지었다.

불과 수개월 전까지만 해도 나에게 완전히 낯선 사람들이었던 그들이 내 인생의 궤도를 영원히 바꿔놓았다. 우리 모두가 얼기설기 얽혀 있다는 사실은, 그리고 지구상의 모든 사람이 자기도 모르는 사이 어떻게든 다른 이의 삶의 과정을 형성했다는 사실은 내가 이해하기엔 너무 벅찬 느낌이었다.

하지만 아마도 그것이 핵심인지도 모른다. 우리가 실제로 세상과 세상의 모든 패턴을 이해할 필요가 있을까?

뭐든 충분히 열심히 들여다본다면 그 의미를 찾을 수 있다. 모든 일에 이유가 있다고 믿고 싶다면 말이다. 하지만 모두가 서로를 완전히 이해한다면, 모든 사건이 말이 된다면 아무것도 배우거나 성장할 수 없을 것이다. 하루하루가 즐거울 순 있겠지만 인생이 무미건조해질 것이다.

그러니까 우리는 삶의 많은 측면이, 그리고 우리가 사랑하는 사람들이 항상 미스터리로 남게 될 거란 사실에 감사해야 한다. 미스터리가 없으면 마법도 없을 테니까.

그리고 우리가 여기 있는 이유를 지속적으로 스스로에게 묻는 대신 더 단순한 사실을 음미해야 할 것이다.

우리가 여기에 존재하고 있다는 사실을.

감사의 말

임종 도우미, 호스피스 간병인, 간호사, 의사, 가정 간병인, 영적 치료사, 그리고 타인의 고통을 외면하려 하지 않는 모든 이들에게 감사를 전합니다. 여러분은 우리 가운데 가장 고귀한 임무를 수행하는 사람들로, 그에 걸맞은 충분한 지지와 인정과 보상을 받아 마땅하지만 그렇지 못한 경우가 아직까지 더 많습니다. 사람들의 마지막 순간을 좀 더 견딜 만하게, 그리고 때로는 아름답게 만들어주는 여러분 모두의 노고에 감사드립니다.

이 작품에서 가장 사랑하는 부분은 수년간 지혜와 이야기, 전문지식과 교훈을 아낌없이 나눠준 많은 분들의 손길이 각 페이지마다 담겨 있다는 사실입니다.

팬데믹 초기, 일요일마다 뉴욕 전역의 공원에서 거리 두기를 해가며 클로버의 세상과 그녀의 여정을 구상하는 길을 함께 걸어준 케이티 무알렉에게 감사를 전합니다. 자신의 많은 이야기를 공유해주고 거의 나만큼이나 세세히 알 정도로 이 책의 수많은 다른 버전을 읽어줘서 고맙습니다. 이 책은 당신 없이는 존재하지 못했을 거예요.

출판사에 쌓인 산더미 같은 원고들 가운데 제 원고를 뽑아, 그것이 가진 잠재력을 상상하면서 위험을 감수하고 그걸 이룰 기회를 준 미셸 브라워에게 감사합니다. 당신은 진짜 꿈의 에이전트, 중재자, 필요한 진실의 제공자이자 언제나 제 편이 되어주길 바라는 사람입니다. 영연방 전역에서 클로버를 위해 일해준 우리의 훌륭한 제미마 포레스터에게도 깊이 감사드립니다.

세라 캔틴, 해리엇 버튼, 베벌리 커즌스에게도 고마움을 전합니다. 날카로운 편집 지식과 저를 더 높은 수준에 도전할 수 있게 해준 여러분의 비전 덕분에 제가 진정으로 사랑하는 최종 원고를 완성할 수 있었습니다. 여러분들 덕분에 편집 과정이 기쁨이자 마스터 클래스가 될 수 있었습니다.

전문적인 문안을 제공해준 다냐 쿠카프카, 클로버에게 국제적인 목소리를 찾아준 앨리슨 말레차 그리고 내털리 에드워즈와 칼리드 매캘러와 트렐리스리터러리 매니지먼트 팀 전체에 고마움을 전합니다.

이 책이 세상에 존재할 수 있게 도와주신 끈기 있고 재능 있는 출판인들에게 감사합니다. 특히 제니퍼 엔더린, 리사 센츠, 앤 마리 톨버그, 제시카 짐머만, 샐리 로츠, 드루 밴두커, 리브카 홀러, 브랜트 제인웨이, 톰 톰슨, 킴 루들람, 크리에이티브 스튜디오의 모든 분들, 세인트마틴프레스의 켄 실버, 개브리엘 구마, 조너선

부시, 알렉스 후프스, 커스틴 앨드리치에게 감사합니다. 그리고 리디아 프라이드, 조지아 테일러, 샘 파나켄, UK 영업팀, 린다 비버그와 UK펭귄바이킹의 국제영업팀, 펭귄 오스트레일리아의 도트 통킨, 재닌 브라운, 조 베이커, 뎁 맥가원. 그리고 베르트란드이디토라의 모든 분들, 카펠렌담, 중역출판사, 디옵트라, 드뢰머크나우어, 에디시옹이홀, 유로미디어, 글로부리브루스, 인플루엔셜, 린드하트앤드링호프, 무자, 플라네타멕시코, 스페를린그앤드쿠프페레, 불칸 그리고 즈나니에 감사를 전합니다.

내 어머니 질리언, 내 모든 창조적인 변덕과 내가 추구했던 모든 직업의 꿈을 열정적으로 지지해주고 상식적인 선이 아니라 내 두 눈을 빛나게 해줄 일을 추구하도록 격려해주셔서 감사합니다. 이 책의 수많은 버전을 읽고 실용적이고 상세한 피드백을 주셔서 감사합니다. 호기심 넘치고 독립적이고 지혜와 재치가 넘치고 성공한 여성의 훌륭한 본보기인 어머니의 딸로 자랄 수 있어서 더할 나위 없이 고마워요. 사랑해요, 어머니.

제러미, 어린 시절 장난감을 위한 정교한 상상의 세계를 만들어가며(내가 이야기 만들기에 입문한 계기였지요) 몇 시간이고 나를 즐겁게 해준 우리 오빠. 이 작품을 위해 해준 그 모든 훌륭한 피드백에 감사해요. 이토록 멋진 오빠가 있다는 게 내게 얼마나 큰 행운인지 모를 거예요.

이 여정을 계속하는 동안 사랑과 지지를 보내준 커스틴, 휴고, 아멜리, 루번에게도 감사합니다.

우리가 자라는 데 도움을 주신 조부모님과 이모, 삼촌을 비롯한 친척들, 우리에게 지칠 줄 모르는 모험심과 호기심과 상상력을 불어넣어주고 이야기를 사랑하게 해주고 늘 소중한 존재라는 느낌을 갖게 해주셔서 감사합니다.

이 책의 초기 버전들을 읽고 헤아릴 수 없을 만큼 도움이 된 노트를 보내주고 그 과정에서 끝없이 응원해준 제이미 판스워스 핀, 트리샤 레이, 제시 스타인바크에게 감사를 전합니다. 이상한 의학 질문과 가설을 포함한 내 대륙을 넘나드는 글을 자비롭게 감상해준 클로디아 코스그로브와 카라 오캘러헌에게 감사합니다. 뉴욕에서 성장한 경험을 나눠준 대니엘 캐트반에게 감사합니다. 무한한 열정과 격려를 보내준 스테퍼니 오지, 애나 카라뒥, 섀넌 샤프, 카릴린 개릿에게 감사를 전합니다.

엠마 브로디, KJ 델 안토니아, 애너벨 모너핸, 루스 호건, 메러디스 웨스트게이트 그리고 이 책의 초기 복사본을 읽거나 추천해주신 모든 분들, 여러분의 지지와 관대한 말씀에 깊이 감사드립니다. 출판 산업 지식을 아낌없이 나눠주신 조지아 클라크, 로절린드 매클린톡, 앨리슨 워런에게도 감사드립니다.

크리스틴 아로요, 메러디스 크레이그 드 피에트로, 태라 크롤, 다니 팬카우저, 리디아 기드위츠, 수잰 마르티네스, 에바 먼츠, 이리나 팻카니안, 나요미 레가이, 리아나 로드리게스, 나탈리아 샌도벌, 카비라 스토크스, 내가 글쓰기 모임에 가입한 첫날 '죽음에 대한 재미있고 희망적인 책'을 쓰려 한다고 했을 때 너무나 긍정적으로 반응해주신 여러분에게 감사합니다. 이제 막 시작하던 단계에서 여러분이 보내주신 지지와 통찰력 있는 피드백 덕분에 제 생각이 현실이 될 수 있다는 믿음을 더 확실히 가질 수 있었습니다. 여러분의 작품이 제 책장에 제 작품과 함께 나란히 꽂힐 모습이 너무나 기대됩니다.

영화화를 위해 애쓰고 계신 조 벨트레, 올리비아 존슨, 거시에이전시 팀에 감사합니다. 외국 저작권 공동 대리인분들인 아나자로타에이전시의 애니아 발자크와 베아타 글린스카, 앤드루눈버그어소시에이츠의 미라 드로우메바, 베를라앤드그리피니의 바네사 마우스, 북스앤드모어에이전시의 소피 랑글레, 듀란킴에이전시의 듀란 킴, 에르실리아리터러리에이전시의 에반젤리아 애블로니티, 그레이호크에이전시의 클레어 키, 크리스틴올슨리터러리에이전시의 크리스틴 올슨, 리비아스토이아의 안토니아 지르마체아, 세버스앤드비셀링의 릭 클루버, 빌라스-보아스앤드모스 리터러리에이전시의 미겔 새더에게 감사합니다.

너무나 세심하게 읽고 엄청나게 유용한 피드백을 해준 이마니 윌리엄스, 고맙습니다.

함께 있어주고 지혜와 이야기를 나눠준 체이핀 엘리엇과 도로시 힌츠에게 감사합니다. 품위 있게 나이 드는 법에 대해 많은 가르침을 준 과테말라, 안티과의 프레이 로드리고 드 라 크루즈 요양원의 직원분들과 거주민들에게 감사를 전합니다.

누군가가 죽음을 향해갈 때 옆에서 함께 걸어주는 것의 의미와 그들이 평화롭고 품위 있게 여정을 떠날 수 있도록 돕는 방법에 대한 폭넓은 이해를 아낌없이 나눠주신 진 데니에게 감사합니다.

책, 팟캐스트, 웨비나를 통해 죽음과 죽어가는 자신의 경험을 나눠준 모든 분들께 감사합니다. 특히 죽음에 대해 더 수월하게 대화할 수 있게 해준 메건 디바인, 어툴 거완디, 마이클 헵, 스콧 매클린, 브로니 웨어, 캐런 M. 와이어트에게 감사를 전합니다. 또한 훌륭하고 필수적인 일을 해주는 둘라기버스(Doula Givers), 둘라프로그램, 카터부담노인센터(Carter Burden Center for Aging), 그리고 뉴욕의 시티밀스온휠스(Citymeals on Wheels) 관계자 여러분에게 감사합니다. 뉴욕공공도서관, 오픈센터, 뉴욕윤리문화협회(The New York Society for Ethical Culture)를 비롯해 데스 카페와 토론을 위한 공간을 제공해준 모든 분들께 감사합니다.

몇 년 전 잡지 인터뷰를 했을 때 '조심스럽게 무모해지라'는 지혜를 나눠준 제인 버킨에게도 감사를 전합니다. 그때 이후로 나를 이끌어준 그 말은 이 책 속에서 클로디아의 지혜가 되었습니다.

태머라 세일럼, 우리의 황금빛 우정과 함께했던 모든 모험에 감사합니다. 비록 우리가 다시는 함께 여행할 수 없겠지만 당신은 영원히 내 마음속에 있을 거예요.

칼 린드그렌, 아이러니하게도 당신이 가르쳐준 그 많은 것들이 이 책에 들어 있지만 당신은 결코 이 책을 읽을 수 없네요. 우리가 아끼는 사람들을 생각보다 훨씬 빨리 잃을 수 있기 때문에 할 수 있을 때 그들을 아껴주어야 한다는 말이 사실이었음을 알게 되었습니다. 당신이 오래전 제게 기회를 주고 계속해서 절 믿어주지 않았더라면 저는 지금 이 자리에 있을 수 없었을 거예요. 머리가 아닌 가슴으로 글을 쓸 수 있게 가르쳐주셔서 감사합니다. 그리고 모든 것에 감사드립니다.

마지막으로 사랑스러운 독자분들, 지구에서 보내는 여러분의 소중한 시간을 할애해 이 작품을 읽어주셔서 고맙습니다. 여러분이 아름다운 삶을 사는 자기만의 방식을 찾으셨길 바랍니다.

옮긴이 **김영옥**

독어독문학과를 졸업하고, 바른번역 소속 번역가로 활동 중이다. 문학을 통해 사람을, 삶을, 이상을 들여다보며, 이해하고, 위로받고, 깨닫는 과정을 좋아한다. 옮긴 책으로 《파리에서 길을 잃다》《마이펫의 이중 생활》《크리스마스 할아버지와 나》《크리스마스를 구한 소녀》《어떤 개를 찾으세요?》《고양이가 되다》《제인 오스틴 이지 클래식 시리즈》《북유럽 신화: 오딘, 토르, 로키 이야기》《유머의 마법》등이 있다.

클로버의 후회 수집

초판 1쇄 2023년 12월 15일

지은이 | 미키 브래머
옮긴이 | 김영옥

발행인 | 문태진
본부장 | 서금선
책임편집 | 허문선   편집 3팀 | 이준환

기획편집팀 | 한성수 임은선 임선아 최지인 이보람 송현경 이은지 유진영 장서원 원지연
마케팅팀 | 김동준 이재성 박병국 문무현 김윤희 김은지 이지현 조용환
디자인팀 | 김현철 손성규   저작권팀 | 정선주
경영지원팀 | 노강희 윤현성 정헌준 조샘 서회은 조희연 김기현
강연팀 | 장진항 조은빛 강유정 신유리

펴낸곳 | ㈜인플루엔셜
출판신고 | 2012년 5월 18일 제300-2012-1043호
주소 | (06619) 서울특별시 서초구 서초대로 398 BnK디지털타워 11층
전화 | 02)720-1034(기획편집) 02)720-1024(마케팅) 02)720-1042(강연섭외)
팩스 | 02)720-1043   전자우편 | books@influential.co.kr
홈페이지 | www.influential.co.kr

한국어판 출판권 ⓒ ㈜인플루엔셜, 2023

ISBN   979-11-6834-152-4   (03840)